Esyia

Über den Autor:

Nach dem Studium der Germanistik, Pädagogik und Soziologie arbeitete Stephan Strauch zunächst einige Jahre freiberuflich als Lehrer. Während dieser Zeit entdeckte er seine Liebe zu Online-Rollenspielen und der Fantasy. Als er dann keine Lust mehr hatte, Unterricht zu erteilen, wechselte er den Beruf. Jetzt fährt er hauptsächlich mit großen Fahrzeugen herum und schreibt in seiner freien Zeit die Geschichte der Welt von Utvalin.

STEPHAN STRAUCH

Esyia

Die Welt von Utvalin

Bibliografische Information der Deutschen Nationalbibliothek:
Die Deutsche Nationalbibliothek verzeichnet diese Publikation in der
Deutschen Nationalbibliografie;
detaillierte bibliografische Daten sind im Internet über
http://dnb.d-nb.de abrufbar.

Satz, Umschlaggestaltung, Herstellung und Verlag: BoD- Books on Demand
Coverillustration: Daniela Henninger
ISBN: 978-3-7431-8388-9

Inhalt

Erstes Buch

Die Freundin des Riesen

Suriku machte sich ganz klein und presste sich gegen einen Baum. Er roch die feuchte Erde, auf der er kniete, und die Pflanzen um sich herum. Die Rinde des Baumes, an den er seinen Kopf drückte, war kühl und hart. Schweißperlen standen ihm auf der Stirn. Er zitterte vor Anspannung. *Bloß nicht bewegen, keinen Laut*, dachte er. *Wenn er dich jetzt bemerkt, bist du erledigt.*

Seine Augen starrten auf das Wesen vor ihm. Es war Nacht, doch das Mondlicht erhellte die Lichtung und den riesigen Grom, der da hockte. Er schien mit irgendetwas beschäftigt zu sein. Suriku sah, dass er den Boden absuchte. Von Zeit zu Zeit ließ der Riese ein schreckliches Heulen und Grollen ertönen, das dem Jüngling durch Mark und Bein ging. Suriku wusste, dass jetzt der Zeitpunkt gekommen war. Jetzt oder nie …

Vor einigen Wochen hatte er sein Dorf verlassen. Niemandem hatte er von seinem Plan, in die Welt hinauszuziehen, erzählt. Es gab nichts im Dorf, womit er sich eng verbunden fühlte. Sein Vater war kurz nach seiner Geburt von einem Rag schwer verletzt worden. Trotz aller Bemühungen der Heiler war es nicht möglich gewesen, ihn zu retten. Der Biss eines Rags war fast immer tödlich. Seine Zähne sonderten eine giftige Substanz ab, die die Nervenzellen angriff. Nur ein Schamane mit starken Kräften konnte dem widerstehen. Surikus Vater war jedoch kein Schamane. Er war ein geachteter Jäger, der seine Pflichten dem Dorf und der Familie gegenüber immer gewissenhaft erfüllt hatte. Bis man ihn nach dem Biss ins Dorf gebracht hatte und bis der erste Heiler sich um ihn kümmern konnte, war das Gift schon so weit in seinen Körper vorgedrungen, dass er keine Chance mehr hatte. Er schlief ein und wachte nie mehr auf.

Suriku hatte keine Geschwister, nur seine Mutter lebte noch. Diese bekam er jedoch selten zu Gesicht, da sie ein Mitglied des Rates war. Ein Stamm, das sind normalerweise einige große Familien, wurde von einem Rat geführt. Dessen Größe richtete sich nach der Anzahl der Familien. Suriku gehörte zum Stamm der Ho'ki, einer großen Gemeinschaft mit einem Rat aus dreizehn Personen. Seine Mutter hatte deshalb immer wichtige Verpflichtungen und konnte sich kaum um ihn kümmern. Das war mittlerweile allerdings auch nicht mehr nötig, da er kurz davor stand, ein erwachsener Mann zu sein und gut allein zurecht kam.

Mitten in der Nacht hatte er sich aus dem Dorf geschlichen. Leise und vorsichtig, sodass ihn keiner bemerkte. Suriku wollte raus in die Welt. Er wollte sich allen Prüfungen stellen, die ihm das Schicksal auferlegte, alle Hindernisse überwinden und als mächtiger Krieger in sein Dorf zurückkehren. *Ich komme als großer Kriegerheld zurück*, dachte er. *Dann werden sie staunen und mich verehren. Ich werde zum Führer der Reiterstaffel, vielleicht sogar zum Befehlshaber der gesamten Kriegerschaft.* Der Ho'ki wusste, dass viele Gefahren auf ihn warteten. Normalerweise ging niemand allein aus dem Dorf. Das war viel zu gefährlich. Wenn gejagt oder gesammelt wurde, waren immer auch bewaffnete Wächter dabei. Die Wälder waren voll von Kreaturen und Monstern, die mit Leichtigkeit einen Mann zerfetzen konnten. Es war an der Tagesordnung, dass Dorfbewohner angegriffen und getötet wurden.

Suriku war zwar jung und ungebildet, aber er war nicht dumm. Natürlich war ihm klar, dass es nicht leicht werden würde. Er hatte sich aber in den Kopf gesetzt, seinem Dorf durch außergewöhnliche Heldentaten zu imponieren. Bis jetzt war er noch nicht für würdig befunden worden, das Mal des Kriegers zu tragen. Das lag allerdings nicht an seinen Fähigkeiten, sondern einfach daran, dass er noch zu jung war. Die Führer der Kampfgruppen entschieden in regelmäßigen Abständen, wer schon geeignet war und wer noch nicht. Suriku war noch nicht so weit. *Sie haben mich dieses Jahr wieder nicht aufgenommen*, ärgerte er sich, *obwohl ich fast alle im Duell besiegt habe.* Die alten Anführer wussten jedoch, dass es nicht allein auf körperliche Kraft und Schnelligkeit ankam. Zu einem richtigen Krieger gehörte auch Weisheit, Besonnenheit und Selbsterkenntnis. Eigenschaften, die er noch verbessern musste.

Suriku hatte sich vorgenommen, einen Grom zu töten. Die alten Schriften erzählten von nur drei Männern, die das bisher geschafft hatten. Ein Grom war ein Riese von bis zu vier Metern Größe, also etwa doppelt so groß wie ein Mensch. Er war wild und äußerst aggressiv. Nach dem, was die Alten erzählten, gab es nur eine Möglichkeit, einen Kampf für sich zu entscheiden. Man musste auf den Grom zulaufen, so nahe wie es ging, und dann mit aller Kraft einen Speer zu seinem Hals schleudern. Schaffte man es, seinen Hals zu durchbohren, war er erledigt. Ein anderes Körperteil anzugreifen hatte keinen Sinn, da dort die Muskeln und Knochen viel zu hart waren. Der Jüngling wusste das. Die meiste Zeit hatte er zwar nicht aufgepasst, wenn die Lehrer ihre Geschichten erzählten, die Kämpfe der Vorfahren interessierten ihn jedoch schon immer. Da war er immer hellwach und hörte genau zu.

Der Grom schlug mehrmals verärgert mit der Faust auf den Boden. Staubwolken wirbelten auf und die Erde um ihn herum bebte. Er schrie seine Wut hinaus mit einem grässlichen Schrei. Das Monster nahm einen dicken Ast und schleuderte ihn seitlich ins Gebüsch. Wieder und wieder hämmerte er auf den Boden. Suriku beobachtete das wahnsinnige Schauspiel und obwohl er Angst hatte, überlegte er sich, wie er am besten angreifen könnte. Jetzt auf die Lichtung zu springen wäre schlecht. Der Grom war so aggressiv, dass er nicht genug Zeit haben würde, seinen Speer zu werfen. Er musste den passenden Moment abwarten.

Plötzlich geschah jedoch etwas Unerwartetes. Der Riese sank in sich zusammen und fing an zu schluchzen. Ein tiefes, unheimliches Heulen erklang im nächtlichen Mondlicht und es kam dem Ho'ki vor, als wäre das Ende der Welt gekommen. Der Grom saß mitten auf der Lichtung und weinte. Es war meilenweit zu hören. Suriku konnte nicht genau erkennen, was da auf dem Boden bei dem Riesen vor sich ging, aber irgendetwas schien unter der Erde zu sein, was ihm wichtig war.

In der Ferne tauchte plötzlich eine Flugechse am Himmel auf. Mit großen, gleichmäßigen Flügelschlägen glitt sie durch die Nacht. Die ungewöhnlichen Geschehnisse auf der Lichtung bemerkte das Reptil offenbar nicht, denn es wurde nach und nach kleiner und verschwand schließlich wieder in der Dunkelheit.

Das Schluchzen des Groms wurde auf einmal leiser. Er beruhigte sich wieder. Etwas später erhob er sich und schritt langsam davon. Suriku beschloss, den Riesen ziehen zu lassen. Er hätte jetzt von hinten auf ihn zustürmen können, der Augenblick wäre günstig gewesen. Einen weinenden Grom anzugreifen erschien ihm allerdings unwürdig. Außerdem hatte er auf einmal Mitleid mit dem Riesen. Er wartete, bis nichts mehr zu hören und zu sehen war, setzte sich dann auf und lehnte sich mit dem Rücken an einen Baum. Seinen Speer legte er neben sich. Suriku trug noch ein Schwert und einen Dolch, beides war an seinem Gürtel befestigt und musste beim Sitzen nicht abgenommen werden.

Die Angst und die Anspannung hatten Nerven gekostet. Der Ho'ki war völlig erschöpft. Nach kurzer Zeit fielen ihm die Augen zu und er versank in einen tiefen, traumlosen Schlaf. Seine Umgebung um ihn herum war vergessen. Einige Stunden schlummerte er so friedlich vor sich hin, bis er plötzlich eine leise Stimme hörte:

»Huhu! Mensch!«

Verschlafen schaute der Ho'ki auf. Er drehte sich in die Richtung, aus der die Stimme kam und traute seinen Augen nicht. Auf seiner Schulter saß eine winzige Kreatur, höchstens so groß wie ein Finger von ihm. Im ersten Moment wollte Suriku das kleine Etwas von seiner Schulter wegstoßen, er hatte schon die linke Hand gehoben, um den Kleinen runterzuschubsen, da hielt er plötzlich inne. Das kleine Wesen war ein Humanoid, genau wie er. Der Sturz nach unten könnte ihn verletzen. Suriku ließ die Hand wieder sinken und schaute sich den Kleinen näher an. Verblüfft stellte er fest, dass es kein Er war, sondern eine Sie. Ein Mädchen. Allerdings nur fingergroß. Sie musste ihn schon mehrmals gerufen haben, denn sie war verärgert darüber, dass er so träge reagierte.

»Endlich!«, beschwerte sie sich. »Ich musste extra auf deine Schulter hochklettern und dir ins Ohr schreien, du Schlafmütze!«

Unter fluchendem Gegrummel und Gemurmel begann sie wieder hinunterzuklettern. Suriku wollte die Kleine erst mit der Hand anheben und runtersetzen, ließ es dann allerdings, denn er wollte sie nicht noch weiter reizen.

Das Mädchen hatte einige Mühe wieder hinunterzugelangen. Sie hangelte sich zuerst an Surikus Kragen entlang, bis sie sich genau unter seinem Kinn befand. Unter ihr, senkrecht abfallend, war nun die Knopfleiste von Surikus Weste. Sie ließ beide Hände los und fiel ein Stück abwärts. Beim zweitobersten Knopf angekommen, griff sie zu und hing nun an diesem. Das wiederholte sie bei drei weiteren Knöpfen, bis sie sich in Höhe von Surikus Bauchnabel befand. Dieser beobachtete fasziniert, wie geschickt die Kleine an ihm herumkletterte. Sie schwang sich, noch immer am Knopf hängend, hin und her, um im rechten Moment loszulassen und zu Surikus rechter Jackentasche hinüberzufliegen. An dieser klammerte sie sich fest. Jetzt war sie in geringer Höhe über Surikus rechtem Oberschenkel. Sie ließ los und landete auf dessen Bein. Geschickt rollte sie sich ab, um den Aufprall abzufedern. Die Kleine setzte sich, leicht schnaufend aufgrund der Anstrengung, und schaute zu ihm hoch. Suriku seinerseits blickte zu ihr hinunter.

»Wer bist du denn?«, fragte er.

»Ich bin Esyia«, sagte das Mädchen. »Und wer bist du, Schlafmütze? Hast du dich verirrt?«

»Nenn' mich nicht immer Schlafmütze«, erwiderte der Ho'ki verärgert. »Mein Name ist Suriku. Nein, ich habe mich nicht verirrt.«

Das stimmte nicht ganz, denn er wusste in Wahrheit nicht mehr so genau, wo er war.

»Menschen sieht man im Dunkelwald selten«, sagte die Kleine.

»Dunkelwald?«

»Unser Wald heißt so. Die Sonne geht hier niemals auf.«

»Ach so.«

Verwundert schaute Suriku sich um. Tatsächlich. Es war immer noch Nacht. Einen Sonnenaufgang schien es nicht zu geben. Das Licht des Mondes wurde allerdings von der freien Fläche der Lichtung reflektiert, sodass es hell genug war, um etwas sehen zu können. Der Ho'ki betrachtete das Mädchen genauer. Esyia musste etwa so alt sein wie er selbst. Sie war zierlich und hatte helle Haut, die schon leicht ins

Blasse überging. Ihre langen Haare waren seltsam weiß mit silbernen Strähnen.

»Zu welcher Art gehörst du denn?«, fragte er.

Esyia senkte den Blick.

»Ich weiß es nicht«, sagte sie. »Ich bin eines Morgens aufgewacht und war da.«

»Einfach so?«, wollte Suriku wissen.

»Ja, einfach so«, erwiderte Esyia betrübt. »Ich kenne meine Familie nicht und auch nicht die Art, zu der ich gehöre. Ich muss sehr lange geschlafen haben. Vor zwei Jahren bin ich aufgewacht mit völlig zerrissener und zerfetzter Kleidung. Ich kann mich an nichts mehr erinnern.«

»Oh…«, machte Suriku mitfühlend.

Er schaute genauer zu ihr hinunter und entdeckte, dass sie Tränen in den Augen hatte.

»Woher weißt du denn noch deinen Namen?«, fragte er vorsichtig.

Esyia fasste sich an den Hals und holte ein kleines Medaillon hervor, das an einer Kette um ihren Hals hing. »Der Name steht hier drauf.«

Sie fing an, in einem winzigen Beutel herumzukramen, den sie auf dem Rücken getragen hatte. Sie hatte ihn abgenommen und neben sich auf den Boden, also Surikus Oberschenkel, gelegt. Vermutlich um auf andere Gedanken zu kommen, holte das Mädchen etwas heraus und biss hinein.

»Was ist das?«, wollte Suriku wissen, der merkte, dass es erst mal besser war, nicht weiter über Esyias Herkunft zu sprechen.

»Eine Honigecke«, erklärte sie, »Willst du auch was?«

»Nee«, sagte Suriku und musste lachen.

Dieses kleine Stück Honig war natürlich viel zu wenig für ihn. Außerdem wollte er dem Mädchen nichts wegessen. Surikus Lachen und die süße Honigecke schienen Esyia allerdings wieder etwas aufzumuntern. Sie schmunzelte und fragte:

»Was machst du hier?«

»Ich habe die Fußspuren eines Groms gesehen. Denen bin ich gefolgt und die haben mich direkt zu dieser Lichtung geführt.«

»Aha.«

»Ich bin auf der Suche nach ehrenhaften Kämpfen«, erklärte der Ho'ki. »Wenn ich einige sehr starke Gegner besiege, werde ich im Dorf in die Kriegerschaft aufgenommen.«

»Soso«, bemerkte Esyia skeptisch.

»Ein Grom würde mich sofort zum Helden machen, so ein Monster haben bisher erst drei Leute besiegt.«

Das Mädchen sprang auf. »Sag nicht, du wolltest Bobb töten!«

»Wer ist Bobb?«

»Der Grom, der gestern hier war und geweint hat«, sagte Esyia.

»Wie der heißt, ist doch egal«, meinte Suriku keck. »Wenn ich ihn umhaue, nehmen die mich auf.«

Die Kleine spuckte verärgert den Rest ihrer Honigecke auf Surikus Bein.

»Ey!«, protestierte er.

»Niemand wird Bobb angreifen! Bobb ist im Dunkelwald sehr beliebt und außerdem ein Freund von mir! Er ist eh viel zu stark. Bis auf einen Meadon habe ich noch kein Wesen gesehen, dass sich getraut hätte, es mit Bobb aufzunehmen.«

Suriku war völlig überrascht. Damit hätte er jetzt nicht gerechnet. Esyia war mit so einem Monster befreundet. Unglaublich. Der Ho'ki versuchte das Mädchen wieder zu beruhigen:

»Ich habe doch nur gesagt, dass sie mich aufnehmen WÜRDEN, wenn ich ihn besiege. Ich lasse Bobb schon in Ruhe.«

»Das solltest du auch«, erwiderte die Kleine. »Die Einzigen, die mit Bobb Probleme haben, sind die Bäume.« Sie sah nach unten und suchte Surikus Hose nach der Honigecke ab. »Bobb kann seine Gefühle nicht gut kontrollieren. Wenn er wütend ist, und das ist oft, fängt er immer an zu randalieren.«

»Das habe ich gesehen«, sagte Suriku. Er erinnerte sich daran, wie der Riese den Ast weggeschleudert hatte. »Was wollte er eigentlich auf der Lichtung und warum hat er angefangen zu weinen?«

Esyia sprang von Surikus Bein hinunter und stand nun auf dem Boden vor ihm.

»Diese Lichtung ist eine Grabstätte«, sagte sie. »Bobb hat vor ein paar Monaten da seinen Gefährten begraben. Er hatte einen Wolf, der ihn immer begleitete. Bobb wurde damals von einem Meadon angegriffen. Ohne seinen Gefährten hätte er nicht überlebt. Der Wolf hat sich auf die Echse gestürzt, um Bobb zu helfen. Die hat ihn dann getötet. Bobb selbst war zwar verletzt, konnte aber entkommen.«

»Hmm…«, überlegte Suriku, »Bobb ist ein Riese, wieso vertreibt er keinen Meadon?«

»Weil ein Meadon noch zehn Mal größer ist als Bobb«, erläuterte Esyia und schüttelte wegen Surikus Unwissenheit den Kopf.

Oha, dachte der Ho'ki. *Ein Grom ist ja schon ein furchterregendes Geschöpf. Wie muss dann erst diese Echse sein.* Da wo er herkam, sah man höchstens mal kleinere Petaros vorbeifliegen. Bei dem Gedanken fiel ihm auf, dass es eigentlich Zeit war, weiterzuziehen. Er hatte sich lange genug aufgehalten. Suriku erhob sich und nahm seinen Speer. Sein Blick fiel hinunter auf die kleine Esyia. Irgendwie hatte er auf einmal das Gefühl, sie nicht allein lassen zu können.

»Wie groß bist du eigentlich?«, fragte er vorsichtig.

»Fast acht«, erwiderte sie und stemmte die Arme in die Hüften.

Suriku schmunzelte. »Acht was?«

»Hamsterpfoten«, erklärte Esyia. Dabei errötete sie leicht, denn sie schämte sich ein bisschen dafür, dass sie so klein war. Eine Hamsterpfote war in der Welt von Utvalin ungefähr ein Zentimeter.

Das Mädchen fing plötzlich an, ihren Rucksack zuzubinden. Offenbar wollte sie auch dieses Thema nicht weiter vertiefen.

»Wenn du raus willst aus dem Dunkelwald, musst du in diese Richtung gehen«, sagte sie und zeigte auf den Vollmond.

»Danke«, erwiderte Suriku.

Anstatt aber loszugehen, schaute er weiter hinunter auf das Mädchen und sie blickte fragend zu ihm auf. Sie erwartete, dass er sich jetzt aufmachte und sie verließ.

»Willst du nicht mitgehen?«, fragte Suriku plötzlich. »Wir könnten deine Art suchen. Ich wette, es gibt irgendwo noch welche wie dich.«

»Musst du nicht ehrenhafte Kämpfe machen?«, fragte Esyia überrascht, denn es war das erste Mal, dass ihr jemand helfen wollte, die Geheimnisse ihrer Herkunft zu lüften.

»Naja«, sagte Suriku, »da draußen gibt es viele Gefahren. Ich glaube, wir werden mehr Ärger mit Monstern haben, als uns lieb ist. Da werden schon genug Ehrentrophäen für mich rausspringen.«

Esyia mochte diese Einstellung eigentlich überhaupt nicht. Einfach rumrennen und irgendwas töten, was einem gar nichts getan hat, fand sie falsch. Der Gedanke aber, etwas über ihre Herkunft herauszubekommen, reizte sie sehr. *Was wäre, wenn es irgendwo ein Dorf mit meinen Leuten gäbe?*, dachte sie und war plötzlich ganz aufgeregt. Allerdings hatte sie den Dunkelwald noch kein einziges Mal verlassen, seit sie damals erwacht war. Hier kannte sie sich aus und war sicher. Außerdem hatte sie in den zwei Jahren auch einige Freunde gefunden, die ihr in der Not helfen würden.

Suriku bemerkte, dass Esyia Angst hatte. »Was hältst du davon, wenn wir Bobb mitnehmen?«, schlug er vor.

»Bobb?« Das Mädchen lachte. »Bobb ist ein Riese. Wenn der wütend wird, kann ihn keiner mehr halten. Das ist viel zu riskant.«

»Wir brauchen aber einen starken Schutz für dich«, sagte Suriku fachmännisch. »Ich als Mensch kann nicht dich und mich beschützen. Mit einem Riesen als Freund greift uns so schnell keiner an.«

Esyia überlegte. Bobb hatte ihr schon öfters geholfen. Aber er war aufbrausend und leicht erregbar. Die Bäume konnten ein Lied davon singen. Wenn sie aber tatsächlich etwas über ihre Vergangenheit herausbekommen wollte, war das vielleicht die einzige Chance. Sie war einfach zu klein und zu schwach, um sich selbst zu verteidigen. Auf den Grom konnte sie sich verlassen.

Die Kleine dachte noch eine Weile darüber nach, bis sie sich schließlich entschied, es zu wagen und mit dem Ho'ki mitzugehen. Die Vorstellung, andere wie sie zu treffen, war einfach zu verlockend.

So machten sich die beiden auf zu dem Riesen Bobb.

Im Randgebiet

Damit Esyia beim Gehen nicht zurückfiel, nahm Suriku die Kleine und setzte sie auf seinen Kopf. Er hatte die bei den Ho'kis übliche Krieger-Haartracht. In die langen, schwarzen Haare hatte er sich viele kleine Zöpfe hineingeflochten, die am Ende von dünnen Lederbändchen zusammengehalten wurden. Esyia lockerte zwei dieser Bänder, umwickelte ihre Beine damit und verschnürte sie mit den Zöpfchen. Zusätzlich nahm sie einen der Zöpfe in jede Hand.

»Wo wohnt Bobb?«, fragte Suriku während er mit ihr auf dem Kopf weiterging.

»Ich weiß es nicht genau«, sagte Esyia. »Er hat mir erzählt, dass seine Höhle Richtung Vollmond liegt.«

»Richtung Mond geht es doch aus dem Wald hinaus.«

»Ja«, erklärte das Mädchen. »Bobb wohnt nicht im Dunkelwald.«

Der Ho'ki bemerkte, dass die Kleine zitterte. Sie hatte Angst. Auch wenn er selbst nicht wusste, wie es war, einen furchteinflößenden Riesen bei sich zu haben, so war es doch wichtig, möglichst schnell zu Bobb zu kommen. Der würde die meisten Feinde schon allein wegen seines imposanten Aussehens abschrecken.

Nachdem die beiden etwa einen halben Tag lang durch den Wald gegangen waren und es bis dahin keine Zwischenfälle gegeben hatte, fiel Suriku plötzlich etwas auf: Es war sonderbar still. Außer seinen eigenen Schritten und dem ein oder anderen Kommentar von Esyia war fast nichts mehr zu hören. Es waren auch kaum noch Tiere und Pflanzen da. Das sonderbare Mondlicht des Dunkelwaldes sorgte eigentlich dafür, dass neben einigen Tierarten auch bestimmte Bäume und verschiedene Schattenpflanzen gediehen. Hier war jedoch alles kahl. Nur noch eine seltsam rostfarbene Erde war zu sehen. Die wenigen Bäume, die es noch gab, waren verformt und verschrumpelt. Ihre Blätter waren schwarz. *Das muss der Randstreifen sein*, dachte der Ho'ki. Offenbar waren sie im Begriff, den Wald zu verlassen. Auch das Mädchen hatte die Veränderungen bemerkt und sagte:

»Wir sind jetzt im Randbereich, Suriku. Hier müssen wir sehr vorsichtig sein.«

»Warum?«, fragte der Ho'ki.

»Viele, die das Grenzgebiet betreten haben, wurden nie mehr gesehen. Es heißt, hier würden Geister und Dämonen ihr Unwesen treiben.«

Instinktiv fasste Suriku an den Knauf seines Schwertes. Prüfend zog er es einige Zentimeter aus der Scheide und drückte es dann wieder zurück. Daraufhin sagte er:

»Bobb muss aber auch hier durch. Hat er denn keine Probleme damit?«

»Bobb spricht nicht viel«, erwiderte Esyia. »Ich glaube, er kommt nur zur Jagd in den Dunkelwald. Wie er den Randstreifen überwindet, weiß ich nicht.«

»Ich denke mal, wenn es hier Monster gibt, dann greifen sie ihn nicht an. Er wird ihnen zu mächtig sein.«

»Möglicherweise.«

Einige Augenblicke später – die beiden waren gerade erst einige Minuten im Randgebiet – hörten sie plötzlich ein Geräusch. Es kam von weit entfernt und war recht schwach. Die zwei blieben stehen und lauschten. Sie konnten nicht genau heraushören, um was es sich handelte, aber sie bemerkten, dass es lauter wurde. Irgendetwas kam auf sie zu. Nach und nach kam es näher, bis die beiden schließlich erkannten, was es war: ein Reiter.

Einige Meter vor ihnen lag der Stamm eines abgestorbenen

Baumes. Suriku ging in die Hocke, bewegte sich hinüber und versteckte sich dahinter. Kurz darauf war der Fremde so nah an sie herangekommen, dass sie ihn genauer sehen konnten. Er war menschenähnlich und saß auf einem schwarzen Pferd. Ein langer Umhang umhüllte seinen Körper, der genauso schwarz war wie sein Rappe. Der Kopf war verborgen unter einer Kapuze. Das Gesicht konnte man nicht sehen. Aus den Ärmeln seiner schwarzen Robe heraus schauten weiße Finger, die die Zügel hielten. Ein Grauen überkam Suriku, als er erkannte, dass die Finger nur aus Skelettknochen bestanden. *Ein Untoter*, dachte er erschreckt.

Die Wiederkehrer, wie die Untoten auch genannt wurden, waren bei allen Lebenden gefürchtet. Sie galten als Gesandte des Todes. Es hieß, sie würden geschickt, um frische Seelen für das jenseitige Reich zu holen. Oft waren sie magiebegabt, was sie sehr mächtig und gefährlich machte. Warum sich dieser hier im Grenzbereich des Dunkelwaldes aufhielt, wusste der Ho'ki nicht, aber eines stand fest: Er war kein Freund.

Als der Untote etwa zwanzig Meter rechts von ihnen war, machte Suriku sich bereit, seinen Speer abzufeuern. Plötzlich bemerkte er jedoch, dass der Unhold sie nicht sah. Das schwarze Pferd galoppierte auf der anderen Seite des Baumstammes an ihnen vorbei und entfernte sich wieder. Nach und nach verschwand der Reiter wieder in der Dunkelheit, bis er schließlich nicht mehr zu sehen und zu hören war.

Erleichtert atmete der Ho'ki auf. »Er ist weg.«

Esyia, die sich tief in die Haare des Ho'ki geduckt hatte, meinte mit zittriger Stimme:

»Ein Wiederkehrer.«

»Ja«, sagte Suriku, »ich hab's auch gesehen. Was will der hier?«

»Keine Ahnung, aber wenn uns so einer erwischt, ist es

aus. Da wären mir sogar Geister und Dämonen noch lieber. Das sind böse Hexer.«

»Ich weiß«, erwiderte Suriku. »In unserem Dorf nennen wir sie Seelenernter. Lass uns so schnell wie möglich von hier verschwinden.«

Der Ho'ki stand auf. Er schaute noch einmal nach links und rechts und ging dann zügig vorwärts.

»Wann kommt die Grenze?«, fragte er.

»Immer weiter Richtung Vollmond. Es sind schon keine Bäume und Pflanzen mehr da, lange kann es nicht mehr dauern.«

Während sie weitergingen, sah das Mädchen immer wieder ängstlich zurück. Suriku ging davon aus, dass es bald soweit sein musste und beruhigte sich etwas. Plötzlich aber schrie Esyia laut auf:

»Da!«

Der Ho'ki wirbelte herum und das Blut gefror ihm in den Adern. Vor ihnen stand der Untote. Er hatte sie also doch bemerkt. Sein Pferd musste er zurückgelassen haben, denn er war allein. Der Wiederkehrer rührte sich nicht. Das Gesicht konnte man nach wie vor nicht erkennen und Suriku bezweifelte, dass er überhaupt eins hatte. Vor der Brust gefaltet hielt der Untote seine weißen Hände, ähnlich wie ein Mönch im Kloster. An ihnen hing eine Art Knochenkette herunter, die offenbar für bestimmte Zauber benutzt wurde. Alle Instinkte, die der Ho'ki besaß, sagten ihm, dass dieser Hexer ein tödlicher Feind war. Er wusste, dass er jetzt schnell handeln musste.

»Halt dich fest«, flüsterte er Esyia zu.

Suriku bewegte sich zunächst nicht und fixierte den oberen Körperbereich des Untoten. Die gefalteten Hände des Hexers waren seine Schwachstelle. Wenn er sie so in sich verschränkt zusammenhielt, konnte er die Arme nicht schnell genug einsetzen und ein Direktangriff zum Kopf war möglich. Als der Untote sich gerade bewegen wollte, reagierte der Ho'ki blitzschnell. Mit der rechten Hand zog er sein Schwert aus der Scheide, griff es zusätzlich mit der linken und schlug in einer schnellen Drehung um die eigene Achse zum Hals des Untoten. Seinen Speer ließ er einfach los, sodass er seitlich zu Boden fiel. Esyia hatte Mühe sich auf Surikus Kopf zu halten. Sie presste sich tief in seine Haare. Das zischende Geräusch während der Drehung, unterbrochen durch ein plötzliches Klatschen, signalisierten ihr aber, dass Suriku den Hexer getroffen haben musste. Als sie daraufhin aufschaute, wurde sie Zeuge eines schrecklichen Schauspiels: Der Kopf des Untoten war durch Surikus Schwerthieb abgetrennt worden und rollte über den Boden. Nach ein paar Sekunden stieß er an einen Stein und kam zum Stillstand. Aus der Kapuze heraus schaute nun der Schädel des Hexers. Er war von einer aschfahlen Haut bedeckt, aus der leblose, weiße Augen ohne Pupillen schauten. Direkt vor dem Ho'ki stand immer noch der Körper, allerdings ohne Kopf. Suriku wartete einen Moment, da er davon ausging, dass der Körper nun umkippen und zu Boden fallen würde. Das geschah aber nicht. Stattdessen hob der Untote langsam die Hände und führte sie weiter vor seinen Körper. Es sah so aus, als ob er einen unsichtbaren Ball halten würde.

»Er lebt noch!«, schrie Esyia.

Tatsächlich. Der Hexer war nicht besiegt. Langsam bewegte er seine knochigen Hände in einem leichten Rhythmus hin und her.

Nun geschah das Unfassbare. Der auf der Erde liegende Kopf des Untoten begann zu sprechen. Er formulierte unbekannte Wörter in einem sonderbaren Singsang, etwa wie ein Priester bei einer Messe. Suriku erkannte sofort, was da vor sich ging. Der Unhold begann einen Zauberspruch zu wirken. Es konnte sich nur noch um Augenblicke handeln, bis etwas Furchtbares mit den beiden passieren würde. Die Hände des Untoten fingen plötzlich an, bläulich zu leuchten und Suriku war klar, dass er reagieren musste. Er hielt sein Schwert, beidhändig gepackt, mit ausgestreckten Armen nach vorne, so dass es etwa auf den Bauchbereich des Hexers zeigte. Zwischen Klinge und Körper des Gegners war ein Abstand von ungefähr einem Meter. Plötzlich machte der Ho'ki einen Schritt nach vorne und zog die Klinge aus den Handgelenken heraus blitzschnell nach oben und wieder herunter. Die Aufwärtsbewegung des Schwertes trennte dem Untoten die rechte Hand ab, die Abwärtsbewegung die linke. Beide Hände fielen zu Boden und mit ihnen die sonderbare Knochenkette, die der Hexer in der Hand gehalten hatte. Der Gebetskranz wurde vom Schwung des Schwertes einige Meter nach links geschleudert, wo er liegen blieb und wie die Hände bläulich zu schimmern begann. Zu seinem Erschrecken musste Suriku aber feststellen, dass auch diese Attacke keine großen Auswirkungen auf den Unhold hatte. Die Zauberformeln wurden weiter gesprochen.

Das Singen des Kopfes hatte eine unheilvolle Wirkung, die Suriku und Esyia nicht bemerkten. Ein unsichtbarer Zauberkreis zog sich von außen langsam immer enger um die beiden und nahm sie in seiner Mitte gefangen. Wie auf einem starken Magneten wurden sie auf einmal darauf festgehalten. Der Hexer hatte sie nun im Griff und war in der Lage, schlimme Dinge mit ihnen anzustellen. Offenbar wollte er sie ersticken, denn die beiden fühlten plötzlich, dass sie nicht mehr atmen konnten. Suriku schnappte verzweifelt nach Luft und versuchte sich wegzubewegen, doch die Kraft des Gegners war zu stark.

Die knochigen Hände des Untoten fingen derweil an, sich zu bewegen und langsam auf dessen Körper zuzukriechen.

Die Finger krabbelten wie Spinnenbeine über den Boden. An der Robe des Hexers angekommen, begannen sie, sich daran hochzuziehen. Sie schienen sich wieder mit den Armen vereinigen zu wollen. Auch der Kopf fing an sich zu bewegen. Er rollte langsam auf den Körper seines Herrn zu. Plötzlich machte die rechte Skeletthand jedoch Halt, so als ob sie sich etwas überlegt. Nach einigen Sekunden hangelte sie sich wieder abwärts und krabbelte zurück auf die Kette zu. Offenbar hatte der Hexer der Hand den Befehl gegeben, sie mitzunehmen. Das knöcherne Schmuckstück schien wichtig für ihn zu sein.

Einige Augenblicke später brach Suriku zusammen. Das Mädchen fiel von seinem Kopf herunter und landete auf der Erde. Auch sie war kurz davor gewesen, das Bewusstsein zu verlieren. Glücklicherweise befand sie sich jetzt außerhalb des magischen Felds, sodass sie wieder atmen und sich frei bewegen konnte. Sie schnappte nach Luft. Schnell kam sie wieder zu sich, allerdings lag sie nun genau vor dem Grenzer auf der Erde. Als die Hände des Untoten das kleine Wesen bemerkten, begannen sie sofort, auf es zuzukrabbeln. Die linke Hand hangelte sich wieder von der Robe herunter, während die rechte, die schon auf dem Weg zur Kette gewesen war, davon abließ und sich auch auf das Mädchen zubewegte. Esyia geriet in Panik. Sie rannte los und wollte den Händen auf der rechten Seite entkommen. Doch zu spät. Die linke Hand des Grenzers versperrte ihr den Weg. Sie hielt die knöchernen Finger gespreizt, so als ob sie etwas fangen wollte. Esyia drehte sich um und spurtete verzweifelt in die andere Richtung. Aber auch hier kam sie zu spät. Die andere Hand hinderte sie an der Flucht. Die Kleine wich zurück. Hinter ihr war der Zauberkreis, in den sie nicht erneut hineingeraten durfte. Plötzlich stolperte sie über etwas, verlor das Gleichgewicht und stürzte zu Boden. Es war der Knochenkranz, den die rechte Hand vergessen hatte. Esyia lag genau auf ihm. Zu ihrem Entsetzen bemerkte sie, dass die Kette des Untoten auch aus skelettartigen Fingern bestand, die plötzlich ebenfalls anfingen sich zu bewegen und sie greifen wollten. Angst und Ekel übermannten das Mädchen. Nun war es aus. Sie konnte nicht mehr entkommen.

Dann geschah jedoch etwas Eigenartiges. Vermutlich ausgelöst durch die Not, in der die Kleine sich befand, fing das Amulett, das sie um den Hals trug, an zu reagieren. Es wurde plötzlich warm und glühte in einem starken, rötlichen Licht. Als Esyia das bemerkte, zog sie es schnell hervor und ließ es außen vor ihrer Weste auf der Brust baumeln. Sofort erlosch das bläuliche Schimmern der Knochen. Auch die Bewegungen der Kettenfinger stoppten. Die Kleine drehte sich nach links und schaute nach der rechten Hand des Untoten. Zu ihrer Überraschung bewegte sie sich nicht weiter. Die linke Hand war ebenso regungslos. Esyia sah, dass anstelle der Hände nun sie mit ihrem Amulett leuchtete. Das rötliche Licht des Amuletts schien eine Art Gegenmagie zu der des Hexers zu sein.

Für eine endlos lange Minute geschah nun gar nichts. Das ängstliche Mädchen saß mit pochendem Herzen auf der grässlichen Knochenkette und der Hexer mitsamt seinen abgetrennten Gliedmaßen regte sich nicht.

Plötzlich aber zogen sich die Hände zurück. Sie krabbelten zum Rumpf des Untoten und hangelten sich an dessen Robe hoch. Die Hände drehten sich und vereinten sich wieder mit den Armen. Der Hexer nahm seinen Kopf vom Boden und setzte ihn sich auf. Mit weißen, toten Augen starrte er auf die Kleine. Das Abtrennen der Körperteile hatte ihm offenbar nichts ausgemacht. Dann bewegte er sich langsam rückwärts, drehte sich und ging schnell davon. Einige Augenblicke später hörte das Amulett auf zu glühen und mit ihm Esyia.

Die alte Dame

Im Hintergrund hörte das Mädchen, dass der Ho'ki wieder zu sich kam. *Gott sei Dank*, dachte sie. Sie drehte sich um und sah, wie er sich langsam aufrappelte und zu ihr hinüberschaute.

Als die Kraft des Amuletts die bläuliche Aura des Hexers unterdrückte, verlor auch der Zauberkreis seine Macht. Glücklicherweise war Suriku nur kurze Zeit ohne Sauerstoff gewesen, sodass er keinen ernsten Schaden genommen hatte. Er ging zu der Kleinen und kniete sich neben sie.

»Wo ist er hin?«

Esyia erzählte ihm, was sich ereignet hatte.

»Hmm…«, machte der Ho'ki. »Er hatte wohl Angst vor dem Amulett.«

Das Mädchen nahm die Halskette ab und betrachtete sie genauer. »Sieht ganz so aus. Ich habe mich schon oft gefragt, was diese seltsamen Zeichen und der Greif zu bedeuten haben. Vorne steht der Name drauf und auf der Rückseite ist der Kopf eines Adlers.«

»Vielleicht finden wir ja jemanden auf unserer Reise, der die Zeichen übersetzen kann«, sagte Suriku. »Möglicherweise kann das Medaillon noch mehr.«

Der Ho'ki konnte nicht wissen, wie Recht er mit dieser Vermutung hatte. Er hob das Mädchen wieder auf seinen Kopf und sie gingen weiter. Beide waren erschöpft und geschockt von der Begegnung mit dem Hexer. Trotzdem durften sie jetzt keine Zeit verlieren, der Randbereich war zu gefährlich.

Etwas später änderte sich die Umgebung erneut. Der Boden war nun vollständig schwarz. Die restlichen Bäume waren verschwunden und auch ansonsten wuchs nichts mehr. Nur der Mond schien noch. Er tauchte die Gegend in ein schwaches, gespenstisches Licht, das gerade noch so ausreichte, um etwas sehen zu können.

»Also ich kann nirgendwo ein Ende ausmachen«, sagte Suriku. »Wie weit geht das denn noch?«

Esyia überlegte einen Moment.

»Also ich glaube nicht, dass wir an ein Ende kommen, wenn wir einfach so weitergehen. Vor ein paar Monaten hat mir ein Kobold mal was von Portalen erzählt, die im Randbereich stehen sollen. Ich habe ihn nicht richtig verstanden, aber vielleicht sollten wir nach so einem Tor Ausschau halten.«

»Portale?«, sagte der Ho'ki skeptisch. »Das würde ja bedeuten, dass Bobb sich immer teleportiert, wenn er den Wald verlässt. Als Riese?«

Das Mädchen zuckte mit den Achseln. »Weiß nicht. Aber Bobb ist nicht dumm. Zutrauen würde ich es ihm.«

In der Tat. Es gab keine Möglichkeit, den Wald auf normalem Wege zu verlassen. Man konnte zwar ganz normal hineingehen, wie in jeden anderen Wald auch, aber hinaus kam man nicht mehr. Der Dunkelwald hatte eine Eigenschaft, die von erfahrenen Zauberern als »magische Raumspiegelung« bezeichnet wurde. Am Rand des Waldes kam man in einen Bereich, der bewirkte, dass man ohne es zu merken wieder genau dahin zurücklief, von wo man gekommen war. In den Tiefen eines solchen Raumes gab es keine Orientierung. Im Dunkelwald war zwar der Mond noch da, dieser stand nach einiger Zeit jedoch genau senkrecht über den Wesen und ging mit ihnen mit, sodass er keine Hilfe mehr darstellte. Nur durch die Benutzung eines Portals konnte man die Raumspiegelung überwinden. Diese Teleportations-Tore beförderten die Reisenden an einen bestimmten Ort in Utvalin. Das konnte überall sein. Allerdings brachte ein Portal einen immer an denselben Ort. Ein anderes Portal würde den Reisenden woandershin bringen. Oft, aber nicht immer, befand sich am Zielort kein entgegengesetztes Tor. In solch einem Fall konnte man dann auch nicht wieder zurück.

Die Menschen des Ho'ki-Stammes hatten sehr gute Augen und Suriku konnte auf ziemlich großer Entfernung noch Dinge erkennen, jedoch betrug die Sichtweite hier höchstens dreißig Meter. Den beiden blieb deshalb nichts anderes übrig, als so lange weiterzugehen, bis sie zufällig an ein Portal gelangten. Sie irrten dann auch noch eine halbe Ewigkeit in der Dunkelheit herum, bis der Ho'ki plötzlich nach links zeigte und sagte: »Da ist was.«

Sie gingen näher heran und sahen, dass es sich wirklich um eines dieser Tore handeln musste. Es konnte allerdings nicht natürlichen Ursprungs sein, soviel war sofort klar.

»Meine Güte«, sagte Suriku ehrfurchtsvoll. »Was ist denn das?« Erstaunt betrachtete er das riesige Konstrukt.

Das Portal war so groß, dass ein Wesen wie Bobb fünfmal übereinandergestapelt immer noch hindurchgepasst hätte. Die Konstruktion erinnerte in ihrer Form an einen aufgerichteten Kreis, der unten jedoch, wie bei einem umgestülpten U, offen war. Die Seiten mündeten am Boden in zwei nach außen gerichtete Fußsockel. Der Kreisbogen selbst war etwa einen Meter dick. Er bestand aus einem Material, dass die beiden nicht kannten. Überraschenderweise war der Rand an vielen Stellen von einer efeuartigen Pflanze überwuchert. Dieses seltsame Gewächs schien seine Nährstoffe aus dem Tor selbst zu erhalten. Der Boden war jedenfalls völlig unfruchtbar und auch das Licht war hier eigentlich zu schwach. Das Besondere an dem Portal war aber nicht der Rand. Innerhalb des Kreises befand sich ein dichter, gräulicher Nebelschleier, der den ganzen Zwischenraum ausfüllte. Er sah etwa so aus wie ein Strudel in Wolkenform. Der Nebelkreis drehte sich langsam um seinen Mittelpunkt entgegen des Uhrzeigersinns.

Die zwei gingen einmal um das Tor herum und stellten fest, dass es von beiden Seiten gleich aussah. In wie weit es einen Unterschied machte, von welcher Seite man hineinging, wussten sie nicht. Das Portal schien aber beidseitig begehbar zu sein. Suriku und Esyia entschlossen sich kurzerhand, in den Kreis einzutreten. Beiden war klar, dass sie im Randbereich nirgendwohin kommen würden. Außerdem wollten sie sich nicht noch länger hier aufhalten, denn mit Sicherheit würde schon bald der nächste Untote auftauchen, und vielleicht nicht allein. Der Ho'ki zögerte deshalb auch nicht lange und ging mit schnellen Schritten in das Tor hinein. Als er etwa mit der Hälfte seines Körpers im Nebel war, blitzte plötzlich ein helles Licht auf. Es ähnelte dem Blitzlicht einer Kamera, war aber wesentlich stärker. Die beiden konnten mit einem Mal nichts mehr sehen und fühlten sich so, als ob sie nach unten fallen würden. Dieser Zustand verschwand aber nach ein paar Sekunden wieder und sie befanden sich plötzlich in einer völlig neuen Umgebung.

»Wow«, sagte Esyia beeindruckt. Sie stellte fest, dass sie keine Verletzungen erlitten hatte und fragte Suriku, wie es ihm ergangen war. Auch der Ho'ki hatte die Portalreise unversehrt überstanden. Am Zielort war allerdings kein weiteres Tor. Zurück konnten sie somit nicht mehr.

Das Mädchen bemerkte auf einmal, dass ihre Halskette mit dem Anhänger heiß war. Sie leuchtete nicht, war aber erwärmt. Offenbar gab es für das Amulett während der Benutzung des Portals einen Grund, aktiv zu werden. Da die beiden sich jetzt jedoch erst einmal in der neuen Gegend zurechtfinden mussten, achtete sie nicht weiter darauf.

Die zwei schauten sich um. Im Gegensatz zum Dunkelwald war es hier heller Tag. Der Himmel strahlte in einem klaren Blau und weit und breit war kein Wölkchen zu sehen. Sie standen auf einer kleinen, runden Fläche mitten auf einer Wiese, die sich weit bis zum Horizont erstreckte. Unmittelbar vor ihnen befand sich ein kleiner Pfad. Er war mit Pflastersteinen ausgelegt und sollte Neuankömmlingen offenbar den Weg weisen. Die beiden beschlossen, ihn entlangzugehen.

Nachdem sie einige Zeit gelaufen waren, tauchte in der Ferne plötzlich ein kleines Haus auf. Es stand einsam und verlassen in der Gegend. Aus einem Schornstein auf dem Dach stieg sanft Rauch in die Höhe und alles schien ruhig und friedlich zu sein. Als die beiden näher herankamen, bemerkten sie, dass der gepflasterte Weg genau zur Tür des Häuschens führte. Den zweien war zwar nicht ganz wohl bei der Sache, aber sie wollten trotzdem herausfinden, wer dort wohnt und ob er ihnen vielleicht sagen konnte, wo der Riese war. Suriku trat deshalb mit Esyia auf dem Kopf vor den Eingang und klopfte an die Tür.

»Herein«, sagte von drinnen eine Stimme.

Der Ho'ki öffnete die Tür und die beiden betraten den Raum. Das ganze Häuschen bestand nur aus einem Zimmer. In dessen Mitte saß eine alte Dame an einem Tisch. Sie hatte vor sich eine Tasse Tee mit einer Kanne und einer Schale Kekse. Die Frau musste schon uralt sein, denn ihre Haare waren weiß und die Haut stark verrunzelt. Leicht vornübergebeugt saß sie auf ihrem Stuhl und hatte die Hände gefaltet auf den Tisch gelegt.

»Setzt euch«, sagte sie.

Suriku sah sich erst misstrauisch um. Dann nahm er Platz und setzte Esyia von seinem Kopf herunter vor sich auf den Tisch. Die beiden saßen der Frau gegenüber.

»Ich habe euch erwartet«, erklärte die alte Dame.

»So?«, wunderte sich Esyia. »Wir sind aber rein zufällig

hier. Wir suchen einen Riesen namens Bobb, kennt Ihr den vielleicht?«

Die Alte guckte Esyia an und schmunzelte wohlwollend. »Zu mir kommt niemand zufällig, mein Kind. Die Vorsehung hat euch zu mir geführt. Es gibt einen wichtigen Grund, warum ihr die Chronistin besucht.«

»Die Chronistin?«, fragte Suriku.

»Ich bin die Zeugin der Zeit«, sagte die alte Frau. »Ich merke mir alle Ereignisse in Utvalin.«

»Wie soll das denn gehen?«, fragte der Ho'ki erneut. »Ihr müsstet ja überall gleichzeitig sein.«

»Alle wichtigen Geschehnisse sehe ich in meinem Tee«, antwortete die Alte mit völlig ernster Mine. »Ich weiß zum Beispiel, dass sich ein Schutz-Amulett der Valira vor Kurzem aktiviert hat und es im Besitz eines sehr kleinen Geschöpfes ist.« Ihre Augen ruhten auf dem Mädchen.

Esyia und Suriku schauten sich an. Beide waren verwundert, dass die Alte von dem Anhänger wusste. Sie beschlossen, der Frau erst einmal zu glauben und die Kleine fragte:

»Aus welchem wichtigen Grund sind wir denn hier und wer sind die Valira?«

Die Chronistin nippte an ihrem Tee. »Am besten fange ich ganz von vorne an. Ihr scheint ja vollkommen ahnungslos zu sein. Nehmt euch eine Tasse von der Anrichte, ich gieße euch etwas von meinem Tee ein.« Sie zeigte auf einen kleinen Tisch am hinteren Ende der Stube.

Suriku stand auf und ging hinüber. Er stellte überrascht fest, dass auch eine winzige Tasse für Esyia dabei war. *Sie hat uns tatsächlich erwartet*, dachte er. Er nahm eine Tasse für sich und die kleine für das Mädchen. Als er sich umdrehte, um zurück zu seinem Platz zu gehen, bemerkte er eine weiße Katze, die auf einem Stuhl schlief und behaglich vor sich hin schnurrte. Der Ho'ki setzte sich wieder, worauf die Alte, nachdem sie ihnen eingeschenkt hatte, mit ihrer Geschichte begann:

»Also«, sagte sie, »als die Kräfte der Schöpfung die Welt hervorbrachten, schufen sie am Abend eines jeden Schöpfungstages zwei magisch begabte Wesen. Jeweils ein männliches und ein weibliches. Die Erschaffung der Welt dauerte neun Tage, weshalb es am Ende achtzehn Wesen waren. Die Kräfte nannten die Welt *Utvalin* und die achtzehn Wesen *Valira*. Die Valira waren das erste Volk. Sie hatten die Aufgabe, die Welt mit ihren magischen Fähigkeiten zu beschützen und sie als Herrscher zu regieren.«

Die Alte hob die Schale mit den Keksen hoch und stellte sie weiter in die Mitte des Tischs. »Esst was von dem Gebäck.«

Suriku nahm sich einen Schokoladenkeks und teilte ihn in zwei Hälften. Dabei fielen einige Schokokrümel herunter, die er Esyia gab.

»Danke«, sagten die beiden höflich. Ihnen war mittlerweile klar, dass es sich bei der runzeligen Frau um eine wichtige Persönlichkeit handeln musste. Woher sollte sie sonst all diese Sachen wissen.

Die alte Dame erzählte weiter:

»Immer wenn etwas erschaffen wird, taucht aber auch ein Gegenteil davon auf. Wo Helligkeit ist, ist auch Dunkelheit, wo es Hitze gibt, gibt es auch Kälte, wo das Gute ist, ist auch das Böse. Genauso war es auch bei der Erschaffung von Utvalin. Es formierten sich Kräfte, die nur eines im Sinn hatten: Zerstörung, Unterdrückung und Leid. Die Valira konnten die Seite des Bösen allerdings immer wirksam bekämpfen und in Schach halten. Sie kämpften auch nicht allein, denn praktisch alle lebenden Wesen waren auf ihrer Seite. Die Mächte der Zerstörung entsprangen vor allem dem Reich des Todes. Untote Wiederkehrer und ihre Mutationen.«

Bei den letzten Worten verzog die Chronistin leicht die

Mundwinkel. Man sah ihr an, dass sie diese Kreaturen verabscheute.

»Das Volk der Valira vermehrte sich im Laufe der Zeit, so wie es alle Völker tun, aber da sie immer an vorderster Front gegen die Untoten kämpfen mussten, blieben sie nur wenige. Die ständigen Verluste waren hoch. Vor drei Jahren ereignete sich dann aber etwas, was ganz Utvalin verändern sollte. Durch eine massive Bündelung schwarzer Magie wurde ein besonders mächtiges Wesen erschaffen, das den Kampf gegen die Seite der Schöpfung anführen sollte: Schattenpriester Satar.

Satar ist ein Untoter mit bisher nie dagewesenen Fähigkeiten. Er ist nicht nur ein extrem starker Frostmagier, er besitzt auch die Fähigkeiten von schwarzen Priestern, Hexenmeistern und Nekromanten. Jede Schule der dunklen Magie ist ihm bekannt. Zusätzlich dazu ist er auch ein hervorragender Stratege. Seine Schlauheit, mit der er die Heere der schwarzen Seite anführt, ist unübertroffen. In den ersten Monaten seiner Führung siegte er in einer Schlacht nach der anderen. Niemand konnte ihn aufhalten. Die Valira mit ihren Verbündeten waren geschockt. Sie mussten auf einmal feststellen, dass sie nicht stark genug waren, diesen mächtigen Priester zu bezwingen. Sie erkannten schnell, dass sie nur eine Möglichkeit hatten, Utvalin vor dem Untergang zu bewahren: Sie mussten ihrerseits alle magischen Energien bündeln und sie auf eine bestimmte Person übertragen. In einem heiligen und langwierigen Ritual gelang es den Valira dann auch, einem Wesen alle vorhandenen weiß-magischen Fähigkeiten zu vermitteln. Es handelte sich um eine junge, weibliche Valira, die aufgrund ihrer besonderen Begabung und ihres Mutes dafür ausgewählt wurde.

Ihr Name ist Esyia.

Die Reise beginnt

Was?«, rief Esyia aus.

Sie sprang auf und rannte hinüber zu der Alten. Dabei wachte die Katze, die bis dahin friedlich vor sich hin geschlummert hatte, auf und sah, wie das Mädchen über den Tisch lief. Die Kleine weckte den Jagdinstinkt des Stubentigers, der in ihr ein Beutetier sah, welches es einzufangen galt. Die Katze sprang hinunter von ihrem Stuhl und dann mit einem kräftigen Satz auf den Tisch. Sie wollte sich das Mädchen gerade greifen, als plötzlich etwas aufblitzte. Suriku hatte die Lage sofort erfasst und sein Schwert gezogen. Er hielt es hoch in die Luft in der festen Absicht, Esyia zu schützen und die Katze notfalls in kleine Teile zu zerhäckseln, falls sie zupacken sollte. Der Stahl der Klinge reflektierte das Licht der Kerzen, die in einem Holzkranz an der Decke hingen. Vor Schreck wollte die Katze nun kehrt machen, verlor aber auf der glatten Tischoberfläche den Halt und geriet ins Rutschen. Verzweifelt versuchte sie sich irgendwo festzukrallen, um nicht hinunterzufallen. Dabei erwischte sie mit der rechten Pfote die Schale mit den Schokokeksen und riss sie mit sich vom Tisch auf den Boden.

»Wolli!«, rief die Alte wütend. »Was machst du denn? Jetzt schau dir mal die Sauerei an!«

Das Gebäck lag überall verstreut auf dem Boden.

»Ab in dein Körbchen!«

Die Katze rannte zu ihrem Stuhl zurück und verkroch sich darunter. Sie guckte die Frau schuldbewusst an, konnte aber nicht umhin, immer wieder zu Esyia hinüberzuschauen.

»Keine Sorge«, sagte die Alte zu den beiden, »Wolli will nur spielen, der tut nichts.«

Suriku steckte seine Waffe weg und atmete erleichtert auf. »Ich musste das Schwert ziehen. Anders hätte ich die Katze nicht erreichen können.«

Auch Esyia war ein Schreck in die Glieder gefahren. Sie setzte sich wieder, diesmal auf der Seite der Alten und meinte:

»Um ein Haar hätten sie ihre Katze verloren.« Sie schaute zu Suriku, dem das Ganze peinlich war. Bevor er jedoch noch etwas sagen konnte, erklärte die Chronistin:

»Nein, nein, schon gut. Er hat eine sehr bedeutsame Mission zu erfüllen. Es ist seine Aufgabe, dich zu beschützten, solange du deine Kräfte noch nicht wiedererlangt hast.«

»Also ich bin wirklich die auserwählte Valira?«, wollte Esyia noch einmal genau wissen. Sie konnte nicht glauben, was ihr die Alte da erzählt hatte.

»Ja das bist du«, erwiderte diese. »Ich war allerdings mit meiner Geschichte noch nicht fertig (*sie warf Wolli einen vorwurfsvollen Blick zu*). Das Amulett um deinen Hals ist ein lebendiges Artefakt, welches im Ritual deiner Einweihung geschaffen wurde. Es hat bestimmte Fähigkeiten, die in erster Linie deinem Schutz dienen. Die Welt, in der ihr euch im Augenblick befindet, ist eine Zwischenwelt. Hierhin können nur Wesen gelangen, die den Segen der Schöpfer haben. Meine Aufgabe ist es, den Kräften des Lebens zu helfen. Das Portal, durch das ihr geschritten seid, führt normalerweise nicht zu mir. Dein Amulett hat den Zielort manipuliert. Es handelt sich dabei um einen geheimen Mechanismus, den die schwarze Seite nicht kennt.«

Suriku krabbelte derweil unter dem Tisch herum, um die Kekse einzusammeln. Als er wieder hoch kam, fragte er die Chronistin:

»Warum sind die Valira denn so klein? Wäre es nicht besser, wenn sie groß und stark wären?« Er schaute mitfühlend auf Esyia hinunter.

Die Alte lachte. »Stärke hat nur dann etwas mit Körpergröße zu tun, wenn die Wesen magisch unbegabt sind. Die Macht der Valira beruht auf Zauberkraft. Als Ursprungsvolk sind sie im Besitz aller weißen Magietalente. Zu ihren Fähigkeiten gehört zum Beispiel auch der Schamanismus, eine Zauberrichtung, die den Untoten nicht zur Verfügung steht.«

»Aha«, sagte der Ho'ki und nickte. Die Macht der Magie hatte er ja schon bei dem Hexer im Randbereich kennen gelernt. Ohne die Hilfe von Esyias Amulett wären sie jetzt nicht mehr am Leben.

Wolli hielt es mittlerweile nicht mehr unter dem Stuhl. Er wollte unbedingt die Kleine näher betrachten und setzte sich neben den Tisch auf seine Hinterpfoten. Die Chronistin schaute runter zu ihm und dann zu Esyia. »Der gibt jetzt solange keine Ruhe, bis er dich beschnuppert hat. Am besten setzt dein Freund dich mal hinunter zu ihm. Wolli ist ganz lieb.«

Das Mädchen hatte keine Angst vor der Katze, eigentlich vor gar keinen Tieren. Sie ließ sich von Suriku zu Wolli auf den Boden setzen. Das Tier streckte vorsichtig seinen Kopf vor und roch an Esyia. Die Katze sah kurz hoch zu der Alten, so als würde sie um Erlaubnis bitten, und leckte dem Mädchen dann mit der Zunge quer übers Gesicht.

»Bäh…«, machte Esyia und lachte.

Wolli empfand das als Einladung weiterzumachen. Er rieb seinen Kopf an dem Mädchen und schnurrte. Dabei drückte er die Kleine immer ein bisschen weiter zurück. Als er das bemerkte, legte er sich flach auf den Boden, rollte sich auf den Rücken und wollte gekrault werden. Esyia streichelte Wolli daraufhin über den Bauch, was dieser offenbar genoss. Er griff sich die Kleine mit beiden Vorderpfoten und zog sie von der einen Seite über sich hinüber auf die andere. Das Mädchen kicherte. Um die Katze zu necken, sprang sie auf und rannte weg. Wolli setzte ihr sofort nach und brachte sie durch einen sanften Hieb zu Fall. Er packte Esyia vorsichtig mit den Fangzähnen am Rücken und wollte sie zu seinem Körbchen bringen, so wie Katzen es mit ihren Jungtieren machen. Die Alte wollte das aber nicht erlauben und befahl Wolli aufzuhören:

»Wolli … aus!«

Dieser ließ das Mädchen wieder los und Suriku setzte sie zurück auf den Tisch.

»Er mag dich«, meinte die Chronistin.

Esyia schien Wolli auch ins Herz geschlossen zu haben, denn während sie wieder auf dem Tisch Platz nahm, kicherte sie weiter belustigt vor sich hin. Die Alte aber sagte mit ernster Mine:

»Satar und seine dunklen Armeen suchen nach dir. Vor drei Jahren kam es zu einer entscheidenden Schlacht, an die du dich allerdings nicht mehr erinnern kannst. Die gebündelten Energien der weißen und der schwarzen Seite trafen aufeinander. Es kam zu einem Zweikampf zwischen dir und Satar. Im Laufe des Kampfes bemerkte der dunkle Fürst, dass er dich nicht bezwingen konnte. Seine Schlauheit riet ihm deshalb, sich vorläufig zurückzuziehen. Kurz vor seinem Rückzug wirkte er jedoch noch einen Hexenfluch, den du nicht abwehren konntest. Dieser Fluch hatte zur Folge, dass du nach und nach schwächer wurdest und schließlich in eine tiefe Ohnmacht fielst, bei der alle Erinnerungen aus deinem Gedächtnis gelöscht wurden.«

»Vor zwei Jahren bin ich wieder aufgewacht«, sagte das Mädchen.

Die Chronistin nickte. »Und ein Jahr hast du geschlafen.«

Esyia überlegte einen Moment und schaute dann traurig vor sich hin auf den Tisch. »Also ich war mal eine starke Zauberin und jetzt habe ich alle meine Kräfte verloren.«

»Ja, das ist leider so«, erwiderte die alte Dame. »Ich kann in meinem Tee auch nur die Vergangenheit sehen, in die Zukunft schauen kann ich nicht. Deshalb weiß ich auch nicht, ob und wie du deine magischen Fähigkeiten wieder zurückerlangen kannst.«

»Wir sollten zu Esyias Volk gehen«, schlug Suriku vor. »Vielleicht können die ihr helfen, wieder so zu werden wie vorher?«

»Die Valira haben sich auf den Berg Yras zurückgezogen«, erklärte die Chronistin an den Ho'ki gewandt. »Nachdem Esyia nicht mehr zurückkam, war es für sie auch nicht mehr möglich, Satars Streitkräfte aufzuhalten. Der Schattenpriester bemerkte selbstverständlich nach einiger Zeit, dass sein Fluch erfolgreich war. Er formierte die schwarzen Heere erneut und griff wieder an.«

»Das ist ja schrecklich«, schluchzte das Mädchen, worauf Wolli zurück auf den Tisch sprang und sich tröstend an sie schmiegte.

»Tja, mein Kind«, sagte die alte Dame mit sanfter Stimme, »ich muss dir leider sagen, dass es nur noch wenige Überlebende gibt. Sehr viele sind im Kampf gefallen.«

»Dann sollten wir keine Zeit verlieren.« Suriku stand auf. »Wir gehen zum Berg Yras.«

Die Chronistin schaute beide mit einem sorgenvollen Blick an. »Ja, ihr solltet euch dahin aufmachen. Allerdings müsst ihr dabei zwei große Hindernisse überwinden: Erstens hat Satar alle seine Spione und Soldaten ausgesendet, um Esyia zu finden und zweitens wisst ihr nicht, wohin ihr kommt, wenn ihr durch meine Tür wieder nach draußen tretet.«

»Wie?«, fragte der Ho'ki.

»Die Chronistin lebt in der Welt Ashar«, erklärte die Alte über sich in der dritten Person. »Hierhin gelangen nur diejenigen, die eine heilige Mission erfüllen müssen. Jedem,

dem die Gnade zuteil wird, diesen Ort aufsuchen zu dürfen, wird gleichzeitig eine schwere Last auferlegt. Als ihr in
meine Stube eingetreten wart, hatte sich die Tür in ein weiteres magisches Portal verwandelt. Wenn ihr jetzt wieder
hinaustretet, werdet ihr an einen zufälligen, unbekannten
Ort in Utvalin befördert. Niemand weiß wohin. Ich leider
auch nicht.«

»Wie sollen wir denn dann wissen, wo es lang geht? Kann
man da jemanden nach dem Weg fragen?«, wollte Esyia wissen.

Die Alte hob den Zeigefinger und meinte sehr ernst: »Niemals dürft ihr mit jemandem über eure Mission sprechen.
Satars Spione sind überall. Nein (*sie schüttelte mit dem Kopf*),
der einzige Wegweiser, den ihr benutzen dürft, ist das Amulett. Der Adler auf der Rückseite schaut immer genau in die
Richtung, in die ihr müsst. Das Medaillon muss dazu nur
waagerecht gehalten werden.«

»Was ist dann mit Bobb?«, fragte das Mädchen. «Wir brauchen den Riesen zum Schutz.«

»Es ist eher unwahrscheinlich, dass ihr von meiner Hütte
genau in die Gegend geportet werdet, wo euer Freund Bobb
wohnt«, sagte die alte Dame. »Ihr habt auch keine Zeit nach
ihm zu suchen.« Sie schaute die Kleine an. »Du musst zurück
nach Yras. Meine Aufgabe ist es, euch diese Botschaft zu
übermitteln. Möglicherweise könnt ihr einen entscheidenden Beitrag im Kampf gegen Satar leisten.«

Esyia nahm das Amulett und hielt es vor sich hin. »Hmm…
der Adler guckt zur Tür.«

Die Chronistin nickte und meinte andächtig: »Wenn ihr
da hindurchgeht, beginnt eure Reise. Ich wünsche euch alles Glück der Welt. Ihr werdet es brauchen. Utvalin wird es
brauchen.«

Wolli

Der kleine Bach plätscherte gemütlich vor sich hin. Die beiden hatten sich auf einen Felsen gesetzt und berieten, wie sie nun weiter vorgehen sollten. Sie waren durch die Tür der alten Frau geschritten und hatten dann eine ähnliche Erfahrung gemacht wie bei dem Portal im Dunkelwald. Wo sie jetzt waren, wussten sie nicht. Es handelte sich um ein hügeliges Gelände, in welchem zwar vereinzelt Bäume standen, wo aber Fels und Gestein die Oberhand hatten. Vor ihnen erstreckte sich eine längliche, freie Fläche, durch die sich ein kleiner Bach schlängelte. Das Wasser floss auf dem hellem Gestein langsam bergab. Esyia wollte gerade vorschlagen, mal auf das Amulett zu gucken, um vom Adler die Richtung zu erfahren, da rief sie plötzlich:

»Wolli!«

Vor ihnen hüpfte vergnügt die weiße Katze der Chronistin. Mit einem Satz sprang sie zu den beiden auf den Felsen und legte sich neben Esyia flach auf den Bauch.

»Was machst du denn hier?«, sprach Suriku die Katze an, die verständnislos zu ihm hochschaute.

»Er muss mit durchs Portal gekommen sein«, vermutete das Mädchen. »Da wird die Alte aber traurig sein.«

Sie tätschelte die Katze und überlegte einen Moment. Dann sagte sie:

»Wir nehmen ihn mit. Zurück kann er ja nicht mehr.« Genauso wie bei ihrer ersten Portalreise gab es hier kein Tor, das zurückführte.

»Gut«, meinte Suriku. »Vielleicht kann er sich ja irgendwie nützlich machen.«

Esyia stand neben Wolli und streichelte ihm über den Rücken. Auf einmal hatte sie eine Idee. Sie stieg mit einem Fuß auf den angewinkelten Ellenbogen der Katze, griff in sein Fell und zog sich an ihm hoch. Sie setzte sich auf Wolli wie ein Reiter auf ein Pferd. Das Mädchen war im Verhältnis zur Katze recht klein, sodass ihre Beine weiter nach vorne reichten, nicht direkt seitlich hinunter.

»Warte mal …«, sagte der Ho'ki.

Er löste ein Lederband von seinem Gürtel und fing an, mit dem Dolch daran herumzuschneiden. Er zertrennte es drei Mal, sodass vier Riemen übrig blieben. Einen band er Wolli um den Hals und einen um den Bauch, direkt hinter den Vorderbeinen. Die anderen beiden Lederriemen führte er unterhalb der Katze über deren Brust und oberhalb über ihren Nacken. Die Bänder verknotete er dann miteinander. Esyia war auf der Katze etwas nach hinten gerutscht, damit Suriku die Lederriemen befestigen konnte. Jetzt setzte sie sich wieder weiter vor und hielt sich an dem hinteren Band fest.

»Lauf!«, rief sie Wolli zu und drückte die Katze leicht mit ihren Unterschenkeln. Diese fing sofort an vorwärts zu traben. Das Mädchen konnte sich gut auf der Katze halten. Nach einiger Zeit ließ sie Wolli schneller laufen und ihn an einem Baum hochklettern. Es schien kein Problem für Esyia zu sein, auf der Katze sitzen zu bleiben. Zur Not schob sie die Beine unter den hinteren Riemen, sodass sie auch dann nicht herunterfiel, wenn Wolli wild herumsprang oder sein Rücken sich in die Senkrechte bewegte.

»Herzlichen Glückwunsch«, sagte Suriku und lachte. »Jetzt hast du dein eigenes Reittier. Hoffentlich macht Wolli das auch mit.«

Das war aber offenbar der Fall, denn Wolli trabte so stolz umher, als wäre er das Schlachtross eines berühmten Ritters. Esyia stieg von Wolli wieder herunter, nahm das Amulett ab und hielt es in die Waagerechte. Der Greif schaute in die Richtung, in die der kleine Bach floss. Die zwei entschieden sich deshalb, vorerst mal dem Wasser zu folgen, um dann später noch einmal das Medaillon zu befragen.

Sie gingen am Ufer entlang. Nach und nach wurde der kleine Bach immer größer. Als sie ihre erste Rast einlegten, war aus ihm schon ein richtiger Fluss geworden. Wolli trabte mit Esyia neben Suriku. Von Zeit zu Zeit lief er etwas vor, ließ sich aber dann auch wieder zurückfallen, um erneut neben dem Ho'ki zu traben. Als es einige Zeit später anfing zu dämmern, beschlossen die beiden Halt zu machen und erst am nächsten Morgen weiterzuziehen. In der Nähe des Ufers stand eine große Eiche, unter die sich die zwei setzten. Suriku kramte in einer seiner Taschen, die am Gürtel befestigt war, und holte einige Schokokekse heraus. Er grinste und sagte:

»Ich hab der Alten ein paar von ihren Keksen geklaut.«

Esyia lachte: »Ein paar sind wohl erlaubt. Sie hatte eh genung davon.«

Der Ho'ki lehnte sich an den Baumstamm, während das Mädchen Wollis Bauch als Rückenstütze benutzte. Nachdem sie die Kekse gegessen hatten, unterhielten sie sich noch eine Weile und schliefen dann ein. Die Äste und Blätter der Eiche boten ihnen Schutz vor Regen und Unwetter.

Einige Stunden später – es war mitten in der Nacht und die drei schlummerten tief und fest – tauchten entfernt am Himmel plötzlich kleine Punkte auf. Sie näherten sich erst langsam, wurden dann aber nach und nach größer, bis man schließlich erkennen konnte, um was es sich handelte: Es war ein Schwarm Vrapis, der in geringer Höhe über dem Boden flog und ihn offenbar nach etwas absuchte. Vrapis waren große Fledermäuse, von den Ausmaßen her etwa vergleichbar mit Krähen oder Raben. Sie waren zwar Blutsauger, aber aufgrund ihrer Größe für den Menschen ungefährlich. Die kleine Esyia hätten sie wohl angreifen können, aber selbst die Katze wäre stark genug gewesen, sie zurückzuschlagen. Vrapis saugten in der Regel auch nur an alten oder verletzten Tieren oder sie fraßen kleinere Insekten. Die Tiere, die jetzt über den Baum der drei Freunde hinwegflogen, hatten allerdings gar nicht die Absicht irgendetwas anzugreifen oder auszusaugen. Sie dienten als fliegende Aufklärer in der Armee Satars und sollten nach dem Träger des Amuletts Ausschau halten. Glücklicherweise bemerkten sie die kleine Gruppe nicht, denn der große Baum, unter dem die drei lagen, versperrte ihnen die Sicht.

Suriku und Esyia bekamen davon nichts mit. Die Sorglosigkeit, mit der die Reisenden unter der Eiche schliefen, deutete daraufhin, dass ihnen nicht im Entferntesten klar war, in welcher Gefahr sie sich befanden. Das allerdings würde sich schon sehr bald ändern.

Als der Morgen graute und die Vögel anfingen zu zwitschern, wachten die Freunde auf. Sie fuhren fort damit, dem Verlauf des Flusses zu folgen, der immer weiter an Größe zunahm. Da Suriku bei seinem Stamm gelernt hatte, wie man essbare Knollen, Samen, Früchte und so weiter finden konnte, hatten sie vorläufig genug zu essen. Die Ho'kis waren zwar auch Jäger, sie aßen Fleisch aber nur, wenn sie nichts Pflanzliches finden konnten. In der Not sozusagen. Esyia hingegen war vollständig Vegetarierin und käme niemals auf die Idee ein Tier zu essen. Das war schon seit Urbeginn bei den Valira so und hatte vor allem spirituell-magische Hintergründe, auf die an anderer Stelle noch näher eingegangen wird. Wolli war allerdings ein reiner Fleischfresser. Er hatte die Kekse schon nicht gemocht und für ihn mussten sie dann wohl oder übel doch Tiere jagen. Da Suriku in der Lage war, seinen Speer weit und treffsicher zu werfen, konnten sie schnell ein, zwei kleinere Nagetiere erlegen und

Wolli war damit fürs Erste auch satt. Zur Belustigung der beiden sprang die Katze von Zeit zu Zeit ins Wasser und versuchte sich einen Fisch zu krallen. Einige Male war es knapp, aber letztendlich entkamen die Fische immer, sodass Wolli es aufgab.

Nachdem der Fluss schon zu einem richtig großen Strom geworden war, floss das Wasser plötzlich auf einen Abhang zu, von dem aus man in ein weites Tal schauen konnte. Die drei stellten sich auf einen Vorsprung an die linke Uferseite und blickten hinunter. Unten am Fuße des Berges mündete das Gewässer in eine Art Flussdelta und ergoss sich dann weiter in ein Meer. Der Strom teilte sich in mehrere kleinere Arme, bevor er das Ufer erreichte. Suriku und Esyia waren erstaunt, als sie sahen, dass um die Mündung des Flusses herum eine große Stadt erbaut worden war.

»Wow«, sagte der Ho'ki beeindruckt, »die ist ja riesig.«

Die beiden erkannten, dass es sich um eine Hafenstadt handelte. Sie war genau auf dem Flussdelta gebaut. Die Verzweigungen des Stroms liefen durch sie hindurch. Am hinteren Ende war ein ausgedehnter Hafenbereich mit Docks und Stegen, an denen Segelschiffe angelegt hatten. Da der Adler auf dem Amulett in Richtung Ozean guckte, kamen die zwei zu dem Schluss, mit einem Schiff weiterreisen zu müssen. Beide waren noch niemals in einer so großen Siedlung gewesen und auf einem Schiff auch noch nicht. Sie waren deshalb einigermaßen aufgeregt, als sie den Berg hinabstiegen und sich langsam dem geschäftigen Treiben der Hafenmetropole näherten. Eine ganze Reihe größerer Straßen führte in die Stadt hinein. Die beiden entschieden, auf der mittleren zu gehen, die allem Anschein nach auch die Hauptstraße war.

Es herrschte reger Verkehr. Auf der rechten Seite gingen all diejenigen, die in die Stadt hineinwollten und auf der linken Seite kamen sie aus der Stadt heraus. Überall auf der Straße waren Wesen. Einige von ihnen saßen auf Reittieren oder fuhren auf Wagen, die von Tieren gezogen wurden. Andere wiederum gingen zu Fuß. Es handelte sich um verschiedene Rassen, aber die zwei bemerkten, dass es fast immer die gleichen waren. Es gab vor allem Menschen, Zwerge, vereinzelt Gnome und eine Art, die die beiden noch nie zuvor gesehen hatten: Vogelwesen.

Die körperliche Statur dieser sonderbaren Art war ähnlich wie die von Menschen. Sie waren etwas größer, jedoch nicht viel. Sie kleideten sich auch wie Menschen, allerdings trugen sie keine Schuhe. Die Bereiche ihres Körpers, die nicht von Kleidung bedeckt waren, zeigten aber anstelle von Haut ein Federkleid. Die Federn waren bei allen kurz und hellbraun. Manche Vogelwesen hatten etwas dunklere Federn, manche etwas hellere, aber sie waren nicht bunt. Zum Fliegen eigneten sich die Daunen wohl nicht mehr. Dazu hätten sie auch Flügel haben müssen, wovon aber nichts zu erkennen war. Die Füße sahen so aus wie bei normalen Vögeln. Drei längliche Zehen waren nach vorne gerichtet und ein sehr kurzer nach hinten. Da diese Wesen genauso aufrecht gingen wie Menschen, musste der vierte, hintere Zeh die Aufgabe haben, die bei Menschen die Ferse hat. Er stabilisierte den Körper nach hinten. Die Füße waren von einer Hornhaut bedeckt und an den Spitzen der Zehen befanden sich Krallen. Anders als richtige Vögel besaßen die Vogelwesen aber auch Hände. Diese sahen ähnlich aus wie die Füße. Auch hier hatten sie vier Finger mit Krallen. Die Finger waren jedoch kürzer als die Zehen und alle etwa gleich lang. Zwei Finger standen sich jeweils gegenüber, sodass es ihnen möglich war, etwas zu greifen und festzuhalten. Die Köpfe der Vogelwesen hatten etwas von Wellensittichen. Sie waren eher rundlich und saßen ohne erkennbaren Hals auf dem Oberkörper. Im Gesicht befand sich ein breiter aber nicht allzu langer Schnabel. Wie schon erwähnt, war diese Art nicht bunt. Das galt auch für den Kopf und das Gesicht.

Während die drei weitergingen, bemerkten sie, dass viele der Wesen recht fein gekleidet waren. Es schien sich um eine wohlhabende, zivilisierte Stadt zu handeln. Das galt vor allem für die Frauen. Sie trugen saubere Kleider mit Damenhandschuhen und modischen Hüten. Als eine sich der Gruppe auf der linken Seite näherte, sagte Suriku freundlich:

»Guten Tag, die Dame.«

Die Angesprochene schaute zu ihm herüber und erwiderte ebenfalls höflich:

»Guten Morgen, mein Herr.« Dann zog sie weiter an ihnen vorbei.

Kurz vor der Stadt kamen die Freunde an eine Brücke. Die Erbauer der Metropole hatten zum Schutz vor Feinden einen breiten Wassergraben um die Siedlung herum angelegt. Die Brücke zog sich über den Graben und endete dann vor einem riesigen Stadttor, an dem ein massives, hölzernes Fallgitter befestigt war. Das Gitter war hochgezogen, sodass die Leute rein- und rausgehen konnten.

Als die drei die Brücke überquert hatten und sich dem Tor näherten, meinte Esyia:

»Wir müssen uns gleich nach dem Weg zum Hafen erkundigen. Bei den hohen Häusern hier verlaufen wir uns sonst.«

»Da vorne stehen Wachen«, sagte Suriku, »die können wir fragen.«

Sie gingen zu einem der Wächter, der rechts am Torbogen stand und die Brücke beobachtete. Es handelte sich auch um ein Vogelwesen. Der Wachmann trug eine Schutzausrüstung mit leichtem Kettenhemd und hatte einen weißen Wappenrock an, der ihm bis über die Knie reichte. An seiner linken Hüfte hing ein langes Schwert, das an einem Ledergürtel befestigt war. Auf seiner Brust war in den Stoff des Wappenrocks ein weinrotes Symbol eingearbeitet. Es hatte die Form einer Flugechse.

»Entschuldigt bitte«, fragte Suriku vorsichtig, »könnt Ihr mir vielleicht sagen, wie wir zum Hafen kommen.«

Der Wachvogel musterte ihn und sagte streng: »Distanzwaffen müssen registriert werden. Ohne Erlaubnis dürft Ihr den Speer innerhalb der Stadt nicht tragen.«

»Ach«, meinte der Ho'ki, »das wusste ich nicht.«

»Hinter dem Tor bei der Wachaufsicht könnt Ihr ihn eintragen lassen. Ihr erhaltet dann einen Waffenschein dafür.«

»Ah, gut. Danke für den Hinweis.« Suriku hatte nichts dagegen.

»Die Hauptstraße führt auf den Hafen zu«, erklärte der Vogelmann. »Wenn Ihr mit dem Schiff weiterreisen wollt, habt Ihr allerdings Pech.«

»Wieso?«, mischte sich Esyia ins Gespräch ein, die immer noch auf Wolli saß.

Der Wachmann schaute zu ihr hinunter. Er war offensichtlich nicht überrascht, ein so kleines Wesen zu sehen. Die Leute hier schienen an den Besuch fremder Arten gewöhnt zu sein.

»Das letzte Passagierschiff ist gerade ausgelaufen. Die nächste Reisemöglichkeit besteht erst wieder in zwei Wochen.«

»Hmm…« Suriku dachte nach. »Könnte man eventuell auf einem Handelsschiff mitfahren?«

Der Wächter sah wieder zum Ho'ki. »Sprecht mal mit der Hafenverwaltung. Die können Euch da mehr sagen. Soweit ich weiß, nehmen die Händler aber keine Reisenden mit.«

»Ach so«, sagte Suriku leicht enttäuscht. »Danke für die Auskunft.«

Er nickte dem Vogelwächter zu. Dieser schaute wieder Richtung Brücke und sagte: »Willkommen in Rodusk.«

Etwas später hatte Suriku seinen Speer eintragen lassen und den Ausweis dafür dabei. Die Hafenverwaltung fanden sie ohne größere Probleme. Dort wurde ihnen jedoch mitgeteilt, dass sie tatsächlich zwei Wochen in Rodusk festsaßen, denn reisende Zivilisten mussten mit eigens dafür eingerichteten Schiffen fahren. Die Dame des Hafenbüros, auch halb Vogel halb Mensch, hatte ihnen noch eine Taverne empfohlen, wo sie sich für die Zeit einquartieren konnten: *Zum Achtarmigen Kraken.*

Als sie dort ankamen, erfuhren sie, dass noch ein Zimmer frei war, dieses pro Woche aber zwei Silber kosten würde. Der Zwerg an der Rezeption riet ihnen, etwas zu verkaufen, falls sie kein Geld haben sollten. Suriku entschloss sich daraufhin widerwillig, seinen Speer einzulösen. Der war gut und gerne zehn Silber wert. Sie fanden nach einigem Suchen auch einen Waffenhändler, der ihnen acht Silber und 50 Bronze bot, was Suriku akzeptierte. Das war zwar eigentlich unter Wert, aber es reichte aus um die zwei Wochen im Achtarmigen Kraken zu übernachten. Die restlichen viereinhalb Silber würden sie für Essen und die Fahrt auf dem Schiff ausgeben.

Die drei gingen zurück zur Taverne, bezahlten für die erste Woche und bezogen ihr Zimmer im zweiten Stock.

Rodusk

Am nächsten Tag war das Wetter sehr schön und die zwei beschlossen, einen Bummel durch die Stadt zu machen. Da sie zwei Wochen hierbleiben mussten, galt es, sich irgendwie die Zeit zu vertreiben. Esyia wollte unbedingt mal in die Schaufenster gucken. Seit sie die Kleider der Frauen gesehen hatte, fragte sie sich, ob es so etwas wohl auch in ihrer Größe gab. Suriku fand die Idee zwar nicht so toll, er hatte aber gestern seinerseits den ein oder anderen Laden entdeckt, der moderne und ihm noch unbekannte Waffen führte. So hatten beide ihre eigenen Interessen und sie zogen los in die Stadt.

Es würde zu weit führen, die Hafenmetropole in allen Einzelheiten zu beschreiben. Tausende von Sehenswürdigkeiten und Attraktionen boten sich den beiden. Überall gab es etwas zu sehen. Auf den Straßen war viel los, vor allem in den Einkaufs-und Handelsvierteln. Die Stadt war nicht nur riesig, sondern auch auf der Höhe der Zeit, was sich besonders an den hohen, steinernen Bauwerken und an den vielen technischen Kleinigkeiten zeigte. Zu letzteren gehörten auch Schusswaffen, die für die längere Distanz konstruiert waren. Suriku wollte gerade den Laden mit der Aufschrift *Grobarts Kampfausrüstung* betreten, als Esyia plötzlich aufschrie:

»Da!«

Der Ho'ki wirbelte herum und zog sein Schwert. Er war bereit, dem nächsten Untoten die Klinge in den Körper zu stoßen, da merkte er, dass das Mädchen im Modeladen gegenüber ein Kleid entdeckt hatte.

»Oh Mann«, protestierte er. »Schrei doch nicht so. Du hast mir 'nen Heidenschreck eingejagt.«

»Die Handschuhe haben sie auch«, sagte die Kleine, ohne näher auf ihn einzugehen.

Sie ritt mit Wolli schnurstracks auf den Laden zu und Suriku war klar, dass Grobarts Schusswaffen noch warten würden. Er steckte das Schwert wieder weg und ging ihr hinterher.

Im Schneiderladen hatte der Ho'ki alle Mühe, Esyia davon abzuhalten, sich eines dieser Kleider maßschneidern zu lassen. Die Verkäuferin erklärte ihnen, dass sie alles speziell für jede Körperform anfertigen würde. Die Kleine war begeistert. Suriku wies sie darauf hin, dass sie in so einem Rock unmöglich auf Wolli reiten könne. Dieses Argument beeindruckte Esyia allerdings nicht besonders. Erst als er ihr deutlich machte, dass sie nach Ausgabe der eineinhalb Silber, die die Schneiderin haben wollte, nicht mehr genug zu essen hätten für die zwei Wochen, lenkte das Mädchen schließlich ein. Suriku war heilfroh, als er die Kleine endlich aus dem Laden heraus hatte.

Danach ging er in den Waffenladen auf der anderen Seite und informierte sich über moderne Schusswaffen. Esyia saß draußen auf der Katze. Sie war verärgert. Nicht nur darüber, dass sie das Kleid nicht haben konnte, zu allem Überfluss liefen auch noch ständig Frauen an ihr vorbei, die schick gekleidet waren. *Ich bin immerhin eine Valira*, empörte sie sich, *vielleicht sollte man denen das hier mal sagen.* Bei diesem Gedanken musste das Mädchen jedoch über sich selbst lachen und sie schaute zur Tür von Grobarts, wann Suriku wieder herauskommen würde.

Als das soweit war, beschlossen die beiden, so langsam wieder zurück zum zum Achtarmigen Kraken zu gehen. Suriku war klar, dass es keinen Sinn haben würde, Esyia von den tollen Distanzwaffen zu erzählen. So etwas interessierte sie nicht besonders. Dass er um ein Haar 15 Bronze fürs Probeschießen ausgegeben hätte, verschwieg er selbstverständlich auch.

Nach einiger Zeit fing es plötzlich an zu regnen. Da es schon spät am Nachmittag war und die Dämmerung einsetzte, begannen die Nachtwächter damit, die großen Straßenlaternen zu entzünden. Die Flammen in den Lampen brannten an Dochten, die in einer petroleumähnlichen Flüssigkeit steckten. Als die Freunde später wieder beim Kraken waren und Suriku die Tür zum Gasthaus öffnete, war es schon dunkel. Sie traten ein und der Ho'ki schloss hinter sich wieder zu.

Keiner der drei bemerkte das Wesen, das auf der anderen Straßenseite plötzlich seine Augen öffnete. Es hing kopfüber an einer Laterne. Dicke Regentropfen liefen an ihm herunter, die sich an seinem Kopf in der schwarzen Mähne verfingen, bevor sie zu Boden tropften. Als im zweiten Stock das Licht anging und Suriku ans Fenster trat, um es wegen dem Regen zu schließen, ließ sich das Tier fallen. Es fiel etwa einen Meter frei, breitete dann seine Flügel aus und schoss mit einem quiekenden Schrei hoch in den nächtlichen Himmel. Einige Sekunden später war es verschwunden.

Tiefe Stille legte sich über die Stadt. Außer den Nachtwächtern, die vereinzelt durch die Stadt zogen, war niemand mehr draußen auf den Straßen. Auch am Hafen war alles ruhig. Der Rundgang durch die geschäftige Metropole war für die Gruppe sehr interessant und spannend gewesen. Sie waren deshalb auch müde in ihre Betten gefallen.

Einige Stunden vergingen. Der Regen rieselte sanft gegen das Fenster und bildete kleine Tröpfchen, die außen am Glas hinunterliefen. Sie wurden von der Laterne auf der anderen Straßenseite leicht erhellt, sodass sie wie kleine Glasperlen silbrig schimmerten. Am unteren Rahmen angekommen, glitten sie vor und fielen hinunter. Auf dem Kopfsteinpflaster der Gasse vereinten sich die Tropfen dann zu kleinen Rinnsalen, die sich langsam auf die Bordsteinkante zubewegten. Die drei schliefen tief und fest.

Plötzlich klopfte es.

Vier Mal langsam hintereinander pochte es an die Tür.

Suriku schreckte hoch und packte seinen Dolch. Auch Wolli wachte auf und durch seine Bewegung weckte er Esyia, die neben ihm lag. Der Ho'ki schaute zu dem Mädchen hinüber. Er hielt den Zeigefinger vor die Lippen und signalisierte ihr, dass sie sich ruhig verhalten sollte.

Es klopfte erneut.

Wieder vier Mal gleichmäßig hintereinander.

»Wer kann das sein?«, flüsterte Esyia leise. »Um die Uhrzeit.«

»Ich weiß es nicht«, sagte Suriku. »Vielleicht jemand von der Wachaufsicht.«

Der Ho'ki stand auf und ging zur Tür. Er stellte sich seitlich neben sie, den Dolch in der rechten Hand und wartete einen Moment. Da vor der Tür offenbar jemand war, der sich bemerkbar machen wollte, ging er davon aus, dass sie sich nicht in unmittelbarer Gefahr befanden. Attentäter würden lautlos agieren. Er drehte sich noch einmal kurz zu dem Mädchen um und wollte dann die Tür öffnen, als er vor Schreck erstarrte: Das Amulett leuchtete wieder! Es strahlte stark in seiner rötlichen Aura. Auch Esyia glühte wieder, genauso wie damals im Randbereich. Offenbar nahm das Amulett die Gegenwart einer feindlichen Macht wahr.

Suriku gingen tausend Gedanken durch den Kopf: *Wenn das Medaillon leuchtet, muss draußen etwas Bösartiges sein. Aber warum klopft jemand, der uns angreifen will?* Er blickte zurück zur Tür. *Wahrscheinlich hofft er, dass wir die Tür öffnen, dann muss er sie nicht aufbrechen und kommt ins Zimmer, ohne viel Aufsehen zu erregen.*

Einige Minuten verstrichen und Suriku entschied sich, die

Tür geschlossen zu lassen. Er wollte zur Sicherheit einige Schritte zurücktreten. Bevor er sich jedoch bewegen konnte, gab es plötzlich ein lautes, berstendes Krachen und durch die Mitte der Tür schoss eine Klaue, die ihn am Hals packte. Ein dunkelgrüner, muskelbepackter Arm ragte ins Zimmer. Mit einem mächtigen Schlag hatte er die Holztür durchstoßen. Der Unhold musste ungeheure Kräfte haben, denn die Tür war aus massivem Eichenholz. Die Klaue drückte zu. Suriku röchelte und verzog schmerzverzerrt das Gesicht. Der Fremde wollte ihm ohne jeden Zweifel das Genick brechen. In seiner Not riss der Ho'ki den Dolch hoch und schnitt dem Muskelarm tief ins Fleisch. Das Wesen hinter der Tür schrie auf. Es lockerte kurzzeitig seinen Griff und Suriku nutzte die Gelegenheit, um sich aus der Umklammerung zu lösen. Er rannte zurück zur linken Seite des Zimmers, wo sein Schwert lag. Hinter sich hörte er erneut einen lauten Knall, begleitet von Bersten und Splittern. Der Fremde hatte die Holztür eingetreten und stand nun mitten im Zimmer.

Der Angreifer war nicht viel größer als Suriku, aber wesentlich breiter. Es sah fast so aus, als wäre er genauso breit wie hoch. Er hatte dunkelgrüne Haut, welche Muskeln von unnatürlicher Größe umspannte. Der Unhold trug eine ärmellose Weste und eine Hose, die nur bis zu den Knien reichte. Beides war aus schwarzem Leder. An seinem Gürtel, dessen Silberschnalle einen Totenkopf darstellte, befand sich links und rechts je ein Langdolch. Die Waffen waren an ihren Griffen mit blauen Edelsteinen verziert. Seine Augen funkelten in einem seltsamen Gelb und die Pupillen waren schlitzförmig, so wie bei Katzen.

Mit raschen Kopfbewegungen schaute er sich um. Als er das Mädchen bemerkte, sprang er sofort auf sie zu. Die Kleine schrie vor Angst laut auf. Außer dem Amulett gab es für sie keine Verteidigungsmöglichkeit. Suriku erkannte, dass er sein Schwert nicht mehr rechtzeitig erreichen würde, und entschied sich, den Dolch zu werfen. Nur so konnte er noch etwas tun, bevor der Grüne bei der Kleinen war. Er drehte sich nach rechts und warf das Messer mit aller Kraft in Richtung des Fremden. Noch bevor der Unhold das Mädchen erreichte, traf ihn Surikus Klinge am linken Oberarm. Der Dolch bohrte sich bis zur Hälfte ins Fleisch des Attentäters. Dieser brüllte vor Schmerz und zog die Klinge wieder heraus. Er warf Suriku einen hasserfüllten Blick zu, widmete sich dann aber sofort wieder dem Mädchen. Es war offensichtlich, dass er nur wegen ihr hier war, der Ho'ki interessierte ihn nicht. Suriku erreichte sein Schwert und griff danach. Er zog es aus der Scheide und war gerade im Begriff auf den Fremden zuzustürmen, da bemerkte er zu seinem Entsetzen, dass der Grüne den rechten Langdolch gezogen hatte.

Esyia saß regungslos auf ihrem Bett. All ihre Hoffnungen legte sie in die Magie des Amuletts. Sollte es zu schwach sein, war sie verloren. Wolli hingegen stand mit gesträubten Nackenhaaren vor der Kleinen und war fest entschlossen, sie zu beschützen. Fauchend wölbte er seinen Rücken nach oben und legte die Ohren an. Als der Unhold näher kam, stieß er sich plötzlich mit den Hinterbeinen ab und sprang ihm mitten ins Gesicht. Er hatte die Krallen ausgefahren und zog seine rechte Pfote in einer blitzschnellen Bewegung zum linken Auge des Grünen. Dieser schrie erneut auf vor Schmerz, setzte seinen Angriff auf die Kleine jedoch gnadenlos fort. Die Bestie holte weit aus und stieß mit aller Kraft von oben auf das Mädchen hinunter. Suriku war noch etwa zwei Meter entfernt vom Grünen, da traf der Dolch des Unholds auf die Kleine. *Jetzt ist es aus*, dachte der Ho'ki, der verzweifelt erkannte, dass er zu spät kam. Er hörte ein dumpf klingendes Geräusch, etwa so, wie wenn man auf einen hohlen Gegenstand schlägt. Zu seiner Überraschung sah er, dass der Dolch ein paar Zentimeter vor Esyias Körper an etwas abprallte. Das Amulett hatte einen Schild aufgebaut. Eine Art Blase, die das Mädchen umgab. Als Suriku den Fremden endlich erreichte, schlug er mit aller Kraft zu. Der Unhold war gerade im Begriff, erneut auf die Kleine einzustechen, da traf ihn die Klinge des Ho'ki. Surikus Schwert schnitt dem Grünen tief hinein in die linke Seite. Der Unhold hatte seinen Dolch mit beiden Händen gepackt, um genug Kraft zu haben, die Aura des Amuletts zu durchstoßen. Dadurch war er am Körper jedoch ungeschützt. Er ließ seinen Dolch fallen, legte beide Hände auf die Wunde und krümmte sich vor Schmerz. Diesmal konnte er seine Attacke auf das Mädchen nicht fortsetzen. Die Verletzung war zu groß.

Er blickte in Richtung des Ho'ki. Ein Auge war geschlossen. Dafür hatte Wolli gesorgt. Das offene Auge des Fremden spiegelte Pein, aber auch Hass und Ungläubigkeit wider. Dass das Amulett einen Schutz aufbauen würde, hatte er nicht erwartet. Sein eigenes Leben war ihm völlig egal, er wollte aber unbedingt seinen Auftrag ausführen. Nun war ihm klar, dass es dazu nicht mehr kommen würde.

Suriku hatte seine Klinge halbkreisförmig von links nach rechts gezogen. Da er die Waffe schneidend eingesetzt hatte, konnte er sie jetzt in der Rückbewegung stechend führen. Er schaute der Bestie ins Gesicht. Ein Gefühl der Macht und Überlegenheit ergriff ihn. Augenblicklich war beiden bewusst, dass der Kampf aus war. Der Unhold hatte verloren. Er erkannte, dass er mit seinen Verletzungen der Klinge des Ho'ki nicht mehr ausweichen konnte.

Suriku stieß zu.

Er bohrte seine Klinge tief in den Hals des Grünen. Dieser erstarrte, riss sein rechtes Auge auf und kippte vornüber krachend auf den Boden des Zimmers.

Der Attentäter war tot.

Eure Hoheit

Suriku blickte hinüber zu Esyia. Das Mädchen stand auf dem Bett und zitterte. Wieder einmal hatten sie überlebt. Seit ihrem Aufbruch war das nun schon der zweite Versuch, sie umzubringen. Esyia wusste, dass es noch lange nicht vorbei sein würde. *Sie werden es wieder und wieder versuchen,* dachte sie. Der Krieger schien ihre Gedanken zu erraten und sagte:

»Wir müssen so schnell wie möglich weg von hier. Satar weiß, wo wir sind. Er wird schon bald neue Monster schicken.«

Der Tumult im Zimmer der beiden hatte zwischenzeitlich das ganze Gasthaus wach gemacht. Der Lärm musste so groß gewesen sein, dass auch in den umliegenden Häusern die Lichter angingen und die Wesen sich fragten, was los war. Die Gäste des Kraken traten auf die Flure und kamen neugierig zum zweiten Stock, allen voran der Gastwirt. Dieser, menschlich wie Suriku, aber älter und mit einem langen, roten Bart, betrat die Stube und blieb geschockt vor der Leiche des Grünen stehen.

»Oh Gott!«, rief er, »Ein Mutant!«

Als er das Wort ausgesprochen hatte, brach Panik unter den Gästen aus. »Ein Mutant! Ein Mutant!«, riefen sie sich zu und liefen verängstigt davon. Suriku und Esyia hatten natürlich bemerkt, dass der Unhold mit seiner grünen Hautfarbe und den seltsam gelben Katzenaugen ungewöhnlich aussah. Sie gingen allerdings davon aus, dass er einer bestimmten Art angehörte, die sie nicht kannten. Als sie aber den Gastwirt gehört hatten, fragten sie ihn, was es mit Mutanten auf sich hatte.

»Man erkennt sie an der grünen Hautfarbe«, erklärte er. »Diese Monster sind das Ergebnis von biologischen Experimenten, die die Untoten mit gefangenen Lebenden machen.«

Suriku sah hinunter zu dem Unhold. »Er ist sehr breit und muskulös.«

»Sie sind für den extremen Kampf gezüchtet«, sagte der Wirt. Er schaute sich im Zimmer um und fragte:

»Was wollte der hier? Und wieso lebt ihr noch? Einen Kampf mit einem Mutanten könnt ihr unmöglich überlebt haben.«

»Er hat uns angegriffen. Warum wissen wir nicht«, antwortete Esyia.

Die beiden hatten noch gut die Warnung der Alten im Kopf. Niemandem durften sie von ihrer Mission erzählen. Auch die Fähigkeiten des Amuletts mussten geheim bleiben. Nur durch dessen Magie war ihr Tod verhindert worden. Das Medaillon hatte sie schon wieder gerettet.

Die Nachricht vom Mutanten im Achtarmigen Kraken verbreitete sich indes wie ein Lauffeuer in der Stadt. Die Wesen liefen auf die Straßen und diskutierten aufgeregt miteinander. Der Angriff eines solchen Monsters musste etwas Ungeheuerliches sein. Auch die Wachen waren verständigt worden und vor der Taverne erschienen drei Vogelwächter, die auf zweibeinigen Raptoren ritten. Die Wachleute banden ihre Tiere vor dem Gasthaus an und gingen hoch in den zweiten Stock.

»Was ist hier los?«, wollte einer der Vögel wissen, offensichtlich der Chef der Gruppe. Als sein Blick auf den am Boden liegenden Grünen fiel, rief er erschreckt:

»Ach du meine Güte!«

Der Gastwirt wendete sich zum Wachmann. »Das Monster hat die beiden angegriffen.« Er zeigte auf Suriku und Esyia. »Sie behaupten, sie wüssten nicht warum.«

Der Vogel schaute Suriku und Esyia streng an. »Das kann nicht sein. Irgendetwas müsst ihr wissen. Ein Mutant greift nicht einfach irgendwen an. Der hatte eine spezielle Aufgabe. Welche?«

Er wartete auf eine Antwort der beiden. Da sie aber nicht reagierten, kommandierte er:

»Wir werden euch vorläufig festnehmen. Die Sicherheit der Stadt steht auf dem Spiel.«

Die drei wurden abgeführt. Sie galten zwar nicht als Verbrecher, wohl aber als welche, die die Stadt in Gefahr gebracht hatten. Die Wachen nahmen sie mit ins Militärviertel und sperrten sie dort in eine Zelle, die sich im Erdgeschoss eines großen, mehrstöckigen Gebäudes befand. Da bei den beiden noch nicht geklärt war, ob sie einen Rechtsverstoß begangen hatten, saßen sie erst einmal in Untersuchungshaft.

In der kleinen Zelle befand sich lediglich ein Tisch mit einigen Stühlen drum herum. An der Decke hing eine kleine Lampe, die ein schwaches Licht in den Raum warf. Suriku hatte sich auf einen Stuhl gesetzt und Esyia war mit Wolli auf den Tisch gesprungen, wo sie absaß und sich hinsetzte. Die Katze hüpfte wieder hinunter. Sie verbrachten dort etwa eine Stunde, als plötzlich die Tür aufging. Zwei Vogelwächter traten ein, gefolgt von einem weiteren, der wiederum jemanden hinter sich hatte. Vier Personen betraten die Zelle. Die beiden Wächter, die zuerst hineingekommen waren, stellten sich links und rechts neben die Tür. Sie hatten lange Schwerter gezogen, die sie mit der Spitze nach unten auf den Boden setzten und hinter denen sie sich breitbeinig aufstellten. Der dritte trug drei goldene Sterne auf seiner Brustrüstung, die ihn als ranghöher auswiesen. Er trat auf den Tisch zu. Neben ihm erschien die vierte Person. Es handelte sich um einen Menschen in Zivil. Er war glatzköpfig, glatt rasiert und trug eine Brille.

»Suriku und Esyia?«, fragte der Dreisternige der Form halber und schaute auf ein Blatt Papier.

Die beiden nickten. »Ja, das ist richtig«, sagte Esyia. »Und die Katze heißt Wolli.«

Der Hauptman sah sie leicht gereizt an. »Das interessiert uns nicht. Wegen der Katze wird er ja wohl nicht gekommen sein.«

Er setzte sich an den Tisch. »So. Zuerst werde ich euch kurz sagen, wer wir sind, und dann erwarte ich, dass ihr alle Fragen wahrheitsgemäß beantwortet.« Er zeigte auf den Glatzköpfigen. »Das ist der stellvertretende Bürgermeister der Stadt Rodusk, Herr Dosell. Er hat in Angelegenheiten der Stadt alle Vollmachten.«

»Guten Tag«, sagte dieser kühl.

»Ich selbst«, fuhr der Offizier fort, »bin der Hauptmann der Torwache, abkommandiert um euch zu verhören.«

Er schaute nochmals auf sein Formular, das jetzt vor ihm auf dem Tisch lag.

»Sagt uns, warum der Mutant in der Taverne Zum Achtarmigen Kraken war. Er hat euch angegriffen, dafür muss es einen Grund geben. Ein einfaches ›Das-wissen-wir-nicht‹ kaufen wir euch nicht ab.«

Suriku und Esyia war bewusst, dass es keinen Sinn hatte, weiterhin die Ahnungslosen zu spielen. Der Hauptmann hatte ja Recht in seiner Sorge um die Stadt. Esyia entschloss sich deshalb, und Suriku deutete durch ein Nicken an, dass er einverstanden war, die Wahrheit zu sagen.

»Also«, fing das Mädchen an, »bevor wir etwas aussagen, müssen wir wissen, ob es vertraulich behandelt wird. Wenn bekannt wird, wer und wo wir sind, schwebt ganz Utvalin in großer Gefahr.«

Der Offizier blickte zum stellvertretenden Bürgermeister. Dieser überlegte einen Moment und sagte dann:

»Ich kann euch garantieren, dass nichts an die Öffentlichkeit gelangen wird.«

»Gut«, erwiderte Esyia. Sie hielt einen Moment inne und fragte daraufhin: »Kennt Ihr die Entstehungsgeschichte von Utvalin?«

Der Hauptmann schaute sie verwundert an. »Es gibt viele Legenden und Mythen darüber. Keiner weiß aber, in wie weit sie wahr sind.«

»Was wisst Ihr über die Valira?«

»Das angebliche Urvolk«, sagte Dosell. »Sie sollen klein sein, aber mit großer Zauberkraft. Man sagt, sie wachen über Utvalin.«

»So ist es auch«, erklärte Esyia. »Oder besser gesagt, so war es.«

»Was heißt, so war es?«, fragte der Hauptmann.

»Die Valira mussten sich zurückziehen. Die zum Kampf gegen den Anführer der Untoten auserwählte Magierin war verschollen und hat ihre Kräfte verloren.«

Der Hauptmann wurde blass. »So stimmt es also.« Erschreckt sah er zum stellvertretenden Bürgermeister. »Deshalb hat die Bedrohung durch die Untoten auch so stark zugenommen. Wir grübeln schon seit langem darüber.«

Auch Dosell sah man an, dass er geschockt war. »Wenn die Legenden von den Hütern wahr sind und sie sich jetzt zurückziehen, sind wir verloren.«

»Noch nicht«, erklärte Esyia. »Die verlorene Valira ist auf dem Weg nach Yras, um sich wieder mit ihrem Volk zu vereinen.«

»Der heilige Berg«, murmelte einer der Türwachen ehrfurchtsvoll, was ihm einen strengen Blick des Hauptmanns einbrachte, da sie unaufgefordert nicht sprechen durften.

»Wo befindet sich die Hüterin?«, wollte der Offizier wissen. »Ihr muss um jeden Preis geholfen werden.«

Suriku, der sich bis jetzt rausgehalten hatte, sagte: »Sie sitzt vor Ihnen.«

Im Raum wurde es mit einem Mal totenstill. Der Hauptmann starrte Esyia ungläubig an. »Ihr seid eine Valira?« Er blickte erneut kurz zu Dosell und dann wieder zurück zu dem Mädchen. Einige Sekunden vergingen. Dann nickte er plötzlich. »Deshalb also der Mutant ...«

Der Offizier stand auf und trat einen Schritt vom Tisch zurück. Er ging runter und setzte sein rechtes Knie neben den linken Fuß auf den Boden. Die Hände legte er verschränkt auf den Oberschenkel des linken Beins. Die Torwächter folgten seinem Beispiel, nur dass sie nach wie vor die Langschwerter in den Händen hielten. Auch Herr Dosell bewegte sich nach unten.

»Hüterin ...«, brachte der Offizier stockend hervor, »wir wussten ja nicht (*sein Kopf wurde vor Verlegenheit rot*) ... bitte vergebt uns. Wenn wir gewusst hätten, wer Eure Hoheit sind, hätten wir Euch natürlich niemals hier in diese Zelle gebracht.« Er schaute unsicher vor sich auf den Boden.

Die Wächter und der stellvertretende Bürgermeister blickten ebenfalls nach unten. Vor Hochachtung und Respekt wollte keiner von ihnen der Valira direkt in die Augen schauen.

Suriku und Esyia konnten nicht glauben, was sie da sahen. Solch eine Verehrung hatten sie nicht erwartet. Noch vor wenigen Minuten war der Hauptmann ziemlich unfreundlich gewesen und hatte sie beschuldigt, die Sicherheit der Stadt zu gefährden und jetzt wurde Esyia plötzlich mit »Eure Hoheit« angesprochen. Da die Kleine sich ihre Überraschung nicht anmerken lassen wollte, sagte sie mit so ruhiger Stimme wie möglich:

»Schon gut, Hauptmann. Ihr konntet ja nicht wissen, wer wir sind.«

Die Männer richteten sich langsam wieder auf.

»Wir müssen Eure Hoheit so schnell wie möglich in Sicherheit bringen«, sagte der Hauptmann.

Er überlegte einen Moment. »Es ist notwendig, dass wir noch zwei weiteren Personen von Euer Hoheit Anwesenheit berichten: Admiral Russ, der Flottenführer, und General von Stein, Oberbefehlshaber über die Landstreitkräfte. Wahrscheinlich wird Stein noch die Sturmreiter hinzuziehen wollen.

»Sturmreiter?«, fragte Suriku interessiert.

»Rodusk verfügt über eine nicht unbeträchtliche Anzahl an Flugechsen, die von unseren Wächtern geflogen werden«, erklärte der Offizier.

»Ich schlage vor«, sagte Herr Dosell, »dass wir als dritten noch den Bürgermeister mit einbeziehen. In solch einer wichtigen Angelegenheit kann ich ihn nicht außen vor lassen.«

Der Hauptman nickte. »Wenn Eure Hoheit einverstanden sind, schicke ich einen der Wachmänner los, um die Personen zu benachrichtigen.«

»Tut das, Hauptmann«, sagte Esyia, die ihre neue Rolle als Hoheit zu genießen schien. Sie warf Suriku einen verschmitzten Blick zu, welchen dieser mit einem breiten Grinsen erwiderte.

Oberst Agus

Eine Dreiviertelstunde später saßen sie in einem Saal im Regierungsgebäude des Bürgermeisters von Rodusk. Die Stadt Rodusk war als »freie« Stadt völlig unabhängig von anderen Städten und Königreichen. Die Bürger konnten alle Entscheidungen bezüglich Sicherheit, Handelsbeziehungen, Rechtssystem usw. selbstständig treffen. Der Bürgermeister wurde von den Einwohnern gewählt und führte die Stadt. Die Städte in Utvalin waren aufgrund ihrer Größe teilweise sehr mächtig. Manche Handelsmetropolen waren so reich und so gut bewaffnet, dass kein König es gewagt hätte, sie anzugreifen. Auch Rodusk zählte dazu. Unter den Lebenden gab es allerdings nicht mehr viele gewaltsame Auseinandersetzungen, denn da die Untoten immer stärker und aggressiver wurden, halfen sich die meisten Städte und Königreiche so gut sie konnten.

Die Anwesenden hatten an einer großen runden Tafel Platz genommen. Vor Suriku auf dem Tisch saß wie gewöhnlich Esiya, links von ihnen Bürgermeister Merego, dann Admiral Russ, Oberst Agus und der Hauptmann der Torwache, den die beiden schon aus dem Gefängnis kannten. Da der Bürgermeister selbst anwesend war, befand sich Herr Dosell nicht im Saal. General von Stein war gegenwärtig nicht in der Stadt und konnte deshalb nicht an der Sitzung teilnehmen. Da die Sturmreiter von ihm aber sowieso hinzugezogen worden wären, saß Oberst Agus als deren Führer mit dabei.

Merego, menschlich wie sein Stellvertreter, wendete sich an die Offiziere:

»Auf welchem Weg können wir Hüterin Esyia mit ihrer Leibwache am sichersten zum Berg Yras bringen?«

»Niemand weiß, wo sich der heilige Berg befindet«, sagte Admiral Russ. »Das Einzige, was wir tun können, ist Euer Hoheit so sicher wie möglich in die Richtung zu begleiten, in die der Greif auf Euer Hoheits Amulett blickt. So wie es Euer Hoheit erklärt hat.«

»Wir könnten Hüterin Esyia Geleitschutz durch unsere Jäger geben«, schlug der Hauptmann vor. »Auf den Raptoren würden sie schnell vorankommen.«

»Das ist zu auffällig.«, entgegnete der Admiral. »Eine Kompanie Jäger würden die Untoten sofort bemerken. Wir könnten versuchen, Hoheit Esyia irgendwie versteckt zu schmuggeln, aber dann ist Euer Hoheit schutzlos und langsam. Bei der Flotte gilt das Gleiche. Wenn wir mit mehreren Schlachtschiffen auslaufen, wären wir vor Piraten geschützt, jedoch werden wir ebenfalls viel Aufmerksamkeit erregen. Vor allem natürlich auch, wenn wir irgendwo anlegen. Letztendlich muss Hüterin Esyia dann doch auf dem Landweg weiter. Yras wird nicht auf einer Insel in der Mürrischen See liegen.«

»Wir könnten Hoheit Esyia auf einer Echse befördern«, erklärte Oberst Agus von den Sturmreitern, »dazu müsste Euer Hoheit und Euer Hoheit Leibwache jedoch erst an ein Tier gewöhnt werden. Ihr wisst, dass das einige Wochen dauern kann.«

Agus war genau wie Admiral Russ und die Wächter der Torwache ein Vogelwesen. Sie war jedoch als Weibchen etwas kleiner.

»Die Zeit haben wir nicht«, sagte der Hauptmann. »Wenn die Untoten merken, dass Hüterin Esyia in der Stadt verbleibt, werden sie uns angreifen. Das können wir auf keinen Fall riskieren.«

Russ stimmte zu. »Ja, das geht nicht.«

»Gurd?«, äußerte Oberst Agus plötzlich und die anderen schauten überrascht zu ihr.

Admirall Russ schüttelte den Kopf. »Das wäre Wahnsinn.«

»Das haben wir noch nie versucht«, sagte der Hauptmann der Torwache. »Das ist viel zu gefährlich!«

Oberst Agus lachte auf. »Typisch«, sagte sie. »Zu gefährlich, zu riskant, geht nicht … Wir sehen ja, wo uns Eure Zögerlichkeit hingeführt hat. Die Zeiten, wo man auf Sicherheit gehen konnte, sind längst vorbei. Die Mutanten kehren mittlerweile schon fröhlich in unsere Gasthäuser ein und Ihr glaubt immer noch, einen Angriff der Untoten vermeiden zu können.«

Es war offensichtlich das Oberst Agus von den Sturmreitern wenig Respekt vor den anderen Offizieren hatte.

»Hört auf!«, befahl Bürgermeister Merego. »Jetzt ist nicht die Zeit, wo Ihr Eure Rivalitäten austragen könnt. Ich erwarte, dass Ihr Euch in Anwesenheit Euer Hoheit anständig aufführt. Ich kann Eure Posten auch mit anderen Offizieren besetzen, vergesst das nicht.«

Oberst Agus, die nicht merkte, dass Suriku ihr einen bewundernden Blick zuwarf, sagte in Richtung Esyia:

»Vergebt mir, Hoheit. Zwischen den Waffengattungen gibt es … sagen wir … unterschiedliche Auffassungen.«

Die Kommandantin der Flugstaffeln war stolzer und draufgängerischer als die anderen. Die Sturmreiter sahen sich als Elite der Roduskschen Armee. Sie brachten sich auf ihren Echsen täglich in große Gefahr. Nur die mutigsten und willensstärksten überstanden die harte Ausbildung und erhielten die Erlaubnis, ihr eigenes Tier zu fliegen. Wenn eine Flugechse den Reiter nicht wirklich respektierte, konnte es vorkommen, dass sie ihn abwarf. Bei entsprechender Flughöhe war das der sichere Tod. Aus diesem Grund blickten die Echsenreiter ein wenig von oben herab auf die anderen Soldaten, deren Aufgaben nicht so anspruchsvoll waren. Suriku bemerkte eine gewisse Seelenverwandtschaft zwischen sich und ihr. Auch er hatte selten Angst und mochte es, wenn weniger geredet und mehr gehandelt wurde.

Oberst Agus erklärte: »Gurd ist ein Meadon. Die Echsen, auf denen wir fliegen, sind natürlich viel kleiner. Meadons gehören normalerweise zu den gefährlichsten Monstern, denen man begegnen kann. Der letzte Angriff einer solchen Riesenechse auf Rodusk hatte dazu geführt, dass große Teile der Stadt zerstört und etliche Einwohner getötet wurden. Gurd ist hier allerdings eine Ausnahme.« Sie schaute zu den anderen Offizieren. »Auch wenn einige von uns immer noch Angst vor ihm haben.«

»Agus!«, ermahnte sie der Bürgermeister.

»Schon gut, schon gut, Bürgermeister«, sagte sie und fuhr fort:

»Vor einigen Jahren hatte eine unserer Staffeln einen am Boden liegenden Meadon entdeckt. Der Kommandant gab sofort den Befehl, das Tier anzugreifen. Als sie jedoch auf ihn zuflogen, bemerkten sie, dass er sie zwar sah, aber keine Anstalten machte, sich zu verteidigen. Daraufhin traf der Kommandant der Einheit eine mutige Entscheidung. Er brach den Angriff ab, um zu untersuchen, was mit dem Meadon los war.

Als sie näher kamen, sahen sie, dass er krank war. Der Staffelführer rief einen Schamanen herbei, der bei dem Tier eine Vergiftung feststellte. Er musste von giftigen Pflanzen gefressen haben. Sie entschlossen sich, die Riesenechse zu heilen, um ihr Wohlwollen zu erlangen. Der Schamane ließ die Männer bestimmte Kräuter sammeln, mit denen er dann Heiltränke braute. Aufgrund der Größe des Meadons dauerte die ganze Aktion mehrere Wochen. Letztendlich wurde die Riesenechse jedoch geheilt und war fortan der Stadt Rodusk und seinen Einwohnern gegenüber freundlich gesinnt. Von Zeit zu Zeit kommt er zu Besuch, was immer ein riesen Spektakel ist.«

Admiral Russ wendete sich zum Bürgermeister. »Niemand ist jemals auf einem Meadon geflogen. Wollt Ihr Hüterin Esyia allen Ernstes auf eine Riesenechse setzen?« Er schüttelte verständnislos mit dem Kopf.

»Davor habe ich keine Angst«, sagte Esyia. »Ich bin mit Wolli einiges gewöhnt.«

Oberst Agus schaute Esyia an und konnte sich ein Grinsen nicht verkneifen. »Freut mich, wenn Euer Hoheit furchtlos sind. Aber glaubt mir, Hoheit, einen Meadon kann man nicht mit einer Hauskatze vergleichen. Seine Kräfte sind unvorstellbar.«

»Ja«, meinte der Bürgermeister, »es ist riskant, aber ich glaube auch, wir sollten Gurd benachrichtigen. See- und Landweg sind ausgeschlossen und auf den Flugechsen kann Hoheit Esyia erst nach langer Einarbeitung fliegen. Bleibt nur der Meadon. Da wir nicht viel Zeit für Beratungen und Vorbereitungen haben, lege ich das jetzt fest.«

Er schaute zu Oberst Agus. »Ihr organisiert das, Agus! Ich gehe davon aus, dass Euch klar ist, was auf dem Spiel steht.«

»Jawohl, Herr Bürgermeister«, erwiderte die Vogelfrau.

Zu den beiden anderen Offizieren sagte Merego: »Ihr könnt gehen. Wenn Eure Hilfe benötigt wird, schicke ich einen Boten.«

Admiral Russ und der Hauptmann standen auf. Sie wendeten sich an Esyia, verneigten sich und sagten: »Eure Hoheit«, dann mit einem kurzen Blick auf Merego: »Herr Bürgermeister«, und verließen den Saal.

Der dunkle Priester

Weit entfernt von Rodusk in einer völlig anderen Umgebung fand derweil ein schauriges Schauspiel statt. Hoch oben auf dem Balkon eines uralten, riesigen Schlosses stand Schattenpriester Satar und schaute hinunter. Unterhalb seiner Empore erstreckte sich ein Platz, der an Größe das Schloss noch bei Weitem übertraf. Auf ihm befanden sich tausende von untoten Kämpfern, die in Reih und Glied angetreten waren. Die Ansammlung an Wesen reichte in allen Richtungen weit bis zum Horizont. Mittig unter Satars Balkon verlief eine etwa zwanzig Meter breite Gasse, die sich gerade durch die Bataillone zog und die Menge in zwei Hälften teilte. Die Tausendschaften auf beiden Seiten waren jeweils in rechteckige Abteilungen unterteilt, in denen die Kämpfer der einzelnen Einheiten zusammengefasst waren. Einer der vorderen Soldaten eines solchen Vierecks hielt immer eine große Fahne hoch. Die Fahnen waren schwarz und hatten einen weißen Kreis in der Mitte. Innerhalb des Kreises befand sich ein schwarzes »S«, das an den Enden spitz zulief. Das spitze S war das Symbol Satars, des »Dunklen Fürsten«. Die Kämpfer, die unmittelbar links und rechts am Mittelgang standen, trugen hell leuchtende Pechfackeln. Zwei lange Linien an Lichtern zogen sich weit von hinten die Gasse entlang bis nach vorne zu Satars Balkon.

Den mittleren Weg hinauf gingen nun drei Wesen. Sie bewegten sich gleichmäßigen Schrittes vorwärts. Einer ging voraus, die beiden anderen links und rechts etwas zurückversetzt. Die Bataillone um sie herum waren still. Kein Laut war zu hören. Die Gruppe wirkte winzig als sie durch die ungeheure Anzahl an Soldaten schritt und unter einem blutroten

Himmel, der das düstere Schauspiel bezeugte, vorne bei der Empore ankam. Die drei trugen lange schwarze Umhänge, die hinten an ihnen hinunterfielen. Sie hatten silberfarbene Helme auf, welche mit Rabenfedern geschmückt waren, und auf dem Rücken trugen sie gekreuzt je zwei Langschwerter. Die Waffen umgab eine bläulich schimmernde Aura, was auf eine besondere magische Aufladung schließen ließ. Die Gruppe blieb stehen und der Erste trat einen Schritt weiter vor. Er hob seinen rechten Arm und streckte ihn, leicht nach oben rechts, mit geballter Faust vor. Sein Blick ging hoch zu Satar:

»Mein Fürst, melde gehorsamst, alle Bataillone vollzählig angetreten und bereit!«

Satar schaute gerade über seine Kämpfer hinweg. Er sah nicht nach unten. Der Vordere der drei nahm seinen Arm wieder herunter und drehte sich ruckartig, sodass er nun in Richtung der Bataillone schaute. Die anderen beiden taten das Gleiche.

Stille.

Die Menge wartete gespannt auf die Worte des Dunklen Fürsten. Es vergingen einige Minuten. Nur das leise Säuseln des Windes war zu hören, der leicht durch die Fahnen strich und sie sanft hin und her wehen ließ.

Plötzlich sprach Satar:

»Todeskämpfer! Euer Fürst grüßt Euch!«

Es gab keine Vorrichtung, die seine Stimme verstärkte, trotzdem war er laut und deutlich bis in die hintersten Reihen zu hören. In einem ohrenbetäubenden Lärm antworteten ihm die Bataillone:

»Unser Fürst! Die Todeskämpfer grüßen Euch!«

Genauso unvermittelt, wie das Donnern der Stimmen einsetzte, verstummte es wieder. Satar wartete einen kurzen Moment. Dann sagte er:

»Kämpfer! In den zurückliegenden Jahren sind wir stetig gewachsen und stärker geworden. Viele Tausende haben sich uns angeschlossen. Wir sind so mächtig wie niemals zuvor. Die Zeit der Entscheidung ist nun gekommen. Die Lebenden werden jetzt ein und für alle Mal vernichtet werden!«

Tosender Jubel brach aus. Er ebbte aber sofort wieder ab, als der Fürst weitersprach:

»Unsere Spione haben die Anführerin des Feindes gesichtet. Ihr Name ist Esyia. Sie ist diejenige, die unseren Vormarsch damals zum Stillstand brachte!«

Ein Raunen ging durch die Menge.

»Tötet sie!«, rief einer der hinteren Soldaten hasserfüllt, worauf die Tausendschaften aufbrausend zustimmten: »Tötet sie! Tötet sie!«

»Meine Kämpfer«, sagte Satar, »die Gelegenheit werdet ihr bekommen. Noch heute brechen wir auf nach Yras. Wenn diese feige Hüterin dort ankommt, wird ihr schwächliches Volk vernichtet sein und der Berg uns gehören.« Er streckte die rechte Faust in die Höhe und schrie:

»Sieg der Armee des Fürsten!«

»Sieg unserem Fürsten!«, rief die Menge fanatisch. »Sieg unserem Fürsten!«

Die RD-37c

Esyia und Suriku waren mittlerweile in komfortablen Gemächern untergebracht, die zum prunkvollen Regierungspalast des Bürgermeisters zählten. An allen Ein- und Ausgängen standen Wachen. Sie sorgten dafür, dass niemand Unbefugtes zu Esyia gelangen konnte. Über dem Gebäudekomplex kreiste in regelmäßigen Abständen eine Jagdstaffel von Agus' Sturmreitern. Die Valira galt als wichtiges Wesen im Kampf gegen die dunkle Seite und den Offiziellen von Rodusk war klar, dass das Mädchen unbedingt nach Yras zurückmusste. Dementsprechend hoch war der Aufwand, der betrieben wurde, um die Kleine zu beschützen. Den Bürgern der Stadt fiel aufgrund der Mobilmachung der Rodusk'schen Streitkräfte natürlich auf, dass etwas Besonderes im Gange war. Genaueres teilte man ihnen aus Sicherheitsgründen aber nicht mit.

Es war beschlossen worden, dass Esyia mit Suriku zu Gurd gebracht werden sollte. Zu ihm gab es leider nur den Weg über Land. Die Sturmreiter konnten ausschließlich alleine auf ihren Tieren fliegen und niemanden Zusätzliches mitnehmen. Die Echsen waren äußerst empfindlich, mit wem sie sich einließen. Auch die kleine Esyia würde unter Umständen von dem Flugtier als Bedrohung angesehen werden, was nicht riskiert werden durfte. Andererseits konnte der Meadon nicht direkt nach Rodusk kommen, weil dann sofort aufgefallen wäre, dass eine Beförderung von Wesen auf ihm versucht wird. Oberst Agus, die für Esyias Weiterreise die Verantwortung übertragen bekommen hatte, entschied sich deshalb, die beiden in einer Kutsche zu Gurd zu bringen. Das Ganze sollte heimlich in der Nacht geschehen. Ein

Sturmreiterbote war bereits zu Gurd unterwegs, um ihn zu informieren.

Nachdem Suriku und Esyia mit Wolli in ihre Unterkunft gebracht worden waren, fielen sie direkt in ihre Betten und schliefen schnell ein. Die ganzen Ereignisse, angefangen vom Angriff des Mutanten bis hin zur Einquartierung in den üppigen Gemächern, hatten sich innerhalb weniger Stunden in der Nacht abgespielt. Der Morgen graute schon, als sie endlich zur Ruhe kamen.

Am frühen Nachmittag wachten die beiden wieder auf. Als die Wachen bemerkten, dass Esyia aufgestanden war, verständigten sie Oberst Agus, die sich sofort zur Besprechung des weiteren Vorgehens bei den beiden einfand. Agus erklärte ihnen, dass sie um drei Uhr nachts abreisen und die Stadt durch das nördliche Tor verlassen würden.

»Wir werden zu dritt im Wagen sein«, sagte die Kommandantin der Sturmreiter. »Ich werde Euch begleiten, Hüterin, wenn Ihr einverstanden sind.«

»Das bin ich«, sagte Esyia, die vollstes Vertrauen in Oberst Agus hatte. Von den drei Offizieren hatte die Soldatin den besten Eindruck auf sie gemacht. Genauso sah es auch Suriku. Der Ho'ki, der von allen als offizieller Leibwächter der Hoheit von Yras betrachtet wurde, fragte:

»Besteht die Möglichkeit, dass wir unsere Bewaffnung noch etwas verbessern? Ich musste leider meinen Speer verkaufen und das Schwert ist nicht mehr richtig scharf.«

»Speer?«, Oberst Agus grinste. »Da haben wir was viel Besseres für Euch, Leibwache. Es wäre in der Tat sinnvoll, wenn wir im Laufe des Tages noch bei den Schmieden vorbeischauen würden. Euer Hoheit Reitkatze könnte ebenfalls besser ausgerüstet werden. Eure Hoheit selbst können den Regierungspalast allerdings nicht verlassen, tut mir leid. Da draußen können wir Euch nicht ausreichend beschützen.«

»Das macht nichts«, sagte Esyia. »Eine Bitte hätte ich aber. Ich musste mir in den Jahren im Dunkelwald meine Kleidung behelfsmäßig selbst machen. Es gab da keinen Schneider oder so. Ich brauche unbedingt etwas Neues zum Anziehen.«

Suriku fasste sich mit der Hand an die Stirn. *Das glaub ich jetzt nicht*, dachte er. Zu seiner Überraschung zeigte die Kommandantin für Esyias Wunsch jedoch sofort vollstes Verständnis.

»Ja ja«, sagte sie, »das kenne ich. Man hat ja schließlich gewisse Ansprüche, was das Aussehen angeht. Diese Uniform hier finde ich zum Beispiel absolut schrecklich.« Sie zeigte auf ihre Beinrüstung. »Das ist der Preis, den man zahlt, wenn die komplette Kampfausrüstung von Zwergen gemacht wird. Die haben einfach keinen Geschmack.«

»Och«, meinte Esyia tröstend, »ich finde die Rüstung streicht Eure Figur doch ganz gut heraus.«

Oberst Agus lachte. »Danke, Hoheit.« Sie freute sich über Esyias Bemerkung, obwohl sie genau wusste, wie die Kleine übrigens auch, dass die Rüstung in Wahrheit ziemlich hässlich war.

»Ich werde einen Schneider zu Euch kommen lassen, Hüterin. Das ist überhaupt kein Problem.«

Suriku kam sich bei dem Gespräch der beiden Frauen irgendwie fehl am Platze vor. *Seit wann muss Kriegsausrüstung die Figur betonen?*, wunderte er sich.

Etwas später machten sich Agus und Suriku dann auf zu einem der Schmiede der Stadt. Sie hatten auch Wolli dabei, der vergnügt hinter den beiden her sprang. Die drei betraten einen Laden, den der Ho'ki schon vom Stadtbummel am Vortag kannte: Grobarts Kampfausrüstung. Als der Inhaber Oberst Agus sah, kam er direkt vor und begrüßte sie respektvoll. Er war kleinwüchsig, nur etwa einen Meter zwanzig groß, aber recht stämmig.

»Wie kann ich Euch dienen, Oberst Agus?«, fragte er.

»Ich benötige eine RD-37c mit Zielvorrichtung«, sagte Agus selbstbewusst.

Der kleine Schmied riss die Augen auf. »c?«, fragte er nach.

»Leidet Ihr seit Neuestem an einer Hörschwäche, Grobart? Ja, ich sagte c.«

»Äh …«, der Schmied fing an zu stottern, »Kommandantin … bei allem Respekt … ich darf diese Waffe nur auf ausdrücklichen und schriftlichen Befehl des Bürgermeisters herstellen und ausgeben, das wisst Ihr doch … außerdem …«

Oberst Agus hielt ihm ein kleines Stück Papier entgegen, welches mit einem speziellen Siegel versehen war. Grobart schaute es sich kurz an und meinte dann leicht eingeschüchtert:

»Jawohl Oberst, c also, tatsächlich c … unglaublich.«

Er sah noch einen Moment verwirrt zur Kommandantin, worauf diese gereizt sagte:

»Nun macht schon, Grobart. Wir haben nicht ewig Zeit. Oder habt Ihr den Verstand verloren?«

»Nein, nein«, sagte er, »ich geh schon, ich geh schon.«

Der Schmied drehte sich um und ging durch eine hintere Tür aus dem Raum. Als er weg war, schaute Agus zu Suriku und zwinkerte ihm zu:

»Das ist was ganz Feines. Neuentwicklung, höllisch teuer, hat aber auch mächtig Druck, das Ding. Die c-Ausführung darf nur von wenigen, ausgewählten Personen getragen werden. Ihr als Leibwache der Hoheit habt selbstverständlich die Erlaubnis.«

Einige Minuten später kam Grobart zurück. Er hatte einen länglichen Gegenstand bei sich, der in ein rotes, samtenes Tuch eingehüllt war. Er legte ihn auf einen Tresen im hinteren Bereich des Zimmers und verschwand wieder durch die Hintertür. Agus ging zu der Anrichte hinüber und bedeutete Suriku, dass er ihr folgen sollte.

»Wir warten noch auf den Machtkristall«, erklärte sie. »Grobart bringt ihn jetzt. Er wird Euch in die Waffe einweisen, Suriku.«

Der Schmied kam wieder zurück und hatte einen Behälter dabei, der aussah wie eine kleine Schatztruhe. Er legte ihn auf den Tresen. Mit mehreren Schlüsseln öffnete er die Truhe und klappte den Deckel zurück. In der Kiste befand sich ein roter Kristall. Er sah aus wie ein geschliffener Diamant, war aber recht groß. Suriku schätze ihn auf etwa zehn Hamsterpfoten Länge und ein paar Hamsterpfoten in der Breite. Grobart entfernte das Tuch von dem anderen Gegenstand und es kam eine mächtige Schusswaffe zum Vorschein. Sie bestand aus einem chromfarbenen, ziemlich dicken Stahlrohr, unterhalb eingefasst in schwarzes Hartholz, und einem Schulterstück, welches ebenfalls aus schwarzem, massivem Holz gefertigt war. Einen Abzug besaß die Waffe nicht, wohl aber drei Knöpfe, zwei auf der rechten Seite und einen auf der linken. An der rechten Seite des Laufs etwas weiter vorgesetzt erkannte Suriku eine gleichfalls schwarze, aber metallene Vorrichtung, in die vorne und hinten Linsen eingesetzt waren. Nachdem der Schmied alles ausgepackt hatte, begann er mit der Einweisung:

»Das hier ist ein Artefakt, welches wir bei archäologischen Ausgrabungen gefunden haben.« Er zeigte auf den Machtkristall. »Ein Forscherteam ist zufällig darauf gestoßen. Aufgrund des natürlichen Ursprungs nennen wir die Steine Kristalle. Mit einfachen Kristallen haben sie allerdings nicht mehr viel gemein. Ihre Eigenschaften wurden stark erweitert. Wer es gemacht hat und wie es gemacht wurde, ist uns nicht bekannt. Die Kristalle sind extrem verdichtet und magisch aufgeladen.«

»Die Erschaffer müssen Wesen einer sehr weit entwickelten Art gewesen sein«, sagte Agus. »Wir glauben, dass es dieselben sind, die auch die Ahnentore konstruiert haben. Es ist den besten Schmieden und Juwelieren Rodusks bis jetzt nicht gelungen, so etwas nachzumachen.«

»Das ist richtig«, meinte der Schmied leicht beleidigt. »Wir haben kein Instrument zur Verfügung, das so ein festes Material bearbeiten kann, ganz zu schweigen von den Fähigkeiten des Steins.«

Er nahm den Kristall vorsichtig aus der kleinen Truhe. »Es gibt nur sieben dieser Steine. Bis jetzt hatten auch lediglich zwei Personen die Erlaubnis einen Machtkristall zu tragen.« Er schaute kurz zu Oberst Agus, dann wieder zu Suriku. »Deshalb war ich eben so verwundert. Ihr könnt Euch denken, wie wertvoll so ein Stein ist.«

»Unsere Soldaten werden mit den c-Ausführungen nicht ausgerüstet«, erklärte die Kommandantin. »Die Gefahr ist zu groß, dass sie in die Hände des Feindes fallen. Mal abgesehen davon, dass wir auch nur so wenige davon haben.«

Grobart nickte zustimmend. Dann sagte er: »Als das Team die Kristalle fand, kam es direkt zu einer Katastrophe. Die Forscher fassten die Steine unvorsichtig an und lösten dabei Lichtimpulse aus, die sofort einige der Männer töteten. Mittlerweile haben wir jedoch herausgefunden, wie die Steine grundsätzlich funktionieren. Es handelt sich bei solch einem Kristall um ein prismatisches Achteck, das vorne pyramidisch zuläuft. Der polygone Sockel erlaubt es …«

»Macht es noch komplizierter, Grobart«, unterbrach ihn Agus. »Erklärt einfach, wie man die Waffe abfeuert, das reicht.«

»Gut«, sagte der kleine Schmied, dem man ansah, dass er erneut leicht gekränkt war. »Ich werde den Stein zunächst in den Waffenkörper einsetzen.«

Er setzte den Kristall am hinteren Ende des Stahlrohrs langsam in eine Kammer ein, die mit dem Lauf verbunden war und unmittelbar vor dem Schulterstück saß. Er drückte den Stein leicht von oben nach unten, bis ein klackendes Geräusch signalisierte, dass der Kristall in seinem Gehäuse eingerastet war. Nun zog er eine verschiebbare Abdeckung aus dem Rohr über die Kammer. Er legte einen kleinen, aber sehr robusten Hebel um und das Gehäuse des Kristalls war fest verschlossen. Dann nahm er die Waffe hoch. Mit der linken Hand hielt er den Lauf, die rechte ruhte neben den Knöpfen unterhalb des vorderen Schulterstücks. Er zog mit der linken eine Schiene zurück, die sich unter dem Lauf befand und Teil der Hartholzeinfassung war. Nach einem erneuten Klackgeräusch fingen plötzlich die drei Knöpfe an zu leuchten und es erklang ein hochtoniges Summen, das schnell anstieg und dann verstummte.

»Jetzt ist sie scharf«, sagte Grobart ehrfurchtsvoll. »Ab jetzt schön vorsichtig sein, sonst bricht die Hölle los.«

Auf seiner Stirn bildeten sich kleine Schweißtröpfchen. Grobart war ein hervorragender Schmied, aber er war kein Soldat. Mitunter kam es vor, dass er vor seinen eigenen Erfindungen ein wenig Angst hatte.

»Ihr habt drei Interaktionsflächen, über die Ihr mit dem Kristall kommunizieren könnt *(gemeint waren die Knöpfe)*. Wenn Ihr die hintere auf der rechten Seite drückt, feuert der Machtstein einen einzelnen Lichtimpuls ab. Die Impulse sind gebündelt und sehen aus wie leuchtende Stäbchen, wenn sie den Lauf verlassen. Sie sind etwa so lang wie der Kristall selbst. Ich kann den Knopf natürlich jetzt nicht drücken, das müsst Ihr im Freien irgendwo selbst machen. Auch auf den Schießstand bei mir kann ich Euch damit nicht lassen. Die Waffe hat zuviel Energie, sie würde mir glatt ein Loch hinten in die Wand schießen.«

Der Schmied löste seine linke Hand vom Lauf und holte sich ein kleines Tuch aus der Tasche. Er tupfte sich den Schweiß von der Stirn und steckte es zurück.

»Der vordere rechte Interaktionskreis …«

»Auch Knopf genannt«, unterbrach ihn Agus wieder.

»Äh ja … also der vordere Knopf lässt den Stein wiederholte Impulse ausstoßen. Genau acht pro Sekunde. Die Reichweite und die Energie der Impulse ist dabei etwas geringer als beim Einzelschuss. Dieser Feuermodus ist vor allem für die Nahdistanz und beim Bekämpfen mehrerer Ziele geeignet.«

Mit der linken Hand klappte er die metallene Vorrichtung an der Seite des Stahlrohrs hoch. »Für weitreichende Einzelschüsse betätigt Ihr den Knopf auf der linken Seite. Dazu benutzt Ihr den Weitsichtverstärker. An dem Rädchen hier oben *(er zeigte auf ein kleines Rad etwa mittig auf dem Sichtgerät)* könnt Ihr die Schärfe der Linsen einstellen.«

Der Schmied schob den hinteren Teil der Hartholzeinfassung am Lauf, den er eben zurückgezogen hatte, wieder vor.

»Jetzt ist sie inaktiv«, erklärte er. »Macht die Impulskanone immer erst unmittelbar vor einem Gefecht scharf.«

Grobart griff erneut in die Tasche und wischte sich die Stirn. Daraufhin legte er die Waffe auf die Anrichte zurück und ging zu einem der Schränke im hinteren Bereich des Raumes. Er holte eine lederne Tasche hervor, die aussah wie ein länglicher, schmaler Rucksack.

»In dieser Waffentasche könnt Ihr die 37c transportieren. Sie wird auf dem Rücken getragen. Wenn Ihr sie braucht, greift einfach nach hinten über Eure Schulter und zieht sie heraus.«

»Gut«, meinte Suriku. »Danke.«

Er nahm sich die Tasche, zog sie über und stellte die Lederriemen passend auf seine Größe ein. Dann steckte er die Schusswaffe hinein.

»Ich werde sie gleich mal ausprobieren«, sagte er und Oberst Agus nickte.

»Ich zeige Euch einen geeigneten Platz, Leibwache.«

Nachdem Suriku seine neue Waffe erhalten hatte, schärfte ihm der Schmied noch sein Schwert und seinen Dolch. Daraufhin ließen sie Wolli auf den Tisch springen und Grobart nahm dessen Maße mit einem speziellen Band auf. Es war nicht ganz einfach, die Katze dazu zu bringen, stillzuhalten. Letztendlich gelang es Grobart jedoch, die Werte zu ermitteln. Er verschwand wieder in den hinten anliegenden Räumen und kam mit verschiedenen metallenen und ledernen Gegenständen zurück.

»Rüstungen und Tragevorrichtungen haben wir zum Glück für fast jede Größe vorrätig«, sagte er.

Grobart begann mit Hilfe von Suriku der Katze am Bauch und an der Brust kleine eiserne Bleche anzulegen, die durch Lederriemen miteinander verbunden waren. Gleichzeitig setzte er Wolli eine Art Sattel auf den Rücken, der für Esyia gedacht war. Der Sitz hatte für die Beine und Arme spezielle Schlaufen, die dafür sorgten sollten, dass das Mädchen sicher auf der Katze saß. Zu Surikus Erstaunen befestigte der Schmied am hinteren Ende des Sattels noch einen kleinen Koffer, in den Esyia allerhand Dinge verstauen konnte. Wolli schien gegen seine Aufrüstung nichts einzuwenden zu haben. Er genoss es, im Mittelpunkt der Aufmerksamkeit zu stehen, und wie schon zu Beginn war er auch dieses Mal stolz auf seine Aufgabe als Kampf- und Transportkatze.

Es war schon spät am Nachmittag, als Suriku mit Wolli zurück zu Esyia kam. Der Krieger hatte die 37 noch probegeschossen und erste Eindrücke von ihren Fähigkeiten erhalten. Der Vorteil der Impulswaffe war, dass sie keinen Rückstoß hatte. Man musste keine Kraft aufwenden um den Lauf beim Schuss in Position zu halten. Gleichzeitig war sie auch recht geräuscharm. Außer dem Summen, das beim Aktivieren des Kristalls ertönte, und einem Zischlaut, wenn der Lichtstab das Rohr verließ, war nicht viel zu hören.

Als sie das Zimmer betraten, saß das Mädchen auf ihrem Bett und hatte vor sich allerlei Anziehsachen ausgebreitet. Der Ho'ki bemerkte sofort, dass auch ein ihm bekanntes Kleid mit entsprechenden Handschuhen dabei war. Nachdem sie sich begrüßt hatten, sagte er lachend:

»Jetzt hast du dein Kleid ja doch noch bekommen.«

»Ja«, erwiderte Esyia glücklich. »Kurz nachdem ihr weg wart, kam die Schneiderin. Als sie hörte, wer ich bin, war sie ganz aufgeregt.« Das Mädchen lachte. »Sie hat sofort versprochen, das Kleid in ein paar Stunden fertig zu machen. Vor einer halben Stunde war sie hier und hat die Sachen gebracht. Außerdem hat sie mir noch was mitgebracht, was ich unterwegs anziehen kann. Sie hat darauf geachtet, dass es möglichst reißfest und robust ist.«

Die Kleine stand auf und fragte: »Wie findest du es?«

Suriku betrachtete das Mädchen und stellte fest, dass sie komplett neu eingekleidet war. Schuhe, Hose und eine Weste. Alles aus eng anliegendem Ragleder und in schwarz. Das Leder eines Rags galt als besonders widerstandsfähig. Esyias weiße, lange Haare und ihre helle Haut kontrastierten recht attraktiv mit der dunklen Farbe des Leders.

»Gefällt mir«, meinte der Krieger und fügte scherzhaft hinzu: »Kann es sein, dass die Schneiderin auch Satars Mutanten ausstattet?«

Esyia grinste. »Das Schwarz ist nützlich, wenn wir uns verstecken müssen. Die Schneiderin hat mir ausdrücklich dazu geraten.«

Wolli hüpfte plötzlich aufs Bett und die Kleine bestaunte seine Rüstung.

»Wie siehst du denn aus«, sagte sie belustigt.

Sie tätschelte ihn am Kopf, worauf er sich schnurrend auf den Bauch legte. Das Mädchen betrachtete den kleinen Koffer hinten am Sattel. Er war perfekt für das neue Kleid geeignet. Sie öffnete ihn und begann, die Sachen auf dem Bett hineinzutun. Suriku fing daraufhin ebenfalls an, seine Ausrüstung zu sortieren. Er besaß eigentlich nur das, was er am Leib trug. Da er die 37c auf den Rücken geschnallt hatte, konnte er nicht mehr viel Zusätzliches transportieren.

Nachdem sie sich reisefertig gemacht hatten, unterhielten sie sich noch eine Weile. Der Krieger erzählte dem Mädchen von seiner neuen Waffe und stellte zu seiner Überraschung fest, dass Esyia ein gewisses Interesse an dem Gerät zeigte. Vor allem die Sache mit den Machtkristallen schien sie irgendwie zu berühren. Sie schaute plötzlich seltsam verklärt vor sich hin und schüttelte dann den Kopf.

»Was hast du?«, fragte Suriku.

»Ich weiß nicht«, sagte Esyia stockend, »mir war gerade so … die Kristalle …« Sie überlegte einen Moment. »Irgendwie kommt mir das bekannt vor, ich weiß nur nicht woher.«

»Vielleicht setzt dein Gedächtnis wieder ein«, meinte der Ho'ki. »Ich wette, dass die Anspannung der letzten Tage dazu beiträgt.«

»Das könnte sein«, sagte das Mädchen. »Im Dunkelwald gab es ja nicht viel Aufregendes. Außerdem war ich vom Rest der Welt völlig abgeschnitten. Na egal, lass uns noch ein bisschen ausruhen, um drei kommt Agus.«

»Einverstanden«, sagte Suriku.

Sie legten sich nochmal hin, konnten aber beide nicht mehr einschlafen. Der Ho'ki machte sich ein wenig Sorgen um die Kleine. Ihm war von Anfang an klar gewesen, dass Esyias Vergangenheit irgendwann wieder zum Vorschein kommen würde. Da sie eine Angehörige des Urvolks war, musste sie über außergewöhnliche Kräfte verfügen. Im Augenblick war es ihr zwar nicht möglich, sich daran zu erinnern. Das würde aber nicht ewig so bleiben.

Gurd

Pünktlich um drei Uhr nachts kam Oberst Agus zu ihnen und die drei setzten ihre Reise zum Berg Yras fort. Die Gruppe verließ den Palast durch einen Hinterausgang. Die Lichter des Gebäudes blieben aus, man wollte so wenig Aufsehen erregen wie möglich. Draußen wartete eine Kutsche, neben der ein Soldat mit einer kleinen Laterne stand. Im Schein des schwachen Lichts konnte der Ho'ki vier Raptoren erkennen, die vor den Wagen gespannt waren. Es waren die gleichen Tiere, auf denen auch die Wachen ritten. Sie waren etwas größer als Pferde und standen auf zwei Beinen. Die Vorderbeine waren zu kleinen Ärmchen verkümmert und hatten keine besondere Funktion mehr. Das Gleichgewicht hielten die Tiere vor allem mit ihrem großen Schwanz. Vor der Kutsche links und rechts und hinter ihr warteten jeweils zwei berittene Wachen, die den Wagen begleiten sollten. Oben auf dem Führerbock saßen ebenfalls zwei Soldaten. Einer lenkte die Kutsche, der andere war zum zusätzlichen Schutz dabei. Die Gruppe stieg in den Wagen und Agus, die mit im Innenraum Platz nahm, gab dem Laternenträger draußen ein Zeichen. Einen Moment später setzte sich die Kutsche mit ihren Wächtern in Bewegung.

Sie fuhren etwa drei Stunden. Da es draußen stockdunkel war und aus Sicherheitsgründen weder im Fahrzeug noch außerhalb Lichter angezündet wurden, konnten Suriku und Esyia nicht sehen, wo die Fahrt hinging. Plötzlich aber blieb die Kutsche stehen und sie hörten ein Klopfgeräusch vom Führerbock her.

»Wir sind da«, sagte Agus.

Sie öffnete die Tür und die Gruppe verließ den Wagen. Als

die beiden daraufhin sahen, was sich in etwa hundert Metern vor ihnen abspielte, waren sie völlig überwältigt.

»Wahnsinn«, sagte Esyia beeindruckt und auch Suriku traute seinen Augen kaum.

Die drei blieben kurz bei der Kutsche stehen und Agus erklärte:

»Ein unglaubliches Wesen, da haben Eure Hoheit Recht. Wir werden jetzt zu ihm gehen. Er kennt mich schon. Ich werde Euch mit ihm bekanntmachen.«

An die Gruppe heran trat ein Wächter mit einer Laterne, der zuerst Esyia und dann Oberst Agus respektvoll grüßte. Er drehte sich um und ging voraus, Agus und die beiden folgten ihm. Langsam bewegten sie sich auf die Riesenechse zu. Sie war so gigantisch, dass sie in ihrer Länge von Kopf bis Fuß sogar die größten Häuser von Rodusk überragte. Selbst der Riese war höchstens so groß wie der Kopf der Echse. Nicht auszudenken, was für ein Inferno hereinbricht, wenn so ein Tier wütend wird und es auf einen abgesehen hat.

In einem Kreis um Gurd herum standen Soldaten mit Lichtern, die den Platz beleuchteten. Der Weg zu ihm, den die Gruppe entlangging, war links und rechts flankiert von Sturmreitern. Sie saßen auf ihren Tieren und erwarteten den Befehl zum Abflug. Suriku zählte auf beiden Seiten genau zwanzig Flieger, was bedeutete, dass sie vierzig als Begleitung dabeihaben würden. *Was für ein Aufwand,* wunderte er sich. Als Esyia an den Jagdfliegern vorbeikam, legte einer nach dem anderen von ihnen die rechte Faust in die linke Hand, senkte kurz den Kopf und hob ihn wieder an. Dabei schauten sie geradeaus und dem Mädchen nicht direkt in die Augen, entsprechend den Vorschriften der Armee.

Als sie Gurd erreichten, wurde Suriku erst richtig bewusst, was für ein extremes Wesen so eine Riesenechse war. Gurd saß auf seinen Hinterbeinen ähnlich wie ein Hund, der Platz macht. Sein riesiger Kopf schaute von oben herab auf die kleinen Wesen vor ihm. Er hatte etwas Krokodilartiges, jedoch war seine Schnauze im Verhältnis zum Körper nicht so lang. An seinem Maul vorne links und rechts ragten jeweils einige Zähne der unteren Zahnreihe hervor, die am Kiefer vorbei nach oben gerichtet waren. Der Ho'ki erkannte zu seinem Erstaunen, dass schon ein einzelner Zahn fast so groß war wie er selbst. Gurds Körper war übersät von großen Hornschuppen, die aussahen wie die Schilde eines Ritters. Die dicken Hornplatten waren dunkelrot und an den Rändern schwarz umrandet. Der hintere, ebenfalls gepanzerte Teil seines Körpers lief in einen mächtigen Schwanz aus, dessen Spitze lange, dicke Dornen trug. Die beiden Flügelarme hatte Gurd an den Körper angelegt. Sie waren so eingeklappt, dass die Flughäute in sich zusammengefaltet waren.

Die drei standen nun direkt vor der Riesenechse und selbst Oberst Agus, die normalerweise vor nichts Angst hatte, war angesichts der Masse des Monsters leicht nervös. Sie schaute hinauf zu ihm und sagte:

»Ich grüße dich, Gurd, mein Freund.«

Der Meadon sah hinunter zu dem Oberst. Die schlitzförmigen Pupillen seiner grünlichen Augen zogen sich leicht zusammen, bevor er mit einer tiefen, grollenden Stimme antwortete:

»Gurd sich freuen, sehen Agus.«

»Wir sind gekommen, weil wir deine Hilfe brauchen«, sagte Agus. »Hoheit Esyia (*sie zeigte auf das Mädchen*) wird von den Untoten verfolgt. Sie muss unbedingt beschützt werden.«

Gurds monströser Kopf senkte sich hinab zu Esyia. Er kam so nah an die Kleine heran, dass Wolli erschreckt anfing zu fauchen und sich ihm die Haare sträubten.

»Keine Angst, Wolli«, beruhigte Esyia ihn, »Gurd ist unser Freund, der tut uns nichts.«

Das Monster betrachtete das Mädchen. Seine riesigen, grünen Augäpfel rollten plötzlich nach rechts und schauten zu Agus.

»Winzling sein Hoheit?«, fragte er.

»Ja, Gurd«, erklärte die Kommandantin, »das ist Hoheit Esyia von Yras.«

Der Meadon sah zurück zu dem Mädchen. Er überlegte einen Moment, dann sagte er:

»Gurd hassen Untot. Gurd einverstanden. Wir Winzling helfen.«

Die Freunde waren erleichtert. Auch Agus fiel ein Stein vom Herzen. Der Meadon hatte zwar schon sein Einverständnis gegeben, der Stadt Rodusk zu helfen, aber er kannte natürlich die Wesen nicht, die er mitnehmen sollte. Gurd war immer noch eine Riesenechse und es war schwer vorherzusehen, wie er reagieren würde.

»Das ist aber nett. Danke, Gurd«, sagte das Mädchen freundlich.

Der Meadon hob seinen Kopf wieder in die Höhe. Er streckte einen seiner riesigen Flügel aus und senkte ihn zu Boden. »Winzling steigen auf, Gurd bereit.«

Esyia, Wolli und Suriku gingen zur Spitze der mächtigen Schwinge und stiegen über sie auf den Rücken des Meadons. Aufgrund der Länge des Flügels konnten sie bequem wie auf einer Rampe zu seinem Rücken hochgehen. Oberst Agus stieg nicht mit hoch, sie wollte auf ihrem eigenen Tier fliegen.

Der Rücken der Echse war so groß, dass es eigentlich unmöglich für die beiden gewesen wäre, mit Gurd zu sprechen. Er hätte sie wegen der Entfernung vorne nicht hören können, vor allem dann nicht, wenn sie in der Luft waren. Zu diesem Zweck hatten die Soldaten von Rodusk eine Art Sprachrohr auf dem Rücken der Riesenechse befestigt. Es verlief von der Mitte des Rückens, auf dem die drei saßen, bis nach vorne an Gurds rechtes Ohr. Das Rohr war aus Metall und hatte in regelmäßigen Abständen bewegliche Zwischenstücke, sodass die Vorrichtung bei Bewegungen nicht zerbrechen konnte. Da Gurds Haut gepanzert war mit dicken Hornplatten, hatten die Handwerker kein Problem, das Rohr über kurze Seile an ihm festzunageln. Die Echse spürte davon nichts. Das Endstück des Sprachrohrs war tief in die Platten eingelegt, damit es von Esyia benutzt werden konnte. Suriku überließ die Kommunikation mit der Echse deshalb auch dem Mädchen, da er sich ansonsten jedesmal weit nach unten hätte bücken müssen. Ursprünglich war geplant gewesen, auf Gurds Rücken noch einen großen Korb zu befestigen, in den die drei hineinsteigen konnten. Da die Soldaten aber festgestellt hatten, dass zwischen den großen Hornplatten ausreichend Platz für die kleinen Wesen war, und die Zwischenräume auch so genug Schutz vor Angriffen boten, war auf weitere Aufbauten verzichtet worden.

Als Esyia oben ankam und die Sprachvorrichtung entdeckte, war sie sofort begeistert.

»Huhu, Gurd! Kannst du mich hören?«, rief sie laut in das Rohr hinein und wartete auf eine Reaktion.

»Gurd hören. Winzling nicht schreien, Gurd nicht taub«, antwortete der Meadon, der selbst nicht in das Rohr sprach, seine Stimme war auch so laut genug.

»Das funktioniert ja super«, stellte das Mädchen zu Suriku gewandt fest, der leicht besorgt erwiderte:

»Ärger ihn besser nicht, Esyia. Ich glaube, da kann man auch normal reinsprechen.«

»Ja ja«, sagte die Kleine, »keine Sorge. Er mag mich, ich fühle das.«

Die zwei setzten sich und warteten erst einmal ab, wie es weitergehen würde. Mit Agus war verabredet worden, dass zunächst die Sturmreiter abheben sollten und dann Gurd.

In der Luft würde Esyia dann dem Meadon die Richtung sagen, in die der Adler auf ihrem Amulett schaut. Die Jagdflieger sollten sich im Flug nach Gurd richten. Sie konnten allerdings nicht so weit und auch nicht so hoch fliegen wie die Riesenechse. Deshalb würden sie nur ein paar Stunden mitfliegen und dann umkehren müssen.

Plötzlich hörten die Freunde, wie jemand laut verschiedene Befehle ausrief und die Sturmreiter vom Boden abhoben. Es war ein beeindruckendes Schauspiel zu sehen, mit welch hohem Tempo die Jagdflieger in die Höhe schossen. Die Flugechsen mussten außerordentlich schnell und wendig sein. Mit wenigen Flügelschlägen katapultierten sie sich hinauf in den Himmel. In einer bestimmten Höhe angekommen, hielten sie die Flügel weit ausgestreckt und glitten wie Greifvögel durch die Luft. Die Echsen stießen beim Abflug alle einen sonderbar schrillen Schrei aus, sodass es kurzzeitig ohrenbetäubend laut war.

Während die Flieger oben 5er-Formationen bildeten, kam einer der Sturmreiter zu dem Meadon hinunter und gab ihm ein Zeichen. Gurds monströser Körper begann darauf ebenfalls, sich zu bewegen. Seine gewaltigen Schwingen fingen an zu schlagen und das Tier hob mit den dreien auf dem Rücken vom Boden ab. Die Riesenechse bewegte dabei so große Mengen Luft, dass unter ihr viel Staub und Dreck aufgewirbelt wurde. Die starken Windstöße wirbelten auch ein kleines Wesen weg, dass vor Ärger laut quiekend aufschrie. Es hatte sich seitlich in den Gräsern versteckt und wollte nicht entdeckt werden. Außer Wolli hatte keiner das kleine Ding wahrgenommen. Seine Ohren waren so gut, dass er es trotz Gurds stürmischem Flügelschlag bemerkte. Wolli schaute dem Tier kurz nach als es wegflog, widmete sich dann aber wieder mit ganzer Aufmerksamkeit dem schwankenden Boden unter ihm, an den er sich so fest wie möglich zu krallen versuchte.

Luftschlacht

Gurd stieg weit hinauf bis über die Wolken. Der Meadon konnte zwar noch höher fliegen, hätte dann aber die Sturmreiter zurücklassen müssen. Außerdem wusste er als erfahrener Flieger, dass es um so anstrengender wurde, je höher er flog. Bei weiten Strecken war es deshalb besser, nicht allzu hoch zu steigen.

Esyias Amulett wies den Weg nach Westen. Da sich in dieser Richtung allerdings das Meer befand, musste die Riesenechse zunächst einmal nach Norden fliegen, um dann später westlich beizudrehen. Über Wasser wollte man aus Sicherheitsgründen nicht fliegen.

Etwa zwanzig Meter vor ihnen glitt Oberst Agus auf ihrer Jagdechse. Links und rechts von Gurd flogen jeweils vier Formationen von Sturmreitern mit fünf Fliegern pro Gruppe. Die Formationen hielten zueinander ebenfalls einen etwa zwanzig Meter weiten Abstand.

Weit vor der Flugstaffel am Horizont ging bereits die Sonne auf. Ihr glühender Ball war schon fast gänzlich emporgestiegen und sein helles Licht schien auf die Wolken unterhalb der Gruppen. Für Suriku und Esyia war das eine völlig neue Erfahrung. Sie bestaunten die blaue, klare Welt um sie herum, die sie so noch nie gesehen hatten. Da sie über den Wolken flogen, gab es nichts, was den Blick beeinträchtigte. Hätte es nicht die Bedrohung durch Satars untote Kämpfer gegeben, hätten die beiden diesen wundervollen Flug in luftiger Höhe in vollen Zügen genossen. So aber blieb eine gewisse Unruhe, die die zwei auch nicht ablegen konnten.

Sie flogen auf dem Meadon etwa bis zur Mittagszeit. Die beiden saßen zwischen den Hornplatten und lauschten dem

Flügelschlag von Gurds großen Schwingen. Der gleichmäßige Rhythmus hatte eine beruhigende Wirkung auf die Freunde, sodass sie sich etwas entspannten. Angesichts der mächtigen Riesenechse und den Sturmreitern auf ihren Jagdechsen fühlten sie sich eigentlich recht sicher hier oben. Wolli war der Flug auf dem Meadon allerdings nach wie vor nicht geheuer und Esyia tätschelte ihn von Zeit zu Zeit, um ihn zu beruhigen.

Plötzlich aber wurde Suriku unruhig. Ihn überkam auf einmal ein ganz sonderbares Gefühl. Als Ho'ki-Krieger, wenn auch bis jetzt mit wenig Erfahrung, wusster er, dass er sich auf sein Gespür verlassen konnte. Er war sich sicher, sie waren in Gefahr. Der Ho'ki griff über seine Schulter und zog die 37 aus der Waffentasche. Er fasste an den Lauf und zog die Schiene an der Unterseite zurück. Die Waffe summte auf, verstummte wieder und signalisierte ihm durch ihre leuchtenden Knöpfe, dass sie scharf war. Esyia schaute erschreckt zu Suriku hoch und wollte wissen, was los ist.

»Irgendwas kommt auf uns zu«, sagte der Ho'ki. »Ich weiß nicht was, aber es ist nichts Gutes.«

Das Mädchen wendete sich zum Sprachrohr. Sie hatte dem Meadon vor einiger Zeit erneut die Richtung durchgegeben, in die er fliegen sollte, danach aber nicht mehr mit ihm gesprochen.

»Gurd?«, fragte sie ins Rohr.

»Gurd hören«, antwortete der Meadon mit seiner tief brummenden Stimme.

»Wir glauben, dass gleich was Böses passieren könnte.«

»Gurd wissen.«

»Wie?«, fragte die Kleine entsetzt.

»Gurd immer wissen, wenn Ärger geben«, sagte der Meadon, der aber keineswegs ängstlich klang.

Oh nein, dachte Esyia. Anders als sonst brach das Mädchen

diesmal aber nicht in Panik aus oder war vor Angst unfähig einen klaren Gedanken zu fassen. Sie setzte sich auf den Boden neben die Katze und schloss die Augen. Sie hatte sich fest vorgenommen, bei der nächsten gefährlichen Situation, in die sie geraten würden, mutiger zu sein und mitzukämpfen, wenn es ging. Also versuchte sie, ruhig zu bleiben.

Als sie so einige Sekunden mit geschlossenen Augen dasaß, geschah plötzlich etwas Merkwürdiges. Sie versank in eine Art meditativen Zustand. Vor ihrem geistigen Auge tauchte mit einem Mal ein leicht vernebeltes Bild auf: Sie stand hoch oben auf einem verschneiten Gletscher und schaute auf die Welt hinunter. Der Berg, auf dem sie sich befand, war am Fuße umgeben von einer weiten Ebene, die nur aus Eis und Schnee bestand. Ein Ende konnte sie nicht ausmachen. Zu ihrer Überraschung stellte die Kleine fest, dass sie nicht allein war. Von links und rechts kamen Wesen auf sie zu, die sie sofort erkannte. Es waren Valira. Sie sahen von der Figur, Haut- und Haarfarbe genauso aus wie Esyia. Alle hatten Esyias hell-blasse Haut, weiße Haare mit feinen, silbernen Strähnen und sie waren auch genauso groß wie das Mädchen. Sie lächelten ihr zu, stellten sich neben sie und legten ihr die Hände auf die Schultern. Dann schauten alle hinunter auf die schneebedeckte Ebene. Esyia fühlte sich ungewöhnlich wohl und friedlich im Kreise ihrer Familie. Obwohl es in der Umgebung eigentlich sehr kalt sein musste, empfand sie die Temperatur als sehr angenehm, ja geradezu warm. Nach einiger Zeit fing die ganze Gruppe an, in einem leichten rötlichen Licht zu leuchten. Esyia verlor sich völlig in dieser Vision und war im Begriff gänzlich hinwegzuschlummern, als sie ein lauter Schrei aus ihren Träumen riss.

»Alarm! Feind auf zwölf unten!«

Die Kleine schreckte hoch. Der Schrei kam von Oberst Agus, die als erste die gegnerischen Flugwesen ausgemacht hatte. Während Esyia gerade noch bemerkte, dass sie nicht nur in ihrer Vision, sondern auch im wirklichen Leben rot leuchtete, brach auch schon die Hölle los.

Die Rodusk'schen Jagdflieger teilten die Position der Gegner in zwölf Richtungen auf, die dann weiter in oben, flach und unten unterschieden wurden. Zwölf war vorne, sechs hinten, drei rechts, neun links und so weiter. Ein Feind, der zum Beispiel aus zwei oben kam, flog von rechts-vorne-oben auf sie herunter. Suriku und Esyia wussten davon nichts. Das war in diesem Fall aber auch egal, denn sie konnten sowieso nicht direkt nach unten schauen, dazu war Gurds Körper viel zu groß. Sie saßen ja mitten auf seinem Rücken. So konnten sie auch nicht sehen, dass in einer Entfernung von etwa 150 Metern vor ihnen große Nachkraller die Wolkendecke durchstießen und in hohem Tempo auf sie zuflogen. Wie viele sich unterhalb der Wolkendecke befanden, war auch für die Sturmreiter nicht erkennbar. Das Einzige, was die Soldaten sehen konnten, war, dass diese Monster erst vereinzelt und dann an Zahl stark zunehmend durch die Wolken nach oben schossen. Im klaren Himmel angekommen, orientierten sie sich kurz und gingen dann sofort zum Angriff über.

»Nachtkraller!«, schrie Agus vorne und der vorderste Flieger einer jeden Formation wiederholte es mit einem lauten Ruf.

»Das nicht gut sein«, meinte Gurd. »Winzling sich besser verstecken. Flattertiere böse.«

»Ich bleibe unten, Gurd«, sagte die Kleine ins Sprachrohr, konnte aber nicht umhin zu schmunzeln angesichts der kindlichen Ausdrucksweise.

»Was sind das für Flattertiere?«, fragte sie nach und schaute Suriku an, der trotz der Gefahr ebenfalls grinsen musste.

»Beißen und krallen«, antwortete der Meadon. »Viele auf einmal. Gurd jetzt steigen hoch.«

Der Körper des Meadons hob sich vorne an und sie stiegen in einem Winkel von etwa 45 Grad nach oben. Ab einer bestimmten Höhe kamen die Feinde nicht mehr nach. Gurd wusste das. Bis er auf einer sicheren Höhe angekommen war, mussten die Sturmreiter und auch Suriku dafür sorgen, dass die Nachtkraller nicht an das Mädchen herankamen. Esyia war selbstverständlich das Ziel eines jeden Angriffs von Satars Monstern.

Mehr und mehr Tiere schossen durch die Wolken. Es handelte sich offensichtlich um einen ganzen Schwarm. Nachtkraller waren verwandt mit den Vrapis, jedoch um einiges größer. Ihre Körper waren etwa einen Meter lang mit einer ungefähr doppelt so langen Spannweite. Das Problem im Gefecht mit ihnen war ihre Schnelligkeit und die Schärfe ihrer Zähne, nicht so sehr ihre Größe oder Kraft. Sie hatten ähnlich wie altertümliche Tiger zwei lange Reißzähne, die nach unten aus ihrem Maul ragten. Damit konnten sie große Stücke Fleisch aus ihren Opfern heraustrennen und sie so durch ruckartige, reißende Bisse töten. Beim Angriff gerieten die Kraller in einen rasenden Blutrausch, der sie alle Angst vergessen ließ. Hatten sie sich einmal ein Opfer gekrallt und ihre Reißzähne hineingestoßen, war es so gut wie aus. Man musste sie schon vorher in der Luft erwischen.

Wie wahnsinnig kamen die Tiere mit schnellen Flügelschlägen auf die Sturmreiter zu. Oberst Agus rief den Formationen Befehle zu: »Alle Gruppen! Vorziehen und feuern, wenn bereit!«

»So viel Biester Gurd noch nie gesehen. Winzling muss wichtig sein«, sagte Gurd während er versuchte so schnell wie möglich an Höhe zu gewinnen.

»Oh Gott!«, rief Suriku plötzlich aus. Er hatte das Weitsichtgerät der 37 ausgeklappt und schaute hindurch. Aufgrund der Neigung von Gurds Körper konnte er jetzt seitlich die ersten Kraller sehen. »Da kommen immer mehr!«

Er erkannte, dass der Einzelschussmodus in diesem Fall nicht viel bringen würde und drückte die vordere rechte Interaktionsfläche. Die Waffe gab einen kurzen Summton von sich und befand sich nun in der Schnellfeuereinstellung. Esyia saß derweil unten auf dem Boden neben dem Sprachrohr und schaute besorgt zu Suriku hoch. Sie streichelte Wolli ab und an beruhigend übers Fell. Das Medaillon hatte sie wieder vor sich, es war stark erwärmt und glühte.

Die acht Formationen der Sturmreiter glitten todesmutig auf die Nachtkraller zu. Sie waren ausgerüstet mit Armbrüsten, die immer zwölf Schuss hintereinander oder als Fächerschuss abfeuern konnten. Waren alle zwölf Pfeile verschossen, nahmen sie sich ein neues Magazin aus ihrem Köcher und legten es ein. Ähnlich wie Suriku verzichteten auch die Soldaten auf den Einzelschuss. Angesichts der so überwältigenden Anzahl an Gegnern konnten sie nur fächerweise in die Menge schießen und hoffen, so viele wie möglich zu erwischen.

Die Luft war mittlerweile erfüllt von einem ohrenbetäubenden Kreischen, das die Kraller in ihrer Wut ausstießen. Da Agus' Soldaten sich genau zwischen ihnen und Gurd befanden, stürzten sich die Monster zuerst auf sie. Verzweifelt feuerten die Sturmreiter in die Menge. Die Pfeile zischten los und mindestens die Hälfte davon traf den Gegner. Die Pfeile waren an ihrer Spitze mit kleinen Sprengköpfen ausgestattet, die beim Auftreffen auf einen Widerstand explodierten. Jeder Treffer, wenn auch nur am Bein oder Flügel, verletzte durch seine Explosion den Kraller so stark, dass er nach unten stürzte und spätestens beim Auftreffen auf den Boden tod war. In das Kreischen der Kraller mischte sich nun auch noch der Lärm der Pfeildetonationen.

Eine kleine Gruppe der Monster spaltete sich von den anderen ab und flog direkt hoch zu Gurd. Sie merkten offenbar, dass sie nicht viel Zeit hatten. Wenn sie sich länger mit den Soldaten beschäftigten, würde es um so schwerer werden, an Esyia heranzukommen. Die Monster schossen oberhalb des Kopfes der Riesenechse vorbei auf die Mitte von Gurds Körper zu. Gurd schnappte mit seinem Maul nach ihnen. Er verfehlte jedoch, da die Nachtkraller zu schnell für ihn waren.

Suriku legte die 37 an und zielte auf die Tiere. Er bemerkte, wie der uralte Machtkristall in der Waffe ein leichtes Summen von sich gab und anfing leicht zu vibrieren. Scheinbar erkannte der Stein, dass es nun zum Kampf kommen würde. Dem Ho'ki fiel diese sonderbare Intelligenz allerdings nur im Unterbewusstsein auf. Er musste seine neue Waffe jetzt in einem echten Gefecht einsetzen und konnte nur beten, dass sie funktionierte.

Suriku wartete.

Er ließ sie näher herankommen.

Das Kreischen der Bestien wurde unerträglich laut. Der Ho'ki konnte schon ihre aufgerissenen Mäuler erkennen und ihre fratzenhaften Gesichter, da drückte er ab. In kurzer Folge verließen die gebündelten Lichtimpulse die Waffe. Es zischte jedesmal leicht, wenn einer dieser rötlichen Energiestreifen den Lauf verließ.

Die Wirkung übertraf alle Erwartungen. Die 37 schnetzelte durch die Monster wie das heiße Messer durch die Butter. Die Lichtstäbe schossen einfach durch die Körper der Tiere hindurch. Aufgrund der hohen Energie wurden die Kraller regelrecht in kleine Einzelteile zerlegt, die dann in Brand gerieten und nach unten fielen. Die Waffe richtete ein derartiges Inferno am Himmel an, dass es einem vorkam, als ob es brennende Krallerteile regnen würde. Die Gruppe der Angreifer bestand aus etwa zehn Tieren, die von Suriku in wenigen Sekunden vernichtet wurden.

Der Ho'ki suchte mit dem Weitsichtgerät den Himmel nach weiteren Angreifern ab. Er bemerkte wie seine Hände leicht zitterten. Es war das erste Mal, dass er nicht mit seinen Stammeswaffen kämpfte. Und obwohl ihn das zusätzlich nervös machte, war ihm klar, dass er noch nie so mächtig gewesen war wie jetzt.

Der Meadon hatte nun eine Höhe erreicht, in die die Nachtkraller nicht mehr steigen konnten. Die Mehrheit der Monster hatte den Fehler gemacht, nicht direkt zu Esyia durchzufliegen. Dadurch, dass die Sturmreiter sofort das Feuer eröffnet hatten und in ihre Richtung gekommen waren, hatten sich die Bestien in ihrer blinden Wut direkt auf sie gestürzt. Auf der Ebene von Gurds Rücken waren nun keine Kraller mehr und Suriku konnte mit seinem Sichtgerät auch keine mehr ausmachen. Die ganze Schlacht fand jetzt unter ihnen statt.

Die Riesenechse sagte plötzlich: »Alle sterben.«

Von weitem hörte man die Schreie der Soldaten.

Suriku schaute zu Esyia. Sie bewegte den Kopf langsam hin und her und zeigte ihm damit, dass sie die Not der Soldaten spüren konnte. Es stand schlecht um sie.

Der Ho'ki wurde wütend. »Sag ihm, er soll wieder runtergehen, Esyia. Ich muss Agus helfen!«

Die Kleine wendete sich zum Sprachrohr: »Geh wieder runter, Gurd. Wir können Agus nicht im Stich lassen.«

»Das unmöglich«, erwiderte Gurd. »Himmel unter uns schwarz von Flattertier. Wir gehen runter, wir tot.«

»Verdammt!«, schrie Suriku aus.

Verärgert setzte er sich auf den Boden. Er wusste zwar, dass der Meadon Recht hatte, aber nicht mehr in den Kampf eingreifen zu können war schrecklich für ihn.

»Gurd?«, sagte Esyia ins Sprachrohr.

»Ja?«, fragte die Riesenechse zurück.

»Flieg mal nicht weiter. Wir müssen auf alle Fälle gleich nach den Soldaten sehen. Die ekelhaften Biester werden ja nicht ewig dableiben.«

Suriku nickte zustimmend.

»Gut«, meinte Gurd. »Hier oben sicher. Warten ab.«

Die Kampfgeräusche unter ihnen waren noch sehr laut. Nach und nach wurden sie jedoch leiser. Etwa eine halbe Stunde später waren nur noch vereinzelte Schreie von Soldaten und ab und an das Gekreische eines Krallers zu hören. Letztendlich verstummte aber auch das. Der Kampf hatte aufgehört. Das einzige Geräusch, das noch übrig blieb, war wie zu Anfang der Flügelschlag von Gurds Schwingen. Die Flügel sahen aus wie riesengroße Segel in hellrötlicher, leicht gelblicher Farbe. Die Echse musste unglaublich viel Druck erzeugen um ihren riesigen Körper in der großen Höhe zu halten. Die stark ausgebildeten Schwingen ermöglichten es ihm, so weit hoch zu steigen. Gurd arbeitete vor allem mit Muskelkraft. Er war kein Gleiter. Aus diesem Grunde konnte er in der maximalen Höhe auch nicht unbegrenzt verweilen. Es kam unweigerlich irgendwann einmal der Zeitpunkt, wo er hinunter musste, um sich ein wenig auszuruhen. So sagte er dann einige Zeit später:

»Gurd müssen runter.«

»Alles klar«, bestätigte die Kleine.

Suriku zog die 37 erneut aus der Waffentasche, wohin er sie zurückgesteckt hatte, und machte sie scharf.

»Hoffen wir mal, dass sie meinen, wir wären weitergeflogen. Wenn sie unter den Wolken auf uns warten, sieht es schlecht aus.«

»Ich spüre noch Gefahr«, erwiderte Esyia. »Allerdings viel weniger wie eben. Irgendwas wartet da unten. Aber (*sie stockte*) … da ist noch was anderes.«

Der Ho'ki schaute sie fragend an: »Was anderes?«

Das Mädchen blickte ins Leere. »Eine helle Kraft. Kommt mir bekannt vor ... ich weiß nicht genau.«

»Vielleicht leben noch ein paar Soldaten«, vermutete Suriku, aber Esyia schüttelte den Kopf: »Das ist es nicht.«

Botanoide

Der Meadon sank hinunter. Gurd bewegte sich nicht vor oder zurück, er verringerte nur die Anzahl seiner Flügelschläge, sodass sein Körper langsam nach unten absackte.

»Wenn in Wolken erst mal gucken«, sagte er zu den beiden. »Gurd müssen Versteck finden. Gut hinter Berg.«

Die Echse ging hinunter bis in die Wolken und beobachtete dann den Luftraum unter ihnen. Bis zum Boden konnte er in der Höhe nicht so sehen, dass etwas Genaues erkennbar gewesen wäre, aber er bemerkte zumindest, dass keine Kraller mehr in der Luft flogen.

»Hinten Hügel. Gurd dahin und ausruhen.«

Esyia und Suriku waren einverstanden. Sie mussten sich voll auf den Meadon verlassen, da sie den direkten Blick nach unten von ihrer Sitzposition aus nicht hatten.

Als die beiden unter die Wolken kamen, stellten sie fest, dass es stark regnete. Während ihrer Wartezeit hatten sie schon bemerkt, dass es unter ihnen so nach und nach dunkler geworden war. Der Himmel war nun bedeckt von tiefgrauen Wolken, welche wie aus vollen Kübeln Wasser auf die Erde gossen. Den beiden machte das nicht viel aus, Wolli hingegen war überhaupt nicht begeistert. Es bildeten sich kleine Wasserlachen auf dem Rücken der Echse, die langsam größer wurden und sich auf ihn zubewegten. Die Katze hob abwechselnd ein Bein nach dem anderen in die Höhe und schüttelte das Wasser ab, nur um es danach wieder zurück in die Lache zu setzen und ein anderes Bein anzuheben.

»Wolli!«, lachte Esyia. »Du bist doch nicht aus Zucker.« Sie tätschelte ihn am Kopf, was ihn allerdings auch nicht aufmunterte.

Gurd ging etwa einen Kilometer entfernt von der Stelle, wo der Kampf stattgefunden hatte, zu Boden. Nachdem er aufgesetzt hatte, hielt er seinen Rücken gerade und streckte den linken Flügel aus, damit die Gruppe hinuntersteigen konnte. Er war sehr erschöpft und musste mindestens zwei Stunden ruhen. Die Freunde stiegen von ihm ab. Sie entschieden sich, loszuziehen, um herauszufinden, ob es noch Überlebende bei den Sturmreitern gab. Vor allem aber wollten sie sehen, was aus Oberst Agus geworden war.

»Wir sind so schnell wie möglich zurück«, sagte Suriku, worauf Gurd kurz nickte und dann die Augen schloss. Er war so müde von dem anstrengenden Flug in der großen Höhe, dass er sofort einschlief.

Die drei gingen in die Richtung, in der der Hauptkampf stattgefunden hatte. Sie versuchten sich einfach dahin zu bewegen, von wo aus Gurd in der Luft den Sinkflug begonnen hatte. Wenn es Überlebende gab, mussten sie dort irgendwo zu finden sein. Die zwei merkten aber sofort, dass das Ganze nicht so einfach war. Sie befanden sich nämlich in einem dichten, baumreichen Wald, der eine weite Sicht nach vorne nicht zuließ. Die Vegetation bestand vor allem aus Tannen, Kiefern und anderen Holzgewächsen. Die Bäume hatten sehr dicke Stämme und waren ziemlich groß. Suriku schätzte ihre Höhe auf etwa 30 Schritt. Aufgrund der Größe der Pflanzen und der Dicke der Stämme war zwischen ihnen allerdings genug Platz, um hindurchzugelangen.

Es regnete nach wie vor heftig. Die Baumkronen hielten das Wasser zwar etwas zurück, da es aber schon seit geraumer Zeit goss, tropfte es trotzdem noch kräftig auf die Gruppe herab. Suriku ging voraus und Esyia folgte ihm in kurzem Abstand. Das Mädchen ritt wieder auf Wolli, der immer noch seine metallene Rüstung trug. Esyia hatte das schöne Kleid aus Rodusk in dem kleinen Köfferchen hinten an Wollis Sattel. Sie hatte jetzt ihre schwarze Kampfkleidung an, die ihr die Schneiderin empfohlen hatte. Das dunkle Leder bewirkte in der Tat eine gewisse Tarnung, welche allerdings durch Esyias helle Haut und ihre weißen Haare zunichte gemacht wurde. Den Vorschlag Surikus, ihre Haare und ihr Gesicht mit Matsch einzuschmieren, wie es richtige Soldaten tun, hatte das Mädchen protestierend zurückgewiesen. Da der Ho'ki Esyia nun schon besser kannte und er sich vor allem noch an den Einkaufsbummel in Rodusk erinnerte, wusste er, dass weitere Diskussionen in dieser Sache zwecklos waren. Das Mädchen war natürlich aufgrund ihrer Größe ohnehin nicht sehr auffällig. Solange sie allerdings auf Wolli ritt, dessen weißes Fell ebenfalls gut sichtbar war, konnte man eine wirkungsvolle Tarnung in der Tat vergessen. Suriku hingegen war durch seine langen schwarzen Haare und seine unauffällige Kriegerkleidung gut in der Lage sich zu verstecken. Der Grom, den er vor einiger Zeit angreifen wollte und der sich als Esyias Freund herausgestellt hatte, hatte ihn jedenfalls nicht bemerkt.

Der Ho'ki ging langsam in leicht gebückter Haltung vorwärts. Er schaute sich dabei immer aufmerksam in alle Richtungen um und blieb auch von Zeit zu Zeit stehen, um zu überprüfen, ob sie von irgendwem beobachtet wurden. Nach etwa zehn Minuten sagte Esyia plötzlich:

»Warte mal, ich glaube, wir sind nicht allein.«

Suriku stoppte. Er lauschte und sah sich erneut um. Außer den Bäumen und einigen kleineren Tieren schien aber niemand da zu sein. Er schüttelte den Kopf.

»Lass uns weitergehen. Falls uns wer beobachtet, muss er unsichtbar sein.«

Die beiden gingen weiter. Sie versuchten dabei, so leise wie möglich zu sein. Da der Regen aber immer noch sehr stark war, mussten sie beim Sprechen ihre Stimmen deutlich anheben. Nach einiger Zeit wurde ihnen dann klar, dass sie wirklich beobachtet wurden und auch von wem.

»Die Bäume!«, sagte das Mädchen erschreckt. »Es sind die Bäume.«

»Ich hab's auch gesehen«, erwiderte Suriku.

Jedes Mal, wenn sie sich einem Baum näherten, drehte der sich leicht in ihre Richtung und folgte ihnen dann nach. Er bewegte sich zwar nicht von der Stelle, aber er drehte seinen Stamm immer genau auf die Gruppe zu.

Suriku blieb wieder stehen. Er sah für eine kurze Zeit nach vorne und drehte sich dann ruckartig herum. Das war ein Trick. Ein Beobachter rechnet unter Umständen nicht damit, dass sich die beobachtete Person ganz unvermittelt in seine Richtung dreht. Genauso erging es nun auch einem der Bäume. Als er erkannte, dass Suriku in seine Richtung schaute, drehte er sich schnell weg. Dabei war er allerdings einen Tick zu langsam und der Ho'ki sah genau, wie sich der Stamm bewegte.

»Ha!«, rief er in Richtung des Baumes. »Erwischt.«

Die Pflanze regte sich nicht.

»Jetzt tu nicht so, Baum, ich habe ganz genau gesehen, dass du uns beobachtest.«

Der Baum gab keinen Mucks von sich.

Die beiden gingen auf ihn zu und stellten sich vor ihn. Suriku klopfte an seinen Stamm.

Keine Reaktion.

»Er spielt den Unschuldigen«, sagte Esyia zu Suriku. »Vielleicht (*sie zwinkerte dem Ho'ki zu*) solltest du mal in seinen Stamm schießen, dann wird er bestimmt gesprächiger.«

Wieder keine Reaktion.

Wolli, der sich wunderte, warum die zwei solch ein Interesse an so einer langweiligen Pflanze hatten, nutzte die Gelegenheit, um seine Krallen zu schärfen und sich dabei ausgiebig zu räkeln. Er streckte seine Vorderpfoten vor, krallte sich an dem Baum fest und setzte sie dann nacheinander an der Baumrinde hoch. Für ihn war der Stamm nichts anderes wie ein Kratzbaum. Dabei riss er sein Maul weit auf und gähnte.

»Hihihihi«, brachte der Baum plötzlich kichernd hervor. »Hihi … nehmt das weg … hihihi … das kitzelt.«

»Aha, du kannst also doch sprechen«, sagte Esyia.

»Hihihi … nehmt das Pelztier weg … hihihi«, gluckste er, worauf Esyia Wolli leicht an der Mähne zog, damit er vom Baum abließ. Die Katze ließ den Baum los und wich einige Schritte zurück. Dieser drehte seinen Stamm nach links, sodass er genau auf das Mädchen gerichtet war. Der Baum war etwa bis zu der Höhe einer ausgewachsenen Person kahl. Seine Äste und Nadeln setzten erst darüber ein und gingen dann weit bis nach oben. Anders als gewöhnliche Bäume hatte er aber Augen, Mund und Nase. Diese waren allerdings nur schwer zu erkennen, denn ihre Formen und Farben sahen genauso aus wie der Rest des knorrigen Stammes. Man musste schon zweimal hingucken, um bei ihm ein Gesicht zu bemerken. Die Nase war zum Beispiel nichts weiter als ein dicker Klumpen Borke. Die beiden wussten nicht, ob er damit überhaupt riechen konnte. Intelligent schien er aber zu sein. Vielleicht nicht gerade beim Beobachten anderer Wesen, aber sprechen konnte er jedenfalls.

Esyia und Suriku waren sich nicht sicher, ob der Baum eine Bedrohung darstellte. Er war natürlich nicht allein. Sie befanden sich ja in einem Wald. Hier waren tausende von Bäumen, die vermutlich alle mit ihm verwandt waren. Wenn es irgendeine Möglichkeit für die Pflanzen gab, ihnen gefährlich zu werden, dann würden die zwei auf alle Fälle in Schwierigkeiten geraten. Zahlenmäßig waren ihnen die Bäume um ein Vielfaches überlegen. Suriku warf einen Blick auf die 37, um zu überprüfen, ob sie sich noch im Schnellfeuermodus befand. Die erhellte vordere rechte Interaktionsfläche signalisierte ihm, dass dem so war.

»Was machst du hier«, fragte Esyia die Pflanze.

Der Baum runzelte seine knorrige Stirn. Das war offenbar eine Frage, die ihm noch nie gestellt wurde. Er überlegte eine Zeit lang und sagte dann:

»Ich wurzle.«

»Du bist aber kein normaler Baum«, hakte Suriku nach, dem das Ganze nicht geheuer war. »Du kannst sprechen und dich bewegen.«

Die Pflanze brauchte wieder sehr lange, bevor sie sich äußerte. »Wir sind Botanoide. Anders als viele unserer Artgenossen haben wir gelernt zu sprechen.«

Esyia spürte, dass der Botanoid nicht aggressiv war. Das Amulett regte sich nicht und Surikus Machtkristall gab auch keinen Laut von sich. Der Baum schien eher schüchtern zu sein. Um ihn etwas mehr hervorzulocken fragte sie:

»Wie heißt du denn?«

Nach kurzem Zögern antwortete er: »Borki.«

Esyia nannte Borki auch ihren Namen und den der anderen. Daraufhin fragte sie den Baum, warum er sich nicht direkt als Botanoid zu erkennen gegeben hatte.

»Wir wollen unerkannt bleiben«, erklärte Borki. »Wir können nur unseren Stamm und unsere Äste bewegen, weggehen oder laufen können wir nicht. Wenn uns eine bösartige Kreatur angreift, ist das sehr schlecht für uns. Wir können uns nicht gut verteidigen.«

»Ach so«, sagte das Mädchen. »Ja, das ist klar.«

Während die zwei sich mit dem Botanoid unterhielten, verschwanden nach und nach die schwarzen Wolken am Himmel und es wurde heller. Auch der Regen ließ nach. Die beiden wussten nun, dass sie von den Bäumen nicht bedroht wurden und wollten ihren Weg fortsetzen. Sie durften nicht

zu viel Zeit verlieren. Je länger es dauerte, bis sie die Sturmreiter fanden, desto unwahrscheinlicher war es, dass sie noch
jemandem helfen konnten.

»Irgendwo hier müssen Wesen vom Himmel gefallen sein«,
sagte Suriku zum Botanoid. »Es gab einen Kampf in der Luft
und wir sind auf der Suche nach Freunden, die vielleicht
überlebt haben. Hast du irgendwas davon bemerkt, Borki?«

»In der Ferne war Lärm und feuriger Regen«, erwiderte der
Baum. » Sowas gab's hier noch nie. Aber es ist zu feucht für
Feuer, das ging direkt wieder aus.«

»Das waren bestimmt die Kraller, die du getötet hast«,
meinte Esyia.

»Ja, richtig«, sagte Suriku und schaute stolz auf seine 37.
»Die hab ich weggegrillt, verdammte Viecher.«

»Wo war das etwa?«, fragte das Mädchen den Botanoid.

Der Baum bewegte einen seiner Äste nach unten und zeigte
damit in die östliche Richtung:

»Da hinten irgendwo. Genau weiß ich es nicht. Aber wenn
ihr da nichts findet, fragt einfach einen meiner Brüder. Sagt
ihnen, Borki schickt euch, dann werden sie mit euch sprechen.«

»Gut«, sagte Esyia, die den Baum mittlerweile richtig nett
fand. »Und vielen Dank. Wir müssen jetzt weiter. Vielleicht
sieht man sich ja noch mal.«

»Vielleicht«, erwiderte der Botanoid und drehte seinen
Stamm zurück nach vorne. Mit einem Mal sah er wieder
ganz wie ein gewöhnlicher Baum aus und niemand würde
jemals vermuten, dass er sprechen konnte.

Die beiden gingen weiter. Esyia ritt neben Suriku und versuchte dem Ho'ki dabei zu helfen, die Gegend abzusuchen.
Nach einiger Zeit wollten sie gerade bei einem von Borkis
Brüdern nachfragen, da bemerkte das Mädchen, dass das
Amulett warm wurde.

»Der Anhänger reagiert«, sagte sie erschreckt.

Suriku schaute hinunter zu ihr. Er kontrollierte noch mal seine Waffe und den Stein. Der Machtkristall summte noch nicht. Der Ho'ki wertete das als Zeichen, dass die Bedrohung noch weiter entfernt sein musste. Dieser Gedanke hätte ihn beruhigt, wenn der Stein nicht genau in diesem Moment aktiv geworden wäre. Noch recht schwach, aber schon deutlich spürbar, vibrierte er und gab einen gleichmäßigen Summton von sich. Ein paar Augenblicke später hörten sie dann plötzlich Geräusche, die aus einiger Entfernung zu ihnen drangen. Die beiden erkannten, dass da ein Kampf stattfinden musste, denn sie vernahmen eindeutig das wahnsinnige Kreischen der Nachtkraller. Allerdings war da noch etwas anderes. Ein tiefes Grollen und Brüllen. Es hörte sich an, als ob ein großes Wesen am Kampf beteiligt war. Die wütenden Schreie und vor allem das Stampfen auf den Boden, das die Erde bis hin zu den beiden erbeben ließ, konnte nicht von einem kleinen Tier stammen. Suriku bewegte sich schnell vorwärts. Er hatte die 37 im Anschlag und wollte unbedingt ins Gefecht eingreifen, wenn es möglich war. Das Mädchen ritt hinter ihm her. Mittlerweile war das Amulett richtig heiß und der Stein in Surikus Waffe summte lauter. Es war klar, dass es zum Kampf kommen würde.

Nachdem sie einige weitere Bäume hinter sich gelassen hatten, sahen sie plötzlich, was los war. Vor einer großen, kahlen Tanne stand ein Riese, der sich gegen mehrere Nachtkraller zur Wehr setzte. Zwischen ihm und dem Baum lag ein anderes Wesen auf dem Boden, welches die zwei nicht genau erkennen konnten. Der Riese stand breitbeinig davor. Es schien so, als ob er es beschützen wollte. Er hielt einen Kraller in der Hand und schlug damit auf die anderen ein. Das Monster, das er in den Händen hielt, war längst tot. Er benutzte es als Waffe, um sich damit die anderen vom Leib zu halten. Die

Nachtkraller flogen um den Riesen herum. Es mussten etwa fünf oder sechs Tiere sein. Aufgrund der Schnelligkeit der Biester konnte Suriku die genaue Zahl nicht feststellen. Der Grom war den Monstern an Größe und Kraft weit überlegen. Das nützte ihm in diesem Fall jedoch nicht viel, denn die Kraller waren so schnell, dass es einzelnen immer wieder gelang, zu ihm vorzudringen und ihn zu beißen. Es war nur noch eine Frage der Zeit, bis der Grom so erschöpft war, dass er von den Bestien zerfetzt werden würde.

Immer wieder holte er aus und schlug nach den Monstern. Dabei brüllte er so laut und grauenhaft, dass den Freunden angst und bange wurde. Der Ho'ki überlegte einen Moment und fragte sich, auf wen er eigentlich schießen sollte. Wenn er dem Grom gegen die Kraller half, würde dieser vielleicht auf die beiden losgehen. Riesen waren äußerst aggressive und angriffslustige Kreaturen. Sie pflegten außer zu Artgenossen normalerweise keine Freundschaften. Allerdings gab es davon natürlich auch Ausnahmen. Esyia hatte sich ja mit Bobb angefreundet. Wie dem auch sei, die wahnsinnigen Nachtkraller standen unter dem Befehl Satars und damit mussten sie vernichtet werden.

Suriku ging in die Hocke. Die Kraller flogen so schnell um den Grom herum, dass es nicht leicht werden würde, einen von ihnen zu erwischen.

Er legte an. Das Weitsichtgerät benötigte er nicht, wohl aber den Einzelschussmodus. Ein Schnellfeuerangriff auf dieser Distanz hätte auch den Riesen und das am Boden liegende Wesen verletzen können. Er drückte die hintere, rechte Interaktionsfläche. Die 37 gab ihm durch einen kurzen Hochton zu verstehen, dass sie den Modus gewechselt hatte. Suriku zielte auf die Kraller und wartete. Er musste genau im richtigen Moment abdrücken.

Er zögerte. Die Monster flogen so schnell, dass er sie nicht richtig ins Ziel bekam. Plötzlich aber blieb ein Kraller kurz in der Luft stehen, um sich für die nächste Attacke auf den Grom zu sammeln. Das Ganze dauerte nur ein paar Sekunden, aber es reichte dem Krieger, um anzugreifen. Er drückte die Kontaktfläche. Der Machtkristall feuerte einen rötlichen Lichtimpuls ab, der zischend den Lauf verließ und die Bestie am Kopf traf. Die Energie des Lichtbündels war erneut so stark, dass der ganze Körper des Krallers weggerissen wurde, explodierte und in kleine Fetzen zerteilt durch die Luft flog. Die Reste von ihm gingen brennend auf die Erde nieder.

»Mein Gott«, sagte Suriku leise zu sich. Er war erneut gleichermaßen entsetzt und begeistert von der Macht des Steins.

Diese Demonstration der Stärke durch das Artefakt zeigte volle Wirkung. Sowohl die Nachtkraller als auch der Riese waren völlig überrascht und schauten fassungslos zum Ho'ki hinüber. Damit hatten sie nicht gerechnet. Der Überraschungsmoment währte allerdings nicht lange, denn die Monster wendeten sich plötzlich vom Grom ab und griffen Suriku an. Laut kreischend und vor Wut schäumend rasten sie auf ihn zu. Der Ho'ki versetzte die 37 wieder zurück in den Schnellfeuermodus, was die Waffe durch den üblichen Ton bestätigte. Keinen Augenblick zu früh, denn die vordersten Bestien waren schon wenige Meter vor ihm. Er schaute in ihre vor Aggression und Hass verzerrten Gesichter. Die Mäuler der Tiere waren weit aufgerissen und bereit zuzubeißen. Satar musste genau gewusst haben, was er tat, als er diese Monster in seine Armee aufnahm. Sie waren bösartige Kampfmaschinen, die nur durch eine einzige Sache gestoppt werden konnten: den Tod.

Der Ho'ki feuerte. Diesmal entließ der Machtkristall in einer Frequenz von acht Schuss pro Sekunde einen Impuls nach dem anderen. Suriku bemerkte, dass die Waffe sich die Gegner teilweise selbst suchte. Der Lauf bewegte sich, wie von magischer Hand geführt, immer genau in die Richtung, in der sich der nächste Kraller befand. Er musste sie nur hochhalten und grob in die Richtung der Monster zielen. Den Rest machte die RD-37c automatisch. Das war ihm bis jetzt noch nicht aufgefallen. Als er sie probegeschossen hatte und auch bei Gurd oben musste er alles alleine machen. Wieso die Waffe jetzt plötzlich die Regie übernahm, wusste Suriku nicht. Vielleicht lag es an der erhöhten Gefahr, in der sie sich befanden. Er hatte jedoch momentan nicht die Zeit, sich darüber den Kopf zu zerbrechen, denn die Kraller waren noch nicht erledigt. Die 37 feuerte weiter und richtete wieder ein unglaubliches Gemetzel an. Alle Monster, die in direkter Nähe zum Ho'ki waren, wurden getroffen und vernichtet. Überall flogen brennende Fleischfetzen und Körperteile herum.

Plötzlich hörte Suriku Esyia schreien. Er wirbelte herum. Er hatte in den letzten Minuten keine Zeit gehabt, auf das Mädchen zu achten, weil er sich voll auf den Kampf konzentriert hatte. Der Ho'ki war davon ausgegangen, dass sie immer noch hinter ihm war, doch da befand sie sich nicht mehr. Zu seinem Entsetzen sah er in einiger Entfernung, wie die Kleine mit der Katze vor einem Kraller flüchtete. Wolli raste wie verückt, um den Klauen des Monsters zu entkommen. Der Nachtkraller war direkt hinter ihnen und versuchte das Mädchen zu greifen. Die Katze sprang beim Laufen immer hin und her, um ihm auszuweichen, doch es war offensichtlich, dass es sich nur noch um Sekunden handeln konnte, bis der Kraller die Kleine hatte. Zu allem Überfluss sah der Ho'ki vor sich auf dem Boden Esyias Amulett liegen. *Oh nein*, dachte er. Die Kette des Medaillons war zertrennt und das Mädchen damit völlig ohne Schutz.

Suriku legte an und versuchte auf das Monster zu zielen. Wolli entkam den Klauen der Bestie gerade noch einmal durch eine scharfe Rechtskurve. Diese führte ihn mit Esyia jedoch genau hinter einen Baum, wo der Ho'ki das Monster nicht anvisieren konnte.

»Mist!«, schrie er.

Er nahm die Waffe wieder herunter und rannte los. Das Einzige, was er brauchte, war einen kurzen Moment freie Sicht auf die Bestie. Der Machtkristall würde das Monster sofort vernichten. Da die Katze allerdings einen Haken nach dem anderen schlug und ständig die Richtung wechselte, tauchten die zwei nie lange genug zwischen den Bäumen auf.

»Kommt zurück!«, rief er ihnen nach.

Wolli war seinem Verfolger gerade mit einer ruckartigen Linksbewegung erneut um Haaresbreite entkommen, da geschah das Unvermeidliche: Er rutschte aus. Durch den lang anhaltenden Regen war der Boden sehr feucht und an manchen Stellen glitschig. Die Katze verlor über einer Wurzel den Halt und glitt weg. Esyia musste aus dem Sattel springen, um beim Sturz nicht unter Wolli zu geraten. Darauf allerdings hatte der Kraller nur gewartet. Augenblicklich war das Monster bei dem Mädchen und griff zu.

Suriku hörte einen lauten Schrei, der ihm durch alle Glieder fuhr. Es war aber nicht Esyia, die schrie, sondern der Riese, der offenbar von der anderen Seite kommend, wieder in den Kampf eingegriffen hatte. Sein Brüllen war so laut und gräßlich, dass der Ho'ki das Schlimmste befürchtete. *Jetzt hat der sich auch noch auf die Kleine gestürzt*, dachte er und spurtete weiter.

Einige Meter später sah er den Grom. Instinktiv riss Suriku seine Waffe hoch, um den Riesen anzugreifen. Doch was er da sah, konnte er kaum glauben. Der Kraller lag tot auf dem Boden und das Mädchen stand auf der ausgestreckten Handfläche des Riesen und lachte. Dieser hielt die Kleine hoch, sodass er sich mit ihr unterhalten konnte.

Der Ho'ki nahm die Waffe runter und ging auf die Gruppe zu. Als der Grom ihn sah, grinste er breit und man konnte eine riesige Zahnlücke in seinem Mund erkennen. Esyia drehte sich zu Suriku um und sagte erleichtert:

»Rate mal, wer das ist.«

Das Mädchen kicherte, worauf der Grom ebenfalls laut lachte. Dessen Lachen war allerdings so unheimlich, dass Suriku fast die 37 wieder scharf gemacht hätte, die er gerade erst in den Ruhemodus versetzt hatte. Bevor er noch etwas zu Esyia sagen konnte, erklärte ihm das Mädchen:

»Das ist Bobb.«

Vormarsch

Den Hügel herunter kamen drei Reiter. In schnellem Galopp preschten sie vorwärts. Der Boden war rau und gefroren, doch die schwarzen Pferde hatten keine Mühe, sich darauf fortzubewegen. Eine leichte Schneeschicht bedeckte die Erde. Sie wurde durch die kräftigen Hufe der Tiere aufgewirbelt, sodass hinter den Reitern weiße Nebelwolken aufstiegen, welche sich kurz in der Luft hielten, um danach in den eisigen Weiten zu entschwinden. Die Wesen auf den Pferden trugen lange schwarze Umhänge, die durch den Wind nach hinten wehten. Bei näherer Betrachtung konnte man erkennen, dass es sich um dieselben Kreaturen handelte, die vor Kurzem unter Satars Empore gestanden und ihm die Anwesenheit seiner Streitkräfte gemeldet hatten.

Sie ritten hinunter in ein Tal, das von den Einheimischen Nahyma-Tal genannt wurde. Mit den sanftmütigen Wesen der Gegend hatten die Geschöpfe, die dort ihr Lager aufgeschlagen hatten, allerdings wenig gemein. Es handelte sich um die Bataillone Satars, die seit einiger Zeit unterwegs zum Berg Yras waren.

Das Tal war übersät mit untoten Kämpfern. In regelmäßigen Abständen konnte man schwarze Zelte sehen mit hölzernen Fahnenstangen vor den Eingängen. An diesen wehten Flaggen mit dem Symbol des Schattenpriesters, dem spitzen »S«. Mitten im Lager befand sich ein Zelt, das größer war als alle anderen. Es hätten ohne Weiteres fünfzig Wesen darin Platz gefunden, jedoch war es nur einem einzigen vorbehalten: Satar.

Vor dem Eingang standen zwei Wachen. Gleichzeitig hielten sie die rechte Faust an die Brust, als die Reiter vor ihnen ankamen und von ihren Pferden herunterstiegen. Die Wächter schauten geradeaus. Ihre Köpfe blieben regungslos. Die untoten Offiziere schritten an ihnen vorbei ins Innere des Zeltes und blieben kurz hinter dem Eingang stehen. Einer trat einen Schritt vor, hielt die rechte Faust am gestreckten Arm in die Höhe und sprach:

»Mein Fürst, die Späher haben Yras entdeckt. Der Berg liegt einen halben Tagesritt voraus.«

Er nahm den Arm wieder herunter und wartete. Satar, der hinter einem mächtigen hölzernen Tisch stand, auf dem eine Landkarte ausgebreitet war, erwiderte:

»Sehr gut, Hauptmann, sehr gut. Tretet näher.«

Der Hauptmann und seine beiden Begleiter schritten vor. Satar schaute nicht auf. Sein Blick ruhte auf der Karte. Beide Hände hatte er auf den Tisch gestützt. Sie waren genauso weiß und knöchrig wie die des Hexers damals im Randbereich. Er trug ähnlich wie seine Offiziere schwarze, mit Totenköpfen und Rabenfedern verzierte Rüstung. Es gab jedoch einen Unterschied, der eindeutig seine Stellung als Herrscher über alle deutlich machte: Ihn umgab ein langer blutroter Umhang mit kunstvollen Verzierungen und Runenzeichen. Sein Helm, der jetzt neben ihm auf dem Tisch lag, war ebenfalls mit roten Federn verziert. Die Farbe zeigte seine Außergewöhnlichkeit. Schwarze Magie strahlte bläulich, weshalb man das dunkle Blau, zusammen mit dem Schwarz, als Zeichen des Untodes und des Dämonischen ansah. Kein Kämpfer der schwarzen Seite hätte es jemals gewagt, Kleidung und Rüstung mit rötlichen Elementen zu tragen. Rot war die Farbe der Lebenden und damit des Feindes. Für Satar galten solche Regeln allerdings nicht. Er stand nicht nur völlig über dem Gesetz, er war das Gesetz selbst. Im Kampf stand ihm allerdings weiße Magie nicht zur Verfügung, weshalb seine Zauber ebenfalls, wie bei allen Untoten, in einem dunklen Blau schimmerten.

»Status des Feindes?«, fragte Satar.

Der links stehende Offizier, zuständig für die Aufklärung des Gegners, antwortete:

»Schwach. Sie haben sich in den Berg zurückgezogen. Ein paar erschöpfte Valira und einige verängstigte Menschen. Dürfte leicht werden.«

Ein bösartiges Grinsen zeigte sich auf Satars fahlem Knochengesicht.

»Sehr gut«, sagte er wieder. »Wir werden heute Nacht marschieren. Ich will im Morgengrauen Yras erreicht haben. Nachricht von den Nachtkrallern?«

Der Untote zur Rechten antwortete:

»Noch nicht. Sie werden die Kleine mit ihren Freunden aber ohne jeden Zweifel vernichtet haben. Die Meldung steht noch aus.«

Satar schaute auf und sagte mit verärgerter Stimme:

»Das Versagen von Rodusk darf sich nicht wiederholen. Esyia hat absoluten Vorrang. Ich will sie tot sehen. Sorgt dafür!«

»Jawohl, mein Fürst«, erwiderten die Offiziere gleichzeitig.

Satar schaute wieder zur Karte hinunter und befahl:

»Geht jetzt!«

Die drei hoben die Fäuste zur Abmeldung, sagten erneut:

»Jawohl, mein Fürst«, und verließen das Zelt.

Die Gruppe wächst

Bobb setzte Esyia wieder herunter und sie stieg auf Wolli zurück. Glücklicherweise hatten die beiden außer ein paar blaue Flecken keine Verletzungen davongetragen. Der Riese war allerdings übersät mit Fleischwunden, die von den zahllosen Bissen der Nachtkraller stammten. Aus allen Wunden floss Blut, weshalb das Mädchen ihn besorgt fragte, wie es ihm geht. Er schaute zu ihr hinunter und sagte:

»Schmerzen. Geht aber schnell vorbei.«

Anders als bei den meisten Wesen waren die Selbstheilungskräfte eines Riesen außerordentlich stark. Auch schwer verletzte Organe regenerierten sich in kürzester Zeit. Das Ganze hatte rein biologische Hintergründe, Magie war dabei nicht im Spiel. Grome galten als magieunbegabte Art, das heißt, sie konnten keine Zaubersprüche wirken. Bis jetzt gab es jedenfalls keinen bekannten Riesen, bei dem diese Fähigkeit aufgetreten war. Die Unfähigkeit zu zaubern war in vielen Fällen jedoch kein Nachteil. Durch ihre extreme Kraft und Widerstandsfähigkeit konnten sie auch erfahrenen Magiern gefährlich werden. Die Riesen hatten nämlich eine bei Magiewesen gefürchtete Eigenschaft. Wenn sie sehr wütend und aggressiv waren, stellte sich bei ihnen eine Immunität gegenüber Zaubersprüchen ein. Das galt zwar nicht für alle Magieangriffe und hing auch immer von der Kraft des Zauberers ab, aber nicht selten musste zum Beispiel ein Hexenmeister erkennen, dass seine Sprüche bei einem wütenden Riesen nicht wirkten.

Esyia befand sich leicht seitlich zwischen Suriku und dem Grom. Sie schaute von einem zum anderen und fragte sich, ob die beiden Freunde werden konnten. Natürlicherweise waren Menschen und Grome verfeindet. Vorsichtshalber wendete sich das Mädchen an den Riesen und sagte:

»Bobb, das ist Suriku, ein Freund von mir. Er hat mir schon mehrmals das Leben gerettet.«

Der Grom schaute zum Ho'ki. Dass dieser Mensch ihm nicht feindlich gesinnt war, hatte er bereits gemerkt. Suriku hatte ihm ja gegen die Nachtkraller geholfen. Auch wenn Riesen sich normalerweise ungern Schwächen eingestehen, so war ihm doch insgeheim klar, dass er den Kampf mit diesen bissigen Monstern früher oder später verloren hätte.

»Esyias Freund ist auch mein Freund«, sagte er wohlwollend und lachte schaurig.

Suriku zwang sich ebenfalls zu lächeln, was angesichts der furchteinflößenden Erscheinung vor ihm aber gar nicht so einfach war. Der Riese war etwa doppelt so groß wie er selbst und sehr breitschultrig. Außer eines kurzen, leicht zerfledderten Gehrocks trug er keine Kleidung. Er war zwar muskulös, aber vor allem sein ausgeprägter Bauch fiel auf. *Er scheint gerne zu essen*, dachte Suriku irrigerweise, denn der dicke Bauch war bei den Riesen Utvalins normal und hatte nichts mit Verfressenheit zu tun. Was der Grom allerdings an Bauch mehr hatte, hatte er an Haaren weniger. Sein Körper war weitgehend unbehaart. Auch auf dem Kopf war er kahl. Lediglich Augenbrauen konnte der Ho'ki erkennen.

Suriku wollte den Riesen nicht zu lange mustern, das Gleiche tat dieser nämlich auch mit ihm, weshalb er ihn schnell nach dem Wesen fragte, das er beim Kampf mit den Krallern hinter ihm auf dem Boden liegen gesehen hatte.

»Eine Vogelfrau«, antwortete Bobb. »Ist vom Himmel gefallen.«

Den beiden war sofort klar, dass es sich dabei nur um einen der Sturmreiter handeln konnte.

»Wir müssen sehen, wie es ihr geht«, sagte Esyia und ritt

sofort auf Wolli in die Richtung, wo sie den Körper liegen gesehen hatte. Bobb und Suriku gingen ihr hinterher.

Als sie bei dem Wesen ankamen, stellten sie überrascht fest, dass es sich um Oberst Agus handelte.

»Oberst Agus!«, rief das Mädchen besorgt aus. »Seid Ihr verletzt?«

»Hoheit … ja …«, sagte Agus stockend, »ich glaube mein Bein ist gebrochen und mir ist schwindelig.«

Sie saß immer noch vor dem Baum und schaute sich verwirrt um. Ihre Rüstung war teilweise beschädigt und stark verschmutzt.

»Wo sind die anderen?«, wollte sie wissen.

»Ihr seid der erste Sturmreiter, den wir sehen«, sagte Suriku, »Nach den anderen wollten wir noch suchen.«

Bevor die Vogelfrau etwas darauf erwiderte, schaute sie zu dem Grom hinüber.

»Riese«, sagte sie, »ich weiß nicht, wer du bist, aber wenn du nicht gewesen wärst, hätten mich diese verfluchten Biester gefressen. Ich danke dir. Rodusk wird dich dafür belohnen. Das gilt selbstverständlich auch für Euch, Leibwache, und für Hoheit Esyia.«

Sie stützte sich mit den Armen auf und setzte sich etwas aufrechter. Das linke Bein schien ihr Schmerzen zu bereiten, denn sie hielt es die ganze Zeit unnatürlich von sich gestreckt.

»Hüterin«, sagte sie zu Esyia gewandt, »Ihr hättet nicht herkommen dürfen. Eure Mission ist wichtiger als die Sturmreiter.«

»Wir werden Euch nicht hier liegen lassen«, bestimmte das Mädchen.

»Ich werde auch nicht hier liegen bleiben«, erwiderte Agus mit leicht zittriger Stimme. »Ich hoffe, dass meine Echse den Krallern entkommen ist. Die Tiere sind darauf trainiert, im

Falle eines Absturzes in der Nähe zu bleiben. Ich gehe davon aus, dass er sich irgendwo versteckt hält.«

Sie kramte in einer ihrer Taschen, die an der Rüstung befestigt waren, und holte eine kleine Pfeife heraus. Sie führte sie zum Mund und blies hinein. Es ertönte ein sonderbares Summen. Esyia schmerzte es leicht in den Ohren, während Suriku und Bobb so gut wie gar nichts hörten. Der Ton schwang in einer auf die Echsen abgestimmten Frequenz, weshalb sie ihn meilenweit entfernt noch empfangen konnten.

»Jetzt müssen wir kurz warten«, erklärte die Kommandantin. »Sie dürfen nicht antworten, das wissen die Tiere. Es könnten ja immer noch Feinde in der Nähe sein. Er wird gleich zu uns heruntergleiten. Wenn nicht, ist er tot.«

Sie schaute ernst vor sich hin.

Nach ein paar Minuten sahen sie am Himmel plötzlich einen kleinen Punkt. Er wurde nach und nach größer und kam auf sie zu. Suriku zog die 37 aus der Rückentasche und machte sie vorsichtshalber scharf. Der übliche Hochton signalisierte die Bereitschaft des Machtkristalls. Agus konnte nicht umhin zu lächeln, als sie sah, mit welcher Selbstverständlichkeit der Ho'ki mittlerweile die Waffe bediente. Ihre Blicke trafen sich und sie zwinkerte ihm zu:

»Hab' ich zuviel versprochen, Leibwache?«

Suriku wusste sofort, was sie meinte und erwiderte: »Nein Oberst, das ist die mächtigste Waffe, die ich jemals besessen habe. Sie ist unglaublich.«

»Ich weiß«, sagte Agus leise, deren Stimme schwächer zu werden schien.

Suriku legte an und zielte auf den Punkt. Er stellte das Weitsichtgerät hoch, um zu sehen, was da auf sie zukam. Wie er erwartet hatte, war es Agus' Flugechse, die glücklicherweise noch lebte. Fast geräuschlos glitt das Tier herunter und landete genau vor ihnen. Als Suriku Oberst Agus daraufhin helfen wollte auf ihr Flugtier zu steigen, bemerkte er, dass die Kommandantin ohnmächtig geworden war. Es war nicht ersichtlich, ob aus Erschöpfung oder wegen innerer Verletzungen. Den Freunden war natürlich klar, dass der Oberst so schnell wie möglich zu den Heilern nach Rodusk geflogen werden musste. Esyia sagte deshalb zu dem Riesen:

»Bobb, versuch mal, ob du sie auf die Echse setzen kannst. Ich glaube, das Tier findet den Weg auch allein nach Hause.«

Der Grom hob die Vogelfrau vorsichtig an und setzte sie in den Sattel. Da sie sich allerdings nicht festhalten konnte, war es zu gefährlich, die Echse losfliegen zu lassen. Diese machte auch überhaupt keine Anstalten abzuheben.

»Wartet«, sagte der Ho'ki, »wir binden sie fest.«

Suriku suchte im umliegenden Gebüsch nach Pflanzen, die er zusammenflechten konnte. Nachdem er genügend beisammen hatte, fertigte er daraus mehrere Seile an, so wie er es in seinem Dorf gelernt hatte. Mit deren Hilfe banden sie Oberst Agus an ihr Flugtier. Nachdem die Gruppe ein paar Meter von der Echse zurückgetreten war, verstand das Tier, dass es wegfliegen sollte. Die Echse breitete ihre Schwingen aus und stieg hoch in den Himmel.

Während sie nach und nach immer kleiner wurde, sagte Suriku: »Ich hoffe, Agus kann geheilt werden, sie hat tapfer gekämpft.«

»Ja, das hat sie«, meinte Esyia und fügte hinzu: »Die Sturmreiter haben sich für uns geopfert, das werde ich ihnen niemals vergessen.«

Nachdem die Echse am Himmel verschwunden war, beschlossen die drei, dem Ratschlag des Oberst zu folgen und so schnell wie möglich weiterzufliegen. Bevor Suriku den Riesen fragen konnte, ob er schon einmal auf einem Meadon geflogen war, wollte das Mädchen wissen:

»Wie kommst du überhaupt hierhin, Bobb?«

»Ich bin losgezogen, um einen neuen Gefährten zu finden«, antwortete der Grom. »Einen Schneewolf wie Bratuk.«

»Das bedeutet, dass der Dunkelwald nicht weit entfernt sein kann«, sagte Suriku. »Wir werden zufällig wieder zurückgeflogen sein.«

»Ja«, erwiderte Esyia. »Sieht ganz so aus.«

Sie wendete sich dem Riesen zu. »Bobb, wir haben eine sehr wichtige Mission zu erfüllen. Wahrscheinlich können wir einen großen Beitrag dazu leisten, die Untoten zu besiegen. Unsere Reise geht auch durch Gegenden, wo es Schneewölfe gibt. Das Ziel ist nämlich ein Gebirge. Willst du nicht mitkommen?«

Das mit dem Gebirge wusste das Mädchen zwar nicht ganz genau, aber in ihrer Vision mit den Valira war sie in einem verschneiten Gebiet auf einem Berg gewesen.

Der Riese überlegte nicht lange. Er mochte Esyia und wollte ihr gerne helfen. Wenn er dabei zusätzlich noch die Gelegenheit bekam, einen weißen Wolf zu zähmen und dem ein oder anderen Untoten den Schädel einzuschlagen, sprach nichts dagegen. Als Einzelgänger, der er wie alle Grome war, konnte er ohne Weiteres mitgehen. Verpflichtungen einer Familie oder einem Stamm gegenüber hatte er nicht.

»Gut«, sagte er dann auch und lächelte. »Ich komme mit.«

Das Mädchen schaute kurz zu Suriku und dann wieder zu Bobb. »Es gibt aber ein kleines Problem«, sagte sie vorsichtig. »Wir haben noch jemanden dabei, der auf uns wartet. Wir fliegen auf ihm.«

Die beiden wussten, dass Bobb Meadons hasste. Diese riesigen Monster machten manchmal Jagd auf Grome, außerdem hatte einer von ihnen seinen Wolf getötet.

»Also … äh … er ist wirklich sehr nett, ganz anders wie die anderen.«

»Er ist ein Meadon«, sagte Suriku, um die Sache abzukürzen.

Esyia warf dem Ho'ki einen vorwurfsvollen Blick zu, da sie es dem Riesen eigentlich schonender beibringen wollte.

»Meadons sind böse«, sagte Bobb. Man konnte sehen, wie Wut in ihm hochkam. Er stampfte heftig mit dem Fuß auf, sodass die Erde bebte und einige Vögel laut schimpfend Reißaus nahmen.

»Gurd nicht«, erwiderte das Mädchen, »außerdem mag er Riesen.«

Woher will sie das denn wissen?, dachte Suriku. Es war jedoch wichtig, dass sich Bobb und Gurd gut verstanden. Andernfalls hätte man den Grom nicht mitnehmen können. Gewisse Notlügen konnten da schon hilfreich sein. So spielte er das Spiel mit und nickte zustimmend.

»Bobb, wir haben alle einen gemeinsamen Feind: die Untoten. Alle Lebenden müssen zusammenhalten. Wir müssen die alten Streitigkeiten beiseite legen.«

Der Riese guckte grimmig. Anders als bei Menschen war es für die Riesen viel schwerer, über ihren Schatten zu springen. Sie wurden sehr stark von ihren Gefühlen und Instinkten beherrscht. Es ging deshalb noch eine Zeit lang so hin und her, bis es der Kleinen schließlich gelang, Bobb zu überreden.

»Gehen wir zu Gurd«, sagte Esyia daraufhin erleichtert und gab Wolli durch einen leichten Schenkeldruck zu verstehen, dass er lostraben sollte.

Das Mädchen ritt voran. Bobb und Suriku folgten ihr.

Sybille

Siehst du dahinten die Berge?«, fragte Esyia den Meadon.

»Ja«, antwortete die Echse. »In diese Richtung?«

»Genau, dorthin schaut der Adler.«

Das Mädchen drehte sich vom Sprachrohr weg und verbarg den Anhänger, den sie nach der Flucht vor dem Kraller wieder an sich genommen hatte, unter ihrer Weste. Die Freunde befanden sich auf Gurds Rücken und waren im Begriff an Höhe zu gewinnen. Im Unterschied zu sonst war allerdings noch jemand mit dabei: der Riese.

Esyias Befürchtungen, dass sich der Grom und die Riesenechse sofort in die Haare kriegen würden, wenn sie sich trafen, hatte sich als unbegründet herausgestellt. Bobb hatte sich zwar auf dem Rückweg noch einen mächtigen Baumstamm besorgt und diesen auch zu einer Art Kampfkeule zurechtgerupft, allerdings traf er auf einen äußerst friedlichen, ja schon fast schläfrigen Meadon. Zu Bobbs Überraschung reagierte die Riesenechse auf ihn auch gar nicht ablehnend. Der Meadon betrachtete den Grom sogar wohlwollend als einen Freund des Winzlings. Ohnehin standen Riesen nicht direkt auf der Speisekarte der Echsen, was Bobb allerdings nicht wusste, sondern sie wurden nur aus der Not heraus angegriffen und gefressen. In den normalen Jagdgründen eines Meadons lebten gar keine Riesen. Erst wenn eine Riesenechse dort nichts mehr fand, wich sie auf andere Gebiete aus und griff dann hin und wieder einen Grom an. Die Riesen schmeckten aber nicht besonders, denn aufgrund ihrer harten Muskeln war das Fleisch ziemlich zäh. Hinzu kam noch, dass ein Grom, auch wenn er viel kleiner war, immer erbittert Widerstand leistete. Die Riesen hatten oft, genau wie jetzt auch Bobb, Keulen dabei, mit denen sie bei einem Angriff sofort wild um sich schlugen. Das war zwar für eine Riesenechse kein besonderes Problem, wenn so eine Keule allerdings ein Auge traf, konnte es stark verletzt werden. Bobb hatte bei seiner Begegnung mit Gurd vernünftigerweise Esyias Rat befolgt, sich ganz normal zu verhalten und nicht schon von vorneherein aggressiv aufzutreten. Es kostete ihn zwar einige Mühe locker zu bleiben, aber er merkte sofort, dass vom Meadon keine Gefahr ausging.

So saßen sie also zu viert auf der Riesenechse und setzten ihre Reise fort. Keiner aus der Gruppe wusste, wie weit der Weg nach Yras noch war. Auch die Ausmaße der Welt Utvalins waren ihnen nicht bekannt. Esyia hätte als Valira zwar einiges darüber wissen müssen, aber sie hatte ja durch den Fluch Satars ihre Erinnerungen vollständig verloren.

Der Meadon stellte für die Freunde im Prinzip die schnellste Reisemöglichkeit dar, die verfügbar war. Die Riesenechse konnte in hohem Tempo über eine große Distanz fliegen, bevor sie zur Erholung wieder hinunter musste. Lediglich in sehr großer Höhe, wie beispielsweise beim Kampf gegen die Kraller, kostete den Meadon das Fliegen so viel Kraft, dass er nicht lange in der Luft bleiben konnte. Die rein biomechanische Weise, auf einem Flug- oder Reittier, war allerdings nur eine Art, wie die Wesen in Utvalin größere Entfernungen zurücklegen konnten. Es gab noch zwei weitere Möglichkeiten: Portale und Magie. Auf das Reisen mittels Magie wird noch zu einem späteren Zeitpunkt eingegangen werden, in der gegenwärtigen Situation spielte für die Freunde nur die Portalreise eine Rolle. Leider jedoch zu ihrem Nachteil. Satar und seine Offiziere hatten nämlich recht gute Kenntnisse von den Standorten und Zielorten vieler Portale. Es gab uralte Karten, auf denen ihre Positionen verzeichnet waren. Die untote Seite war im Besitz einer solchen Karte. Es dauerte zwar immer ziemlich lange, bis eine komplette Armee durch ein Portal geschritten war, trotzdem erreichten sie so in kürzester Zeit auch sehr weit entfernte Ziele. Der Flug auf dem Meadon war mit dem Portalreisen natürlich überhaupt nicht zu vergleichen. Gurd musste ja jeden Meter der Strecke einen nach dem anderen abfliegen. Porten ging augenblicklich. Aus diesem Grund stand eines schon von vorneherein fest: Wo auch immer Satar und Esyia hinwollten, Satar war schneller, viel schneller.

Gurd hatte mittlerweile seine Reisehöhe erreicht und flog nun in der Waagerechten. Anfänglich hatten sich Suriku und Esyia Sorgen gemacht, ob sich Bobb überhaupt auf dem Meadon festhalten konnte und ob er nicht doch auf Dauer etwas zu schwer für Gurd werden würde. Als sie allerdings auf den Rücken der Riesenechse gestiegen waren, hatten sie direkt festgestellt, dass es in der Beziehung wohl keine Probleme geben würde. Da Gurds Rücken so breit und lang war, gab es ausreichend Platz für den Riesen. Bobb passte natürlich nicht zwischen die Hornplatten, aber er saß bequem auf einer obendrauf und hatte seine Beine bis etwa kniehoch links und rechts in die Zwischenräume gesteckt. Auf diese Weise saß auch er sicher auf dem Meadon. Dieser konnte auch mit Bobb auf dem Rücken sein maximales Reisetempo und die notwendigen Höhen erreichen. Allerdings spielte das Gewicht des Riesen nach einiger Zeit schon eine Rolle. Auch wenn der Riese im Vergleich zum Meadon klein und leicht war, musste Gurd doch wegen Bobb etwas früher Rast machen als sonst. Das war allerdings nicht ganz so wichtig, denn die Flugdauer in Reisehöhe betrug immer noch etwa einen halben Tag.

Die Gruppe machte zwei Mal pro Tag eine Erholungspause. Gurd ging dann hinunter, suchte sich einen sicheren Platz und schlief erstmal eine Zeit lang. Nachdem er wieder aufgewacht war, flog er los, um sich etwas zu essen zu jagen. Die Nahrungssuche schloss er allerdings nur bei jedem zweiten Halt, also einmal pro Tag, an seine Schlafpause an. Mitunter mussten die Freunde dann einige Stunden auf ihn warten. Es war nicht immer leicht für Gurd, schnell geeignete Nahrung zu erbeuten. Da es aber ohne Essen nicht ging, was auch für die anderen galt, mussten sie wohl oder übel abwarten, bis Gurd bei der Jagd erfolgreich war. Während die Echse unterwegs war, zogen auch die anderen los, um sich etwas Essbares zu besorgen. Die geringsten Probleme damit hatte Esyia. Aufgrund ihrer Größe und ihrer rein pflanzlichen Ernährung war es für sie leicht, schnell etwas zu finden. Anders verhielt es sich bei Suriku und Bobb. Wie schon erwähnt, aß auch der Ho'ki normalerweise kein Fleisch, außer wenn Früchte, Beeren, Knollen, Nüsse und so weiter nicht verfügbar waren. Jagen konnte er allerdings. Das hatte er gelernt. Bobb hingegen war ein reiner Fleischfresser. Und die Mengen, die er zu sich nahm, waren aus menschlicher Sicht enorm. Der Riese konnte ein ganzes Wildschwein auf einmal aufessen und war immer noch nicht satt. Da beide also in der Jagd geübt waren und Bobb sowieso Fleisch benötigte, beschlossen sie, gemeinsam loszuziehen. Suriku ging davon aus, dass er mit seiner RD 37-c keine Schwierigkeiten haben würde, Wildschweine, Rags oder ähnliche Tiere zu erbeuten. Als sie allerdings auf mittlerer Distanz eine fette Wildsau ausmachten und der Ho'ki sie mit der 37 erlegte, mussten die beiden erkennen, dass sich der Machtkristall für die Jagd nicht eignete. Das Tier wurde durch die hohe Energie völlig zerfetzt. An der Stelle, wo der Impuls das Wildschwein getroffen hatte, lagen nur noch verkohlte und damit ungenießbare Fleisch und Knochenteile herum.

»Hmm...«, überlegte Suriku, »die 37 können wir vergessen.« Er sah sich die verstreuten Fetzen an. »Es tut mir leid für das Schwein. Wir Ho'kis töten Tiere nur, wenn wir sie auch essen. Diese arme Sau ist leider völlig umsonst gestorben.«

Die beiden einigten sich darauf, dass der Ho'ki fortan mit Esyia umherzieht und alles Pflanzliche sammelt, während Bobb für das Fleisch sorgt. Suriku hätte natürlich auch auf traditionelle Weise jagen können, aber er hatte ja in Rodusk seinen Speer verkauft. Sich jetzt einen neuen zu machen, war unnötig, denn der Riese versichterte ihm, dass er auch alleine zurecht kommen würde. Diese Arbeitsteilung stellte sich dann auch als sehr effizient heraus. Nach ein bis zwei Stunden traf man sich wieder bei Gurds Landestelle (die Echse war dann meistens noch nicht da) und machte ein Lagerfeuer. Zu Surikus und Esyias Überraschung war Bobb ein hervorragender Jäger. Wie er es genau anstellte bei der Jagd, wussten sie nicht, aber er kam jedesmal mit mindestens einem Wildschwein und einem Hasen oder etwas Vergleichbarem zurück. Bobb betrachtete auch die Zubereitung des Fleischs als seine Aufgabe. Der Ho'ki hätte Stein und Bein geschworen, dass der Riese das Fleisch einfach roh und blutig herunterschlingt. Da lag er allerdings völlig falsch. Bobb entpuppte sich als richtiger Experte, was das Grillen von Fleisch am Spieß anging. Fachmännisch spießte er es auf, positionierte es im richtigen Abstand über dem Feuer und drehte es so, dass es von allen Seiten schön knusprig wurde.

Tag für Tag flogen sie nun weiter, machten Rast, aßen etwas und flogen wieder. Gurd kam mit seinem relativ kurzen Schlaf pro Rast aus, die anderen schliefen meist auf seinem Rücken. So waren mittlerweile schon fast zwei Monate vergangen und alle begannen sich Sorgen zu machen, ob Utvalin nicht vielleicht viel zu groß war. Es kam ihnen vor, als müssten sie ewig so weiterfliegen. Ab und an testeten sie den Adler auf dem Amulett, ob er sich auch sicher war bei seiner Richtung. Esyia hielt den Anhänger dann vor sich und schaute, wohin der Blick des Greifen gerichtet war. Sie sagte daraufhin zu Gurd durchs Sprachrohr, dass er die Richtung ändern sollte. Regelmäßig korrigierte der Adler dann auch seinen Blick auf dem Medaillon. Er schaute immer in die gleiche Richtung. Das Amulett schien demnach zu wissen, was es tat. Das beruhigte die Gruppe immer etwas, denn sie wussten nun wenigstens, dass sie nicht falsch flogen.

Als der Meadon wieder einmal hinunterging, um Rast zu machen, sagte er plötzlich:

»Gurd sehen tote Wesen.«

Esyia nickte und schaute besorgt zu Suriku und Bobb. »Unten muss etwas Schreckliches passiert sein, ich habe auch ein ganz komisches Gefühl.«

»Frag Gurd mal, ob er erkennen kann, was das für Wesen sind«, sagte Suriku.

Das Mädchen fragte den Meadon durchs Sprachrohr und dieser antwortete:

»Gnome.«

»Was?«, rief der Ho'ki empört. »Wer tötet denn Gnome? Gnome sind absolut friedfertig.«

»Das können nur bösartige Bestien gewesen sein, die so etwas tun«, meinte Esyia angewidert.

Suriku sah zu der Kleinen hinunter. »Gurd soll vorsichtig sein, nicht dass die noch da unten sind.«

Bevor Esyia wieder ins Sprachrohr sprechen konnte, um den Meadon zu warnen, sagte dieser schon:

»Gurd fliegen noch ein Stück weiter. Hinten sicherer Platz.«

Nachdem sie gelandet waren, musste Gurd erst einmal seinen Schlaf halten. Danach würde er wie gewohnt auf die Suche nach Nahrung gehen. Die Freunde sahen es nicht als notwendig an, dass der Meadon auf sein übliches Verhalten verzichtete. Sie wollten sich den Ort dieser grausamen Tat genauer ansehen und da hätte die Riesenechse nur unnötig für Aufsehen gesorgt. Es war besser, die Gegend möglichst unauffällig zu erkunden.

Also gingen die drei los. Esyia ritt wieder auf Wolli. Suriku hatte seine Waffe gezogen und der Riese hatte vorsichtshalber schon mal seine Keule von der Schulter genommen, auf welche er sie beim gemütlichen Spazieren normalerweise ablegte. Er hielt sie dann mit einer Hand fest. Jetzt hatte er die Keule beidhändig gepackt und trug sie vor sich.

Die Landschaft, in der die Gruppe sich befand, war karg. Es waren nur vereinzelt Bäume zu sehen. Die Pflanzen und Gräser der Gegend waren kurz und traten nur ab und an in kleinen Büscheln auf. An vielen Stellen waren unbewachsene Flächen erkennbar, die von einer dünnen Schneeschicht bedeckt und hart und gefroren waren. Es war kalt. Das Gebiet musste einer Schneelandschaft vorgelagert sein, denn obwohl es schon hier und da weiß war, hatte sich eine richtige Schneedecke noch nicht herausgebildet. Bobb machte die Kälte nichts aus, aber Suriku und Esyia hatten sich warme Felle umgehängt, die von den Tieren stammten, die sie gejagt hatten.

Als die drei weiter vorwärts gingen, sahen sie auf einmal eine große Lichtung, auf der eine ganze Reihe hölzener Hütten standen. Die Behausungen waren ziemlich klein, sie konnten nur von einer Art stammen, die deutlich kleiner war als Suriku. Es musste sich um die Siedlung der getöteten Gnome handeln.

In Utvalin gab es drei Arten, die in ihrer Entwicklungsgeschichte eng miteinander verwandt waren: Menschen, Zwerge und Gnome. Wenn man die Größe eines Menschen in drei Teile teilt, dann wäre ein Zwerg etwa so groß wie zwei Längenteile und ein Gnom so groß wie ein Längenteil.

Zwerge gingen den Menschen etwa bis zum Bauchnabel, Gnome nur knapp über Kniehöhe. Die drei Arten sahen sich äußerlich sehr ähnlich, allerdings waren die Zwerge etwas breiter und stämmiger und die Gnome hatten im Verhältnis zum Körper einen etwas größeren Kopf. Sie hatten alle gemeinsame Vorfahren, weshalb sie sich normalerweise auch gut verstanden und verbündet waren. Um so schrecklicher war es deshalb für Suriku zu sehen, was für ein Drama sich in dem kleinen Dorf abgespielt haben musste. Überall herum lagen die kleinen Wesen. Sie lagen nicht nur auf dem großen Platz in der Mitte der Siedlung, um den die Holzhütten kreisförmig angeordnet waren, sondern auch innerhalb der Behausungen. Besonders zu Herzen ging es den dreien, dass auch Frauen und Kinder umgebracht worden waren. Die Angreifer mussten äußerst skrupellos und grausam gewesen sein. Das Dorf wurde offenbar von dem Überfall überrascht, denn keiner der Gnome hatte eine Waffe in der Hand. Suriku sah, dass in den Hütten durchaus Schwerter, Schilde und auch Armbrüste vorhanden waren. Er bezweifelte allerdings, dass die einfachen Kriegsinstrumente ausgereicht hätten, diesen bösartigen Gegner zurückzuschlagen. Die Waffen waren ohnehin vermutlich eher zur Abwehr von Tieren gedacht, als zum richtigen Kriegführen.

Die Freunde hatten sich zur Untersuchung der Siedlung getrennt und trafen sich nun wieder auf dem Dorfplatz. Alle waren sehr betroffen von dem Bild, das sich ihnen hier bot. Suriku hatte sich die Verletzungen der kleinen Wesen genauer angeschaut und sagte zu den anderen:

»Man kann noch gut erkennen, wie sie gestorben sind. Hier ist es so kalt, dass die Leichen nicht verwesen.«

»Manche sind grausam verstümmelt«, schluchzte Esyia, der das Ganze am meisten ausmachte.

»Ja, aber sie sind nicht alle durch Schwerter oder Bogen

umgekommen«, erklärte der Ho'ki. »Einige haben sehr sonderbare Wunden. Die sind durch etwas anderes verursacht worden.«

Bobb setzte sich tröstend neben das Mädchen. Esyia war von Wolli abgestiegen und saß auf einem kleinen Stein. Der Riese streckte einen Finger aus und kraulte der Katze den Rücken. Wolli war sich natürlich nicht in dem Maße bewusst, was hier geschehen war, wie die anderen drei, aber anhand der trübseeligen Stimmung Esyias spürte auch er, dass etwas nicht stimmte. Wenn die Katze sich räckelte oder behaglich vor sich hin schnurrte, freute sich das Mädchen normalerweise, aber weder Wollis noch Esyias Stimmung konnte sich in diesem Moment durch irgendetwas aufhellen. Die Eindrücke waren einfach zu schrecklich. Bobb zog deshalb seine Hand wieder zurück und sah Suriku an.

»Das war Magie«, sagte er.

»Sieht ganz so aus«, erwiderte der Ho'ki. Er suchte mit den Augen die Gegend ab. »Die Mörder dieser Gnome können keine primitive Horde gewesen sein. Hoffen wir, dass sie verschwunden sind.«

Das Mädchen blickte ebenfalls zu Suriku. Dabei bemerkte sie an seinem Gesichtsausdruck, dass er etwas entdeckt hatte. Sie schaute auch in die Richtung, in die er sah, und erschrak. Auf der anderen Seite des Platzes stand eine Gestalt. Sie stand regungslos da und schaute zu den Freunden herüber. Auf der Entfernung war nur erkennbar, dass sie schwarze Kleidung trug. Suriku nahm sofort seine 37 aus der Waffentasche, zielte damit auf die Kreatur und stellte das Weitsichtgerät hoch. Das Blut gefror ihm in den Adern, als er erkannte, dass es sich um einen Untoten handelte.

»Ein Untoter«, sagte er zu den anderen mit zitternder Stimme.

Bobb sprang sofort auf und ließ ein lautes Grollen ertönen. Er nahm seine Holzkeule und schlug damit wütend auf die Erde. Der Riese konnte sich von einem auf den anderen Moment in extreme Aggression versetzen. Er wollte schon losrennen und sich auf den Fremden stürzen, da rief Esyia:

»Warte, Bobb!«

Der Grom hielt inne und schaute zu dem Mädchen hinunter. Esyia war aufgrund der Erschütterung, die der Riese mit der Keule verursacht hatte, von dem kleinen Stein gefallen. Mühsam rappelte sie sich wieder auf und kletterte in ihren Sattel auf der Katze.

»Etwas ist seltsam«, sagte sie. »Mein Amulett reagiert nicht. Was macht der Kristall, Suriku?«

Der Ho'ki hatte schon bemerkt, dass der Kristall offenbar keine Gefahr wahrnahm und erwiderte: »Der Stein gibt keinen Laut von sich.«

Die drei waren verwirrt. Selbst wenn dieses Monster auf dem Platz nicht zu Satar gehören sollte, was unwahrscheinlich war, dann musste er ihnen trotzdem feindlich gesinnt sein. Wieso reagierten die Artefakte nicht?

Die Freunde entschlossen sich, langsam und vorsichtig zu der schwarzen Gestalt hinüberzugehen. Der Ho'ki hatte die 37 sicherheitshalber in den Schnellfeuermodus versetzt und Bobb hielt seine Keule wieder beidhändig vor dem Körper. Der Fremde regte sich nach wie vor nicht. Suriku und Esyia erinnerte das an den Hexer im Randbereich. Auch dieser stand anfänglich völlig regungslos da, bis er die beiden dann um ein Haar getötet hätte.

Als sie näher an den Untoten herankamen, stellten sie überrascht fest, dass es sich um eine Frau handelte. Sie war etwas kleiner als der Hexer damals, hatte aber ähnlich weiße und leblose Augen. Anders als bei diesem besaß sie allerdings Pupillen. Diese waren jedoch lediglich von einem etwas dunkleren Weiß, sodass man schon näher herankommen musste, um es zu bemerken. Ihre Haare hingegen waren schwarz. Zwar nicht so glänzend wie bei Lebenden, sondern eher matt und brüchig, trotzdem hatte sie volles, dunkles Haar. Es fiel etwa schulterlang herunter und verdeckte seitlich die Wangen eines Gesichts, das von einer fahlen, leblosen Farbe war. Die Farbe einer Toten.

Esyia sah, dass die Untote keine Skeletthände hatte. Offenbar war ihr ganzer Körper immer noch von Haut bedeckt. Verwesungsmerkmale waren keine erkennbar. Eigentlich machte das Wesen vor ihnen keinen besonders bedrohlichen Eindruck, mal abgesehen von den weißen Augen. Allerdings wies ihre Kleidung eindeutig auf einen Kämpfer Satars hin. Genau wie diese hatte auch die Untote einen langen Umhang an, der hinter ihr fast bis zum Boden reichte. Außerdem war ihre gesamte Kleidung schwarz, verziert mit silbernen Totenköpfen und Rabenfedern.

Als die drei etwa fünf Meter vor dem Wesen standen, fragte Esyia:

»Wer bist du?«

Die Untote sah hinunter zu der Kleinen auf der Katze. Es vergingen einige Sekunden. Sie sagte jedoch nichts. Bobb wurde daraufhin erneut wütend, stampfte mit dem Fuß auf und rief ihr mit lauter Stimme zu:

»Sag uns, wer du bist, oder ich zermalme dich!«

Das Wesen vor ihnen regte sich nicht. Sie schien vor dem Riesen keine Angst zu haben. Ihre Augen ruhten weiter auf dem Mädchen. Ohne auf das einzugehen, was Bobb und Esyia gesagt hatten, fragte sie plötzlich völlig ruhig:

»Wo kommt ihr her?«

Esyia spürte, dass die Untote nicht die Absicht hatte, sie anzugreifen. Eine gewisse Macht musste sie aber haben, denn sonst hätte sie auf Bobb anders reagiert. Da das Mädchen hoffte, mehr von ihr zu erfahren, antwortete sie:

»Wir sind auf der Durchreise und haben zufällig die Gnome hier entdeckt. Ich bin Esyia und das sind Suriku und Bobb.«

Die Schwarzhaarige bewegte ihre Augen langsam nach rechts, schaute den Riesen an und schmunzelte kurz. Dann sah sie zurück zu Esyia und sagte:

»Ich heiße Sybille.«

Die Wiederkehrer

Gehörst du zu Satar?«, fragte Suriku die Untote.

Er hatte nach wie vor seine Waffe auf die Fremde gerichtet, bereit jeden Moment abzudrücken.

»Ich wurde gezwungen, in seiner Armee zu dienen«, antwortete Sybille, »aber jetzt bin ich frei.«

Esyia war sich nicht sicher, ob sie das glauben sollte. Viele der Untoten waren genauso hinterlistig wie intelligent. Es könnte sich durchaus um eine Falle handeln. Vielleicht war Sybille eine Art Köder, mit dem Esyia in die Gewalt Satars gebracht werden sollte. Das Mädchen schaute der Fremden in die Augen und sagte selbstbewusst:

»Untote sind unsere Feinde. Ich spüre zwar, dass du nicht vor hast uns anzugreifen, aber wer sagt uns, dass du es nicht vielleicht später versuchst?«

Ein flüchtiges Lächeln huschte über Sybilles blasses Gesicht. »Das sagt euch niemand.«

Die Freunde merkten erneut, wie furchtlos sie war. Suriku ärgerte sich darüber. Als Krieger nicht ernst genommen zu werden, war für ihn eine große Kränkung. Um die Untote etwas einzuschüchtern und vielleicht eine Schwäche aufzudecken, rief er ihr zu:

»Sag mir einen Grund, warum ich dich nicht auf der Stelle erschießen sollte, Untote!«

»Weil du es nicht kannst«, antwortete Sybille ruhig. »Ich kenne zwar die Macht deiner Waffe nicht, aber sie wird nicht ausreichen, meine Magie zu bezwingen. Ich bin nicht euer Feind, deshalb werde ich euch etwas demonstrieren.«

Die Untote drehte sich zur Seite und hielt die Hände vor den Körper. Sie hatte die Arme leicht angewinkelt und die

Finger gespreizt. Ihre Hände befanden sich etwa in Brusthöhe und es sah so aus, als ob sie einen unsichtbaren Ball halten würde. Suriku und Esyia erschraken, denn auch diese Haltung kannten sie noch von dem Hexer damals. Plötzlich leuchteten Sybilles Hände auf und ein bläulicher Strahl ging von ihnen ab, an dessen Ende sich eine Kugel formierte. Die Kugel hatte etwas von einer Wolke, ihre Konturen waren fließend und unscharf. Sie war etwa so groß wie der Oberkörper eines ausgewachsenen Menschen und glühte, genau wie der Strahl, in einem kräftigen, dunklen Blau.

»Schieß auf das Konzentrat«, sagte die Untote zu Suriku, die damit offenbar die Wolke meinte.

Der Ho'ki legte an und feuerte. Das ließ er sich nicht zweimal sagen. Er hoffte insgeheim, dass der Machtkristall die Kugel in Windeseile vernichten würde. Nach wie vor befand sich der Stein im Schnellfeuermodus. Er setzte in kurzer Abfolge zischende Lichtbündel frei, die auf die Wolke trafen und dabei laute, knallende Geräusche verursachten, ähnlich wie Peitschenhiebe. Wie Sybilles Magie leuchteten auch die Energie-Impulse des Machtkristalls, allerdings nicht in blau, sondern in rot.

Im ersten Moment geschah zu Surikus Enttäuschung nicht viel. Die Wolke wurde nicht zerstört. Nach einigen Sekunden jedoch – der Kristall feuerte immer weiter – fing Sybilles Gesicht an sich vor Anstrengung zu verziehen und man merkte, dass sie große Kraft aufwenden musste, um die Kugel aufrechtzuerhalten. Es waren noch keine zehn Sekunden vergangen, da rief sie plötzlich:

»Stopp!«

Der Ho'ki drückte die Kontaktfläche am Gehäuse der 37 und der Kristall hörte auf zu feuern. Sybille nahm die Hände wieder herunter und sofort verschwand der Strahl mitsamt der Kugel. Sie sah sichtlich erschöpft aus.

»Das ist keine normale Schusswaffe, die du da hast. Ihre Blitze sind mit starker weißer Magie aufgeladen.« Sie sah überrascht aus. »Ich konnte sie nur einige Sekunden aufhalten. Ihre Energie ist stark, sehr stark.«

»Aber du konntest ihr widerstehen«, sagte Suriku voller Respekt. Er wusste, was die 37 normalerweise mit ihren Gegnern machte. »Du musst große magische Kräfte haben.«

»Ich hatte den Rang eines Offiziers in der schwarzen Armee inne«, erklärte Sybille. »Ich gehörte mit zu den besten Frostmagiern Satars.«

Wie Esyia sich schon gedacht hatte, war Sybille im Besitz starker Kräfte. Dass sie allerdings eine führende Rolle in Satars Armee gespielt hatte, störte das Mädchen.

»Wenn du ein Offizier in Satars Armee warst, musst du auch für den Tod vieler Lebender verantwortlich sein«, sagte sie skeptisch.

»Nein«, entgegnete Sybille, »aber das ist eine lange Geschichte. Wenn ihr wollt, erzähle ich euch, wie es zu all dem kam. Soviel kann ich aber schon mal sagen: Ich war nie direkt an einem Angriff auf die weiße Seite beteiligt, und das hatte auch seinen Grund.«

Esyia schaute zu den anderen beiden hinüber und merkte, dass sie die Untote nicht mehr als direkte Gefahr betrachteten. Bobb war nicht mehr aggressiv und hatte sich mittlerweile auf den Boden gesetzt, seine Kampfkeule lag neben ihm, und auch Suriku schien Sybille eine Chance geben zu wollen.

Das Mädchen sagte deshalb: »Wir würden deine Geschichte gerne hören.«

Die anderen beiden nickten.

»Also gut«, begann die Untote, »zunächst sollte ich euch vielleicht erklären, was es für Untote gibt und wie man überhaupt so wird:

Es gibt die natürlichen Wiederkehrer und die wiederbelebten. Die natürlichen Wiederkehrer sind Gestorbene, ob gewaltsam umgekommen oder nicht spielt dabei keine Rolle, deren Seele nicht ins Reich des Jenseits wandert, sondern beim Körper bleibt oder zu diesem zurückkehrt. Das kann alle möglichen Gründe haben. Oft können die Verstorbenen nicht loslassen und wollen bei einer bestimmten Person bleiben oder sie wollen noch an jemandem Rache nehmen. Mitunter wandert die Seele dann als Geistwesen in der Welt umher. In anderen Fällen verwendet sie ihren alten Körper wieder. Wenn der Körper von der Seele erneut benutzt wird, dann erfolgt das mit Hilfe schwarzer Magie. Der Körper selbst bleibt nämlich tot, er wird nur auf magische Weise wieder funktionsfähig gemacht. Je länger der Verstobene schon tot war, bevor die schwarze Magie in seinen Körper fährt, desto größer sind die Verwesungsmerkmale. Manche sind nur noch Skelette, andere sehen fast noch wie Lebende aus.«

»So wie du«, unterbrach Esyia die Untote.

»Ja, so wie ich«, erwiderte Sybille, »allerdings bin ich kein natürlicher Wiederkehrer, aber das erkläre ich euch gleich.« Die Untote, die bis jetzt noch gestanden hatte, setzte sich auch auf den Boden.

Suriku und Esyia waren die einzigen, denen die niedrigen Temperaturen etwas ausmachten. Sie hatten sich deshalb zusammen auf eines der mitgebrachten Felle gesetzt. Sybille schien die Kälte nicht zu bemerken.

»Von Wieder- oder Rückkehrern spricht man nur, wenn die Seele den alten Körper weiterverwendet. Andernfalls sind es Geister. Hier gibt es natürlich auch wieder viele Unterschiede, aber das würde zu weit führen. In den allermeisten Fällen finden die Rückkehrer keine entgültige Ruhe, denn im Körper eines Toten kann man natürlich nicht so ohne Weiteres jemanden besuchen, der noch lebt. Sobald die Lebenden einen Untoten sehen, wird dieser sofort gnadenlos verfolgt, auch dann, wenn er eigentlich gar keine bösen Absichten hatte.

Nachdem die Wiederkehrer einmal erfahren haben, wie stark der Hass der Lebenden auf sie ist, fangen sie meistens sehr schnell an, auch ihrerseits die Lebenden zu hassen. Es ist dann nur noch eine Frage der Zeit, bis sie sich mit anderen Untoten zusammenschließen und gegen die weiße Seite kämpfen. Letztendlich landen sie fast alle in Satars schwarzer Armee, denn der dunkle Fürst hat viele Agenten, die nur auf der Suche nach Wiederkehrern sind, um sie zu rekrutieren.«

Sybille lockerte einige der Bändchen ihrer Robe, um etwas bequemer zu sitzen. Dann fuhr sie fort:

»In Satars Kämpferschaft gibt es Schattenpriester, die eine besondere Fähigkeit besitzen: Sie können tote Wesen wiederbeleben und so zu Gefolgsleuten machen. Diese außergewöhnliche Fähigkeit haben allerdings nur sehr wenige. Die Priester bekleiden deshalb einen besonders hohen Rang in Satars Armee. Die Auferweckung von Toten ist grundsätzlich nur möglich, wenn die Seele schon im Jenseits angekommen ist. Der Schattenpriester haucht der Leiche dann eine neue Seele ein, die man als eine Art Kopie seiner eigenen bezeichnen könnte. Ist die Seele noch beim Körper, gelingt die Wiederbelebung nicht, oder, und das ist für die schwarze Seite eine Gefahr, sie gelingt ausnahmsweise. Dann behält der Wiedererweckte aber seine eigene alte Seele. In letzterem Fall wird es für die dunklen Geistlichen schwierig, die erweckten Untoten zu treuen Dienern zu machen. Es findet bei der Auferweckung nämlich eine Art Gehirnwäsche statt, nach der die Erweckten Satar als ihren Führer anerkennen. Die alte Seele des Wesens wird sich dieser Prozedur widersetzen. Der Priester hat dann zwar einen neuen Untoten geschaffen, dieser will aber Satar nicht dienen und betrachtet ihn womöglich sogar als Feind. Damit das nicht passiert, suchen die Geistlichen in der Regel Plätze auf, wo sich Wesen befinden, die schon länger tot sind. Besonders gut geeignet dafür sind die Friedhöfe der Menschen. Menschen beerdigen ihre Verstorbenen und lassen sie jahrelang unter der Erde liegen. Andere Arten gehen mit ihren Toten anders um. Viele verbrennen sie oder versenken sie im Meer. Damit werden die Leichen natürlich unbrauchbar für die Schattenpriester.«

Die Untote schien auf einmal an etwas Schmerzhaftes zu denken, denn ihre weißen Augen schlossen sich leicht und sie sah sehr verzweifelt aus.

»Leider wurde mir das zum Verhängnis«, sagte sie traurig. »Ich war auf dem Friedhof außerhalb unseres Dorfs und habe ein altes Grab unserer Familie gepflegt. Plötzlich hatte ich einen Herzstillstand oder etwas Ähnliches. Ich fiel hin und war auf der Stelle tot. Ob ich vorher an einer Krankheit litt, weiß ich nicht. Zu genau diesem Zeitpunkt jedoch kam einer von Satars Priestern auf unseren Friedhof und führte ein Erweckungsritual durch. Solche Rituale sind Flächenzauber. Der Priester wiederbelebt direkt alle Leichen in einem bestimmten Umkreis um ihn herum. Diese steigen dann aus ihren Gräbern und der Geistliche nimmt sie mit. Der Prister hatte mich nicht gesehen, denn ich lag genau hinter dem großen Gedenkstein unserer Familie. Sein Zauber wirkte aber auch auf mich und wiederbelebte mich, obwohl ich noch nicht einmal eine Stunde tot war und sich meine Seele noch in meinem Körper befand. Als ich gerade verwirrt und schwindelig wieder aufstehen wollte, sah ich, dass sich die Gräber um mich herum bewegten und die Toten aus der Erde gekrochen kamen. Das hat mir so große Angst gemacht, ich wusste ja damals nicht, was los war, dass ich liegen geblieben bin und mich tot gestellt habe. Der Priester hat dann mit den Auferstandenen noch einige Formeln gesprochen und ist etwas später mit ihnen davongegangen.«

»Und was hast du dann gemacht?«, fragte Esyia bestürzt. Sie konnte sich allerdings schon denken, wie es weiterging.

»Tja«, sagte Sybille, »dann ereilte mich das gleiche Schicksal, wie all die anderen Untoten auch. Als ich zurück in unser Dorf ging, liefen die Leute erschreckt davon. Sie waren der Meinung, ich wäre vom Teufel besessen. Die Krieger haben zu ihren Waffen gegriffen und mich angeschrien, ich solle verschwinden oder sie würden mich töten. Daraufhin bin ich dann weggelaufen.«

»Das ist ja schrecklich.«

»Ja«, sagte Sybille. Sie hatte ihre Augen fast geschlossen. Wäre sie eine Lebende gewesen, hätte sie jetzt geweint. Das war Untoten allerdings nicht möglich, denn ihre Augen produzierten keine Tränenflüssigkeit mehr.

»Ich war jetzt ganz allein und hatte natürlich keine Ahnung, wie man als Untote lebt. Körperlich ist das kein Problem. Ich habe festgestellt, dass ich zwar auch essen muss, aber viel weniger als eine Lebende. Es ist auch nicht so wichtig, was man isst, Hauptsache die magischen Kräfte kriegen die Möglichkeit, den Körper an abgenutzten Stellen zu reparieren. Zur Energiegewinnung benötige ich keine Nahrung. Viel schlimmer als das war aber die Einsamkeit. Zu den Menschen konnte ich nicht mehr und Untote kannte ich keine. Ich habe dann das gemacht, was viele Rückkehrer machen. Ich war nachts auf Friedhöfen und habe gehofft einen anderen Wiederkehrer zu treffen. Auf diese Weise habe ich dann auch andere kennen gelernt. Die meisten von ihnen sind allerdings sehr unfreundlich. Die natürlichen Wiederkehrer haben fast alle große seelische Probleme, die sie bösartig und aggressiv machen. Die wiederbelebten, die ihre Seele vom Schattenpriester haben, kann man sowieso vergessen. Verfrühte Wiederbelebte, so wie mich, gibt es fast keine. Das kommt nur in Ausnahmefällen vor und die Betroffenen geben sich auch nicht zu erkennen. Wenn die Offiziere in Satars Armee erfahren, dass man ein Verfrühter ist, töten sie einen sofort. Sie wollen das Risiko nicht eingehen, dass es jemanden unter ihnen gibt, der noch kritisch denken kann und seinen eigenen Kopf hat. Satar duldet nur treue Anhänger, die für ihn bis in den Tod gehen, sonst niemanden.«

»Das ist alles sehr traurig, Sybille«, sagte Esyia mitfühlend, »aber wie kamt ihr denn dann zu Satar? Freunde hattest du ja jetzt.«

»Ich hatte nur eine Freundin«, entgegnete die Untote, »sie hieß Mira. Ich habe sie aber lange nicht mehr gesehen. Durch Mira hatte ich damals von einem abgelegenen Anwesen erfahren, Schloss Froststein, das auch das Schloss der Ewigen Kälte genannt wird. Sie erzählte mir, dort würden Wiederkehrer zu Magiern ausgebildet. Das hat mich sofort sehr interessiert, denn ich wollte schon als Kind immer Zauberin werden. Wir sind also zu dem Schloss gegangen und durften als Untote auch eintreten. Es war nicht ganz einfach zu finden gewesen, aber wir sind hingekommen.

Ihr müsst wissen, dass sich Satars Zauberschulen auf verschiedene Residenzen verteilen. Die Hexenmeister, die Schattenpriester und auch die Frostmagier haben jeweils ein eigenes Schloss oder eine Burg, wo sie leben und ihre Schüler unterrichten. Ich will euch jetzt die ganzen Einzelheiten ersparen, jedenfalls wurden wir erst geprüft, ob eine Magiebegabung bestand, und als sie das bei uns festgestellt hatten, wurden wir aufgenommen. Die Ausbildung dauerte mehrere Jahre, bis wir am Ende gegen Lutin, den obersten Lehrmeister von Froststein, antreten mussten. Das war sozusagen die Abschlussprüfung. Er ist sehr stark und kann von den Absolventen nicht besiegt werden. Aber wenn der

Schüler ein bestimmtes Kampfniveau erreicht hat, gilt seine Ausbildung als beendet und er muss das Schloss verlassen.« Sybilles Gesicht hellte sich leicht auf und man merkte, dass etwas sie mit Stolz erfüllte. »Wenn ein Schüler allerdings sehr begabt ist, dann wird er unter Umständen gefragt, ob er nicht als Lehrer im Schloss bleiben will. Man ist dann zunächst Assistenzausbilder und bekommt später eventuell seinen eigenen Lehrstuhl. Genauso ist es bei mir gewesen. Ich wurde als außergewöhnlich begabt eingestuft und durfte auf dem Anwesen bleiben. Mira musste allerdings gehen, was damals sehr schlimm für mich war, denn sie war die einzige Person, mit der ich richtig befreundet war.«

»Wusstet ihr denn nicht, dass die Magiermeister die Untoten für Satar ausbilden?«, fragte Esyia.

»Nein, das wussten wir nicht. Es war natürlich klar, dass die Schüler auf Froststein zu Kampfmagiern ausgebildet wurden. Anders als bei den Priestern besitzen die Magier und auch die Hexer nämlich keine Heilzauber. Mit der Hexerei kenne ich mich nicht so aus, aber wir Frostzauberer werden in erster Linie für den Angriff trainiert. Wir haben zwar auch Schildzauber, mit denen wir uns oder einen Verbündeten schützen können, da liegt in der Ausbildung aber nicht der Schwerpunkt drauf.«

»Die Schattenpriester haben die Fähigkeit zu heilen?«, unterbrach Esyia die Untote ungläubig.

»Ja, aber nur eingeschränkt«, antwortete Sybille auf die Frage. »Heilen ist ein Zauberbereich, der auf der Seite der weißen Magie, also bei den Lebenden, eine große Rolle spielt. Innerhalb des schwarzmagischen Wirkens ist das nur wenig ausgeprägt.«

Die Untote machte eine kurze Pause. Dann sagte sie:

»Mira und ich waren der Meinung, dass diese Ausbildung als Hilfe für die untote Art gedacht war. Uns wurde gesagt, die Meister wollten uns auf ein Leben als Wiederkehrer vorbereiten, vor allem mit Blick auf die Lebenden, die uns angeblich vernichten wollten. In Wahrheit ging es aber genau andersherum immer nur darum, die Lebenden unter der Führung Satars zu beseitigen. Und zwar endgültig. Die Magier, die das Anwesen verlassen mussten, wurden draußen von Agenten Satars in Empfang genommen. Diese machten ihnen klar, dass sie fortan in dessen Armee als Kampfmagier zu dienen hätten. Falls sie nicht wollten, wurden sie gezwungen. Ich hatte mich schon länger darüber gewundert, warum im Schloss nur natürliche Rückkehrer waren. Jetzt kenne ich den Grund. Die von Priestern Wiederbelebten sind sofort nach dem Erweckungsritual mit der erfolgten Gehirnwäsche fanatische Anhänger des dunklen Fürsten. Ihre Seele ist stark durch die des erweckenden Priesters beeinflusst. Sie werden in der Regel zu Nahkämpfern ausgebildet und sind nicht auf Froststein untergebracht. Genauso ist es mit den Natürlichen, die schon vorher von Agenten zu Rekruten in Satars Armee gemacht worden waren. Auch die werden vom Anwesen ferngehalten. Es wird dafür gesorgt, dass die Anhänger Satars und die freien Untoten nicht zusammenkommen. Man will nicht riskieren, dass Freie ihre Ausbildung abbrechen, wenn sie erfahren, wofür ihr Training eigentlich gedacht ist.«

»Wenn die Freien nachher gezwungen werden, in Satars Armee einzutreten«, sagte Suriku verwirrt, »dann kann man sie doch auch direkt zur Ausbildung für den dunklen Fürsten zwingen.«

Sybille, die sich die meiste Zeit bei ihren Erklärungen an Esyia gewandt hatte, schaute zu Suriku und nickte. »Das habe ich mich auch gefragt. Allerdings ist die Ausbildung sehr hart und erfordert einen starken Willen. Jemand, der eigentlich nicht ausgebildet werden will, würde das nicht schaffen.«

Sie sah kurz zu Bobb hinüber und lächelte. Aus irgendwelchen Gründen schien Sybille den Riesen zu mögen, denn es war kein spöttisches Lächeln. Als Bobb das sah, öffnete sich sein riesiger Mund ebenfalls zu einem Grinsen und es kam wieder seine große Zahnlücke zum Vorschein. Gegenwärtig saß er nur da, hörte zu und rupfte von Zeit zu Zeit an seiner Keule, um noch kleinere Äste und Zweige zu entfernen. Das geschah aber eher aus Zeitvertreib und nicht aus Notwendigkeit heraus.

Sybille wandte sich wieder Esyia zu und sagte:

»Ich bin also zunächst auf dem Schloss geblieben und habe Novizen trainiert. Eigentlich war ich von meiner Aufgabe nicht sonderlich überzeugt, aber ich dachte, dass ich meine Fähigkeiten noch weiter steigern könnte und selbst noch besser würde, wenn ich noch dabliebe. Mit Mira hatte ich besprochen, dass ich noch zwei Jahre bleibe und dann zu ihr kommen würde. Wir hatten auch einen Treffpunkt vereinbart. Als ich jedoch nach den zwei Jahren, in denen ich tatsächlich noch einiges gelernt hatte, das Schloss verließ, um zu Mira zu gehen, wurde auch ich von den Agenten Satars abgefangen und gezwungen in dessen Armee einzutreten. Ich hätte zwar die Kraft gehabt die Agenten zu töten, aber dann wäre die ganze dunkle Armee hinter mir her gewesen. Von Anfang an war mir deshalb klar, dass ich bei der nächsten Gelegenheit versuchen würde abzuhauen.«

Sybille sah sich um und ließ ihren Blick auf einem etwas weiter entfernt liegenden Gnom ruhen. »Wir mussten hierhin marschieren, weil es zu einer Entscheidungsschlacht mit den Lebenden kommen sollte, bei der angeblich deren gesamte Führung vernichtet würde. Als ich aber sah, was die Krieger mit den Nahyma-Gnomen machten, war ich so entsetzt, dass ich mich direkt davongeschlichen habe. Die Armee ist ohne mich weitergezogen. Ich hatte erwartet, dass sie Kämpfer losschicken würden, die nach mir suchen, aber das ist bis jetzt nicht passiert. Offenbar war die Schlacht zu wichtig, als dass sie auf Krieger verzichten konnten. Um mich zu töten hätte es mehr als einen Kämpfer bedurft, das wussten sie natürlich.«

Als Esyia hörte, dass Sybille von einer Entscheidungsschlacht sprach, fing sie plötzlich heftig an zu zittern. Ihr kleiner Körper zuckte hin und her, als würde er von einer unsichtbaren Kraft durchgeschüttelt. Sie sprang auf, blieb kurz auf wackeligen Beinen stehen und brach dann ohnmächtig zusammen. Genau in dem Moment fing das magische Amulett um ihren Hals an, hell zu leuchten. Der Ho'ki sprang ebenfalls auf und rief erschreckt:

»Esyia!«

Er nahm das Mädchen vorsichtig hoch und hielt es mit beiden Händen fest. Auch Sybille und Bobb waren aufgestanden. Bevor irgendeiner der drei etwas sagen konnte, öffnete Esyia kurz die Augen und flüsterte schwach:

»Yras.«

Daraufhin fielen ihre Augen wieder zu und sie versank in eine tiefe Ohnmacht.

Eine neue Verbündete

Suriku legte Esyia wieder zurück auf die warme Ragfelldecke, auf der sie gemeinsam gesessen hatten, und deckte sie mit einem weiteren Stück Stoff zu. Da das Mädchen noch atmete, war den dreien klar, dass sie nicht tot, sondern nur bewusstlos war. Das war allerdings beängstigend genug.

Auch Wolli schien Angst um Esyia zu haben, denn er ging mit seiner Schnauze ganz nah an sie heran und leckte ihr übers Gesicht. Da sie aber anders als sonst keinen Mucks machte, miaute er kläglich und schaute zu Suriku hoch.

Der Ho'ki beugte sich herunter und versuchte die Katze zu beruhigen:

»Sie schläft nur, Wolli, keine Angst.«

Das verstand er jedoch nicht, denn er legte sich neben das Mädchen, den Kopf an ihren Körper, und mauzte weiter jämmerlich.

»Weckt sie wieder auf«, sagte Bobb zu Suriku und Sybille, doch die Untote meinte:

»Nein, lasst sie. Sie hatte eine starke spirituelle Erfahrung. Das ist bei schwarzmagischen Eingebungen nicht anders. Ich hatte das auch schon. Bei Esyia ist zwar keine schwarze Magie am Werk, aber die Kraft der weißen ist ebenso stark. Es wird eine Weile dauern, dann wacht sie wieder auf. Solange sie nur daliegt und nichts Gefährliches passiert, können wir nichts tun als abwarten.«

Sybille kniete sich vor die Decke und musterte das Mädchen. »Wie alt ist sie eigentlich?«

»Als ich ihr erzählte, ich hätte schon neunzehn Winter gesehen, sagte sie mir, sie wäre genauso alt«, sagte Suriku.

»Allerdings weiß sie es nicht so genau, denn sie kann sich an ihre Vergangenheit nicht mehr erinnern.«

»Wieso das?«, fragte die Untote und schaute den Ho'ki aus ihren weißen, unheimlichen Augen an.

Suriku fuhr ein Schreck durch die Glieder. Obwohl er wusste, dass die Untote ihnen freundlich gesinnt war, sah sie immer noch furchterregend aus. Sie hatte zwar eigentlich ein hübsches Gesicht und ihr Körper war aufgrund des frühen Wiederbelebens auch noch unversehrt, aber ihr kalter Blick war nicht der einer Lebenden. Ähnlich wie bei der Begegnung mit Bobb vor ein paar Wochen hätte er am liebsten die 37 gezogen, aber das ging natürlich jetzt nicht und wäre sowieso unnötig gewesen. Er riss sich zusammen und erzählte Sybille von den Ereignissen, die sich bisher zugetragen hatten. Vor allem die Geschichte der Alten aus der Parallelwelt Ashar, die den beiden ja damals die Herkunft des Mädchens offenbart hatte.

»Wow«, sagte die Untote beeindruckt, »sie hat gegen Satar gekämpft und ihn zurückgeschlagen.«

»Ja, das hat sie«, bestätigte der Ho'ki, »allerdings zu einem sehr hohen Preis.«

»Das schon.« Sybille nickte. »Aber wenn sie wirklich ihre alten Fähigkeiten zurückerlangen kann, müssen ihre Kräfte ungeheuerlich sein.«

»Kaum zu glauben bei ihrer Größe«, schmunzelte Suriku.

Die Untote lachte. »Ich hatte damals auf Froststein Schüler, die waren sogar noch kleiner. Utvalin bringt manch komisches Wesen hervor.«

Da Suriku der Untoten von Esyias Herkunft erzählt hatte und auch vom Ziel ihrer Reise, wussten die drei nun auch, warum das Mädchen in Ohnmacht gefallen war.

»Starke Gefühle können innere magische Prozesse auslösen«, erklärte Sybille. »Als sie erfahren hat, dass Yras hier in der Nähe sein muss, hat es sie überwältigt.«

»Ich habe das Amulett noch nie so hell leuchten sehen«, sagte Suriku.

»Das kann sein. Je stärker die inneren Vorgänge sind, desto stärker reagiert auch das Amulett. Ich nehme an, dass Esyia jetzt zum ersten Mal wieder richtig mit der weißen Kraft in ihr in Berührung gekommen ist.«

»Dann ist Esyia wieder so stark wie früher?«, fragte der Riese.

»Das ist sehr unwahrscheinlich, Bobb. Es mag sein, dass sie spontan wieder einige Sachen kann, aber wenn es sich um den Fluch Satars handelt, von dem ich schon gehört habe, dann kann Esyia ihr Gedächtnis nicht zurückerlangen. Es wurde endgültig gelöscht.«

»Dann sind wir verloren«, sagte Suriku bestürzt. »Ohne ihre Kräfte haben wir gegen Satar keine Chance.«

»Ich habe nicht gesagt, dass sie ihre Kräfte nicht zurückerlangen kann. Auf dem Wege der Erinnerung ist das aber wahrscheinlich nicht möglich. Es gibt jedoch noch etwas anderes: Esyia braucht einen Meister der weißen Magie. Sie wird alles sehr schnell wieder lernen. Ich denke, sie könnte es in ein paar Monaten schaffen.«

»Monate!«, rief der Ho'ki aus. »Dann ist die Schlacht um Yras doch längst vorbei und alle sind tot.«

Sybille hatte während des Gesprächs ihre Finger spielerisch über das Ragfell gleiten lassen. Als sie hörte, was der Ho'ki da sagte, hielt sie ihre Hände plötzlich still und schaute ihn mit ernster Mine an.

»Das wird ohnehin geschehen. Nichts und niemand kann es mit diesen Bataillonen aufnehmen. Tausende von fanatischen und teilweise gut ausgebildeten Kämpfern. Zusätzlich noch die Mutanten. Alle treue Anhänger des Fürsten.« Sie sah nach unten und sagte leise: »Yras wird vernichtet werden, Suriku. Tut mir leid für euch.«

Dem Ho'ki stockte der Atem. Fassungslos starrte er die Untote an. Er war immer davon ausgegangen, dass das Gute das Böse besiegen würde. Zumindest am Ende. Das musste diesmal aber anders sein, denn wenn die Valira vernichtet wurden und Yras sich in den Händen Satars befand, war Utvalin verloren. Satars einziges Hindernis auf dem Weg zur Alleinherrschaft über die Welt war das alte Adelsgeschlecht, dem auch Esyia angehörte. Es war gar nicht auszudenken, was der Fürst mit den ganzen Dörfern und Städten machen wird, die bis jetzt verschont geblieben waren. Rodusk war beispielsweise noch frei. Das würde dann aber nicht mehr lange so bleiben. Es gäbe keine Macht mehr, die die schwarze Seite noch aufhalten könnte. Suriku befürchtete das Schlimmste.

»Was wird Satar machen, wenn Yras gefallen ist?«

Sybille zögerte einen Moment, bevor sie antwortete: »Er wird beginnen, die Welt von allen Lebenden zu säubern.«

»Säubern?«, fragte Bobb.

»Das ist die Sprache der Offiziere bei Satar. Es ist gar nicht leicht, all diese bösartigen Formulierungen wieder loszuwerden. Säubern heißt töten. Satar will eine Welt, in der es nur noch Untote gibt. Er hasst die Lebenden. Er selbst war mal ein Mensch. Seine eigene Geschichte muss sehr schmerzhaft gewesen sein, ansonsten wäre er nicht zu solch einem Monster geworden.«

Die Untote drückte leicht mit dem Finger an Esyias Kopf, um zu überprüfen, ob deren Durchblutung noch ausreichend war. Als sie den Finger wieder wegnahm, nickte sie zufrieden.

»Über Satars Herkunft weiß ich allerdings wenig. Darüber darf in seiner Armee nicht gesprochen werden.«

Suriku, Sybille und Bobb saßen noch einige Zeit da und unterhielten sich. Wolli lag nach wie vor neben Esyia und leckte ihr von Zeit zu Zeit übers Gesicht. Er schien mittlerweile verstanden zu haben, dass sie nicht tot war, denn sein Jammern hatte aufgehört. Als das Mädchen dann schließlich wieder erwachte, waren alle erleichtert. Sie schaute sich zunächst etwas verwirrt um, musste dann aber direkt kichern, weil Wolli sofort anfing sie mit der Schnauze zu stubsen und sie mit seinen Pfoten zu sich herüberzuziehen. Er griff sich Esyia so, wie er es damals bei der Alten gemacht hatte und wollte sie wieder im Maul forttragen, da nahm der Ho'ki ihn sanft zurück und sagte:

»Aus, Wolli.«

Schnurrend ließ die Katze das Mädchen wieder los und Esyia stand auf. Ihr war noch etwas schwindelig, aber ansonsten ging es ihr gut. Man konnte allerdings sehen, dass sie etwas stark bedrückte. Daran änderte auch die Gegenwart der Katze nichts.

»Entsetzliche Dinge werden geschehen«, sagte sie mitgenommen. »Ich hatte eine Vision von Yras. Alles war schwarz. Überall Schmerz und Tod. Ich glaube, wir kommen zu spät.«

Esyia hatte erwartet, dass Suriku und Bobb schockiert auf die Neuigkeit reagieren würden. Da sie aber durch Sybille schon wussten, wie es um Yras stand, nickten sie nur. Suriku erzählte ihr daraufhin, was sie von der Untoten erfahren hatten.

Niedergeschlagen setzte sich das Mädchen zurück auf die Decke. Trotz der üblen Situation stand für sie fest, dass sie zunächst einmal nach Yras fliegen mussten, um zu sehen, was wirklich dort los war. Vielleicht gab es ja Gefangene, die man befreien konnte, oder sonstige Informationen, welche bei einem späteren Kampf nützlich werden. Ihr war natürlich klar, dass die kleine Gruppe gegen Satars Streitkräfte nichts ausrichten konnte. Trotzdem waren die Valira ihr Volk und sie musste wissen, ob noch jemand von ihnen lebte. Esyia fragte sich, ob sie Sybille in die Gruppe aufnehmen sollten.

Die Untote hatte starke Kräfte und wusste ziemlich viel über Satars Armee. Außerdem kannte sie sich mit schwarzer Magie und mit den Wiederkehrern aus. Sie war ja selbst einer.

»Sybille«, fragte das Mädchen, »willst du nicht mit uns kommen? Wir versuchen einen Weg zu finden, wie wir Satar besiegen können. Auch wenn es schwierig ist, Utvalin muss gerettet werden.«

Die Untote hatte das Angebot schon erwartet, denn sie senkte ihren Blick und sagte:

»Ich habe mir schon gedacht, dass ihr mich das fragen werdet. Für euch sind meine Fähigkeiten hilfreich. Aber ich bin eine Untote, Esyia. Die anderen Untoten gehören zu meiner Art. Ich kann doch nicht so einfach meine eigenen Leute bekämpfen.«

»Wir mögen dich, Sybille«, entgegnete das Mädchen, das wusste, dass die anderen genauso dachten. »Deine Fähigkeiten helfen uns, das ist richtig, aber vor allem möchten wir dich als Freundin dabeihaben.«

Als die Untote das hörte, war sie gerührt. Dass Lebende mit ihr befreundet sein wollten, konnte sie kaum glauben. All die Jahre war es ihr unmöglich gewesen, zu ihnen zurückzukehren. Auch wenn der Körper keine Verwesungsmerkmale aufwies, konnte man einen Untoten leicht an den Augen, der Hautfarbe und der ganzen Ausstrahlung erkennen. Sie erinnerte sich noch, dass sie erst gar nicht wusste, was mit ihr los war. Da sie nach ihrem Tod wieder stehen und ihren Körper bewegen konnte, dachte sie zunächst, sie wäre einfach wieder aufgewacht. Ihre seltsamen Symptome hatte sie für Nachwirkungen ihrer kurzen Bewusstlosigkeit gehalten. Als sie dann aber die entsetzten und panischen Reaktionen der Leute aus dem Dorf sah, wusste sie, was los war.

Obwohl Sybille sich nichts sehnlicher wünschte, als zu den Lebenden zurückzukehren, konnte sie das Angebot von

Esyia nicht so ohne Weiteres annehmen. Sich als Untote gegen Untote zu wenden, hieß diejenigen zu bekämpfen, mit denen sie eigentlich verbündet war. Außerdem würde sich unter den Untoten schnell herumsprechen, dass sie jetzt auf der Seite der Lebenden stand. Sie hätte dann das gleiche Problem wieder, welches sie mit ihrem Dorf hatte. Man würde sie ausstoßen. Das wollte sie auf keinen Fall nochmal erleben. Abgesehen davon war es schwierig, sich als Wiederkehrer in die Gesellschaft der Lebenden zu integrieren. Viele würden ihr misstrauen und sie nach wie vor hassen, auch wenn sie an ihrer Seite kämpfte. Die Untote fühlte sich plötzlich sehr einsam. Als Verfrühte passte sie nirgendwo hinein.

Sybilles Situation ähnelte in gewisser Weise der von Esyia. Das Mädchen wusste zwar, wo es hingehörte und war sogar eine sehr geachtete und verehrte Kämpferin gewesen, aber möglicherweise lebte nach der Schlacht um Yras außer ihr kein anderer Valira mehr. So war die Kleine unter Umständen auch ohne richtige Zugehörigkeit. Durch Suriku hatte die Untote ja Esyias Geschichte erfahren und sie merkte, dass zwischen ihr und der Valira eine Verbindung bestand. Es kam ihr auf einmal so vor, als ob das alles kein Zufall war. Vielleicht war es eine höhere Fügung, von den dreien in ihre Gruppe eingeladen zu werden. Esyia schien wie ein Magnet Wesen anzuziehen, die zusammenpassten. Bobb und Suriku waren auch allein. Die vier würden sich hervorragend ergänzen.

Sybille entschloss sich deshalb schweren Herzens, die Einladung von Esyia anzunehmen. Letztendlich konnte der Kampf gegen das Böse nicht falsch sein und dass Satars Streitkräfte nur Übles vorhatten, wusste sie bereits.

Ankunft

»Wie weit ist es noch bis Yras?«, fragte Esyia die Untote.

»Von hier aus einen halben Tagesritt«, erklärte Sybille. »So haben es zumindest die Späher des Fürsten an die Offiziere weitergegeben.«

»Mit Gurd sind wir viel schneller«, sagte Suriku.

Er wendete sich an Sybille und erzählte ihr von der Riesenechse, auf der sie seit Rodusk flogen. Bis jetzt hatten sie Gurd noch nicht erwähnt und die Untote reagierte überrascht.

»Ein Meadon lässt euch auf seinem Rücken fliegen?«

»Ja«, antwortete Esyia, »Gurd ist allerdings kein normaler Meadon. Er ist ein Freund der Stadt Rodusk. Er hat schon vielen Wesen geholfen.«

»Außer Untoten«, vermutete Sybille.

Esyia schüttelte den Kopf. »Nein, Untoten natürlich nicht. Gurd kennt die Wiederkehrer auch nur als Feinde. Ich werde gleich mal vorreiten und mit ihm reden, bevor ihr euch trefft. Ich glaube, wenn wir einfach so mit dir ankommen, könnte es Ärger geben.«

»Das ist wohl besser«, meinte Sybille traurig. Der Untoten war klar, dass sie von nun an jedes Mal, wenn sie auf Lebende traf, Schwierigkeiten haben würde.

Esyia hatte von Anfang an eine Grundstimmung bei Sybille bemerkt, die man nicht gerade als glücklich bezeichnen konnte. Ob das für alle Wiederkehrer galt, wusste sie nicht, aber es war natürlich auch kein leichtes Schicksal als Untote leben zu müssen. Abgesehen davon war selbst für Sybille ein Meadon nicht zu besiegen. Es bestand also schon ein gewisses Risiko. Nichtsdestotrotz sagte das Mädchen aufmunternd:

»Das wird schon, Sybille, die anderen gehören ja auch zu Arten, die sich normalerweise nicht verstehen.«

Die Untote war einverstanden, es auf einen Versuch ankommen zu lassen. Wenn Esyia dabei war, würde die Riesenechse sie schon nicht angreifen. Ob er sie allerdings auf seinem Rücken mitnahm, war eine andere Sache. Aber das blieb abzuwarten.

Bevor die Gruppe den Rückweg zu Gurd antrat, beschlossen sie noch, die toten Gnome zu beerdigen. Das war jedoch ein Problem, denn der Boden war hart gefroren. Man konnte nicht so ohne Weiteres ein Grab schaufeln. Die Freunde beschlossen deshalb, die Wesen in einer Art Feuerbestattung beizusetzen. Sie legten die Gnome nebeneinander auf Hölzer, die sie von den Hütten nahmen. Mit Sybilles Zauberkraft und Surikus Waffe war es ein Leichtes, die Hütten in Kleinholz zu verwandeln. Die Gnome wären entsetzt gewesen, wenn sie gesehen hätten, was die zwei mit ihren Hütten machten. Allerdings hatten die beiden sich vor der Zerstörung der Behausungen davon überzeugt, dass keines der kleinen Geschöpfe mehr am Leben war. Bobb wollte erst mit seiner Keule helfen, aber er sah, dass die beiden seine Hilfe nicht benötigten. Der Riese beschränkte sich deshalb darauf, das Holz auf den Boden zu legen und die Gnome darüber, sodass sie später in einem großen Feuer verbrannt werden konnten.

Während Suriku mit Sybille und Bobb für die Beisetztung der Gnome sorgten, ritt Esyia auf der Katze schon mal vor zu Gurd, um ihm von der Untoten zu erzählen. Als sie bei dem Meadon ankam, saß dieser auf seinen Hinterpfoten und wartete ungeduldig. Er hatte schon mit dem Gedanken gespielt, loszufliegen und nach dem Rechten zu sehen, denn die drei waren ziemlich lange weg gewesen. Als er Esyia allein auf der Katze zurückkommen sah, dachte er im ersten Moment, den anderen wäre etwas zugestoßen. Noch bevor das Mädchen etwas sagen konnte, senkte er seinen riesigen Kopf nach unten, ganz nah an die Kleine heran, und fragte:

»Wo sind andere?«

»Die kommen noch, Gurd. Es ist alles in Ordnung.«

Die Riesenechse kniff ihre großen, grünen Augen leicht zu und musterte die beiden. Offenbar wollte sie sich davon überzeugen, dass das Mädchen nicht verletzt war. Dabei sah sie aufgrund der Größe ihres Kopfes, den langen, nach oben gerichteten Zähnen und ihrem reptilienhaften Blick so bedrohlich aus, dass Wolli einen Buckel machte und die Ohren anlegte, ähnlich wie bei ihrer ersten Begegnung. Das war allerdings eine reine Instinkthandlung, die die Katze nicht unterdrücken konnte, denn Wolli wusste natürlich, dass der Meadon kein Feind war.

»Wir wissen, wo Yras ist«, sagte das Mädchen. »Wir haben jemanden getroffen, der den Weg dahin kennt.«

»Das gut.«

»Dieses Wesen, das wir getroffen haben, würden wir gerne mitbringen. Es ist eine Frau und sie ist sehr nett.«

»Das kein Problem«, sagte der Meadon. »Wenn nicht zu schwer, kein Problem.«

»Nein, nein. Sie war früher … äh … also sie ist menschlich. Nicht schwerer als Suriku.«

»Gut.«

Es entstand eine kleine Pause und Gurd merkte, dass Esyia noch etwas Wichtiges sagen wollte, aber mit der Sprache nicht so recht herausrückte. Er kniff wieder eines seiner riesigen Augen zusammen und fragte misstrauisch:

»Und?«

Esyia zögerte. Sie wusste, dass der Meadon Untote hasste. Er hatte es ja selbst damals gesagt. Ihr war aber klar, dass alles nichts half. Verbergen konnte man die Sache nicht vor Gurd und sie wollte Sybille unbedingt dabeihaben. In Er-

156

wartung einer ablehnenden Reaktion schloss die Kleine die Augen und sagte schnell:

»Sie ist untot.«

Einige Sekunden Stille. Esyia dachte, dass Gurd etwas sagen würde, aber es geschah nichts. Sie öffnete wieder die Augen und schaute den Meadon an. Diesem schien es die Sprache verschlagen zu haben, denn er starrte fassungslos auf das Mädchen herunter.

»Äh …«, sagte Esyia erneut leicht stockend, »bist du einverstanden?«

Dem war offenkundig nicht so, denn die Echse antwortete grimmig:

»Wir sind losgezogen, um Untot zu vernichten, Winzling, warum Untot jetzt auf einmal Freund?«

»Sybille – also so heißt sie – ist auch gegen Satar und seine Krieger. Sie ist auf unserer Seite, Gurd.«

»Untot alle bösartig.«

Esyia schüttelte den Kopf. »Sybille nicht. Sie ist eine freie Untote. Sie hat uns viel darüber erzählt. Es gibt bei denen auch welche, die nicht für Satar kämpfen. Ich will, dass Sybille mitkommt, Gurd. Du hast den Riesen auch mitgenommen. Wenn wir Yras retten wollen, brauchen wir sie.«

Zum ersten Mal, seit Esyia mit den anderen zusammen war, wurde sie etwas nachdrücklicher. Sie merkte, dass ihr die Rolle der Anführerin oblag. Das kam nicht nur aufgrund ihrer adligen Herkunft als Valira, sondern auch, weil sie das Bindeglied zwischen allen anderen war. Riese, Mensch, Meadon, Untote, ohne das Mädchen hätten die Wesen niemals zusammengefunden. Es war verständlich, dass sie als Angehörige teilweise verfeindeter Arten Bedenken hatten. Sie mussten ihr natürliches Verhalten aufgeben. Suriku wollte Bobb ursprünglich sogar töten. Der Riese fliegt jetzt auf seinem Todfeind, dem Meadon, und eine Untote soll auf Seiten der Lebenden kämpfen. Das alles war ungewöhnlich. Die Valira bemerkte, dass eine gewisse Anziehungskraft von ihr ausging, die auf die Wesen wirkte.

Gurd hatte mittlerweile den Kopf verärgert zur Seite gedreht. Er wusste zwar, wie wichtig Esyias Mission war, aber anders als bei dem Riesen war er diesmal überhaupt nicht einverstanden. Es war auch eine Frage der Ehre. Ein stolzer Meadon befördert keine Untoten. So einfach war das. Wenn er sich jetzt allerdings weigerte, würde man ihm das in Rodusk sehr übel nehmen. Er hatte Agus versprochen, der Kleinen zu helfen. Außerdem mochte er das Mädchen. Sie im Stich zu lassen, kam auch nicht in Frage.

Der Meadon sah wieder zu dem Mädchen hinunter. Er überlegte noch einen Moment und sagte dann widerwillig:

»Na gut, Gurd nehmen Untot mit. Aber wenn Untot Ärger macht, Gurd Untot fressen.«

Esyia war erleichtert. »Das freut mich, Gurd, danke«, sagte sie. »Nein, Sybille wird keinen Ärger machen, ganz im Gegenteil, glaub es mir.«

Mit Letzterem sollte Esyia recht behalten. Nur allzu recht.

Während die beiden sich über Sybille unterhielten, hatten die anderen die Gnome auf die Hölzer gelegt und verbrannt. Das Ganze war kein schöner Anblick und der Geruch des Fleischs setzte den dreien arg zu, aber es war leider notwendig. Würden die toten Körper jetzt nicht bestattet, kämen früher oder später Tiere, die sie fressen würden. Das wäre kein respektvolles Ende für diese menschenähnlichen und sehr intelligenten Wesen. Als alles erledigt war, machten sich die Freunde auf den Weg zu Gurd und Esyia.

Als sie bei der Riesenechse ankamen, schaute diese wieder schmollend zur Seite und würdigte Sybille keines Blickes. Gurd ließ lediglich seinen linken Flügel herunter, damit die Gruppe auf seinen Rücken steigen konnte. Dadurch zeigte er allerdings gleichzeitig sein Einverständnis, obwohl leicht grummelig, die Untote mitzunehmen. Bob stieg als Erster hinauf, hinter ihm Suriku und dann Sybille. Esyia wartete noch einen Moment, um der Untoten, während sie an ihr vorbei den Flügel hochging, durch ein Augenzwinkern zu verstehen zu geben, dass alles in Ordnung war. Als das Mädchen dann mit Wolli ebenfalls auf den Flügel stieg, flüsterte sie der Untoten leise zu:

»Er ist noch etwas verstimmt, aber das gibt sich schon. Ich kenne Gurd jetzt lange genug. Wenn er dich mal näher kennen gelernt hat, wird er dich ins Herz schließen. Das rauhe Äußere täuscht. In Wahrheit ist Gurd ein sehr sensibles Wesen.«

»Das hoffe ich, Esyia«, erwiderte Sybille, der nach wie vor unwohl bei der Sache war.

Nachdem alle Platz genommen hatten, hob Gurd vom Boden ab und sie setzten ihre Reise nach Yras fort. Da laut der Untoten der Weg dorthin nicht mehr weit war, flog Gurd nur in mittlerer Höhe. Auf diese Weise hatte er die Geschehnisse unter ihnen besser im Auge und konnte melden, wenn sie am Ziel waren. Esyia hatte unterdessen ihr Amulett hervorgeholt und ließ es vor der Brust baumeln. Sie hatte bemerkt, dass es aktiv geworden war und wollte schauen, welche Signale es von sich gab.

»Sind wir in Gefahr?«, fragte Suriku besorgt, als er das Medaillon sah.

»Es ist warm«, antwortete das Mädchen.

Sybille rückte etwas näher an Esyia heran und hielt einen ihrer Totenkopfringe an das Amulett. Sie zog die Hand wieder zurück und schüttelte den Kopf.

»Die Magie ist nicht abwehrend«, erklärte sie, »das weiße Artefakt kommt der Quelle seiner Erschaffung näher. Wir müssten bald da sein.«

Und so war es auch, denn kurze Zeit später rief Gurd plötzlich:

»Hinten ist Berg!«

Die Nachricht versetzte alle in Aufregung. Sie waren angekommen. So lange waren sie geflogen ohne ein Ende in Sicht. Woche für Woche. Endlich war es soweit. Leider wusste niemand genau, was da unten los war. Sybille zufolge war Yras von den Truppen Satars besetzt. In dem Fall durfte man nicht so nah heranfliegen. Wenn sie entdeckt würden, wäre das womöglich ihr Todesurteil. Suriku überlegte kurz und sagte:

»Alle müssen sich kampfbereit machen. Esyia, sag Gurd, er soll in sicherer Distanz bleiben. Wir müssen erst mal überlegen, wie es weitergehen soll.«

Nachdem das Mädchen die Riesenechse durch das Sprachrohr informiert hatte, schaute sie nach, ob die Lederriemen und der Sattel auf Wolli noch richtig festgezurrt waren. Auch den kleinen Koffer am hinteren Ende des Sitzes überprüfte sie. Darin befand sich nach wie vor das schicke Kleid aus Rodusk mit den Handschuhen und dem Hut. Suriku bemerkte, dass die Kleine an der Stelle besonders sorgfältig vorging und alles zweimal nachsah. Er grinste. Was auch immer geschehen würde, soviel war sicher: Esyia würde das Kleid mit ihrem Leben verteidigen.

Er selbst zog seine RD-37c aus der Waffentasche auf seinem Rücken und machte sie scharf. Als Gefechtsmodus wählte er die Schnellfeuereinstellung, sicher war sicher. Anders als sonst schob er die Waffe jedoch im aktivierten Zustand zurück in die Tasche. Sie jetzt schon hervorzuholen wäre verfrüht gewesen, aber damit es im Ernstfall schneller ging, wollte er sie schon mal in Bereitschaft haben.

Als Bob die anderen bei ihren Vorbereitungen sah, nahm er sich seine Keule und schlug damit dreimal testend auf einen von Gurds Rückenpanzern. Nicht sehr heftig, nur um zu sehen, ob das Ding noch ganz war. Eigentlich war das völlig überflüssig, denn wenn der Holzstamm Risse oder Brüche gehabt hätte, hätte der Riese ihn längst ausgetauscht. Bäume mit entsprechenden Ästen gab es schließlich genug. Bob wollte jedoch nicht einfach nur so dasitzen und gucken. Die anderen sollten sehen, dass auch er mit seiner Keule ein wichtiger Kämpfer der Gruppe war, was dann auch von allen schmunzelnd zur Kenntnis genommen wurde.

Trotz der Aufregung war die Stimmung bei den Freunden gut. Endlich kam es zur Entscheidung. Esyia war insbesondere froh darüber, dass Sybille bei ihnen war. Es gab ihr ein Gefühl der Sicherheit. Das Mädchen warf einen Blick zur Untoten hinüber und bemerkte, dass die Ringe an ihren Händen von einer bläulichen Aura umgeben waren. An jedem Finger befand sich ein Totenkopf. Alle sahen etwas anders aus und hatten andere Runenzeichen, aber alle schimmerten jetzt in der Farbe der schwarzen Magie.

Der Berg

Der Dunkle Fürst saß auf seinem schwarzen Rappen und war erkennbar wütend, ja regelrecht aggressiv.

»Verdammt nochmal!«, schrie er seinen Kampfkommandanten an. »Seid ihr immer noch nicht drin, ihr Schwachköpfe? Zutir, für jede weitere Stunde, die das hier dauert, werde ich Euch einen Rang runterdegradieren. Ihr werdet bald nur noch für das Schuheputzen und die Latrinenreinigung zuständig sein. Wie kann das so lange dauern?«

Zutir saß ebenfalls auf einem Pferd. Beide befanden sich einige hundert Meter vor einem breiten Aufgang, der den Berg hochführte.

»Das Tor ist ein Nadelöhr«, antwortete der Offizier eingeschüchtert. »Wir können an der Stelle nicht die gesamten Kräfte einsetzen. Es können immer nur fünf bis zehn Magier gleichzeitig angreifen. Ansonsten verletzen wir uns gegenseitig.«

»Die Valira sind völlig erschöpft, Zutir. Wir haben die besten Kampfmagier in ganz Utvalin. Ich will das Tor vor Einbruch der Dunkelheit durchbrochen haben. Enttäuscht mich besser nicht. Ravus wartet nur auf Euer Versagen. Ihr wisst, wie scharf er auf Euren Posten ist. Fällt das Tor nicht bis zur Dämmerung, ist er der neue Kommandant. Hab' ich mich klar ausgedrückt?«

Verärgert schaute er den Offizier an. Dieser sah geradeaus in Richtung des Berges, um seinem Gegenüber nicht direkt in die Augen zu schauen.

»Jawohl, mein Fürst. Wir sind durch bis zur Dämmerung. Ich verspreche es Euch.«

»Und jetzt geht mir aus den Augen!«, befahl Satar.

»Jawohl, mein Fürst«, erwiderte der Kommandant erneut und ritt vor zu einer Gruppe von Offizieren, die sich vor dem treppenartigen Aufgang versammelt hatten.

Satar schaute sich um. Zufrieden nahm er zur Kenntnis, dass das ganze Gebiet von seinen Truppen erobert worden war. Sein Blick glitt die entfernte Treppe hinauf und blieb dort hängen, wo der Eingang in den Berg sein musste. Im Vergleich zur Umgebung war der Bereich des Tors von lautem Kriegsgebrüll, Lichtblitzen und explosionsartigem Lärm erfüllt. Dass die weiße Magie der Valira seinen Kämpfern immer noch standhielt, verletzte ihn. Er hatte sich seit Esyias Verschwinden mit aller Macht dem Aufbau seiner Armee gewidmet. Er wusste, wie stark vor allem seine Zauberer waren, denn er war selber einer. Außer Esyia, und die war seinem Fluch zum Opfer gefallen, gab es keinen ihm bekannten Zauberer der weißen Seite, der über größere Fähigkeiten verfügte als seine eigenen Leute. Es war ihm deshalb unbegreiflich, dass die Valira es immer noch schafften, das Tor zu halten.

Außerhalb des Berges gab es nichts, dessen Einnahme für ihn besonderen Wert hatte. Das Gebiet war im Grunde nichts weiter als eine riesige Eiswüste, in deren Mitte ein mächtiger Berg stand. Dieser war ebenfalls vollständig von Eis und Schnee bedeckt. Alles war weiß, soweit das Auge reichte. Von Tieren und Pflanzen keine Spur. Der Berg Yras galt als der höchste und größte in ganz Utvalin. Seine Spitze reichte so hoch, dass sie durch die Wolkendecke stieß und von unten nicht mehr sichtbar war. Wollte man einmal um den Berg herumreisen, hätte man auf einem Pferd mehrere Wochen gebraucht. Es ärgerte Satar, dass er nicht wusste, was innerhalb des Berges war. Keine Untoten oder Mutanten hatten Yras jemals von innen gesehen.

Er blickte zurück zu dem mächtigen Aufgang. Es handelte sich um eine etwa 25 Meter breite Treppe, die sich über mehrere Kilometer erstreckte und hinauf zum Eingang führte. In regelmäßigen Abständen befanden sich jeweils links und rechts am Rand Kohlenpfannen, in der glühende Kohlen Licht erzeugten. Das Licht schimmerte in einem warmen, bräunlichen Gelbton und war wohl als Treppenmarkierung gedacht.

Der Aufgang stellte das erste nennenswerte Hindernis für Satars Truppen dar. Um zum Tor vorzudringen, musste die gesamte Kämpferschaft auf die Treppe steigen. Anders war es nicht möglich hinaufzukommen. Der Boden war völlig vereist. Seine Krieger rutschten schon nach ein paar Metern aus und glitten zurück nach unten. Testweise hatte Satar ein Geschwader seiner Nachtkraller losgeschickt. Er wollte sehen, ob sie vielleicht alleine in der Lage waren, den Eingang in den Berg zu durchbrechen. Das Ergebnis war allerdings ernüchternd. Die Kampfmagier der Valira schossen die Tiere schon ab, da hatten sie noch nicht einmal die Hälfte der Distanz überwunden. Ähnlich wie bei Suriku mit seiner 37 endete der Kampf auch hier mit einem blutigen Massaker, bei dem die meisten Kraller vernichtet wurden.

Am Ende des Aufgangs befand sich eine Plattform, die etwa doppelt so breit war wie die Treppe und als leicht abgerundetes Quadrat dem Eingang vorausging. Die Fläche wurde von einer starken Eisenkette umzäunt, befestigt an steinernen Sockeln. In ihren vier Eckbereichen befand sich jeweils wieder eine große Kohlenpfanne. Mittig hinter der Plattform war der Durchgang in den Berg. Zum Leidwesen der angreifenden Untoten, die im Augenblick die komplette Fläche und auch den Großteil der Treppe ausfüllten, war dieser Durchgang verhältnismäßig klein. Es passte höchstens ein Wesen von Bobbs Größe aufrecht hindurch und das maximal drei- bis viermal nebeneinander. Das Tor war ein Rundbogen, der aus magisch verstärktem Gestein bestand. In seine weiße, glatte Oberfläche waren viele kleine Figuren eingemeißelt, die allesamt berühmte und verdiente Valira darstellten. Abgesehen von diesen Statuetten war der ganze Eingangsbereich, einschließlich der Plattform und der Treppe, jedoch sehr schlicht. Nichts deutete daraufhin, dass hier der Hauptsitz der Herrscher – oder besser gesagt: einstigen Herrscher – von Utvalin war. Satar ging davon aus, dass es im Inneren des Berges völlig anders aussah. Er vermutete riesige Hallen, schmuckvolle Wände mit Skulpturen und auch zahlreiche magisch aktive Artefakte. Um das alles in Besitz zu nehmen, musste nur noch das letzte Hindernis, das Tor, überwunden werden. Gegenwärtig griff er selbst in den Kampf nicht ein. Seine Stärke könnte zwar einen entscheidenden Vorteil bedeuten, aber er war überzeugt, dass seine Kämpfer auch so durchbrechen würden. Außerdem wusste er von Esyias Entkommen. Ihre Leiche und die ihres Freundes war nicht gefunden worden. Er musste also davon ausgehen, dass sie irgendwann mit dem Meadon hier auftauchen würde. Sicherheitshalber ließ er mehrere Geschwader seiner Nachtkraller am Himmel um den Berg herum patrouillieren. Sie hatten den Befehl sofort anzugreifen, wenn die Gruppe auftauchte.

Schicksalsschlag

Überall Untot! Und viel Flattertier!«, rief Gurd laut.

Suriku stöhnte verärgert auf. »Oh nein, nicht schon wieder. Diese verdammten Biester.«

»Haben sie uns gesehen?«, fragte Esyia erschreckt ins Sprachrohr, worauf die Riesenechse nach einem kurzen Zögern erwiderte:

»Ja, kommen hoch!«

Der Meadon begann wieder, wie schon bei ihrer ersten Begegnung mit den Nachtkrallern, an Höhe zu gewinnen. Es war klar, dass die Kraller sie ab einer bestimmten Höhe nicht mehr angreifen konnten. Diese musste aber erst einmal erreicht werden.

Suriku zog seine 37 aus der Waffentasche. Scharf war sie schon. Er stand auf, legte an und kontrollierte den Luftraum auf seiner Seite.

»Achtet auf Esyia«, sagte er zu den anderen und auch Bobb und Sybille richteten sich auf. Das Mädchen blieb sicherheitshalber unten beim Sprachrohr. Das Amulett hing vor ihrer Brust und Wolli saß neben ihr. Bobb, Sybille und Suriku bildeten eine Art Dreieck um das Mädchen, sodass sie den gesamten Himmelsbereich um die Valira herum beobachten konnten.

Die Nachtkraller, die Gurd als erste gesehen hatte, schossen mit einem lauten, grässlichen Kreischen auf ihn zu. Das Geschrei war für die anderen Bestien gleichzeitig so etwas wie ein Alarmsignal, denn alle Kraller, auch die weit entfernten, flogen nun in Richtung des Meadons. Obwohl man bei Gurd keine wirkliche Angst bemerken konnte, bemühte er sich doch bis zum Äußersten, so schnell wie möglich zu steigen. Bei ihrer letzten Begegnung mit diesen Monstern waren unter ihnen noch Agus' Sturmreiter gewesen, die die Bestien aufgehalten hatten. So eine Hilfe hatten sie jetzt nicht. Was auch immer passieren würde, sie mussten alleine damit klarkommen.

Innerhalb kürzester Zeit war der Himmel voll von Nachtkrallern. Ähnlich wie damals, als Suriku Bobb im Wald zu Hilfe gekommen war, schossen die Monster auch diesmal extrem schnell durch die Luft. Das hasserfüllte Geschrei der Bestien war mittlerweile so laut, dass es kaum auszuhalten war. Wolli fing heftig an zu zittern und rückte noch näher an Esyia heran. Da die beiden unten zwischen den Hornplatten saßen, konnten sie die angreifenden Kraller nicht sehen. Das machte die Sache für sie allerdings noch furchterregender, obwohl sie da unten natürlich auch besser geschützt waren.

Als Bobb die ersten Kraller auf sich zufliegen sah, schwang er seine Keule drohend hin und her und sprang wütend auf und ab. Er stieß einen aggressiven Kampfschrei in Richtung der Kraller aus und es war offensichtlich, dass er bereit war alles wegzuhauen, was in die Reichweite seiner Keule kam. Sybille drehte sich kurz zu Suriku um und rief:

»Warte noch! Je dichter sie fliegen, desto größer ist die Wirkung unserer Blitze.«

Suriku und Sybille waren die einzigen, die die Möglichkeit hatten, den Gegner in größerer Distanz zu bekämpfen. Für Gurd waren diese Bestien viel zu schnell und Bobb konnte mit seiner Keule nur im Nahbereich attackieren.

»Warte … warte … Feuer!«, brüllte die Untote laut, um trotz des Kreischens der Monster noch gehört zu werden.

Gleichzeitig begannen die beiden auf die Nachtkraller zu schießen. Der Ho'ki entlud in schneller Abfolge einen Lichtimpuls nach dem anderen. Die 37 war voll aktiv und gab das übliche Brummen von sich, wenn sie Gefahr wahrnahm.

Der intelligente Machtstein suchte sich wieder eigenhändig seine Ziele. Suriku musste die Waffe erneut nur grob in die Richtung der Gegner halten, den Rest machte die 37 automatisch. Der Kristall war ganz in seinem Element und Suriku merkte zum ersten Mal richtig, warum der Zwerg Grobart so viel Angst vor dem Stein gehabt hatte. Die Waffe zuckte unglaublich schnell hin und her. Der Ho'ki hatte Mühe, sie überhaupt festzuhalten. Wie in Raserei feuerte der Kristall einen Blitz nach dem anderen ab und zerfetzte dabei alles, was ihm in die Quere kam. Obwohl die Lichtbündel beim Verlassen des Laufs nur ein leises Zischen von sich gaben, war das Geräusch beim Auftreffen auf eines der Monster doch extrem laut. Die getroffenen Kraller explodierten und rissen direkt einige andere, die sich in unmittelbarer Nähe befanden, mit in den Tod. Das war auch der Grund, warum Sybille ihm zugerufen hatte, nicht zu früh zu schießen. Je näher die Bestien beieinander waren, desto größer war der Schaden, den eine magische Entladung anrichtete. Die Untote war offenbar sehr erfahren im Kampf mit Zauberangriffen. Suriku hatte jetzt allerdings nicht die Zeit, sich Gedanken darüber zu machen, was Sybille auf der anderen Seite tat. Aufgrund der Schmerzensschreie der Kraller und des ohrenbetäubenden Fauchens hinter ihm merkte er aber, dass sie auf ihrer Seite den Monstern ebenfalls die Hölle heiß machte.

Von Hitze konnte bei der Untoten allerdings überhaupt keine Rede sein. Da sie schwarzmagische Frostzauber wirkte, starben die Bestien allenfalls an einem Kälteschock, nicht aber an übermäßiger Wärme. Sybille richtete mit ihren Zaubern noch größeren Schaden an als Suriku. Das lag allerdings nicht an den Frostzaubern selbst, sondern daran, dass ihre Zauberkräfte die der 37 noch überstiegen. Die Untote nutzte im Augenblick nur einige ihrer Fähigkeiten. Es kam immer auf die Situation an, welcher Spruch gerade am besten geeignet war und obwohl sie über ein großes Repertoire an Zaubern verfügte, waren einige davon momentan nicht nützlich. Gegenwärtig wirkte sie Zauber mit möglichst breitflächiger Gewalteinwirkung auf den Gegner. Das hatte zur Folge, dass genau wie bei dem Ho'ki immer mehrere Kraller gleichzeitig starben und diese durch die entstehende Druckwelle noch nach hinten weggeschleudert wurden. Sybille wirkte mächtige Kegelzauber, die sich nach ihrem Abfeuern schnell erweiterten und zum Zeitpunkt ihrer größten Stärke einen Bereich von über zehn Metern Breite abdeckten. Der Nachteil dieser Zauber war jedoch, dass sie eine relativ hohe Zauberzeit benötigten – Sybille brauchte für so einen Spruch fast zwei Sekunden – und sehr viel Kraft kosteten. Die Wirkung der Frostkegel war allerdings auch dementsprechend verheerend. Ganze Gruppen von Monstern wurden mit unglaublicher Kraft zurückgestoßen und fielen zerschmettert von Himmel.

Zusätzlich zu diesem mächtigen Zauber setzte die Untote noch einen spontanen Bereichszauber ein, der alle Gegner in einem kreisförmigen Bereich um sie herum einfror, sodass sie sich nicht mehr bewegen konnten. Der Radius dieses Spruchs war nicht besonders groß. Er fror nur die Ziele ein, die sich innerhalb eines Umkreises von ungefähr zwölf Metern Durchmesser befanden. Sybille setzte diesen Zauber deshalb immer dann ein, wenn die Monster schon sehr nahe an sie herangekommen waren und sie wusste, dass sie nicht mehr genug Zeit hatte, ihren Kegelzauber zu wirken.

Ein Spruch konnte erst dann freigesetzt werden, wenn er vollständig gewirkt war, und das dauerte je nach Zauber unterschiedlich lange. Glücklicherweise konnte sie den Kreiszauber spontan einsetzen. Er benötigte keine Zauberzeit, fügte den Gegnern allerdings auch keinen Schaden zu.

Er hielt sie nur für ein paar Sekunden fest. Waren die Ziele einmal handlungsunfähig, hatte Sybille Zeit genug für ihren Kegelzauber. Dieser erwischte dann als Erstes die festgefrorenen Monster. Da es sich bei dem Kreiszauber um einen Spruch zur Gegnerkontrolle handelte, blieben die Ziele an Ort und Stelle in der Luft und fielen nicht zu Boden.

Die Nachtkraller merkten sehr schnell, dass sie bei ihrem Angriff auf die Dreiecksformation bei Sybille und Suriku nicht durchkamen. Die Feuerkraft der beiden war einfach zu groß. Sie versuchten deshalb, Bobb zu attackieren, um auf diese Weise an das Mädchen heranzukommen. Mit wutschäumenden, weit aufgerissenen Mäulern, die ihre Gesichter zu furchteinflößenden Fratzen entstellten, rasten sie auf ihn zu. Dabei hatten sie jedoch die Kampfkraft eines zu allem entschlossenen Riesen unterschätzt. Als die ersten Kraller in die Reichweite seiner Keule kamen, fing Bobb an wie ein Wahnsinniger um sich zu schlagen. Er brüllte dabei so laut und wütend, dass selbst die Freunde hinter ihm erschraken. Immer wieder wirbelte er seinen Holzstamm hin und her. Mit jedem Schlag traf er mindestens zwei, drei Monster, die dabei weit zurückkatapultiert wurden und mit eingeschlagenen Schädeln zur Erde oder weiter entfernt auf Gurds Rücken fielen. Die Kraller waren allerdings sehr zahlreich und es kamen immer noch welche hinzu. Für jedes Monster, das Bobb mit seiner Keule weghaute, kam ein neues nach. Die Bestien kannten keine Furcht. Wie schon bei ihrer ersten Begegnung mit den Krallern, griffen die Tiere mit aller Verbissenheit an und flogen auch sehenden Auges in den Tod, wenn es sein musste. Da Bobb zu einem Schlag immer ausholen musste, war er am Körper auch immer kurzzeitig ungeschützt. Die Bestien rückten so schnell nach, dass er sie unmöglich alle mit seiner Keule erwischen konnte. Es geschah deshalb nach kurzer Zeit das, was auch schon im Wald geschehen war: Die Kraller kamen durch und bissen sich an ihm fest. Das hatte zur Folge, dass der Riese seine Keule wegwerfen musste, um sich die Bestien wieder vom Leib zu reißen. Er packte die Kraller am Nacken, brach ihnen das Genick und riss sie von sich los. Da er seine Keule nun nicht mehr einsetzen konnte, schlug er einfach mit den getöteten Monstern um sich, bis sich erneut ein Kraller an ihm festbiss. Dann schmiss er die Bestie in der Hand weg und griff sich wieder den Kraller an seinem Körper. Leider schafften es die Monster aber jedes Mal, ihm tiefe Fleischwunden zuzufügen. Nach und nach fing Bobb immer stärker an zu bluten und die anderen merkten, dass der Riese trotz seiner immensen Kräfte auf die Dauer nicht durchhalten würde. Suriku und Sybille hatten die angreifenden Kraller auf ihren Seiten zwar relativ gut im Griff, obwohl sich auch bei ihnen langsam Erschöpfung bemerkbar machte, aber ihre Positionen aufgeben und Bobb helfen konnten sie nicht. Es schossen nach wie vor auch Bestien auf die beiden zu, die von ihnen abgewehrt werden mussten.

Esyia saß währenddessen unten mit der Katze und fühlte sich schrecklich. Sie bekam genau mit, dass der Riese große Schmerzen hatte, aber auch sie war machtlos. Gegenwärtig hatte sie praktisch keine magischen Fähigkeiten und aufgrund ihrer geringen Größe konnte sie gegen die Kraller nichts ausrichten.

Einige Minuten später schaffte es Bob dann wirklich nicht mehr, sich die Kraller alle vom Leib zu halten. Er tötete zwar nach wie vor ein Monster nach dem anderen und war in seiner Wut immer noch eine äußerst wirkungsvolle Kampfmaschine, aber die Zeit, die die Monster an seinem Körper hingen, war einfach zu lang. Nach und nach fing er immer stärker an zu wanken und seine Schläge verfehlten immer öfter ihr Ziel. Letztendlich sackte er erschöpft ab und fiel hinunter auf seine Knie. Sein ganzer Körper war voller Blut, das aus zahlreichen Wunden an ihm herunterfloss. An seinen Beinen, Armen und auch am Oberkörper krallten die Monster, die in ihrem Blutrausch immer größere Stücke Fleisch aus seinem Körper bissen. Verzweifelt schlug Bobb um sich. Auch auf seinen Knien stellte er für die Kraller immer noch ein Hindernis dar, das erst einmal beseitigt werden musste. Plötzlich aber wurden seine Bewegungen langsamer, er taumelte, sackte in sich zusammen und kippte dann nach hinten, sodass er mit seinem Rücken hart auf Gurds Hornplatten aufschlug.

»Bobb!«, schrie Esyia entsetzt.

Der Riese war mit seinem großen Oberkörper rücklings genau auf das Mädchen und die Katze gefallen. Glücklicherweise befanden sich die beiden zwischen den Hornplatten und nicht obendrauf, sonst wären sie von Bobbs Gewicht zerquetscht worden. Da der Riese mit seinem Rücken jetzt allerdings genau über dem Zwischenraum lag, in dem sich Esyia und Wolli befanden, konnten die Kraller nicht direkt zu den beiden vordringen. Die zwei waren in diesem Hohlraum zwischen Bobbs und Gurds Körpern eingeschlossen. Völlig außer sich vor Hass versuchten die Monster seitlich an dem Riesen vorbei nach unten durchzukommen. Bobb war jedoch sehr schwer, weshalb das nicht sofort gelang.

Für Esyia und Wolli, die darunter in der Dunkelheit saßen, war die Situation grauenvoll. Die Kraller befanden sich genau über ihnen und Esyia befürchtete, dass sie nun auch über Suriku und Sybille herfallen würden. Außerdem zuckte Bobbs Körper stark hin und her durch das Drücken und Quetschen der Monster. Wenige Augenblicke trennten die Kraller nur noch von der Valira. Trotz des Amuletts war es diesmal unmöglich der Übermacht standzuhalten. Sollten Suriku und Sybille auch besiegt sein, was das Mädchen unten nicht sehen konnte, wäre das das Ende für sie.

Im Moment der größten Panik und Verzweiflung geschah jedoch etwas mit Esyia, was sie schon einmal erlebt hatte: Sie versank in eine Vision. Eine tiefe, befreiende Ruhe überkam sie plötzlich, die alle Angst von ihr nahm. Esyia entspannte sich völlig und es erschien ihr, als ob der kurz bevorstehende Tod überhaupt nichts Schreckliches mehr an sich hatte. Sie nahm den Lärm über ihr und das Zucken von Bobbs Körper nur noch weit entfernt wie durch eine Glocke wahr. Ruhig streichelte sie dem zitternden Wolli übers Fell. Dann hörte sie auf einmal eine leise Musik. Sie kam nicht von draußen, sondern war innen in ihr drin. Das Mädchen wusste nicht genau, was diese sanfte Melodie hervorbrachte, aber sie war wunderschön. Es erinnerte sie an das Spiel einer Flöte, doch könnte es sich auch um ein anderes Instrument handeln. Vor ihrem geistigen Auge erschien plötzlich ein Gesicht. An seinen Zügen konnte Esyia erkennen, dass es sich um einen Valira handelte. Sie kannte ihn aber nicht. Er war männlich und musste schon sehr alt sein. Sein graues Haar hing leicht zerzaust und verfranst an seinem Kopf herunter. Er trug einen langen, weiß-gräulichen Bart, der fast schon aussah wie der eines Zwergs, was für einen Valira sehr ungewöhnlich war. In seinen Händen hielt er ein kleines, hölzernes Blasinstrument, auf dem er spielte und welches die Melodie erzeugte. Der Alte hatte seine Augen vor sich auf das Instrument gerichtet. Als die Erscheinung in Esyias Vision ihre volle Klarheit erreichte, schaute er plötzlich auf und nahm seine Flöte herunter. Er sah dem Mädchen direkt in die Augen, wobei er ihr auf eine sehr liebevolle Weise zulächelte. Esyia hatte das Gefühl, diesen Fremden schon seit ewigen Zeiten zu kennen, sie wusste allerdings nicht woher. Ob sie vor ihrem Gedächnisverlust schon mit ihm zu tun gehabt hatte oder ob sie auf eine andere, mystische Art mit ihm verbunden war, konnte sie nicht sagen. Die Kleine lächelte zurück und es vergingen einige Sekunden, in denen sich die beiden anschauten. Dann verschwand das Bild und Esiya war wieder zurück in der grausamen Realität des Kampfes.

Diese hatte sich jetzt jedoch völlig verändert, denn es war kein Gekreische und auch keine Explosionen oder Sonstiges mehr zu hören. Was ihr eben noch wahnsinnige Angst gemacht hatte, war gänzlich verstummt. Nichts rührte sich, auch Bobbs Körper über den beiden nicht, an dem die Kraller unbedingt hatten vorbeikommen wollen. Die Katze zitterte ebenfalls nicht mehr und schmiegte sich an das Mädchen. In der Dunkelheit und Stille des Hohlraumes überkam Esyia jetzt jedoch erneut die schreckliche Angst, dass oben alle tot waren und sie völlig allein dastand. Gurd musste allerdings noch leben, denn sie flogen noch.

»Suriku!«, schrie die Kleine. »Seid ihr da?«

Keine Antwort.

»Sybille! Lebt ihr noch?«

Wieder keine Antwort.

Entmutigt ließ Esyia den Kopf hängen. Sie konnte jetzt nur abwarten, was weiterhin geschehen würde, denn für sie und die Katze gab es keine Möglichkeit, den Riesen irgendwie zu bewegen. Mehrmals hatte sie versucht über das Sprachrohr mit Gurd Kontakt aufzunehmen, aber es funktionierte nicht. Anscheinend war die Röhre durch die angreifenden Kraller beschädigt worden.

Nach einigen Minuten – sie kamen der Kleinen wie eine Ewigkeit vor – bemerkte sie plötzlich, dass sich jemand an Bobbs Körper zu schaffen machte. Irgendetwas ruckelte und zog an ihm. Einige Augenblicke später fing der schwere Leib des Riesen an, langsam, Zentimeter für Zentimeter, nach hinten wegzurutschen. Esyia umklammerte mit beiden Händen den Hals der Katze und erwartete das Schlimmste. Als Bobbs Körper etwa zur Hälfte über dem Zwischenraum weggezogen war und das blendende Tageslicht wieder hineindrang, sah das Mädchen, dass von oben jemand zu den beiden hinunterguckte.

»Esyia? Alles klar bei dir?«, fragte eine Stimme.

Erleichtert erkannte die Kleine, dass es sich um Suriku handelte.

»Ja, uns geht es gut. Und bei euch? Lebt Sybille noch?«

Die Kleine fragte erst gar nicht nach Bobb, weil sie zu große Angst vor der Antwort hatte. Sie ging fest davon aus, dass er tot war. Er lag ja immer noch regungslos zur Hälfte über dem Hohlraum.

»Sybille ist in Ordnung, Esyia, aber ich glaube, Bobb hat es nicht geschafft.«

Die Valira kletterte aus dem Zwischenraum nach oben. Hinter Bobb stand Sybille, die der Kleinen mitfühlend zunickte. Sie wusste, was Esyia für den Riesen empfand und ahnte, was für ein schwerer Schlag es für das Mädchen sein musste, wenn er wirklich tot war. Esyia kletterte über einen Arm auf Bobbs Oberkörper und stellte sich unmittelbar unterhalb des Halses auf dessen Brust. Alles war rot von seinem Blut. Völlig klein und verlassen wirkte dieses 7,8 Zentimeter große Geschöpf auf dem Leib ihres Vier-Meter-Freundes, den jetzt alle Kraft verlassen hatte. Esyia fiel auf die Knie und fing herzzerreißend an zu schluchzen. Bobb kannte sie von allen am längsten. Er war ihr erster Freund damals im Dunkelwald gewesen, als sie aus ihrer Ohnmacht erwacht war. Sie konnte sich noch genau daran erinnern, wie sie sich zum ersten Mal begegnet waren. Sie hatte sich aus Angst vor ihm und seinem Wolf hinter einer Wurzel versteckt. Bratuk konnte sie allerdings schnell aufspüren und der Riese hatte sie mit der Hand geschnappt und hochgehoben. Esyia dachte, er würde sie jetzt fressen, aber der Riese hatte nur gelacht und nach ihrem Namen gefragt. Niemals zuvor war er einem so kleinen Humanioden begegnet. Danach hatten sie sich noch oft getroffen und der Grom war ihr stets eine große Hilfe gewesen. Sein Tod war unvorstellbar für sie.

Als Wolli bemerkte, dass die Kleine weinte, sprang er auch auf Bobbs Oberkörper und wollte zu ihr. Da aber alles von Blut verschmiert und dementsprechend glitschig war, rutschte er aus, ähnlich wie auf dem Tisch bei der Alten mit den Keksen, und schlitterte auf das Mädchen zu. Um nicht mit ihr zusammenzustoßen, drückte er seine Krallen fest in die Haut des Riesen. Esyia wollte gerade mit ihm schimpfen, denn jetzt war nicht der Augenblick für solchen Blödsinn, als sie sah, dass der Riese die Mundwinkel leicht zu einem schwachen Lächeln verzog. Langsam öffnete er seine Augen und schaute zu der Katze.

»Bobb!«, rief die Kleine.

Wie in Zeitlupe fing der Riese an sich zu bewegen. Erst nur die Finger, dann vorsichtig die Arme und schließlich auch die Beine. Aufstehen konnte er zwar nicht, aber immerhin lebte er noch.

»Wie geht es dir?«, fragte Esyia besorgt und Bobb antwortete müde und mit leiser Stimme:

»Ging mir schon besser.« Er hob angestrengt den Kopf, um das Mädchen besser sehen zu können. »Wo sind die Kraller?«

»Gurd ist jetzt zu hoch für sie«, erklärte Suriku. »Gerade noch rechtzeitig.« Anerkennend schaute er zu der Untoten hinüber. »Ohne Sybilles Frostzauber hätten wir es nicht geschafft.«

Esyia stand wieder auf und drehte sich um. Sie sah ebenfalls zu der Untoten und sagte: »Danke, Sybille«, dann schritt sie vorsichtig Richtung Bobbs Bauchnabel und begutachtete seinen Körper. Sie musste dabei aufpassen, nicht genauso wie die Katze auszurutschen, denn nach wie vor war viel Blut auf der Haut des Riesen. Die Kleine schaute sich um und bemerkte die vielen Fleischwunden.

»Wirst du jemals wieder gesund?«, fragte sie ängstlich.

Der Riese verzog seinen Mund erneut zu einem angedeuteten Lächeln und meinte leicht stockend:

»Riesen sind zäh … paar Tage … dann geht's wieder.«

Das klang für Esyia zwar ziemlich optimistisch, denn was sie an Wunden sah, war grauenhaft, aber die Biologie eines Riesen war nicht mit der eines Valira oder Menschen zu vergleichen. Wie im Wald damals würde es Bobb wohl auch diesmal wieder schaffen, auf die Beine zu kommen. Der Kleinen fiel ein Stein vom Herzen. Immer noch auf Bobbs Bauch stehend sagte das Mädchen:

»Was ist mit Gurd? Er hat lange nichts mehr gesagt.«

»Gurd fliegt schon seit einiger Zeit sehr unruhig«, erwiderte der Ho'ki. »Vielleicht gehst du mal zum Rohr und fragst, was los ist.«

»Hab' ich schon versucht. Er antwortet nicht. Wahrscheinlich ist das Sprachrohr kaputt.«

»Nein«, meinte Sybille, die nach vorn in Richtung des Kopfes des Meadons schaute, »die Verbindungsstücke sind noch alle zusammen.«

Tatsächlich sah es so aus, als ob der Meadon Schwierigkeiten hätte, gleichmäßig geradeaus zu fliegen. Es schien ihn viel Kraft zu kosten, seinen Rücken waagerecht und ruhig zu halten. Es war klar, dass er bei seinem Flug auf die Gruppe Rücksicht nehmen musste. Anders als sonst durfte er nicht mal einfach so eine Drehung machen oder scharfe Kurven fliegen. Es war ihm auch nicht möglich, sich mit seinen riesigen Klauen am Kopf zu kratzen oder seinen Körper sonst wie zu verrenken. In jedem Fall hätte er dann riskiert, dass die Freunde von seinem Rücken herunterfielen. Er musste also möglichst gerade fliegen.

Der Ho'ki sah nun ebenfalls nach vorne. Plötzlich erkannte er zu seinem Entsetzen, dass einige Nachtkraller sich in

Gurds Hals verbissen hatten und direkt unterhalb seines Kopfes an ihm dranhingen.

»Kraller!«, rief er wütend und zog die 37. Er legte an und schob das Weitsichtgerät nach oben, um genauer sehen zu können, was da vorne los war. Als er durch das Fernrohr sah, entdeckte er mindestens fünf, sechs Bestien, die ihre Fangzähne in die Haut des Meadons gestoßen hatten und offenbar dabei waren, sich Stück für Stück zu seiner Kehle durchzubeißen. Gurd war zwar an den meisten Stellen seines Körpers unverwundbar für die Kraller – er hatte so dicke Horplatten, dass die Bestien normalerweise keine Chance hatten, da durchzukommen – der Hals stellte allerdings eine Ausnahme dar. Wie bei vielen Wesen war auch Gurd an dieser Stelle verletzlich. Da der Hals sehr beweglich und flexibel sein musste, um Drehungen des Kopfes und das Herunterschlucken von Nahrung zu erlauben, war er nur schwach gepanzert. Die Kraller schienen das zu wissen, denn sie hatten offensichtlich schon seit Beginn ihres Angriffs auch Gurds Hals attackiert. Das Blut floss mittlerweile literweise an ihm herunter. Der Riesenechse erging es jetzt ähnlich wie Bobb, nur dass ihr niemand zu Hilfe kommen konnte.

Suriku versetzte den Machtstein in den Einzelschussmodus und versuchte die Kraller von Gurd herunterzuschießen. Da er von dessen Rücken aus aber nur die am Rand des Halses sehen konnte und Gurd seinen Kopf aufgrund der Schmerzen permanent hin und her riss, war es dem Ho'ki nicht möglich die Monster zu bekämpfen. Zu groß war die Gefahr den Hals der Echse zu treffen. Nach vorn klettern konnten er auch nicht, denn der Meadon flog jetzt so unruhig und ruppig, dass er mit Sicherheit heruntergefallen wäre. Auch Sybille konnte Gurd nicht wirklich helfen. Sie versuchte, Frostlanzen auf die Monster zu schießen, doch das hatte wenig Wirkung. Als die Bestien bemerkten, dass sie angegriffen wurden, rückten sie einfach näher zusammen und verschwanden aus der Sicht der Untoten unterhalb Gurds Hals.

Auf einmal fing die Riesenechse an zu brüllen. Es hörte sich an wie das Grollen eines Tigers, nur hundertmal lauter. Sie schüttelte heftig ihren Kopf und bewegte dabei den Körper so stark hin und her, dass die Freunde sich mit aller Kraft festhalten mussten. Wolli krallte sich wieder an die Haut des Riesen und Esyia rutschte schnell in die Vertiefung von Bobbs Bauchnabel. Dabei stellte sie jedoch fest, dass sich dieser mindestens bis zur Hälfte mit Blut gefüllt hatte. Sie glitt hinein und tauchte kurz mit dem Kopf unter. »Igitt!«, rief die Kleine aus, doch zurück konnte sie nicht mehr. Nirgendwo sonst war sie jetzt sicher. Der Riese selbst lag nach wie vor auf dem Rücken und hielt sich mit seinen großen Händen an Gurds Hornhaut fest.

Brüllend und sich windend flog der Meadon weiter. Suriku konnte erkennen, dass er auf den Berg Yras zuhielt. Die Spitze des Berges ragte noch ein gutes Stück durch die Wolken, über denen sie sich befanden. Wäre Gurd alleine gewesen, hätte er die Kraller mit seinen Klauen von sich runterstoßen oder sie zerquetschen können. Jetzt ging das jedoch wegen der Freunde auf seinem Rücken nicht. Die Vorderbeine der Riesenechse waren recht kurz und so weit vom Kopf entfernt, dass er seine Wirbelsäule zu stark hätte beugen müssen.

Er war jetzt nicht mehr in der Lage die große Höhe zu halten und schoss von oben in die Wolkendecke hinein. Damit wurde er allerdings vollständig seiner Sicht beraubt, denn innerhalb der Wolken war es so neblig, dass man die Hand nicht vor Augen sehen konnte. Gurd schlug mittlerweile nicht mehr mit den Flügeln, sondern hielt sie nur noch weit von sich gestreckt, um irgendwie weiterzusegeln und nicht vollständig abzufallen. Nach einigen Minuten, in denen sich die Freunde voller Angst an Gurds Rücken geklammerten hatten, knallten sie plötzlich mit voller Wucht gegen einen Widerstand. Innerhalb der Wolken konnte man nichts sehen, aber es war klar, dass es sich nur um den Berg handeln konnte. So weit oben gab es nichts anderes mehr. Gurd krachte zuerst mit dem Kopf gegen die eisige Oberfläche und schlug dann mit dem Rumpf auf. Auch wenn das jetzt keine große Rolle mehr spielte, die Kraller unterhalb Gurds Hals wurden dabei durch sein Gewicht zerquetscht. Man hörte noch ein kurzes, lautes Qieken, dann waren sie tot. Das war momentan allerdings das kleinste Problem, denn durch den heftigen Aufprall auf den Berg wurden auch die Freunde brutal gegen Gurds Panzerung gedrückt und dann von ihm abgeworfen. Laut schreiend fielen sie hinunter. Bobb griff sich geistesgegenwärtig die Kleine und die Katze und hielt sie schützend vor seine Brust. Der Aufprall war so stark, dass Suriku für ein paar Sekunden das Bewusstsein verlor. Nachdem die Freunde auf dem Eis des Berges aufgeschlagen waren, fingen sie sofort an herunterzurutschen. Aufgrund der Größe des Berges drohten sie nun etliche Kilometer auf dem steinharten Eis in die Tiefe zu schlittern. Kein Wesen auf der Welt konnte das überleben. Die Oberfläche war ja nicht glatt wie eine Glasfläche, sondern es gab überall kleinere und größere Vorsprünge, die teilweise messerscharf waren und zu schweren Verletzungen führen mussten. Ganz abgesehen davon konnte man auch in eine Gletscherspalte fallen und auf Nimmerwiedersehen vom Eis verschluckt werden. Selbst wenn sie den Fuß des Berges lebend erreichten sollten, würden sie unten direkt von Satars Kämpfern in Empfang genommen, und die kannten keine Gnade.

Als sie einige Meter hinabgeglitten waren, passierte jedoch etwas Seltsames. Die Freunde landeten auf einer steinernen Fläche, die am Berg vorsprang und ihren Fall stoppte. Da sie wegen der nebligen Wolkenumgebung nur ein bis zwei Meter weit gucken konnten, war für sie nicht erkennbar, um was es sich handelte. Der Ho'ki bemerkte allerdings sofort, dass es kein natürlicher Vorsprung war. Jemand musste ihn in den Berg gehauen haben. Die Gruppe hatte das große Glück, dass sie alle auf derselben Seite der Riesenechse heruntergefallen waren. So landeten sie nun auch zusammen auf der Fläche. Der Riese rollte sich schützend zusammen, um Esyia und die Katze nicht zu zerquetschen, die er immer noch in seinen Händen hielt. Auch die anderen schafften es, so aufzukommen, dass sie sich beim Aufprall nicht gegenseitig verletzten. Völlig erledigt kamen sie auf dem Vorsprung zum Liegen. Jeder von ihnen, einschließlich der Untoten, hatte irgendwelche Blessuren davongetragen. Bobb war ja sowieso praktisch noch halbtot von dem Kraller-Angriff.

Der Riese setzte Esyia und Wolli auf die Steinfläche und legte sich dann lang ausgestreckt hin. Erleichtert stellte er fest, dass das auf dem Vorsprung möglich zu sein schien, denn er war sehr solide und fest. Bobb hatte allerdings den Gedanken noch nicht zu Ende gedacht, da gab es plötzlich einen lauten Knall, gefolgt von einem langezogenen Krachen. Die Plattform fing auf einmal stark an zu vibrieren und der Gruppe flogen dicke Steinbrocken um die Ohren. Die neblige Luft füllte sich in Windeseile mit Sand- und Mörtelstaub, der sich sofort mit der feuchten Luft vermischte. Esyia schloss die Augen und hielt sich den Mund zu. Alle hatten Angst, dass der Vorsprung nun nachgeben würde und sie doch noch in die Tiefe rutschten, aber die Erschütterung beruhigte sich wieder und der Staub verflog. Als die Kleine Mund und Augen wieder öffnete, wurde ihr plötzlich klar, was das gewesen war.

»Gurd!«, schrie sie entsetzt.

Instinktiv wollte sie in die Richtung laufen, aus der das Krachen kam, aber die Untote hielt sie fest.

»Nicht, Esyia«, sagte sie, »es ist zu gefährlich.«

Das Mädchen stemmte sich erst gegen Sybilles Finger, um sich losreißen, hielt dann aber ein. Bei dem Nebel war jeder Schritt in der Tat lebensgefährlich. Die Plattform musste beschädigt sein, weshalb man sich nur noch ganz vorsichtig vortasten durfte, wenn man nicht selbst abstürzen wollte.

Bestürzt hörten die Freunde in der Entfernung noch mehr Krachen und Donnern. Es hörte sich so an, wie wenn ein schwerer Gegenstand einen Abhang hinuntergeschmettert wird. Alle wussten, was das bedeutete:

Gurd war verloren.

Hinein

Nach einem kurzen Moment, in dem die Freunde einfach nur geschockt in die Richtung schauten, aus der die Geräusche kamen, setzten sie sich auf den Boden neben den Riesen. Keiner sagte ein Wort. Minutenlang schwiegen sie. Bobb hatte die Augen geschlossen und schien geistesabwesend zu sein. Er schlief zwar nicht, aber die Erschöpfung hatte ihn offenbar übermannt. Auch die anderen brauchten Ruhe. Sie waren neben der Ermüdung auch zu frustriert und traurig, um einfach so weiterzumachen. Esyia ging Gurds Schicksal sehr nahe und während sie so vor sich hinstarrte, liefen ihr die Tränen über die Wangen. Es verging noch einige Zeit, bis sie mit belegter Stimme sagte:

»Wenn das so weitergeht, sieht es übel aus. Erst bringt uns fast der Hexer um, dann dieses grüne Monster im Gasthaus, danach verlieren wir alle Sturmreiter, dann beinahe Bobb und jetzt Gurd. Dabei hat der eigentliche Kampf noch nicht einmal angefangen.«

Sybille sah zu ihr. »Die Nachtkraller sind nur eine Waffe, die Satar einsetzt. Verglichen mit seinen Kampfmagiern sind die Kraller lächerliche Schmusetiere. Satar ist nicht ohne Grund der Beherrscher der Welt geworden, Esyia. Seine Armee sprengt alles bisher dagewesene.«

Suriku, der wie die anderen auch gedankenversunken auf dem Boden saß, nahm plötzlich seine Waffentasche vom Rücken und legte sie neben sich. Andächtig zog er die RD-37c hinaus und legte sie auf seinen Schoß. Die Waffe war jetzt inaktiv. Behutsam strich er über ihren Lauf. Die anderen beiden bemerkten das und sahen zu ihm. Esyia und Sybille gingen davon aus, dass er nach einer kurzen Zeit der Besinnung etwas sagen wollte, doch es kam nichts. Plötzlich zog er die Schiene unterhalb des Rohrs zurück und der Machtkristall meldete sich. Der übliche Summton ertönte, stieg schnell an und verstummte dann abrupt. Suriku schaute hoch und sah zu den anderen. Auf einmal grinste er. Sybille, die ihn sofort verstanden hatte, lächelte ebenfalls und danach auch Esyia. Die Untote streckte einen Arm aus in die Mitte des Halbkreises, in dem sie saßen, und führte den Zeigefinger zu ihrem Daumen. Die Ringe fingen an zu leuchten. Sie zeigten ihre magische Macht. Daraufhin sprang Esyia auf.

»Verdammt nochmal!«, rief sie. »Wir machen sie fertig, diese Bestien. Für Gurd!«

»Für Gurd!«, riefen auch die anderen und weckten damit den Riesen, der friedlich vor sich hin geschlummert hatte.

Allen war klar, dass aufgeben nicht in Frage kam. Zum Wohle Utvalins und auch aus Rache für Gurd mussten sie weitermachen. Sie verschnauften noch einige Zeit und entschieden dann, die balkonartige Plattform nach einem Eingang in den Berg abzusuchen. Da es feststand, dass die Fläche nicht natürlich war, musste auch jemand hier oben gewesen sein, der die Konstruktion gebaut hatte. Bobb war immer noch zu schwach, um aufzustehen. Seine Wunden bluteten zwar nicht mehr, doch bis sie sich mehr oder weniger geschlossen hatten, brauchte es noch Zeit. Die Freunde kamen deshalb überein, dass Sybille bei ihm blieb und nur Esyia und Suriku sich aufmachten. Sollte es einen Weg in den Berg geben, wollten die beiden hineingehen und schauen, was sie tun konnten. Die Untote direkt mit hineinzunehmen, wäre ohnehin keine gute Idee gewesen, denn die Wahrscheinlichkeit eines Missverständnisses war zu groß. Vor dem Haupttor kämpften die Valira gerade gegen den Ansturm der Untoten. Wenn sie im Berg Sybille sähen, wäre die wahrscheinlich schon tot, bevor Esyia noch irgendwelche Erklärungen abgeben konnte.

Die Kleine stieg auf die Katze und Suriku nahm seine Waffentasche auf, in die er die 37 wieder hineinschob. Das Mädchen hatte sich noch kurz mit Schnee etwas das Gesicht und die Hände abgewaschen, die völlig von Bobbs Blut verschmiert gewesen waren. Dann gingen sie los. Sie wählten die andere Richtung als die, aus der das Krachen von Gurds Absturz kam. Man konnte nach wie vor aufgrund des Nebels nur ein, zwei Meter weit sehen und dieser Weg war sicherer.

Nach einiger Zeit bemerkten sie, dass sich die Plattform wie ein Ring um den Berg zu ziehen schien. Zum äußeren Rand hin befand sich wieder eine schwere Eisenkette, die – genauso wie unten vor dem Haupteingang – an steinernen Sockeln befestigt war. Vom Berg bis zur Begrenzung der Plattform waren es höchstens fünf Meter. Die Fläche verlief waagerecht, was darauf hindeutete, dass sie keinen Weg nach unten darstellte und nur von innen heraus betreten werden konnte. Wegmarkierungen in Form von Kohlenpfannen oder Ähnlichem gab es nicht. Natürlich war der Berg in dieser Höhe vom Umfang her wesentlich kleiner als an seinem Fuß. Trotzdem war er immer noch riesig und eine vollständige Umrundung war für Suriku und Esyia unmöglich. Dazu war die Strecke viel zu groß. Die beiden hofften deshalb, dass sie irgendwo in der Nähe einen Eingang hinein finden würden. Vielleicht gab es hier oben ja auch mehrere Eingänge. Die Idee, dass es sich um Eingänge handelte, war allerdings irreführend. Außer auf Flugtieren gab es keine Möglichkeit hier oben raufzukommen. Zusätzlich dazu war die Plattform vollständig von den Wolken verdeckt. Man musste davon ausgehen, dass niemand von ihrer Existenz wusste. Es wäre also richtiger hier nicht von Eingängen, sondern eher von Ausgängen oder Fluchtwegen zu sprechen. Wie man allerdings den Berg dann hinunterkam, wenn man von innen kommend nach oben gelangt war, wussten die zwei nicht.

Die beiden gingen so, dass sie den Berg auf der linken Seite hatten. Suriku hielt sich immer sehr nahe an der Gletscherwand. Sollte es irgendwo hineingehen, dann durften sie auf keinen Fall aus Versehen daran vorbeilaufen. Es dauerte nicht lange, da blieb der Ho'ki plötzlich stehen.

»Hier ist was«, sagte er aufgeregt.

Esyia ritt mit Wolli weiter nach links und die zwei schauten sich die Bergwand an. An der Stelle, die Suriku aufgefallen war, gab es einen Spalt. Er war etwa einen halben Meter breit und ungefähr so hoch wie ein Mensch. Von der Decke der Öffnung hingen lange Eiszapfen herunter, die den Durchgang etwas einengten, trotzdem war aber noch genug Platz vorhanden, um hindurchzugelangen. Der hintere Bereich des Spalts schien irgendwie zu schimmern und heller zu sein als die Umgebung. Den beiden war zwar nicht wohl bei der Sache, aber sie hatten keine andere Wahl, als da hineinzugehen. Da man wegen des Nebels fast nichts sehen konnte, war es auch praktisch unmöglich, irgendwelche Bedrohungen rechtzeitig zu erkennen. Wenn es hier jemand auf sie abgesehen hatte, waren sie mehr oder weniger wehrlos.

Vorsichtig tasteten sie sich in die Bergspalte. Sie waren erst einige Schritte weiter, da stellten sie auf einmal fest, dass der Durchgang in einen größeren Hohlraum mündete. Die beiden gingen langsam weiter, bis sie den Spalt vollständig hinter sich gelassen hatten. Der Raum war durch Fackeln erhellt, die an den Wänden hingen. Es war leicht zu erkennen, dass er rund sein musste, denn die Fackeln beschrieben in ihrer Anordnung eine Kreisbahn. Suriku schätzte den Durchmesser der Kammer auf etwa zehn Schritt. Am gegenüberliegenden Ende befand sich ein Bereich, wo keine Fackel leuchtete. Dort war jedoch etwas anderes, was die beiden nicht richtig erkennen konnten. Innerhalb des Raumes war es nicht viel wärmer als draußen und auch der Nebel war noch da. Allerdings schienen die Fackeln so viel Licht abzustrahlen, dass sich die Sicht um einige Meter erweiterte. Suriku näherte sich vorsichtig einem dieser Brennstäbe und begutachtete ihn. Er sah aus wie eine ganz gewöhnliche Pechfackel. Die Flamme befand sich an der Spitze eines länglichen Holzstabs, der mit Hilfe schwarzer Eisenklammern an der Wand gehalten wurde. Sie flackerte in einem gelb-bräunlichen Licht, ähnlich wie die Kohlenpfannen.

Um die Stelle zu untersuchen, wo keine Fackel war, schritt Esyia mit Wolli quer durch den Raum. Hier befand sich eine Einbuchtung in der Wand, die wie eine halbe Röhre aussah. Sie verlief senkrecht nach oben und war genau wie der Eingang in die Kammer etwa mannshoch. Auf dem Boden der Einbuchtung erkannte das Mädchen sonderbare Zeichen, die nach alten Runen aussahen und einen Satz oder Spruch darstellen mussten. Esyia konnte ihn nicht lesen, aber ihr fiel auf, dass an der Decke der Halbröhre die gleichen Symbole waren.

Während sie nach oben schaute und grübelte, welchen Sinn das Ganze hatte, räkelte Wolli sich plötzlich. Er machte einen Buckel, streckte seine Pfoten weit nach vorne und gähnte. Das kam öfters vor und war dem Mädchen schon bekannt. Da Wolli dabei jedoch immer seine Krallen ausfuhr und die Pfoten dann Stück für Stück weiter nach vorne setzte, kam er jetzt mit einer Kralle auf die Schrift eines der Zeichen. Sofort ertönte ein zischendes Geräusch und die Halbröhre mitsamt der Runen fing an zu leuchten. Erschreckt machte die Katze einen Satz zurück.

»Wolli!«, schimpfte die Kleine.

Sie hatte gerade noch einen der ledernen Haltegriffe fassen können, die Grobart an der Rüstung der Katze angebracht hatte, sonst wäre sie heruntergefallen. Das Mädchen beruhigte sich allerdings sofort wieder, denn Wolli konnte selbstverständlich nicht wissen, dass die Zeichen so reagieren würden.

Erstaunt betrachtete Esyia die Halbröhre. An ihrer offenen Vorderseite war eine Art Lichtwand entstanden, die vom Boden bis zur Decke reichte. Der Innenraum sah jetzt aus wie ein begehbarer, halbrunder Lichtbehälter. Die leicht violett leuchtende Vorderseite wurde von den Nebelschwaden der Kammer durchzogen, was dem Ganzen etwas Unheimliches gab. Suriku ging zu dem Mädchen hinüber und stellte sich neben sie. In der Hand hielt er eine der brennenden Pechfackeln, die er mitnehmen wollte.

»Wow«, sagte er verwundert, »was ist denn das?«

»Es scheint sich durch Berührung zu aktivieren«, meinte Esyia. »Wolli ist mit der Pfote an eins von den Zeichen gekommen.«

»Tz tz tz«, machte der Ho'ki gespielt vorwurfsvoll und schaute zu der Katze. Wolli erwiderte seinen Blick kurz, miaute leise und wendete dann schuldbewusst den Kopf zur Seite, worauf Suriku grinste. Als der Ho'ki sich die Vorrichtung näher anschaute, erkannte er, dass es sich offenbar um einen magischen Transporter handelte. Alles andere würde keinen Sinn machen.

»Das ist ein Portal ins Innere«, sagte er überzeugt.

Esyia nickte. »Ich nehme an, man muss nur diese Lichtkammer betreten, dann startet der Port.«

»Wahrscheinlich«, sagte der Ho'ki. »Es gibt aber etwas, was mich wundert. Die Fackeln, der Höhleneingang und auch dieses Portal hier, wenn es wirklich eins ist, sind alle von der Größe her eher für Menschen als für Valira gemacht. Kein Valira kommt oben an die Fackeln ran und in der Hand halten könnten sie sie auch nicht.«

»Das stimmt.« Esyia schaute hoch zu Suriku und betrachtete die Fackel. »Die Wesen, die die aufgehängt haben, müssen menschenähnlich sein, zumindest von der Größe her.«

»Vielleicht haben die Valira den Berg längst aufgegeben«, sagte der Ho'ki.

»Das ist sehr unwahrscheinlich, Suriku«, meinte das Mädchen. »Irgendwer hält den Untoten am Eingang gerade stand. Ich glaube nicht, dass Menschen die Kraft haben, so lange auszuhalten.«

»Danke«, sagte Suriku leicht gekränkt und schmunzelte. »Ihr Valira seid schon toll, ich weiß.«

Esyia fing an zu lachen. »So ist es, Mensch, aber wir sollten lieber das Portal benutzen. Die Zeit ist knapp.«

Suriku streckte einen Finger aus und hielt ihn in das Licht. Es passierte nichts. Er bemerkte lediglich eine leichte Wärme an der Hand. Daraufhin entschloss er sich, vollständig in die Lichtkammer einzutreten. Als er etwa zur Hälfte drin war, verschwand er plötzlich.

Esyia erschrak. Dass der Ho'ki einfach so verschwinden würde, hatte sie nicht erwartet. Doch dann schritt auch sie mutig vor und betrat mit Wolli das Portal. Augenblicklich veränderte sich die Umgebung und sie befand sich an einem anderen Ort. Neben ihr stand Suriku, offenbar unversehrt.

»Ui«, sagte Esyia, »das ging schnell.«

»Schneller als bei dem großen Weltportal«, stimmte der Ho'ki beeindruckt zu. *Scheinbar ist es richtig, was man über die Valira sagt*, dachte er bei sich. *Sie sind Meister der Magie.*

Ohne jedoch weiter darüber nachzudenken, begann er die neuen Räumlichkeiten zu betrachten. Sie befanden sich jetzt in einem Raum, der, genau wie die Höhle im Freien oben, rund war, und an dessen Wand auch dieselben Fackeln hingen. Suriku vermutete, dass es sich bei den Flammen nicht um gewöhnliches Feuer handelte, sondern dass auch hier Zauberei im Spiel war. Sie sonderten nämlich keinerlei Qualm ab und waren völlig geruchlos. Anders als draußen war der Boden des Zimmers allerdings mit einem weinroten Teppich ausgelegt, der ganz bis zu den Wänden reichte. Da der Raum rund war, handelte es sich genau genommen nur um eine Wand. Sie war steinern und bestand aus etwa 50 mal 50 cm großen, hellbraunen Felsklötzen, die in ihrer Größe absolut identisch waren. Die Steine hatten saubere schwarze Fugen und waren übereinander versetzt angeordnet, so wie das bei Wandsteinen üblich ist. Das Ganze wäre soweit nichts Besonderes gewesen. Die Höhe des Zimmers war jedoch ungewöhnlich. Obwohl der Raum durch die Fackeln erleuchtet war, konnten die beiden die Decke nicht sehen. Die steinerne Wand musste so unglaublich hoch reichen, dass das bloße Auge nicht bis zu ihrem Ende schauen konnte. Da die Fackeln an der Wand auch nach oben hin weitergeführt wurden, sah man nur die Flammenreihen an der Wand bis ins scheinbar Unendliche nach oben gehen.

Im hinteren Bereich des Zimmers befand sich ein Portal, dass ähnlich war, wie das oben im Berg. Die beiden Räume bildeten wohl so eine Art Zwillingseinheit und gehörten zueinander. Ob noch andere Portale angeschlossen waren, konnten die zwei nicht sagen. Sie hatten aber ohnehin momentan nicht die Zeit, sich über die Räumlichkeiten Gedanken zu machen, denn sie wollten so schnell wie möglich zu den Valira. Da hier genug Licht war, legte Suriku die Fackel auf einen steinernen Vorsprung, der so etwas wie einen Sitz darstellte, und nahm die 37 wieder heraus. Vorne im Zimmer sahen sie eine schwere hölzerne Tür. Der Ho'ki zog sie auf und sie gelangten hinaus. Die beiden befanden sich nun in einem langen Gang, der von der Art her genau so gestaltet war wie das runde Zimmer: weinroter Teppich, hellbraune Steinwände, Fackeln und auch die Höhe war gleich. Die beiden Wände waren allerdings nur ein paar Meter auseinander. Der Gang führte in beide Richtungen fort, Wegweiser gab es keine.

»Mist«, sagte Suriku. »In welche Richtung müssen wir denn jetzt.«

»Nach links«, antwortete Esyia.

»Woher weißt du das?«, wunderte sich der Ho'ki.

»Ich fühle, dass jemand in Not ist«, sagte die Kleine. »Es muss irgendwo (*sie zeigte links den Gang hinunter*) in dieser Richtung sein.«

»Gut, dann los«, sagte Suriku unvermittelt und ging voraus. Esyia ritt auf der Katze hinter ihm her.

Die zwei liefen den Gang hinunter und bemerkten plötzlich erstaunt, dass sie gar nicht vorwärts kamen. Die Wände rechts und links bewegten sich mit ihnen. Sie sahen auf der rechten Seite eine Fackel, die sich ungefähr auf ihrer Höhe befand. Beim Weiterlaufen kam sie ständig mit, die beiden passierten sie nicht. Lediglich der Blick nach unten auf den roten Teppich zeigte ihnen, dass sie sich vorwärts bewegten. Suriku blieb einmal kurz stehen und schaute zur Wand. Dann ging er weiter und beobachtete, wie sie sich verhielt. Es änderte sich nichts. Sie kamen nur auf dem Teppich vorwärts, nicht aber in Bezug auf die Wände. Da die zwei keine Ahnung hatten, an welcher Stelle sie in den Berg eingedrungen waren, wussten sie auch nicht, wie weit es bis zum vorderen Tor war. War der Portalraum weit im hinteren Bereich des Berges, wäre die Strecke bis nach vorne viel zu weit. Zudem kamen sie ja anscheinend auch nicht weiter. Als den zweien das bewusst wurde, wollten sie gerade aufgeben, da hörten sie auf einmal etwas. Weit entfernt klang etwas zu ihnen herüber, das langsam lauter wurde.

»Wir kommen vorwärts«, sagte Suriku erleichtert.

In der Tat schienen sie sich auf die Quelle der Geräusche

zuzubewegen. Angespannt versuchten sie zu hören, um was es sich handelt. Je weiter sie kamen, desto deutlicher konnten sie die Einzelheiten heraushören. Es klang, als ob gekämpft wurde. Man konnte wage den Einsatz von Feuergeschossen wahrnehmen, die ein unverwechselbares Zischen auslösten, gefolgt von starken Explosionen. Dann hörten sie auf einmal noch etwas anderes. Ein Art fauchendes Donnern, das ihnen sehr bekannt vorkam.

»Frostzauber!«, rief die Kleine entsetzt.

Die beiden wussten sofort, woher sie dieses Geräusch kannten: von Sybille. Anders als bei ihrer untoten Verbündeten kam es ihnen hier allerdings so vor, als ob die schwarzen Zauber in einem tausendfachen Echo auftreten würden. Es mussten viele Magier sein, die da kämpften. Damit war klar, dass die Untoten mittlerweile weit vorgedrungen waren, vielleicht schon bis in den Berg selbst hinein.

Ein komischer Kauz

In einem abgelegenen Wald weit entfernt von Yras saß ein einsames Wesen auf einem Holzstamm und schien in sich versunken zu sein. Um es herum warfen die Bäume in herbstlicher Stimmung gerade ihre Blätter ab, welche überall verstreut auf dem Boden lagen oder vom Wind durch die Luft geweht wurden. Das ursprünglich kräftige Grün des Waldes war einem bräunlichen Erdton gewichen. Die Bäume waren schon teilweise kahl und es wurde langsam kühler. Die Sonne glühte tief am Horizont. Ihr dunkelrotes Licht gab dem späten Nachmittag etwas Friedliches.

Das Wesen auf dem Holzstamm war etwa so groß wie Esyia, vielleicht ein bisschen größer, und sehr alt. Gräulich weiße Haare und ein langer Bart umgaben seinen kleinen Kopf. Er trug eine Art Robe. Von der Farbe her ähnlich gehalten wie die erdige Umgebung, war sie vorne mit kleinen Lederbändchen zusammengebunden. Das Ganze hatte etwas Mönchhaftes, doch ein Angehöriger eines Ordens war dieser Einsiedler gewiss nicht. Er hatte die Augen geschlossen und regte sich nicht. Seine Erscheinung strahlte eine starke Ruhe aus, die auch dann nicht gestört zu werden schien, als in einiger Entfernung vor ihm plötzlich etwas in Bewegung geriet. Ungefähr zwanzig Meter vor dem Alten raschelten auf einmal die Bäume. Die Äste und Zweige knackten und die Vögel flogen aufgeschreckt davon. Jemand näherte sich. Der Aufruhr deutete an, dass es sich nur um ein Wesen von beträchtlicher Größe handeln konnte. Und richtig, als die Kreatur den letzten Baum hinter sich gelassen hatte und auf die Lichtung trat, sah man seine furchteinflößende Statur: Ein mächtiger Troll.

Trolle waren von der Art her keine Riesen, jedoch waren sie etwa genauso groß. Der Kopf des Monsters war von einer langen, dunkelbraunen Mähne bedeckt, die teilweise zu Zöpfen zusammengeflochten war. Zwei dieser Zöpfe hingen ihm links und rechts am Hals hinunter und reichten etwa bis zu seinem Bauch. Der war allerdings nicht besonders ausgeprägt. Von der ganzen Erscheinung her konnte man sagen, dass der Troll recht schlank, aber muskulös war. Aus seinen Mundwinkeln ragten zwei lange Hauer heraus, die mindestens dreißig Zentimeter maßen. Seine Haut war derb und zeigte an manchen Stellen Narben.

Er schritt vor zu dem Alten. Aus funkelnden gelben Augen schaute er auf ihn hinunter. Plötzlich griff er mit der rechten Hand hinter sich und zog eine gewaltige Streitaxt hervor. Er fasste sie mit beiden Händen, führte sie hoch über den Kopf und wollte den Kleinen offensichtlich mit einem gewaltigen Hieb vernichten. Dieser schien überhaupt nicht wahrzunehmen, in welcher Gefahr er schwebte. Völlig geistesabwesend saß er da, die Hände sanft übereinandergelegt und die Beine in einer Art Schneidersitz verschränkt. Mit einem lauten Kriegsschrei ließ die Kreatur die Axt auf den Kopf des Alten krachen. Kurz bevor der messerscharfe Zweihänder den Kleinen aber zerhacken konnte, leuchtete dessen Körper kurz rötlich auf und die Klinge änderte ihre Flugbahn. Mit einem berstenden Knall schlug sie wenige Zentimeter neben ihm in seinen Baumstamm ein. Der Troll versuchte nicht erneut zuzuschlagen, sondern verharrte in seiner Position. Einige Sekunden geschah nichts, dann grinste der Alte auf einmal:

»Netter Versuch, Rugor.«

Die große Kreatur vor ihm brach in ein lautes, tiefkehliges Gelächter aus. »Ihr habt nicht nachgelassen, Meister O'Zin.«

Nach wie vor schmunzelnd, aber immer noch mit geschlossenen Augen, erwiderte der Alte:

»Jedes Mal, wenn Ihr mich um Rat ersucht, prüft Ihr meine Stärke. Fordert zur Abwechslung mal meinen Geist heraus, Troll.«

»Geist? Pah … Es bedarf nur einer scharfen Axt und zweier starker Arme sie zu führen«, entgegnete das Monster.

Diesmal öffnete der als O'Zin Angesprochene die Augen und schaute zu der mächtigen Kreatur hinauf.

»So wie gerade?«

»Ich hätte fester zuschlagen können.«

Der Alte musterte den Troll noch einen Augenblick und senkte dann wieder seinen Blick. Ohne weiter auf dessen Erwiderung einzugehen, fragte er:

»Warum schickt der Kriegshäuptling der Nordwald-Trolle seinen Sohn zu mir?«

»Unsere Seher haben besorgniserregende Visionen«, antwortete Rugor, der mittlerweile den Zweihänder zurück auf seinen Rücken befördert hatte. »Sie berichten von einer großen Dunkelheit, die uns alle ergreifen wird.«

»Das erzählen Seher immer«, spottete der Alte.

»Diesmal ist es anders, Meister O'Zin. Sie haben alle die gleiche Vision. Das hat es noch nie gegeben.«

»Was sagt der Häuptling dazu?«

»Er hat alle Krieger zusammengerufen. Wir bereiten uns auf eine Schlacht vor. Wer auch immer der Gegner ist.«

»Hmm…« Der Alte schien nachzudenken. Er griff vorsichtig in die Innentasche seiner Stoffrobe und holte eine kleines hölzernes Blasinstrument hervor. Er hielt es hoch, leicht gegen das Licht, und blies einige Staubkörner vom Mundstück fort.

»Wollt Ihr jetzt Flöte spielen?«, fragte Rugor ungeduldig.

»Weisheit benötigt Ruhe, junger Troll«, erwiderte der Einsiedler. Er führte das Instrument zu seinem Mund, schloss wieder die Augen und begann darauf zu spielen.

Rugor wusste, dass er O'Zin nicht drängen konnte. Deshalb setzte er sich ebenfalls hin und saß nun dem Alten gegenüber auf der Erde. Seit er klein war, hatte sein Vater ihn mitgenommen, wenn er den alten Valira um Rat fragen ging. Auch beim Stamm der Nordwaldtrolle galten die kleinen Wesen als spirituelles Urvolk, das höchsten Respekt genoss. Rugor war im Laufe der Jahre zu einem starken Krieger gewachsen und würde seinem Vater bald als Anführer nachfolgen. Deshalb schickte Kriegshäuptling Torgan ihn seit einiger Zeit allein zu O'Zin. Als zukünftiges Oberhaupt musste er auch mit den Weisen und Verbündeten zurechtkommen. Der junge Troll mochte den Alten, obwohl er sich bis jetzt nicht sicher war, ob O'Zin nicht einfach nur ein verrückter alter Kauz war. Sein Verhalten war oft sonderbar. Wie jetzt zum Beispiel.

Der kleine Alte spielte noch eine ganze Weile weiter, bis er plötzlich stoppte und die Flöte zurück in seine Robe steckte.

»Ich werde in Kürze Besuch bekommen«, sagte er unvermittelt.

»So?«

»Eine junge Valira, sie wird nicht allein kommen. Eure Seher sind zurecht besorgt, Rugor. Satars Armee der Untoten wird bald den Nordwald angreifen. Der dunkle Fürst ist die Bedrohung in euren Visionen. Ihr solltet euch nicht für den Kampf rüsten, sondern den Stamm tiefer in die Wälder führen.«

»Weglaufen?«, fragte der Troll und man sah ihm an, dass Wut in ihm aufkam.

»Ja«, erwiderte der Einsiedler ruhig.

»Niemals!« Rugor sprang auf.

»Euer Stamm ist stark, junger Troll. Doch gegen diese Macht könnt ihr nicht bestehen. Sie werden euch alle töten. Die Untoten haben kein Mitleid.«

Fassungslos starrte das riesige Monster auf den Kleinen

hinunter. Weglaufen war das unehrenhafteste, was ein stolzer Troll tun konnte. Rugor glaubte seinen Ohren nicht zu trauen. Ausgerechnet O'Zin, ein Meister und Lehrer der Kriegskunst, eine Legende aus uralten Zeiten, schlug so etwas Feiges vor. Bevor der Troll sich weiter in Rage bringen konnte, sagte der Alte:

»Setzt Euch wieder. Ich habe von Rückzug gesprochen, nicht von aufgeben.«

Grimmig setzte sich die gewaltige Kreatur wieder auf die Erde.

»Es werden schwierige Zeiten auf Utvalin zukommen«, sagte O'Zin. »Alle Träume weisen darauf hin. Es gibt jedoch noch Hoffnung: Eine Valira namens Esyia war einst die mächtigste Zauberin unseres Volkes. Auf sie waren alle Magieschulen übertragen worden, die es gab, sodass sie praktisch jeden Spruch beherrschte, den die weiße Magie kannte. Dann, und ich erspare Euch jetzt die Einzelheiten, Troll, wurde ihr Gedächtnis ausgelöscht. Mit dem Wiedererlangen ihrer Erinnerungen ist es vielleicht möglich, die Untoten und Mutanten zurückzuschlagen.«

»Ein Valira-Weibchen soll uns führen?«, fragte Rugor skeptisch.

Der Alte lachte. »Sohn des Torgan, wenn dieses *Valira-Weibchen*, wie Ihr sie so geringschätzig nennt, auch nur einen Bruchteil ihrer alten Fähigkeiten zurückerlangt, wird kein Nordwaldtroll, selbst nicht alle auf einmal, in der Lage sein, sie zu bezwingen. Meine Kräfte dagegen sind schwach.«

Rugor sah den Alten verblüfft an. So hatte er ihn noch nie über etwas oder jemanden sprechen hören. Eine Magierin, die O'Zin an Kräften überlegen sein soll? Stärker als die Nordwaldtrolle? Der alte Meister sprach mit ungewöhnlichem Respekt.

»Der Besuch ist die Zauberin?«, fragte der Troll.

»So ist es.«

Der Kampfkommandant

Die Geräusche kamen immer näher und entwickelten sich nach und nach zu einem höllischen Lärm. Der Krach des Gefechts wurde so laut, dass Suriku und Esyia rufen mussten, um sich zu verständigen. Auch die Umgebung im Gang veränderte sich. Die beiden kamen nun nicht mehr nur auf dem Teppich, sondern auch in Bezug zu den Wänden weiter. Ihre räumliche Bewegung normalisierte sich. Plötzlich sahen sie eine kleine Tür. Der Gang führte genau darauf zu. Sie war höchstens einen Kopf größer als Suriku und etwa so breit wie zwei Männer. Suriku wollte sie aufziehen, doch sie war verschlossen. Er ruckelte kräftig an ihrem Knauf, aber es tat sich nichts. Als Esyia allerdings auf der Katze näher kam, fing der Griff plötzlich an rötlich zu schimmern und die Tür bewegte sich. Sie ging langsam in Richtung der beiden auf. Unter normalen Umständen wäre der Ho'ki verwundert gewesen und hätte sich gefragt, wie so etwas möglich war. Da in Yras aber scheinbar alles nicht den Naturgesetzten, sondern ihm unbekannten magischen Gesetzen folgte, schritt er einfach voraus durch die Tür. Die beiden gelangten nun in einen neuen Korridor, der allerdings von der Größe und Art her völlig anders aussah. War der schmale magische Weg, den sie gerade zurückgelegt hatten, eher schlicht und funktional gehalten, sah der neue sehr repräsentativ und schmuckvoll aus. Sie waren nun anscheinen in einem Bereich, der auch von Gästen und Offiziellen besucht wurde. Suriku war sich sicher, dass der seltsame Gang, in dem sie zuerst waren, ähnlich wie die Zwillingsräume mit den Portalen, Fluchtwege sein mussten. Der gewöhnliche Besucher kam da wohl nie hinein. Ganz anders als hier. Die steinernen Wände waren etwas abgedunkelt und einzelne beleuchtete Bereiche waren mit kunstvollen Malereien verziert. An den Seiten befanden sich in gewissen Abständen Nischen, in denen Statuen eingearbeitet waren. Einige dieser Nischen waren größer und zu Sitzecken ausgebaut. Vereinzelt standen Tische in den Sitzbereichen, auf denen sich Teegeschirr und Schalen mit Früchten und Beeren befand. Der Gang war wesentlich größer als der andere. Suriku schätzte die Breite auf etwa zwanzig Schritt. Zusätzlich war er sehr hoch, allerdings konnte man die Decke noch sehen. Sie lief oben spitz zu und an langen, schwarzen Ketten hingen ringförmige, hölzerne Fackelhalter herunter. In jedem dieser Ringe befanden sich Fackeln, die den Gang erhellten. Wäre die gesamte Situation nicht so dramatisch gewesen, hätten die beiden es hier sehr gemütlich gefunden. Mittig den Korridor entlang war erneut ein weinroter Teppich ausgelegt. Dieser reichte allerdings nicht bis zu den Seitenwänden, sondern bildete eher einen Weg durch den Flur. Weiter links den Gang hinunter sahen die zwei wieder eine Tür. Sie war groß und hatte zwei mächtige, von Eisenscharnieren gehaltene Flügeltüren. In der Mitte befand sich ein großer Ring, mit dem man offenbar an die Tür klopfen und um Einlass bitten konnte. Jetzt an die Tür zu klopfen wäre natürlich völlig absurd gewesen, denn unmittelbar hinter diesem Tor fand gerade eine tödliche Schlacht statt, bei der jeder um sein Leben kämpfte. Außerdem hätte man bei dem unerträglichen Krach sowieso nichts gehört. Suriku versuchte erst gar nicht an dem Ring zu ziehen, sondern ließ einfach Esyia vorgehen. Auch hier geschah wieder das Gleiche. Der große Eisenring fing an zu schimmern und die Tür öffnete sich. Sie hatte sich allerdings noch nicht weit geöffnet, da wurden die zwei schon des Chaos gewahr, welches sich hinter ihr abspielte:

In einer riesigen Halle, von der Bauart dem Inneren einer

Kirche ähnlich, wurde gerade erbittert gekämpft. Die Valira hatten sich etwa bis zu Mitte der Halle zurückgezogen und beschossen die Angreifer mit roten, feuermagischen Geschossen. Sie befanden sich hinter einer provisorischen Barrikade aus umgekippten Tischen, Wandschränken und eingestürzten Säulen. Etwa fünfzig Schritt vor ihnen, aber schon innerhalb der Halle, stürmte eine schnell anwachsende Horde an Untoten auf sie zu. Einige von ihnen feuerten blaue Frostzauber ab.

Suriku und Esyia blieben zunächst im Bereich der Tür stehen und versuchten sich zu orientieren. Der Ho'ki ging in die Hocke, damit ihn die Monster nicht sofort sehen konnten. Anscheinend ließen die feindlichen Magier die Nahkämpfer vor sich herlaufen, um hinter ihnen Deckung zu suchen. So gelang es ihnen immer mindestens zwei, drei Frostlanzen oder Eisblitze abzufeuern, bevor die Krieger von den Valira abgeschossen wurden und die Magier sich selbst schützen mussten. Grundsätzlich konnten die Zauberklassen nicht wirkungsvoll Angriffe abwehren und gleichzeitig angreifen. Das galt für alle Zauberer. Diese Zweiteilung war zwar möglich, sie hatte aber auch immer eine Teilung der magischen Kraft zur Folge, was in den meisten Fällen ungünstig war. Wenn die Nahkämpfer also vernichtet waren, mussten die untoten Magier sich Schilde geben. Diese Schutzschilde hielten zwar nicht lange – sobald die Valira einen frei stehenden Magier sahen, begannen sie sofort auf ihn zu feuern – die Zeitspanne aber, die die Valira brauchten, um einen feindlichen Zauberer zu vernichten, nutzten die Untoten aus, um weitere Krieger vorzuschicken und mit weiteren Magiern ins Innere der Halle zu dringen. Satars Armee war vor allem dadurch stark, dass sie zahlenmäßig weit überlegen war und ein einzelner Untoter oder Mutant dem Anführer nichts wert war. Sie wurden einfach vorgeschickt und geopfert, damit andere nachrücken konnten. Die Valira auf der anderen Seite hatten nur den kleinen Vorteil, dass sie vor sich allerhand Zeugs zu einer Art Barrikade aufgehäuft hatten, die von eigens dafür abgestellten Arkanzauberern magisch verstärkt wurde. So konnten die Feuermagier vor feindlichen Zaubern in Deckung gehen, ohne ihre Energie für das Schilden ihres Körpers zu verbrauchen. Dadurch sparten sie Kraft.

Als die beiden das Schlachtfled überblickten, waren sie geschockt. Überall lagen tote und zerfetzte Körper herum. Viele von ihnen Valira. Zu Surikus Entsetzen gab es unter den Gefallenen aber noch eine andere Art: Menschen. Offenbar hatten sich verbündete Menschen mit in den Berg zurückgezogen, oder sie wohnten schon immer hier, und kämpften mit den kleinen Wesen. Sie mussten jedoch das schwächste Glied in der Kette sein, denn soweit man sehen konnte, war keiner von ihnen mehr am Leben. Teilweise übelst verstümmelt und zerschmettert lagen sie da.

Der Anblick der Toten machte den Ho'ki wütend. Er zog die 37 hoch und versetzte den Machtstein über die Kontaktfläche in den Schnellfeuermodus. Der Stein, ebenso wie auch das Amulett um Esyias Hals, waren seit dem Erreichen des offiziellen Korridors in starker Aktivität. Der Kristall war offenbar nur allzu bereit loszuschlagen. Erschreckt sah Esyia, dass Suriku plötzlich aufsprang und laut schreiend vorstürmte. Dabei löste er den Feuerstoß der Waffe aus. Auch wenn er nur ein Mensch war, so hatte er doch das Herz eines Kriegers. Mit dem üblichen Zischen fing der Kristall an, in hohem Tempo Lichtbündel auszustoßen und sich selbständig Ziele zu suchen. Esyia rief ihm hinterher, er solle warten, doch Suriku hörte sie nicht. Einfach so loszuschlagen erschien dem Mädchen viel zu gefährlich, außerdem hatte sie einen Valira gesehen, der rechts hinter der Stellung stand und sie zu sich winkte. Da die Kleine den Ho'ki nicht zurückhalten konnte, ritt sie auf Wolli zu der Person hinüber. Sie musste dabei sehr vorsichtig sein, denn oftmals flogen Frostgeschosse über die Barrikade hinweg und schlugen dahinter ein. Die Zauber waren sehr schnell und man hatte nur einen kurzen Augenblick Zeit zu reagieren. Kurz vor dem Einschlag war ein hohes, ansteigendes Pfeifen zu hören. Glücklicherweise hatte Wolli extrem gute Ohren, sodass er immer rechtzeitig in Deckung sprang, wenn das Geräusch auftauchte.

Bei dem Valira handelte es sich anscheinend um eine Art General oder Offizier, denn er gab Anweisungen, die von anderen entgegengenommen und weitergeleitet wurden. Esyia war überrascht, als sie sah, dass alle Valira ebenfalls auf Katzen ritten. Anders als bei Wolli hatten sie aber keinen Sattel und auch keine Rüstung für ihre Reittiere, sondern saßen einfach so auf ihnen. Die Kleine bemerkte, wie gut die Valira mit den Tieren umgehen konnten. Die Katzen sprangen hoch, duckten sich, bewegten sich zur Seite und das alles ungeheuer schnell. Die Magier feuerten einfach vom Rücken der Tiere aus. Offenbar verschmolzen Reiter und Reittier hier zu einer Einheit, die sich blind verstand.

Als sie bei dem Offizier ankam, rief dieser erleichtert: »Esyia! Ein Glück, dass du da bist. Habt ihr das Rettungsportal benutzt?«

»Ja«, sagte die Kleine und nickte.

Der Valira schien sie zu kennen. Sie wusste ihrerseits aber nicht, wer er war. Deshalb fügte sie hinzu:

»Leider weiß ich nicht, wer Ihr seid.«

Der General schaute Esyia aus großen Augen an. »Der Fluch …«, sagte er entsetzt. »Immer noch?«

»Ja«, antwortete das Mädchen erneut, »ich kann mich leider nicht mehr erinnern.«

Es vergingen einige Sekunden, in denen der Valira schwieg. Dann erklärte er:

»Ich bin O'Ram, Kampfkommandant von Yras, Esyia. Ich war dein Ausbilder vor dem großen Krieg.«

Das Mädchen schüttelte den Kopf. Sie wusste davon nichts mehr.

Der Kommandant ließ noch einige Augenblicke verstreichen, bis er erkannte, dass sie wirklich keine Ahnung hatte, wer er war. Als Meister der Magie war ihm klar, dass das Mädchen ohne Erinnerung auch keine Fähigkeiten mehr hatte. Sein Gesichtsausdruck offenbarte plötzlich einen starken inneren Schmerz. Er schloss kurz die Augen und sagte dann resigniert:

»Na gut, dann soll es wohl so sein … Ich mache es kurz, Esyia: Der Berg ist verloren. Wir halten die Stellung höchstens noch eine Stunde, dann ist es vorbei. Wir hatten gehofft, du könntest noch eingreifen. Unter diesen Umständen aber (*er machte ein Zeichen mit der Hand und von hinten kam ein anderer Valira angeritten*) bleibt uns nur noch eins zu tun.«

Der andere, ebenfalls auf einer Katze, reichte O'Ram eine kleine Schriftrolle. Der Kommandant nahm sie und gab sie dem Mädchen.

»Esyia«, sagte er eindringlich, »du hast nur dein Gedächtnis, nicht aber deine Talente und deine Begabung verloren. Du bist die Einzige, die Utvalin vor dem endgültigen Untergang bewahren kann.« Er hielt kurz inne und das Mädchen sah, dass er Mühe hatte, die Fassung zu bewahren. So schlecht hatte es in den tausenden von Jahren niemals ausgesehen. Mit bewegter Stimme fuhr er fort:

»Diese Schriftrolle hier ist eine Karte. Darauf ist ein Gebiet eingezeichnet, in dem ein Einsiedler lebt. Du musst ihn aufsuchen. Alles Weitere wird er dir sagen. Geh jetzt.«

»Was wird aus euch?«, fragte die Kleine schluchzend. Sie war endlich bei ihrem Volk angekommen und wurde sofort wieder weggeschickt. Das Mädchen war völlig am Boden zerstört.

»Wir sind die letzten unserer Art«, erklärte der Kampfkommandant. »Den Wächtern Yras' ist es nicht möglich, den Berg aufzugeben. Wir werden mit ihm untergehen. Du aber hast ein anderes Schicksal. Geh jetzt.«

»Aber …«, stammelte die Kleine.

»Geh, Esyia, bevor es zu spät ist.«

Das Mädchen schaute noch einmal hinüber zu den Wesen an der Barrikade. Viele waren es nicht mehr. Einige von ihnen sahen sie ebenfalls und winkten ihr zu oder lächelten kurz. Anscheinend war sie allen gut bekannt. Die Kleine konnte ihre Tränen nicht zurückhalten. Sie wusste, dass sie ihre Leute niemals wiedersehen würde.

Langsam drehte sie sich um und ritt mit Wolli zurück.

Weg!

Während Esyia mit dem Offizier gesprochen hatte, war der Ho'ki zu einer umgestürzten Säule vorgelaufen. Von dort aus feuerte er auf die Untoten. Diese hatten natürlich sofort mitbekommen, dass sie noch von einer andern Quelle aus angegriffen wurden und schossen zurück. Suriku musste hinter der Barrikade in Deckung gehen. Er wartete, bis die Frostzauber in die Säule einschlugen, dann sprang er auf und feuerte mit der 37 über die Barrikade hinweg. Nach einer kurzen Salve aus Lichtbündeln ließ er sich wieder fallen. Der Ho'ki bemerkte, dass seine Waffe nur die Krieger, nicht aber die Magier angriff. Wenn er versuchte, sie auf einen der Zauberer zu führen, leistete sie Widerstand. Der intelligente Machtstein drückte dann gegen Surikus Hand und gab zu verstehen, dass er den Lauf in eine andere Richtung gehalten haben wollte. Auch wenn ein Magier frei stand, visierte ihn der Stein nicht an. Der Ho'ki ließ die Waffe gewähren, denn er war sich sicher, dass sie wusste, was sie tat. Scheinbar registrierte sie die Zauberkraft der Ziele und suchte das schwächste aus. Möglicherweise war die Wirkung der Lichtblitze bei den Magiern auch nicht groß genug. Mit Magie kannte sich Suriku nicht aus. Er war deshalb froh, dass ihm der Kristall dabei zu Hilfe kam.

Die Wirkung der Lichtbündel auf die anvisierten Ziele war stark. Die Untoten explodierten zwar nicht so wie die Kraller, aber sie wurden zurückgestoßen und dabei teilweise schwer verletzt. Aus ihren Wunden lief eine bläuliche Flüssigkeit heraus, die vermutlich so etwas wie Blut darstellte. Geschockt musste der Ho'ki allerdings feststellen, dass die Kreaturen auch dann noch weiterkämpften, wenn ihnen ganze Gliedmaßen abgerissen wurden. Die 37 erwischte einen der Krieger leicht von der Seite und riss ihm beide Beine ab. Nach einer kurzen Benommenheit auf dem Boden fing das Monster an, sich wieder vorwärts zu bewegen. Es zog sich einfach mit seinen Armen weiter. Erst ein Treffer am Kopf war in der Lage die Kreatur auszuschalten.

Nach und nach drang die untote Horde weiter vor. Über die Leichen der Gefallenen stiegen sie einfach hinweg oder benutzten sie als Deckung. Suriku wurde klar, dass die Valira auf verlorenem Posten kämpften. Er schaute nach links und rechts die Barrikade entlang zu den Feuermagiern. Sie sprangen zum Abschießen ihrer Zauber mit den Katzen hoch auf die Anhäufungen. Einige von ihnen blieben auch in zweiter Reihe stehen. Diese wirkten die ganze Zeit Sprüche, deren Zweck der Ho'ki nicht erkennen konnte. Vielleicht waren es Schutz- oder Heilzauber. Wie sehr sie sich aber auch bemühten, lange würden sie nicht mehr aushalten.

Suriku wollte gerade wieder hochschnellen, um erneut einige von den Bestien zu vernichten, da hörte er Esyia rufen. Er drehte sich um und sah die Kleine auf Wolli unmittelbar hinter ihm. Sie hatte ein völlig verweintes Gesicht.

»Komm mit, Suriku. Wir müssen weg.«

»Weg?«, fragte der Ho'ki widerwillig. »Die brauchen hier jeden Mann!«

»Befehl von General O'Ram«, erwiderte das Mädchen.

Suriku wusste zwar nicht wer General O'Ram war, aber er sah Esyia an, dass es wichtig war. Sie schien sehr niedergeschlagen zu sein. Er nickte und nahm die 37 herunter. Beide liefen daraufhin zur Tür, durch die sie hereingekommen waren. Als sie dort ankamen, drehten sie sich noch einmal um und warfen einen Blick auf das Schlachtfeld. Das Mädchen schaute zum Eingangstor, durch das immer neue Feinde in die Halle drängten. Auf einmal, wie durch ein Wunder, entstand in der Masse aus Untoten eine Lücke und sie konnte hindurchschauen.

Da stand er.

Auf einem Pferd im Hintergrund. Blutroter Umhang, Rabenfedern, Totenkopfsymbole und das knöchrige Gesicht eines skelettierten Untoten: Satar.

Die Kleine erstarrte vor Schreck. Auch der Dunkle Fürst sah sie. Mit weißen, kalten Augen sah er sie an. Er hielt kurz inne, so als könne er seinen Augen nicht trauen. Dass Esyia im Inneren des Berges war, hatte er nicht erwartet. Plötzlich riss er sein Maul auf und das Gesicht verzerrte sich zu einer bestialischen Fratze.

»Esyia!«, schrie er wie wahnsinnig. »Da ist sie! Greift sie euch!«

Voller Panik drehte sich das Mädchen um und ritt in den Korridor.

»Lauf!«, rief sie Suriku zu.

Der Ho'ki hatte den Dunklen Fürsten auch gesehen. Dass es sich um Satar handeln musste, war sofort klar. Der Untote auf dem Pferd strahlte eine ungeheure, alles beherrschende Macht aus. Eiskalt war sein Blick. Ohne Zweifel war das der Anführer. Suriku zögerte ebenfalls keinen Moment und rannte der Kleinen hinterher. Jetzt zählte jede Sekunde. Wenn die Valira die Monster nicht mehr länger in Schach halten konnten, würden sie in den Gang eindringen und dann die Portale benutzen. Es war unwahrscheinlich, dass die Transporter nicht auch bei Untoten funktionierten. Die Bestien würden also auch rauf bis auf den Balkon kommen. Die beiden liefen den Korridor entlang und weiter in den magischen Gang. Das Mädchen fragte sich, wie sie von oben eigentlich herunterkommen sollten. O'Ram hatte ihr nichts gesagt. Sie mussten so schnell wie möglich einen Weg nach unten finden. Die zwei benutzen das Portal im unteren Zwillingsraum und beförderten sich nach oben. Sofort umgab sie wieder der Nebel und die Sicht reduzierte sich auf ein paar Meter. Sie bewegten sich vor zur Bergspalte und betraten die Plattform. Hier war die Sicht nochmals geringer und die beiden konnten sich nur noch vorsichtig vortasten. Sie gingen nach rechts, von wo sie gekommen waren.

»Bobb!«, rief das Mädchen angsterfüllt. »Sybille!«

Sofort ertönte aus dem Nebel eine Antwort.

»Wir sind hier!«

Esyia erkannte, dass es der Riese war, der geantwortet hatte. Sie war froh, seine Stimme zu hören. Er war zwar magisch nicht begabt, aber sie wusste, dass sie sich bedingunglos auf ihn verlassen konnte.

Als die beiden ihre Freunde erreichten, waren alle glücklich, wieder zusammen zu sein. Der Riese griff sich die Kleine und drückte sie an seine Brust. Offenbar waren seine Wunden schon so weit regeneriert, dass er wieder laufen konnte. Trotz seiner riesigen Hände war er sehr sanft zu dem Mädchen. Er setzte sie zurück auf die Katze und kraulte Wolli kurz mit dem Finger den Nacken.

Suriku wendete sich der Untoten zu und sagte: »Wir haben Satar gesehen.«

»Er euch auch?«, fragte Sybille entsetzt.

»Ja«, bestätigte Esyia. Ihr lief immer noch ein kalter Schauer den Rücken hinunter, wenn sie an seinen Blick dachte.

Die Untote wurde nervös. »Verdammt, wir müssen so schnell wie möglich weg von hier.«

»Es gibt eine Rutsche«, sagte Bobb.

»Eine Rutsche nach unten?«, fragte der Ho'ki.

»Ja«, bestätigte Sybille, »kommt mit, ich zeige sie euch.«

Die Untote ging vor bis zum Rand des Balkons. Dort beugte sie sich über die schwere Eisenkette und schaute hinunter. Sie zeigte mit dem Finger auf eine Stelle im Eis.

Da man aufgrund des Nebels nichts sehen konnte, sagte Sybille:

»Jetzt passt auf.«

Sie hielt ihre Hände vor den Körper und wirkte eine Frostlanze. Sie schoss das magische Energiebündel nach unten auf die Oberfläche des Berges. Durch die bläuliche Magie erhellte sich der Bereich unter ihnen und die Freunde sahen eine runde Öffnung. Im Grunde handelte es sich um nichts anderes als ein Loch im Berg, aber nicht natürlichen Ursprungs, sondern von Wesen gemacht. Die Ränder waren glatt und in den Berg hinein schien eine Art Röhre angelegt zu sein. Man konnte kurz sehen, dass sie seitlich weitergeführt wurde.

»Das muss ein Fluchtweg sein«, sagte die Untote. »Er ist so groß, dass direkt mehrere auf einmal hineinkönnen. Das beschleunigt im Ernstfall die Evakuierung.«

Allen war etwas mulmig bei dem Gedanken, einfach in ein dunkles Loch zu springen. Die Untote war sich jedoch sehr sicher und zögerte nicht lange. Sie wusste genau, was drohte, wenn die Kämpfer Satars sie erwischen sollten. Mutig kletterte sie über die Kette und sprang kurzerhand hinunter. Suriku wollte ihr noch nachrufen, aber da war sie schon weg. Man hörte lediglich ein Rutschgeräusch, das schnell verstummte.

»Weg ist sie«, sagte Bobb verdutzt und die drei mussten trotz der Gefahr lachen.

Der Riese hatte offenbar Vertrauen in Sybille und sprang ihr hinterher. Danach folgte Esyia mit Wolli und zum Schluss Suriku, der sich vor seinem Sprung noch einmal herumdrehte, um zu hören, ob von den Feinden schon welche oben angekommen waren. Noch war alles ruhig. Er schob die 37 in die Waffentasche und folgte den anderen nach.

Die Rutsche

In der Röhre stellten die Freunde fest, dass sie auf glattem Untergrund in die Tiefe rutschten, jedoch nicht in übermäßig schnellem Tempo und auch ohne freien Fall. Das Ganze hätte regelrecht Spaß machen können, wenn sie nicht die Sorge gehabt hätten, dass die Untoten ebenfalls oben reinspringen und ihnen folgen könnten. Direkt am Anfang machte die Röhre einige spindelförmige Kurven und ging dann in einen breiteren Tunnel über. Die Rutschfläche befand sich nun leicht abgesenkt in der Mitte als eine Art Bahn, während rechts und links erhöht jeweils Sockel verliefen, auf denen Lichter aufgestellt waren. Sie leuchteten in der Farbe der weißen Magie, dem typischen Rot, und sahen ungefähr so aus wie Teelichter. Sie befanden sich in kleinen schalenartigen Vertiefungen, die in die Sockel eingearbeitet waren. Insgesamt spendeten sie genug Licht um den Tunnel ausreichen zu erhellen. Das Licht konnte man oben vom Balkon aus nicht sehen, weil die Röhre erst die Kurven gedreht hatte. Das schien offenbar gewollt zu sein, um die Fluchtbahn nicht zu verraten.

Außer Wolli war keiner mehr beunruhigt, dass sie irgendwo abstürzen könnten. Der Tunnel war sorgfältig ausgebaut und schien sicher zu sein. Die Katze, die neben dem Mädchen nach unten rutschte, versuchte allerdings die ganze Zeit, sich mit ihren Krallen irgendwo festzuhaken, um sich wieder aufrichten zu können. Ihr war die Rutscherei nicht geheuer. Die Oberfläche war dazu aber viel zu hart und sie mühte sich vergebens.

»Wolli!«, ermahnte ihn Esyia, »lass dich einfach rutschen, du kannst dich hier nicht festkrallen.«

Da die Katze jedoch nicht locker ließ und das Mädchen

fürchtete, er könnte sich doch noch irgendwo einhaken und dann zurückbleiben, sagte sie:

»Bobb, nimm ihn dir mal. Wolli hat Angst.«

Der Riese rutschte etwas weiter vorne. Er konnte die Katze aber mit der Hand erreichen und griff sie sich. Das ließ sich Wolli gerne gefallen. Er fühlte sich bei Bobb sicher und wurde dann nach und nach ruhiger.

Die Geschwindigkeit, mit der die Freunde den Tunnel herunterrutschten, nahm immer weiter zu. Anfänglich waren sie noch langsam abwärst geglitten, doch mittlerweile rutschten sie in sehr hohem Tempo. Die roten Lichter links und rechts flogen so schnell an ihnen vorbei, dass sie einen zusammenhängenden Lichtstreifen bildeten. Das Auge war nicht mehr in der Lage, die Objekte einzeln wahrzunehmen. Die Gruppe hätte es lieber gehabt, wenn das Tempo niedriger geblieben wäre, aber allen war klar, dass sie eine große Entfernung zurücklegen mussten. Die Tunnelstrecke musste ja bis zum Fuß des Berges reichen. Die Freunde ließen sich deshalb einfach treiben und warteten ab. Leider schien hier keine Magie im Einsatz zu sein, die die Reise beschleunigte. So dauerte es fast den halben Tag, bis sie endlich unten ankamen. Die Fahrt verlangsamte sich und der Tunnel mündete in einer großen Kammer. Sie war nicht besonders hoch und hatte eine runde, gewölbte Decke. Der Raum war sehr dunkel, es standen nur zwei kleine Kohlenpfannen in den hinteren Ecken. Vorne sahen die Freunde in mittlerer Höhe eine kleine Lichtquelle. Das Licht schimmerte weißlich und sah wie eine Positionsleuchte aus.

Die Gruppe entschied, darauf zuzugehen. Sie durchschritten die Kammer bis zum anderen Ende und es wurde so dunkel, dass man fast nichts mehr sehen konnte. Nur die kleine Lampe spendete ein wenig Licht. Plötzlich bemerkten sie, dass sich in der Dunkelheit etwas bewegte.

»Wer ist da?«, rief Suriku sofort.

Links von ihnen wurde auf einmal ein weiteres Licht entzündet und man konnte eine Valira erkennen, die auf einer Katze saß. Sie hatte eine kleine Laterne in der Hand und schritt auf dem Tier auf sie zu.

»Hallo, Esyia«, sagte sie.

»Hallo«, erwiderte das Mädchen, ohne aber zu wissen, wer die Fremde war. Die Valira hatte einige Ähnlichkeiten mit Esyia, war aber älter und von den Gesichtszügen anders.

»Ich öffne das Steintor für euch«, erklärte sie. »Wenn ihr draußen seid, entfernt euch bitte zügig vom Ausgang, das Tor wird versiegelt.«

»Versiegelt?«, fragte Esyia.

»Ja, die Kammer wird gesprengt. Niemand darf nach euch den Berg verlassen. Ihr seid dann fürs Erste vor Verfolgern sicher.«

»Hast du auf uns gewartet?«, wollte Sybille wissen. Sie fand es sonderbar, dass jemand hier einfach so im Dunkeln stand.

Als die Valira die Untote bemerkte, schreckte sie erst zurück. Sie sah aber sofort, dass Sybille mit den anderen befreundet war und keine Gefahr darstellte.

»Nein«, antwortete sie, »ich habe hier meinen Posten. Ich bin Fluchtoffizier. Ich meine … (*sie stockte kurz*) ich war Fluchtoffizier. Ihr seid die letzten Zivilisten, die ich aus dem Berg evakuiere. Danach ist meine Aufgabe beendet.«

Mitfühlend schauten die Freunde zu der Fremden. Alle wussten, was sie damit meinte. Sie würde genau dasselbe Schicksal erleiden wie die anderen Wächter des Berges.

»Geht jetzt«, sagte sie plötzlich. »Die Monster sind schon im Tunnel. Es dauert nicht mehr lange und sie sind hier.«

Sie schritt auf ihrer Katze wieder zurück und löschte ihre Laterne. Damit verschwand die Valira wieder in der Dunkelheit und man konnte sie nicht mehr sehen.

Auf einmal wechselte das kleine Positionslicht seine Farbe auf rot und fing an zu blinken. Sekunden später begann der Boden zu vibrieren und vor den Freunden öffnete sich ein mächtiges Tor. Zwei dicke Steinflügel schoben sich nach links und rechts zur Seite, sodass in der Mitte ein Durchgang frei wurde, der sich immer weiter verbreiterte. Die beiden Torhälften mussten mindestens zwei Meter dick sein und sie reichten bis zu dem Licht in etwa fünf Metern Höhe. Schwerfällig und mit einem tiefen Schleifgeräusch glitten sie zur Seite. Die Bewegung war langsam und als der Durchgang breit genug war für die Gruppe, stoppte sie. Das Tor kam zum Stillstand und das kleine Licht oberhalb erlosch.

Die Freunde zögerten einen Moment. Von draußen wehte ihnen ein kalter Wind entgegen. Es war mittlerweile Nacht geworden und es schneite. Wolken von Schneeflocken wurden vom Wind hineingetragen und legten sich auf ihre Gesichter.

»Viel Glück«, sagte mit einem Mal eine Stimme aus dem Dunkeln.

»Dir auch«, erwiderte Esyia.

Sie wusste, dass das als Aufforderung gemeint war und schritt mit Wolli vor ins Freie. Die anderen folgten ihr. Als alle draußen waren, schloss sich das Tor hinter ihnen wieder. Die Feunde gingen erst einmal weiter, um Abstand zu gewinnen. Die Valira hatte ja gesagt, sie würde die Kammer sprengen. Es dauerte auch nur wenige Minuten, da hörten sie eine Explosion im Inneren des Berges gefolgt von Erschütterungen und dem Krachen von Felsen und Geröll. Zweifellos war innen etwas zusammengestürzt.

»Das arme Ding«, sagte Sybille betroffen und drehte sich zurück zum Berg. »Satars Krieger werden jetzt über sie herfallen.«

Auch die anderen blieben stehen und schauten zurück.

Schon wieder war ein Verlust zu beklagen. Bis jetzt hatte Satar an allen Fronten immer nur gewonnen. Dass sie damals den Mutanten im Achtarmigen Kraken getötet hatten und viele von den Krallern, war im Endeffekt nur ein Tropfen auf den heißen Stein. Dazu gab es viel zu viele Kämpfer, die dem Dunklen Fürsten immer noch zur Verfügung standen. Allerdings hatte Esyia jetzt eine Mission zu erfüllen: O'Ram hatte ihr die Karte gegeben. Sie würde alles dransetzen, diesen Einsiedler zu finden. Neben dem Gefühl der Trauer kam bei der Kleinen auch immer mehr das Bedürfnis nach Rache hinzu. *Der Zeitpunkt wird kommen*, dachte sie. *Für das alles wirst du bezahlen, Satar. Noch ist es nicht vorbei.*

Nachdem das Krachen im Berg verklungen war, versuchte die Gruppe sich in dem verschneiten Gelände zu orientieren. Es war zwar tiefe Nacht, aber durch den Schnee, der die Erde bedeckte und das restliche Licht reflektierte, konnte man noch recht gut sehen. In der Ferne war allerdings nicht mehr viel zu erkennen. Esyia holte die Karte hervor und rollte sie auseinander. Sie war natürlich für eine Valira angefertigt und deshalb sehr klein. Bobb versuchte erst gar nicht, auf dem Pergament etwas zu erkennen und Suriku konzentrierte sich darauf, mit den Augen die Gegend nach möglichen Feinden oder einem Unterschlupf abzusuchen. Nur die Untote studierte mit dem Mädchen zusammen die Karte.

»Hmm… so wie es aussieht, müssen wir nach Nord-Westen«, sagte Esyia.

Sybille zeigte auf einen Abschnitt auf der Karte. »Da ist der eingezeichnete Bereich, ich glaube, das ist ziemlich weit.«

»Scheint so«, meinte das Mädchen. »Aber was soll das denn sein?« Sie hatte eine grün markierte Fläche vor dem Zielbereich entdeckt.

»Guck mal, ob die Karte eine Legende hat«, sagte die Untote.

Die Kleine schaute nach und fand am unteren rechten Rand eine Erklärung der Zeichen und Farben.

»Mal sehen«, murmelte sie, »dunkelgrün mit diesen kleinen … diesen …«

»Grabsteinen«, ergänzte Sybille.

»Ah hier«, sagte Esyia und las laut: »Moor.«

»Was?«, fragte Suriku entsetzt.

Er hörte auf die Gegend abzusuchen und schaute zu der Kleinen hinunter. Auch Bobb zeigte plötzlich Interesse an der Karte.

»Ja, Moor«, wiederholte das Mädchen. »So steht es hier.«

»Müssen wir da durch?« Der Ho'ki war beunruhigt.

»Der Bereich ist zu groß, um ihn zu umrunden. Wir werden da hindurchmüssen«, meinte die Untote.

»Kein Riese geht freiwillig ins Moor«, sagte Bobb. »Höchstens, um sich umzubringen.«

Esyia nickte. Auch sie hatte nur Schreckliches über Moore gehört. Man soll von Monstern in die Tiefe gezogen werden oder einfach so versinken. Auch würden die Geister der Versunkenen einem auflauern. Möglicherweise waren das alles nur Märchen, aber das wusste keiner. Das Gewicht eines Wesens spielte dabei natürlich auch eine Rolle. Jemand wie Bobb würde viel schneller versinken als Esyia oder Wolli. Dass Moore bei Riesen gefürchtet waren, leuchtete ein.

Sybille wendete sich an den Grom. »Wir haben keine andere Wahl. Es gibt nur diesen einen Weg. Wenn wir außenrum gehen, erwischen uns Satars Truppen.«

»Verdammt«, sagte Bobb ärgerlich.

Suriku überlegte: »Es gibt aber auch einen kleinen Vorteil. Satar wird seine Krieger nicht einfach so ins Moor schicken. Das kann auch er sich nicht leisten. Wenn die Untoten wirklich außenrum gehen und wir es durchs Sumpfgebiet schaffen, haben wir viel Zeit gewonnen.«

Die anderen stimmten zu. Sie mussten es versuchen. Es war zwar gefährlich, aber anscheinend gab es keine andere Möglichkeit. Die Gruppe allein konnte es mit Satars Armee nicht aufnehmen. Das sah auch der Riese ein.

Bevor die Freunde allerdings losgehen konnten, musste erst einmal die Richtung bestimmt werden. Keiner von ihnen wusste, wo Nord-Westen war. Auf der Karte waren zwar noch einige geographische Besonderheiten eingetragen, weitere Berge zum Beispiel, aber da es Nacht war, konnte man sie am Horizont nicht sehen. Der Ho'ki erinnerte sich daran, dass die Jäger seines Dorfes sich in der Nacht an einem besonders hellen Stern orientierten, der ihnen den Weg nach Norden wies. Er wurde »Heimatstern« genannt, weil sie mit seiner Hilfe die Richtung zu ihrem Dorf bestimmen konnten. Suriku erzählte den anderen davon und sowohl die Untote als auch Bobb hatten schon einmal etwas davon gehört.

»Mit dem Stern arbeiten auch die Seefahrer«, sagte Sybille. »Momentan hat es aber keinen Zweck, man kann am Himmel nichts sehen.«

Das hatte der Ho'ki auch schon erkannt. Sie mussten warten, bis sich die Wolken verzogen hatten.

»Wir suchen uns erst mal einen Unterschlupf«, schlug er vor. »Wenn es aufklart, sehen wir weiter.«

So schritten die Freunde los, um sich vom Berg zu entfernen. Hier in der Gegend zu bleiben, war zu unsicher. Weg mussten sie so oder so, da war auch die Richtung egal. Das Vorwärtskommen auf der tiefen Schneedecke war aber gar nicht so leicht. Bei jedem Schritt sank man fast bis zu den Knien ein. Bobb fluchte zunächst, hatte dann aber eine Idee. Er legte sich auf den Bauch und zog sich mit den Armen nach vorne, ähnlich wie ein Brustschwimmer. Da sein Bauch sehr ausgeprägt war und er sehr kräftige Arme hatte, war das für ihn kein Problem. Seine Keule ließ er einfach zurück. Er konnte sich im nächsten Wald eine neue machen. Damit die Waffe nicht von den Untoten gefunden wurde, buddelte der Riese sie tief in den Schnee ein. Als die Katze sah, wie Bobb sich vorwärtsbewegte, hüpfte sie mit dem Mädchen kurzerhand auf seinen Rücken und ließ sich von ihm tragen.

Nachdem sie etwa zwei Stunden gegangen waren, hörte es langsam auf zu schneien und die Wolkendecke riss auf. Es entstanden Löcher in den Wolken, die langsam größer wurden und durch die hindurch man die Sterne sehen konnte. Suriku blieb stehen und schaute nach oben.

»Seht ihr einen Stern, der heller leuchtet als die anderen?«, fragte er.

»Der da«, sagte Bobb und zeigte hinauf.

Tatsächlich. Ein Stern strahlte deutlich kräftiger als die anderen. Das musste der Heimatstern sein. Auch die anderen sahen ihn. Der Ho'ki erklärte daraufhin, wie man mithilfe dieses Sterns den Weg finden konnte. Wenn man in seine Richtung ging, ging man nach Norden. Das allein reichte aber noch nicht. Man brauchte in jedem Fall auch einen Ausganspunkt. Man musste wissen, wo man sich befand. Dann zeigte einem der Stern den Weg nach Norden und man konnte auf einer Karte bestimmen, in welche Richtung man gehen musste. Den Ausgangspunkt hatten die Freunde. Den Berg Yras, den sie aufgrund seiner Größe immer noch gut erkennen konnten.

»Na gut …«, murmelte das Mädchen. Sie drehte sich und hielt die Karte so, dass das obere Ende auf den Stern zeigte. »Mal sehen … Norden ist da … Yras ist hier … dann muss Nordwesten (*sie zeigte etwas nach links*) da sein.«

»Das heißt«, sagte Suriku, »wir sind die ganze Zeit nach Norden-Osten gegangen. Das war ja gar nicht so falsch.«

»Richtig. Und wenn wir jetzt da lang gehen, kommen wir

zu dem Moor«, erklärte Esyia. »Dahinter ist dann laut Karte der Nordwald. Dort muss er wohnen.«

Die zwei wichtigsten Probleme schienen damit fürs Erste gelöst zu sein. Die Untoten kamen ihnen nicht direkt hinterher, der Ausgang aus dem Berg war ja versperrt, und die Gruppe wusste jetzt, in welche Richtung sie gehen musste. Als ihnen allerdings klar wurde, dass der Weg zum Einsiedler weit war und sie zusätzlich noch durch ein Moorgebiet laufen mussten, erkannten sie deutlich den großen Verlust, den sie durch Gurds Verschwinden erlitten hatten. Mit ihm wären sie einfach über das Sumpfgebiet hinweggeflogen. Vermutlich wären sie in zwei, drei Tagen im Zielbereich gewesen. Ohne ihn aber würde alles viel länger dauern. Es half jedoch nichts. Sie hatten keine Wahl und setzten ihre Reise fort.

Alina Mondlicht

Aufgrund des Schnees kamen die Freunde nur sehr langsam vorwärts. Nach kurzer Zeit schon hörten sie auf zu reden und kämpften sich mühsam durch die Nacht. Ab und an blieben sie stehen, um zu horchen, ob in der Ferne irgendetwas näher kam. Alles war aber soweit still.

»Ich traue der Ruhe irgendwie nicht«, sagte Suriku leicht keuchend, während sie weitergingen.

»Satars Kämpfer würden wir schon von weitem hören«, meinte Sybille. »Es sei denn, uns folgt ein Mutant, aber das ist unwahrscheinlich.«

»In dieser Gegend leben auch nicht viele Wesen«, sagte Esyia. »Dafür ist es zu kalt.«

Bobb hörte kurz auf zu gleiten. »Im Schnee gibt es Yetis.«

»Pah…« Die Untote schmunzelte. »Yetis sind dumm und magisch unbegabt. Die stellen keine Gefahr dar.«

»Nur wenn du sie rechtzeitig siehst«, erwiderte Bobb. »Man kann sie wegen ihrem weißen Fell nur schlecht erkennen. Sie lauern einem auf und greifen blitzschnell an.«

»So ein großes Wesen kann man doch nicht übersehen«, meinte das Mädchen, aber der Riese entgegnete:

»Doch, kann man. Sie legen sich in den Schnee und sehen aus wie ein Schneehügel. Wenn man erkennt, dass es doch kein Schnee ist, ist es meist schon zu spät.«

»Das hört sich an, als ob du schon mal einem begegnet bist.«

»Bin ich«, sagte der Riese.

»Und?« Suriku war gespannt.

»Hat mich angegriffen. Ganz plötzlich. Naja (*er grinste*), das Fleisch schmeckt gegrillt ganz lecker.«

Alle fingen an zu lachen.

»Sag ich doch«, sagte Sybille amüsiert, »sie sind dumm.«

Einige Stunden später ging langsam die Sonne auf und es wurde Tag. Der Heimatstern war damit natürlich nicht mehr zu sehen, aber dafür konnte man in der Ferne eine Hügelkette erkennen, die gemäß der Karte genau in Richtung des Einsiedlers lag. Sie mussten nur darauf zugehen. Die Freunde hatten aufgrund des Schnees zwar genug zu trinken, zu essen gab es jedoch nichts. Die ganzen Vorräte, die sie noch übrig hatten, waren mit der Riesenechse abgestürzt. Auch wenn sie hin und wieder einen Schneehasen oder einen Luchs sahen, waren die Tiere doch meistens so weit weg, dass sie nicht gejagt werden konnten. Im Schnee waren die Freunde sowieso viel zu langsam, mal abgesehen davon, dass es in der Eiswüste nicht möglich war, ein Feuer zu machen. Es gab dafür kein Holz. Roh wollte keiner von ihnen einen Hasen essen.

So marschierten sie drei Tage und drei Nächte, bis sie schließlich im Morgengrauen des vierten Tages die ersten Bäume sahen. Alle waren erschöpft und sehr hungrig. Sie hatten immer nur kurz Pause machen können, da es auf der Schneefläche keine Möglichkeit gab, sich irgendwie geschützt hinzusetzen. An richtigen Schlaf war ohnehin nicht zu denken gewesen, denn Suriku, Esyia und auch Wolli waren nicht immun gegen die Kälte. Sie konnten sich nicht einfach so in den Schnee legen. Bobb und Sybille hatten damit zwar weniger Probleme, die Untote bemerkte von der Kälte nicht viel und der Riese hatte ausreichend Fett- und Muskelmasse, aber die zwei mussten natürlich an die anderen denken.

Die Freunde erreichten nun eine Zone, in der nach und nach immer mehr Bäume und Pflanzen vorkamen, bis sich die Umgebung schließlich zu einem richtigen Wald entwickelte. Hier setzten sie das fort, was sie schon auf ihrer Reise mit Gurd gemacht hatten. Sie rasteten irgendwo, wo es einigermaßen geschützt war, und der Riese zog los um zu jagen. Suriku ging nicht mit, da er ja die Erfahrung gemacht hatte, dass die 37 nicht wirklich dafür geeignet war und die Untote blieb aus Sicherheitsgründen bei der Gruppe. Nach ein bis zwei Stunden kam Bobb dann normalerweise zurück und hatte essbare Tiere dabei, die er auf einem von ihm entfachten Lagerfeuer für die Freunde briet. Esyia aß wie üblich nichts davon. Sie hatte auf dem Weg durch den Wald aber ausreichend Gewächse mit Knollen und Wurzeln entdeckt, die sie essen konnte. Außerdem gab es auch Nüsse. Sybille nahm zwar etwas von dem Fleisch zu sich, aber wie schon erklärt, spielte Essen bei den Untoten keine große Rolle.

Die Gruppe reiste immer weiter, bis sie etwa einen Monat später das Gebiet erreichten, welches auf der Karte grün markiert war mit den kleinen Grabsteinsymbolen: das Moor.

Der auffälligste Unterschied zwischen dem Sumpfgebiet und dem zurückliegenden Wald war, dass im Moorgebiet keine Bäume mehr standen. Es handelte sich im Grunde um nichts anderes als um eine riesige Lichtung, die aus niedrigwachsenden, dicken Gras- und Moosbüscheln bestand. Die Pflanzenoberfläche war mit dem Untergrund jedoch nicht fest verbunden, sondern schwamm auf einem Zwischenraum aus Wasser. War zwischen der Pflanzenfläche und dem Grund nur ein geringer Abstand, konnte man durch das Wasser hindurch auf dem Grund stehen und eventuell auch gehen. Ganz leichte Wesen konnten auch über die Grasfläche laufen. An manchen Stellen war das Wasser unterhalb der Pflanzen aber so tief, dass man nicht mehr stehen konnte. Wenn man dort einbrach oder hineinrutschte, kam man nur mit Mühe oder gar nicht mehr hinaus. Die Ränder eines solchen Wasserlochs waren ja ebenfalls nur schwimmende Pflanzen. Schwere Wesen konnten sich an ihnen nicht richtig hochziehen. Leider war es von oben unmöglich zu sehen, ob das Wasser unter den Pflanzen tief oder flach war.

Die Freunde standen vor der Graslandschaft und waren ratlos. Wo konnte man jetzt langgehen und wo nicht? Bobb hatte die Idee, sich einen langen Stock zu nehmen und ihn immer in den Boden zu rammen, um so die Tiefe festzustellen. Das schien zunächst ein guter Einfall zu sein, allerdings hätten die Freunde mit Bobbs Stock praktisch die ganze Gegend absuchen müssen, um herauszufinden, wo sie gehen konnten und wo nicht. Das hätte viel zu viel Zeit gekostet. Die ersten Versuche, einfach so ohne Stock vorwärtszugehen, gingen auch schief. Bobb sank sofort so tief ein, dass er nicht mehr richtig gehen konnte. Auch hier bestand das gleiche Problem. Selbst wenn er nicht vollständig versinken würde, so würde die Durchquerung dieses großen Gebiets doch viel zu lange dauern. Entmutigt beschloss die Gruppe erst einmal zu rasten und ein Lagerfeuer zu entzünden. Das war am Waldrand noch möglich, im vor ihnen liegenden Moor aufgrund der Nässe nicht mehr. Sie aßen noch etwas und stellten dann fest, dass sie eigentlich zu müde waren, um weiterzumachen. Es war zwar noch früh am Nachmittag, aber die Anstrengung der letzten Tage hatte alle sehr mitgenommen. Um den Einsiedler möglichst schnell zu erreichen, hatten die Freunde auch im Wald so wenige Pausen wie möglich gemacht. Sie entschieden sich deshalb, erst einmal zu schlafen und danach weiterzusehen. Suriku legte sich hin und holte vorsichtshalber die 37 aus der Waffentasche. Er legte sie so neben sich, dass seine rechte Hand auf dem Gehäuse des Steins ruhte. Er wollte rechtzeitig gewarnt werden, wenn der Kristall anfing zu vibrieren.

Es vergingen etwa zwei Stunden, in denen alle tief und fest schliefen. Plötzlich jedoch hörte der Ho'ki ein Geräusch. Es dauerte einige Zeit, bis er bemerkte, dass es nicht im Traum war, sondern in der Wirklichkeit. Er öffnete erschreckt die

Augen. Vor ihm, auf der anderen Seite der Feuerstelle, hockte ein Geschöpf. Es hielt mit beiden Händen eine von Bobbs Hasenkeulen und kaute schmatzend darauf herum. Als Suriku sich aufrichtete, sah es kurz zu ihm hinüber, widmete sich dann aber weiter gemütlich seiner Mahlzeit.

»Wer bist du denn?«, fragte der Ho'ki verblüfft.

Das Wesen schluckte erst mal in Ruhe den Bissen herunter und antwortete dann:

»Alina … Alina Mondlicht.«

Sie legte die Hasenkeule weg und sprang auf. Dabei hüpfte sie so hoch, dass sie sich mindestens einen Meter über dem Boden befand, bevor sie wieder auf ihren Füßen landete und sich einmal vergnügt im Kreis drehte.

Suriku betrachtete die Fremde. Sie war etwas kleiner als er, aber größer als ein Zwerg. Sie hatte einen langen, buschigen Haarschopf, der fast ihren ganzen Körper bedeckte. Abgesehen von ihrem Gesicht schauten lediglich die Füße mit einem kleinen Teil der Unterschenkel und ihre Ohren aus den Haaren heraus. Esyia und die anderen, die nun auch aufgewacht waren, sahen ebenfalls verwundert zu ihr. Keiner von ihnen hatte jemals so eine Art gesehen. Alinas Haare waren seltsam lila. Sie schien keine Kleidung zu tragen, was aufgrund des Haarschopfes aber auch nicht nötig war. Die Haare ersetzen die Kleidung einfach. Ihre Füße und Hände waren relativ groß, ganz im Gegensatz zu den recht dünnen Beinen und Armen. Die Hände und die Arme konnte man allerdings nur sehen, wenn sie sie aus ihrem Haarbusch herausstreckte. Alina lächelte fröhlich und schaute die Freunde aus großen Augen an. Ihre Pupillen schienen ebenfalls lila zu sein. Suriku fand das fremde Wesen auf Anhieb niedlich, vor allem als ihm die langen Ohren auffielen. Diese hätten Hasenohren sein können, sie waren ähnlich groß und standen aufrecht nach oben.

»Mondlicht?«, fragte er. »Das hört sich elfisch an.«

»Albisch«, korrigierte das Geschöpf kichernd, worauf sie wieder in die Höhe sprang und sanft abfedernd landete.

»Was ist denn albisch?« Suriku kannte nur den Begriff »Elfe« oder »elfisch«.

»Elfisch«, erklärte Alina lachend und sorgte für Verwirrung. Sie fügte aber sofort hinzu: »Elfe ist ein Wort der Menschen. Wir selbst nennen uns Alben.«

»Eine Elfe«, sagte Sybille erstaunt. »So sehen also Elfen aus.«

»Nicht alle«, entgegnete Alina, »ich bin eine Sumpfalbin, es gibt aber auch andere.«

Suriku erinnerte sich an die Geschichten, die man im Dorf erzählte. Dort war immer von Nachtelfen die Rede. Angeblich sollen sie sehr hinterlistig sein und einen im Dunkeln mit Pfeilen beschießen. Die hier sah allerdings sehr friedfertig aus.

»Du bist also keine Nachtelfe«, wollte er sicherheitshalber wissen.

»Hi hi hi.« Alina schien die Frage lustig zu finden. »Nein, nein. Ich bin doch keine Nachtalbin. Die sind bei den Hochalben hinter dem Nordwald, wir leben am Moor.«

Als das Wort »Moor« fiel, fragte sich Esyia, ob die Elfe ihnen vielleicht einen Weg durch den Sumpf zeigen könnte. Bevor sie sie aber darauf ansprach, stellte sie sich und die Freunde erst einmal vor:

»Alina«, sagte sie, »ich bin Esyia und das sind Suriku, Bobb, Sybille und Wolli.«

»Hallo«, erwiderte die Elfe lächelnd und sah von einem zum anderen. »Ihr seid aber eine komische Gruppe: eine Untote, ein Riese …«

»Wir haben alle das gleiche Ziel«, erklärte das Mädchen.

»Das hat bestimmt was mit dem Bösen zu tun«, sagte Alina,

was sie allerdings nicht davon abhielt, erneut fröhlich in die Luft zu springen.

»Welches Böse?«, fragte Suriku misstrauisch. Bevor sie selbst den Grund ihrer Reise einer Unbekannten verrieten, war es besser erst mal zu hören, was diese wusste.

»Die Bäume flüstern es. Eine große Dunkelheit wird kommen. Aber nicht zum Sumpf, da sind wir sicher.«

Die Untote schaute die Elfe eindringlich an. »Alina, wenn das Böse kommt, wovon die Bäume erzählen, bist du nirgendwo sicher. Auch nicht im Sumpf.«

Diesmal hüpfte die Elfe nicht.

»Ins Moor traut sich keiner rein«, sagte sie, aber man konnte an ihrer Stimme hören, dass sie leicht verunsichert war.

»Alina, glaub es mir. Wenn die Gebiete um den Sumpf herum erobert sind, werden auch die Moorwesen sterben. Ich war selbst mal bei den Bösen.«

Die Elfe setzte sich auf den Boden. Sie schien Angst bekommen zu haben, denn dass eine Untote über das Böse Bescheid wusste, leuchtete ihr ein. Sie überlegte kurz und fragte dann:

»Wisst ihr was über die Dunkelheit?«

Esyia erzählte ihr, was sich bisher ereignet hatte. Sie hielt sich dabei kurz und berichtete nur das Wichtigste. Als sie zum Schluss zu der Karte und dem Einsiedler kam, sagte Alina:

»Ihr sucht O'Zin, den kleinen Alten.«

Esyia hatte von O'Ram keinen Namen genannt bekommen, aber das musste er sein. Offenbar hatte das »O'« irgendeine militärische Bedeutung. Vielleicht hing es auch mit dem Alter zusammen.

»Das ist er. Kannst du uns zu ihm führen?«

»Ja«, antwortete die Elfe, »er wohnt in einem hohlen Baum. Wir müssen nur durch den Sumpf und dann ist es nicht mehr weit.«

»Weißt du denn, wo man im Moor laufen kann?«, wollte Bobb wissen.

»Das Gras trägt euch nicht«, erklärte Alina. »Ich kann euch aber einen Pfad weisen, bei dem ihr auf dem Grund gehen könnt.«

»Werden wir im Schlamm nicht von den Monstern angegriffen?«, fragte Suriku.

Die Elfe fing an zu lachen. »Schlamm … Monster … ihr Menschen habt schon komische Ideen. Das Moor ist gefährlich, ja, aber Monster gibt es da keine. Auch keinen Schlamm. Unter dem Gras ist Wasser. Man kann sogar darin schwimmen, es ist jedoch sehr kalt. Wenn schwere Wesen durchbrechen, kommen sie meistens nicht wieder heraus. Am Rand können sie sich nicht hochziehen, weil die Grasfläche nachgibt und keinen Halt bietet.«

»Und die Geister?«, hakte Suriku nochmal nach. Das es nur das Wasser war, von dem eine Gefahr ausging, konnte er nicht glauben.

»Manchmal begegnet einem der Geist eines Versunkenen. Die sind aber harmlos. Sie fragen einen höchstens nach dem Weg aus dem Sumpf.«

»Warum?«, wollte Bobb wissen. »Ein Geist kann doch nicht mehr einbrechen.«

»Das stimmt, aber sie sind meistens sehr verwirrt und denken, sie hätten immer noch ihren Körper.«

»Ach so«, sagte Suriku erleichtert. »Wie lange brauchen wir denn bis zur anderen Seite?«

»Zwei bis drei Stunden vielleicht«, antwortete die Elfe. »Wir sollten aber den Morgen abwarten. Es wird gleich dunkel.«

Die Gruppe entschied, dem Rat der Elfe zu folgen. Da sie natürlich gerade erst geschlafen hatten, blieben sie noch lange wach und unterhielten sich darüber, wie es wohl weitergehen würde. Die Elfe blieb bei den Freunden. Sie schien offenbar sehr daran interessiert zu sein, mehr über alle zu erfahren. Das war im Grunde auch verständlich, denn wann hatte ein Wesen einer Art schon einmal die Möglichkeit sich mit anderen Arten zu unterhalten, die so verschieden und traditionell sogar feindlich waren. So etwas gab es allenfalls in großen Städten, aber auch da wäre es höchst unwahrscheinlich, eine Untote oder einen Riesen einfach so herumspazieren zu sehen. Die Elfe ihrerseits wurde auch ausgequetscht, vor allem von Suriku. Er wollte unbedingt wissen, ob die Märchen aus seinem Dorf der Wahrheit entsprachen. Es stellte sich heraus, dass die Nachtelfen zwar gute Bogenschützen waren, aber keineswegs hinterhältig oder bösartig. Außerdem erfuhr die Gruppe noch, dass die Elfen nicht alle miteinander verbündet waren. Es gab auch unter ihnen Spannungen und sogar Kriege. Die Sumpfelfen lebten jedoch eher isoliert und hielten sich aus dem meisten heraus. Interessanterweise sprachen die Freunde immer von »Elfen«, wenn sie Alinas Volk meinten, diese selbst benutze aber ausschließlich das Wort »Alben«. Es schien sie aber nicht zu stören, wenn man sie »Elfe« nannte.

Am nächsten Morgen marschierten die Freunde dann los mit Alina vorneweg. Sie ging natürlich nicht einfach geradeaus, sondern schlug öfters Bögen nach links oder rechts. Manchmal ging sie auch eine ganze Zeit lang seitlich, bis sie sich dann wieder in die ursprüngliche Richtung wendete. So konnten die Freunde mit ihrer Hilfe den Sumpf ohne gefährliche Zwischenfälle durchqueren.

Nach dem Moorbereich betraten die Freunde wieder ein Waldgebiet, das laut Alina schon zum Nordwald gehörte. Es dauerte dann auch nicht mehr lange, bis die Elfe zu den anderen sagte:

»Da drüben ist der Baum, ich glaube er ist sogar zu Hause.«

Die Dunkle Residenz

Während die Freunde ihre Reise zu O'Zin fortgesetzt hatten, war es in Yras genau so gekommen, wie die Wächter des Berges es vermutet hatten: Yras fiel in die Hände Satars. Von den Valira blieb niemand am Leben. Sie hatten sich bis zuletzt verzweifelt gewehrt und noch viele Untote vernichtet, die zahlenmäßige Überlegenheit der Angreifer war jedoch zu groß. Glücklicherweise konnten die Untoten aber keine Informationen erlangen, wohin Esyia mit ihren Freunden unterwegs war. Die Gefallenen konnten ihnen nichts mehr erzählen und dadurch, dass es beim Verlassen des Berges geschneit hatte und die Freunde sofort weitermarschiert waren, gab es auch keine Spuren, die verfolgt werden konnten. Der Schnee hatte alle Fußspuren beseitigt.

Der Dunkle Fürst entschied, Yras zu seiner neuen Hauptresidenz zu machen. Er betrachtete es als Zeichen seiner Macht, dass er in Zukunft genau von da aus herrscht, von wo aus die Valira es einst getan hatten. Der Berg war das Zentrum der Macht seiner Feinde und gehörte nun ihm.

Innerhalb von Yras gab es viele Räume, Hallen und Korridore, die jetzt alle von den Untoten besichtigt und in Besitz genommen wurden. Alle Kunstwerke, Statuen, Bilder, magische Orte und Artefakte, die an die Valira erinnerten, wurden beseitigt. An deren Stelle traten die Symbole des Untodes, vor allem aber die Symbole Satars. Die weinroten Teppiche wurden herausgerissen und durch schwarze ersetzt. Überhaupt wurde alles Farbige entfernt. Die einzige Farbe, wenn man überhaupt von Farbe sprechen konnte, die noch zulässig war, war Schwarz. Selbstverständlich ließ man die steinernen Wände in ihrer Naturfarbe. Das Dunkle kam noch besser zum Ausdruck, wenn es sich von einem helleren Hintergrund abheben konnte.

In der großen Haupthalle, in der die Valira entgültig vernichtet worden waren, ließ Satar einen mächtigen Thron errichten. Sein Sitz darauf konnte nur über einen fast zehn Meter hohen Aufgang erreicht werden, den niemand außer ihm selbst betreten durfte. Jeder, auch die höchsten Offiziere, mussten unten am Fuß des Throns stehen bleiben und von da aus mit ihm sprechen. Zu Satar wurden aber sowieso nur wenige zugelassen. Den gewöhnlichen Untoten und Mutanten war das Betreten der Halle verboten. Der Fürst wollte sie für sich alleine haben. Abgesehen von wichtigen Personen durften lediglich seine vertrautesten Leibwächter hinein. Für die Zukunft bedeutete das, dass wenn ein offizieller Gast zum Fürsten vorgelassen wurde, er erst einmal die komplette, riesige Halle durchschreiten musste, um zu den Stufen des Throns zu gelangen. Das alleine würde schon jeden Besucher einschüchtern, ganz zu Schweigen vom Anblick des skelettierten Herrschers selbst.

Durch das vordere Tor zur Halle wurde nun von den Wachen ein Wesen eingelassen, das zu den wenigen gehörte, die zum Herrscher sprechen durften: Zutir. Der Kommandant hatte es bei der Schlacht um Yras in der Tat vermeiden können, von Satar zum Latrinenreiniger degradiert zu werden. Seine Kämpfer waren zwar erst spät, aber immerhin sehr erfolgreich in den Berg eingedrungen, sodass der Fürst sich eines Besseren besann und Zutir im Amt des obersten Kampfkommandanten beließ.

Der Offizier marschierte zügigen Schrittes durch die Halle, gefolgt von zwei Wächtern. Die Schritte der Wesen hallten laut in dem riesigen Raum wider. Es dauerte eine ganze Weile, bis sie zu den Stufen des Throns gelangten. Dort angekommen schaute Zutir hoch zum Fürsten, streckte den rechten Arm mit der geballten Faust leicht seitlich in die Höhe und sagte:

»Mein Fürst, alles wie befohlen ausgeführt.«

Er nahm den Arm wieder herunter und stand still. Satar ließ wie üblich einige Zeit verstreichen, bis er reagierte:

»Ist sie dabei?«

»Nein, mein Fürst. Ihre Leiche konnte nicht gefunden werden.«

Satar schwieg wieder und schaute von oben auf den Kommandanten herunter. Dann sagte er:

»Schickt alle verfügbaren Vrapis aus. Wenn wir die Kleine haben, kann uns nichts mehr aufhalten. Die Trolle vernichte ich in einer Woche. Genauso wie die Elfen und den ganzen anderen Abschaum.«

»Jawohl, mein Fürst.«

»Wie siehts mit den Städten aus?«

»Gehen unter, mein Fürst. Rodusk ist am Boden, Isleb und Wemor auch, Lutra ist als Nächstes dran.«

»Sehr gut, Kommandant.« Ein kurzes, hämisches Grinsen zeigte sich, was aber sofort wieder verschwand. »Ich erwarte regelmäßige Erfolgsmeldungen. Das Ganze hat schon lange genug gedauert. Geduld gehört nicht zu meinen Stärken, Zutir, Ihr wisst das.«

»Jawohl, mein Fürst.«

»Tretet weg. Und holt mir endlich dieses Weib. Sie muss sterben wie all die anderen.«

»Jawohl, mein Fürst.«

Der Eingriff

Die Freunde standen am Rande einer kleinen Lichtung, an deren anderem Ende sich ein verdorrter Baum ohne Blätter befand. Etwas seitlich davon, ein Stück in die freie Fläche hineinragend, lag ein weiterer Stamm. Offenbar ein ehemaliger Ast des Baumes, der im Laufe der Zeit abgefallen war. Auf diesem saß O'Zin in derselben Weise wie schon bei dem Besuch von Rugor: mit verschränkten Beinen und meditierend. Die Gruppe wollte zunächst nicht auf die Lichtung treten, um den Alten nicht zu stören, doch die Elfe hüpfte einfach vor. Als sie sich etwa einen Meter vor ihm und seinem Holzstamm befand, setzte sie sich hin und schaute ihn an. Die anderen folgten ihr nach.

»Wir können jetzt nur warten. Ihn anzusprechen hat keinen Sinn. Wenn er soweit ist, wird er mit uns reden. Das kann aber lange dauern.«

Die anderen setzten sich zu ihr und stellten sich auf eine längere Wartezeit ein. Sie saßen aber noch nicht ganz auf der Erde, da öffnete O'Zin schon seine Augen und schaute zu Esyia.

»Willkommen, Magierin«, sagte er. »Ich habe dich erwartet.«

»Wow«, brachte die Elfe erstaunt hervor und sah ungläubig zu dem Mädchen. Normalerweise mussten die Wesen hier Stunden warten, bis der Alte mal mit ihnen sprach, wenn überhaupt. Dass er so schnell reagieren würde, hatte Alina noch nie erlebt.

»Hallo«, erwiderte Esyia leicht verunsichert.

Sie war ein wenig in Sorge darüber, was bei dem Alten mit ihr passieren würde. Alle schienen große Erwartungen in sie zu setzen. Andererseits erkannte das Mädchen in O'Zin den Flötenspieler, den sie in der Vision auf Gurds Rücken gesehen hatte und der ihr damals die Angst nahm.

»Ich habe dich schon mal gesehen«, sagte Esyia.

»Ich weiß«, erwiderte der Alte.

»O'Ram schickt mich.«

»Ich weiß«, sagte der Einsiedler erneut.

Er schien offenbar alles schon zu wissen. Das Mädchen fragte deshalb ohne Umschweife:

»Kannst du mir helfen?«

»Ja, das kann ich«, antwortete der Einsiedler selbstbewusst, fügte dann aber hinzu: »Deine gesamten Kräfte kann ich dir jedoch nicht zurückgeben. Das übersteigt meine Fähigkeiten. Dazu benötigen wir die Meister der anderen Zauberschulen. Soweit ich weiß, ist aber keiner von ihnen mehr am Leben.« Er hielt kurz inne. »Ich bin der letzte.«

»Dann sind wir verloren«, sagte Sybille spöttisch und schaute dem Alten in die Augen. »Ich kenne die Macht des Fürsten, sie wird Eurer wohl bei Weitem überlegen sein.«

O'Zin bemerkte sofort, dass die Untote ihn herausfordern wollte. Gleiches versuchte der Sohn des Torgan auch regelmäßig. O'Zin war klar, dass fremde Wesen seine Fähigkeiten nicht so ohne Weiteres anerkennen würden. Sie wollten Demonstrationen seiner Macht. Nun machte sich der Einsiedler mittlerweile aber aufgrund seines Alters und seiner Weisheit schon seit Langem nicht mehr die Mühe, anderen etwas zu beweisen. Bei der Untoten musste er da allerdings eine Ausnahme machen. Es war unglaublich wichtig, dass Esyia Vertrauen zu ihm hatte. Zweifel an seinen Fähigkeiten wären sehr hinderlich bei dem Prozess des Erwachens.

»Ich verstehe Euch«, entgegnete O'Zin lächelnd an Sybille gewand. Er benutzte bewusst die höfliche Mehrzahl. »Ich sehe, dass Eure magischen Kräfte recht stark sind. Dazu sind sie schwarz. Der Streit darüber, welche Magie die bessere ist, die schwarze oder die weiße, ist so alt wie die Magie selbst.«

Die Untote grinste. »Ihr habt meine Absicht erkannt, alter Mann. Zeigt, was ihr könnt!«

Urplötzlich wurde Sybille vom Boden weggerissen und mehrere Meter hoch in die Luft katapultiert. Dort wurde sie wie von unsichtbarer Hand festgehalten. Eine sonderbare rötliche Aura umgab sie, die aussah wie eine zweite Oberfläche auf ihrem Körper. Sybilles Ringe fingen sofort an, in starkem blauen Licht zu leuchten. Sie schien sich da oben aber nicht bewegen oder zaubern zu können. Man sah ihrem angestrengten Gesicht an, dass sie es sehr wohl versuchte. Auf einmal geschah das Gleiche auch mit dem Riesen und den anderen. Alle hingen in der Luft, außer Esyia und Wolli. Suriku versuchte mit aller Kraft sich zu befreien. Es war unmöglich. Selbst der Riese schaffte es nicht. Er brüllte laut und spannte alle seine Muskeln an. Keine Chance. Der kleine Meister aber saß auf seinem hohlen Ast und kicherte vergnügt vor sich hin.

»Wehrt euch, Untote!«, rief er Sybille belustigt zu.

Esyia schaute O'Zin bei seiner Machtdemonstration zu. Anders als bei den meisten Magiern konnte man bei dem Alten keinerlei Anstrengung erkennen. Die Gruppe in die Luft zu heben und sie da oben festzuhalten schien eine seiner leichteren Übungen zu sein.

Nachdem keiner der Freunde der Magie des Alten etwas entgegenzusetzen hatte, ließ O'Zin sie wieder herunter. Es schien unter Magiern wohl so eine Art ungeschriebenes Gesetzt zu geben, dass man seine Niederlage anerkannte, wenn deutlich wurde, dass der andere stärker war. So machte Sybille auch keinerlei Anstalten, den Alten anzugreifen, nachdem er sie auf dem Boden abgesetzt hatte. Sie wusste, dass er sie hätte töten können. Sie setzte sich wieder und sagte leicht keuchend:

»Respekt, alter Mann, Eure Kräfte sind stark, sehr stark.«

O'Zin nickte wissend. Dann wurde er plötzlich sehr ernst. »Sie werden jedoch schon bald schwinden.« Er sah das Mädchen aus sorgenvollen Augen an. »Ich werde in Kürze den Wächtern des Yras nachfolgen. Du bist dann die letzte Valira, mein Kind … ein schweres Schicksal.«

Sich an die Gruppe wendend fuhr er fort: »Ohne die Hilfe ihrer Freunde wird Esyia es nicht schaffen. Auch du, Alina, bist nicht ohne Grund hier. Wenn ich die Zeichen richtig deute, wird aber noch ein weiteres Wesen zu euch stoßen. Dann sind die Energien in Harmonie.«

Der Alte stand auf und holte die Flöte aus seiner Robe. Er hielt sie in der rechten Hand, führte sie aber noch nicht zum Mund.

»Bevor ich das Ritual des Erweckens beginne, möchte ich euch bitten, diesen Ort zu verlassen. Außer Esyia kann keiner hierbleiben, auch die Katze nicht. Wenn ihr von hier aus weiter nach Norden geht, kommt ihr zu einer alten, verlassenen Trollhöhle. Wartet dort auf Esyia. Wenn der Mond voll ist, werde ich nicht mehr sein und sie wird zu euch kommen.«

Nach diesen Worten waren alle gerührt. Dass der Alte bald sterben würde, hätten sie nicht gedacht. Gerade eben hatte er noch eine Probe seiner Macht gezeigt, die auf ungeheure Kräfte hinwies. Esyia war die Einzige, die ahnte, dass der Alte nicht zwangsläufig dahinscheiden musste, sondern mehr oder weniger freiwillig ging. Mit ihrer Ausbildung war sein Zweck erfüllt. Möglicherweise war der ganze Sinn seiner Einsiedelei nur der gewesen, irgendwann auf sie zu treffen, um sie dann erneut zu einer Waffe im Kampf gegen das Böse zu machen. Dem Mädchen war schon seit ihrer Begegnung mit der Chronistin in Ashar klar, dass viele Dinge kein Zufall waren. Suriku und sie hielten Wollis Portalgang damals für einen unglücklichen Umstand, bei dem die Dame ihre Katze verlor. Das Tier war aber von Anfang an schon ungewöhnlich verliebt in die Kleine gewesen und auch die Wächter von Yras ritten alle auf Katzen. Sollte das wirklich Zufall sein? Dem Mädchen stellte sich allerdings die Frage, in wie weit diese seltsame höhere Fügung die Zukunft beeinflusste. War sie so mächtig, dass sie auch den Ausgang des Kampfes zwischen Satar und den Lebenden bestimmte. Davon war eigentlich nicht auszugehen. Denn wenn die Energien des Guten so stark wären, hätten sie auch ohne Esyias Hilfe die schwarze Seite vernichten können. Diese wurde aber mit Sicherheit auch von höheren Kräften unterstützt, die vermutlich ähnlich stark waren. Die Chronistin hatte ja so etwas in der Art erzählt. Von Energien, die seit Anbeginn der Zeiten miteinander um die Vorherrschaft kämpften. Vielleicht gab es neben Utvalin noch viele andere Welten, in denen dieser Kampf ausgetragen wurde. Diese Dinge waren Esyia alle nicht bekannt, aber sie ahnte einiges davon und sie war entschlossen mehr über all das zu erfahren. Es war mysteriös und beängstigend, aber zugleich auch aufregend. Es ging nicht nur um die Frage der eigenen Macht, sondern auch darum, zu erfahren, wer sie in Wahrheit war und was die Welt im Innersten antrieb. Zu ausgiebiger Meditation und Forschung war gegenwärtig allerdings keine Zeit. Sie musste so schnell wie möglich ausgebildet werden, um zu kämpfen. Alles Weitere würde dann später folgen, wenn es überhaupt noch ein Später gab. Im Augenblick jedenfalls schienen zumindest in dieser Welt die Kräfte des Bösen die Vorherrschaft erlangt zu haben.

Die Wichtigkeit der Ereignisse wurde aber auch noch jemandem bewusst, der bisher keine große Rolle im Leben der Freunde gespielt hatte: Alina.

Sie sollte offenbar für den weiteren Weg der Gruppe eine bedeutsame Funktion erfüllen. Der Alte hatte es gesagt.

Dazu würde sie jetzt allerdings ebenfalls ihre Heimat verlassen müssen. Alina hatte mit ihrer Art niemals darüber gesprochen, aber in Wahrheit war ihr das Leben am Moor schon seit Langem langweilig geworden. Sie hatte sich schon oft gefragt, ob es für eine Sumpfelfe nichts anderes gab, als immer im gleichen Gebiet zu bleiben. Soweit bekannt war, hatte aber niemals zuvor ein Alb des Moores seine sichere Heimat verlassen. Es war für diese zurückgezogen lebende Art völlig abwegig, auf Reisen zu gehen. Alina würde die Erste sein. Das machte ihr Angst. Trotzdem erkannte die Elfe, dass sie mit der Gruppe mitgehen musste. Das war jetzt ihre Chance. Abgesehen davon schien das Ganze auch sehr wichtig zu sein. Esyia hatte ihr ja von Satar und den Untoten erzählt. Die Zukunft ganz Utvalins stand auf dem Spiel. Da sie auch noch wusste, wo die Höhle war, von der O'Zin gesprochen hatte, war klar, dass sie die Freunde begleiten würde.

So verließ die Gruppe die Lichtung und marschierten Richtung Norden, wo sie laut O'Zin den Trollunterschlupf finden würden. Esyia blieb mit dem Alten allein zurück. Es war zunächst nicht ganz einfach, Wolli davon zu überzeugen, das Mädchen zu verlassen, aber nachdem Bobb ihn hochgenommen und ihm gut zugeredet hatte, ließ er es geschehen.

Als die Freunde verschwunden waren, sagte O'Zin:

»Setz dich zu mir auf den Ast, Esyia.«

Die Kleine kletterte hinauf und setzte sich dem Alten gegenüber.

»Schließ die Augen«, wies er sie an und führte daraufhin seine Flöte zum Mund.

Er fing nun an auf seinem Instrument zu spielen und gab eine sanfte Melodie frei, die das Mädchen schon von Gurds Rücken her kannte. Es dauerte nicht lange, da versank die Kleine in eine Art Wachschlaf. Dem Alten war klar, dass in der tiefsten Schicht von Esyias Bewusstsein, der Ebene des Tiefschlafs, alle Erinnerungen noch vorhanden waren. Ein völliges Auslöschen war genau genommen nicht möglich. Das Problem war nur, dass wenn dieses Wissen aus den höheren Bewusstseinsschichten entfernt wurde, was durch Satars Fluch geschah, man innerlich an die Erinnerungen nicht mehr herankam. In den Tiefschlaf konnte man sich normalerweise nicht selbst versetzen und wenn er ab und an mal nachts kurz auftrat, war man natürlich nicht aufmerksam und »wach« genug, um die Erinnerungen dauerhaft wieder hervorzuholen. Das was der weise Alte mit seiner Flöte nun versuchte, war bei der Kleinen eine Verbindung herzustellen zwischen Wachzustand und Tiefschlaf. Eine Art Kanal, der in ihrem Bewusstsein von ganz unten nach ganz oben führte. In Wahrheit, aber das wusste Esyia nicht, war das Flötenspiel nur ein Trick, mit dem er das Mädchen ablenkte. Sie sollte sich der Musik hingeben und nicht durch Gedanken, Ängste und Zweifel der Öffnung der unteren Ebene im Wege stehen.

O'Zin war es möglich, in die Psyche eines anderen Wesens einzudringen und bestimmte Bereiche zu stimulieren. Das ging jedoch nur bei Wesen, die er zuvor in diesen meditativen Zustand versetzt hatte und auch nicht bei allen Arten. Magisch unbegabte Wesen, Bobb zum Beispiel, waren ihm verschlossen. Der Alte war aber nur in der Lage, mit den Teilen von Esyias Unterbewusstsein in Beziehung zu treten, die er selbst bei sich auch ausgebildet hatte. Das waren leider nicht alle magischen Verzweigungen, denn O'Zin, obwohl ein mächtiger Zauberer, war nicht Meister aller Magieklassen. Die Fähigkeiten des Alten bestanden in erster Linie in Heilsprüchen, Schutzzaubern und Telekinese, einschließlich der Gegnerkontrolle. Es würde zu weit führen im Einzelnen zu beschreiben, welche Fähigkeiten O'Zin hatte, aber man kann sagen, dass sie grundsätzlich auf Schutz und Abwehr ausgerichtet waren und nicht so sehr auf Zerstörung.

Seine Heilsprüche konnten Wunden bis zu einem bestimmten Grade heilen. Diese Wiederherstellungszauber waren teilweise spontan und im Kampf einsetzbar, was sie von der ganz gewöhnlichen Heilung von Ärzten oder Schamanen unterschied. Natürlich gab es hier Grenzen. Wenn ein Wesen sein Haupt verloren hatte oder in Einzelteile zerlegt war, konnte auch der beste Heilspruch nichts mehr ausrichten. Auch wenn der Angriff so stark war, dass das befreundete Ziel auf der Stelle verstarb, konnten diese Zauber nicht mehr helfen. Heilzauber waren keine Wiederbelebungszauber.

O'Zins Schutzsprüche andererseits generierten Schilde, die die Wesen vor Schaden bewahrten. Ein Schild absorbierte immer eine bestimmte Menge an Schaden, dann wurde es zerstört. Es war also nicht möglich, das befreundete Ziel völlig immun gegen Schaden zu machen. Allerdings konnte einem zerstörten Schild direkt eines nachgewirkt werden. Hierbei verbrauchte der Magier jedoch sehr viel Energie, sodass auch dem Grenzen gesetzt waren.

Die wohl beeindruckendste Fähigkeit aber, die O'Zin nun bei Esyia erwecken wollte, war die magische Telekinese. Der Alte konnte Gegenstände mit der Kraft seiner Gedanken bewegen. Das funktionierte auch bei Dingen, die eine relativ hohe Masse hatten. Es gab in ganz Utvalin keinen Zauberer, auch Satar nicht, der O'Zin darin übertraf. Ein Wesen wie Bobb hochzuheben oder festzusetzen war ihm ohne weiteres möglich. Im Kampf war die Telekinese vor allem zur Gegnerkontrolle geeignet. Feinde konnten so vorübergehend festgesetzt und kampfunfähig gemacht werden. Mit dem gedanklichen Bewegen von Gegenständen war es natürlich auch möglich, Angriffe auszuführen. Schaden konnte man auf diese Weise selbstverständlich auch verursachen. Allerdings waren hier direkte Angriffszauber, wie zum Beispiel Sybilles Frostlanzen oder Surikus 37 aufgrund ihrer Schnelligkeit besser geeignet. Die Untote konnte schnell mal ein, zwei Frostlanzen abfeuern. Bei der Telekinese musste immer erst noch ein Gegenstand gewählt und hochgehoben werden. Das kostete Zeit. Schnell war die Telekinese allerdings bei der Gegnerkontrolle. O'Zin konnte spontan und ohne größere Verzögerung einen Feind bewegungsunfähig machen.

Die Gesamtheit seiner Fähigkeiten hatte in den legendären Gefechten der klassischen Zeit dazu geführt, dass er meistens die Rolle der Angriffsunterstützung eingenommen hatte. Er hatte dafür gesorgt, dass die eigenen Offensivmagier und Krieger nicht selbst angegriffen, verletzt oder kontrolliert wurden. Damit gewannen sie Zeit, um ihrerseits anzugreifen.

Da Esyia nun mit geschlossenen Augen und in tiefer Meditation dasaß, konnte sie nicht sehen, dass sich der Alte sehr anstrengen musste bei ihrer Erweckung. Seine Haut bekam seltsame bräunliche Flecken und er zitterte am ganzen Körper. Auch O'Zins Augenhöhlen vergrößerten sich, sodass es aussah, als ob die Augäpfel immer weiter in den Kopf zurücktreten würden. Die vormals gräulich-weißen Haare hatten sich zu einem einheitlichen Weiß verfärbt und fingen an auszufallen. Anders als bei seiner Machtdemonstration mit Sybille schien er jetzt einer ungeheuren Belastung ausgesetzt zu sein.

Die Kleine schlummerte allerdings friedlich vor sich hin. Ihr Kopf hatte sich leicht nach unten auf ihre Brust abgesenkt, so wie es üblich war, wenn man im Sitzen einschlief. Innerlich lief bei Esyia eine Art Film ab, der Szenen aus ihrem Leben darstellte. Sie bekam natürlich nicht alles mit, aber einen Teil der Informationen, die der Alte durch den mentalen Kanal hervorholte, konnte sie in einem Traum sehen. Da das

Mädchen außergewöhnliche magische Begabungen besaß, waren die aus dem Unterbewusstsein mit heraufkommenden Energien sehr stark. Für O'Zin war es schwer die Kräfte zu kontrollieren, die er in Esyia entfesselte. Es war wie das Öffnen einer Käfigtür mit einem mächtigen Raubtier darin. Das Schloss aufzumachen war leicht, mit dem Raubtier dann aber zurechtzukommen, war schwierig.

Es vergingen noch mehrere Stunden, bis Esyia endlich wieder zu sich kam und sich verdutzt umschaute. Inzwischen war es Nacht geworden und neben dem Baumstamm brannte ein kleines Feuer. Offenbar hatte der Alte es entfacht, um das Mädchen warm zu halten. Es war hier zwar nicht so kalt wie im ewigen Eis von Yras, aber aufgrund der Jahreszeit doch schon empfindlich kühl. Esyia stellte fest, dass O'Zin verschwunden war. *Er wird hineingegangen sein*, vermutete sie, denn in seiner kleinen Wohnung brannte ein schwaches Licht. Als sie aufstand, um dem Alten in seine Stube nachzufolgen, bemerkte sie plötzlich den großen Unterschied in ihrer Verfassung. Sie wusste auf einmal wieder, wer sie war und woher sie kam. Fast alle Erinnerungen an die Zeit vor dem Fluch waren wieder da. Sie konnte sich wieder an die ganzen Ereignisse erinnern. Ihr Kindheit, ihre Familie, das Leben in Yras und auch die vielen Kämpfe. Sie merkte auch sofort, welche Fähigkeiten sie besaß und welche nicht. Sie konnte sich nämlich an Situationen erinnern, in denen sie bestimmte Zauber gewirkt hatte, von denen sie jetzt nicht mehr wusste, wie sie auszuführen waren. Es handelte sich dabei um genau die magischen Bereiche, die O'Zin nicht stimulieren konnte. Zum ersten Mal erkannte die Kleine wirklich, was für einen großen Verlust sie erlitten hatte. Im Vergleich zu früher war ihre Macht wesentlich eingeschränkter. Allerdings hatte sie jetzt wieder so viele Fähigkeiten zurück, dass sie immer noch eine sehr mächtige Zauberin war. Alle

240

Sprüche des Alten waren ihr nun auch bekannt. Sie war sogar noch stärker als er. Da es sich bei dieser Erweckung nicht um ein Lernen, sondern um ein Reaktivieren handelte, musste Esyia keine Trainingsübungen oder Ähnliches mehr absolvieren. Sie hatte ja alles schon bis zur Perfektion ausgebildet. Eigentlich hätte sie jetzt Freudensprünge machen müssen vor Glück. Es war allerdings mittlerweile so viel Schmerzhaftes passiert, dass in ihr keine rechte Freude aufkommen wollte. Das Glas war zwar wieder bis zur Hälfte gefüllt, aber leider auch zur Hälfte leer. Die leere Hälfte war neben den verlorenen Fähigkeiten auch das Auslöschen ihrer kompletten Art und der Verlust der Heimat Yras. Der heilige Berg wurde nun von den Untoten besudelt. Ein schrecklicher Gedanke für die Kleine, die sich jetzt wieder an alle magischen und mysteriösen Plätze im Inneren erinnern konnte. Sie hatte ja auch ihre Kindheit in Yras verbracht.

Esyia kletterte von dem Ast hinunter und ging zu dem verdorrten Baum, den O'Zin zu seiner Wohnung gemacht hatte. Sie öffnete die kleine Holztür und ging hinein. Der Innenraum war eine gemütliche Stube mit Bett, Tisch, Schrank und sogar einem Bücherregal. Auf einem kleinen Tischchen neben dem Schlafplatz stand eine Art Petroleumlampe, die der Stube Licht spendete. Der Alte lag in seinem Bett. Von der Tür aus konnte ihn die Kleine nicht richtig erkennen, deshalb ging sie hinüber und setzte sich seitlich zu ihm. Als sie ihn aber aus der Nähe sah, bekam sie einen Schreck. O'Zin hatte ein völlig eingefallenes und knöchriges Gesicht, das jegliche bekannten Züge verloren hatte. Seine Haut war bräunlich und rissig und sein Kopf war kahl. Er hatte zwar die Augen geöffnet, aber sie waren matt und starrten an die Decke. Esyia nahm seine rechte Hand, die unter der Bettdecke hervorschaute, und stellte fest, dass sie eiskalt war.

Der Alte war tot.

Das letzte Element

Esyia saß noch eine ganze Weile da und betrachtete O'Zin. Anders als sonst war sie dieses Mal ziemlich gefasst. Ihr neues Magiebewusstsein gab ihr Kraft, außerdem war sie mittlerweile schon an Verlust und Schmerz gewöhnt. So weinte sie auch nicht, sondern dachte ruhig über ihre Situation nach und wie sie das Blatt in Utvalin wieder wenden könnte. Der letzte lebende Verwandte lag nun vor ihr. Sie allein war übrig mit ihren Freunden und den Wesen, die es bis jetzt geschafft hatten zu überleben. Gedankenversunken blickte sie hinüber zu dem Bücherregal. Auf einem der alten, ledernen Einbände stand in einer verschnörkelten Schrift »Verborgene Portale« geschrieben. Sie ging nicht hin, um es aufzuschlagen, aber so etwas in der Art würden sie nun benötigen. Eine besondere Waffe, eine intelligente Strategie, einen Schlachtplan, was auch immer, um gegen die Untoten bestehen zu können. So wie es jetzt aussah, hatten sie keine Chance. Die Macht des Feindes war ihrer weit überlegen.

Die Magierin entschloss sich, den Alten draußen neben seinem Ast zu beerdigen. Danach wollte sie sich in der Stube umschauen nach Sachen, die eventuell von Wert für die Freunde sein könnten. Einige der Bücher zählten vielleicht auch dazu. Sie hatte vor, den nächsten Tag noch hierzubleiben und dann zu den anderen zu gehen. Es war wichtig, sich von O'Zin mit dem ihm gemäßen Respekt zu verabschieden. Er war immerhin einer der größten Kampfmagier ihrer Art. Die Ahnen zu ehren und sich als ihrer würdig zu erweisen hatte lange Tradition bei den Valira.

Am nächsten Morgen ging sie hinaus und begann damit, das Grab für den Alten auszuheben. Trotz der Trauer um

O'Zin musste sie doch grinsen, als sie feststellte, wie leicht ihr das mit ihren neuen Fähigkeiten fiel. Die telekinetischen Kräfte konnten natürlich auch bei Alltäglichem eingesetzt werden. Allerdings sollte man die Magie nicht veralbern. Große Magier respektierten diese Kraft und benutzten sie nur, wenn es notwendig und angemessen war. Der Alte hätte sich aber sicher gefreut zu sehen, dass sein Erweckungsritual erfolgreich war. Deshalb schien es dem Mädchen richtig, sie hier einzusetzen. Sie hob einfach durch Gedankenkraft eine ausreichende Menge Erde aus dem Boden, damit der Alte darin Platz finden konnte und in ausreichender Tiefe lag. Die Beerdigung war für Esyia gleichzeitig eine Art Wiedergeburtszeremonie ihrer Magie. Langsam öffnete sie die Tür zu O'Zins Stube. Das war für sie keine Schwierigkeit, obwohl sie mehrere Meter weit weg von ihr stand. Sie musste sich dann etwas weiter nach rechts stellen, um das Bett mit dem Alten zu sehen. Es war bei der Telekinese, wie bei anderen Kampfzaubern auch, notwendig, das Ziel in Sichtkontakt zu haben. Der Zauberer musste die Dinge sehen, die er bewegen wollte. Als sie freie Sicht auf das Bett hatte, hob sie es vorsichtig an und ließ es langsam mit dem Alten darin zur Grabstelle schweben. Daraufhin senkte sie es ab in das Loch hinein. Nach wie vor lag O'Zin darin mit der Decke über seinem Körper. Nur der Kopf schaute noch heraus. Esyia stand eine Weile da und schaute ihn an. Sie rief sich noch einmal all die Erlebnisse ins Gedächnis, die sie mit ihm hatte. Davon gab es unzählige. Sie reichten zurück bis in die Zeit, als sie noch ein kleines Kind war. Danach zog sie magisch die Decke über seinen Kopf und füllte das Loch wieder mit Erde. Als Letztes hob sie den Ast an, auf dem der Alte immer meditiert hatte und legte ihn darüber. Die Bestattung war damit vollzogen.

Es war noch früh am Morgen. Die aufgehende Sonne warf ihr Licht auf das Mädchen neben dem Grab und die Vögel hatten begonnen zu zwitschern. Es wurde wärmer. Ein Meister ist gegangen, ein neuer ist gekommen. Esyia fühlte die Verantwortung, die ihr übertragen wurde. Sie war jetzt die letzte Zauberin der Valira. Wie es O'Zin schon gesagt hatte, ein schweres Schicksal.

Plötzlich bemerkte sie, dass sie beobachtet wurde. Ein Wesen von nicht unbeträchtlicher Größe war in der Nähe. Esyia blieb gelassen, denn sie wusste um ihre Macht. Ein einzelnes Wesen würde für sie jetzt keine wirkliche Gefahr mehr darstellen. Neben Satar mochte es zwar durchaus welche geben, die es mit ihr aufnehmen konnten, aber die Wahrscheinlichkeit auf so jemanden zu treffen, war eher gering.

»Du kannst rauskommen«, sagte die Magierin so laut, dass der Fremde es hören musste.

Sie drehte sich erst um, als ein Rascheln in den Bäumen und das Geräusch von schweren Schritten ankündigte, dass jemand hervorkam. Aufgrund der zahlreichen Tannen, Fichten und anderen Nadelhölzern hatte Esyia die Kreatur nicht bemerkt, die allerdings auch ohne Zweifel schon da gewesen sein musste, bevor sie aus der Stube gekommen war. Vor ihr trat ein Wesen auf die Lichtung, welches Esyia sofort erkannte. Sie besaß ihr altes Wissen über die Welt wieder und wusste deshalb sofort, dass es sich um einen Troll handelte. Sie konnte ihn auch von der Unterart her zuordnen, denn Nordwaldtrolle hatte sie schon einmal getroffen vor langer, langer Zeit. Wer dieses Individuum persönlich war, wusste sie natürlich nicht und deshalb fragte sie:

»Wer bist du?«

»Mein Name … ist Rugor«, antwortete der Troll stockend und mit schwacher Stimme. »Sohn Torgans, des Häuptlings der Nordwaldtrolle.«

Esyia sah sofort, dass das Wesen schwer verletzt war. Seine Rüstung war stark beschädigt und aus einigen üblen Wunden floss Blut. Eine Waffe hatte er nicht. Er schleppte sich mühsam zu dem Mädchen und sank dann zu Boden. Halb sitzend, halb knieend schaute er vor sich hin. Esyia entschloss sich, bevor sie weitere Fragen stellte, erst einmal einen starken Heilspruch zu wirken. Sie führte dazu beide Hände vor ihren Körper, spreizte die Finger und hielt die Hände so, dass sie mit den Flächen nach vorne auf den Troll zeigten. Urplötzlich wurde Rugor in eine rötliche Aura eingefasst, die kurz aufleuchtete und dann langsam immer schwächer wurde. Als das Licht nach einigen Minuten erlosch, sah es so aus, als ob sich alle Wunden wieder geschlossen hätten. Man konnte bei den größeren Verletzungen noch so etwas wie Narben sehen. Die kleineren waren vollständig verschwunden.

Esyia hatte verschiedene Wiederherstellungszauber zur Verfügung. Je mächtiger sie waren, desto länger dauerte die Wirkungszeit. Das war bei allen Zaubern ähnlich, auch bei den Schadenssprüchen. Für einen starken Frostangriff brauchte Sybille beispielsweise länger als für eine schnell abgefeuerte Frostlanze. Die Heilungsmagie kannte allerdings noch eine andere Art, starke Zauber zu wirken. Der Spruch war spontan, also ohne Zauberzeit, aber die Heilung dauerte dafür eine Weile.

Da das Mädchen für Rugor einen kraftvollen Spruch benötigte, der mit seiner Heilwirkung auch sofort einsetzten sollte, wählte sie solch einen Heilung-über-Zeit-Spruch. Die Heilung beginnt sofort und klingt nach einer bestimmten Zeitspanne ab. Der Troll hatte so etwas noch nie am eigenen Leib erfahren und war dementsprechend überrascht. Verdutzt schaute er sich die Stellen seines Körpers an, an denen sich nur wenige Minuten zuvor noch blutende, hässliche Verletzungen befunden hatten. Er stand auf und fühlte, dass er vollständig wiederhergestellt war. Obwohl Trolle nicht gerade berühmt dafür waren, Gefühle wie Dankbarkeit oder Schwäche zu zeigen, sagte er doch erleichtert und so sanft wie es ihm möglich war:

»Vielen Dank, Magierin. Ohne Euch hätte ich es nicht geschafft.«

Esyia ging nicht weiter darauf ein, sondern fragte stattdessen: »Was ist passiert?«

»Unsere Späher hatten eine größere Gruppe Untoter entdeckt, die in unseren Wald eingedrungen waren. Wir haben die Krieger zusammengerufen und sie angegriffen …«

»Wie schlau von euch«, unterbrach das Mädchen den Troll ironisch, denn sie wusste genau, was nun kommen würde.

»Leider war das ein großer Fehler«, bestätigte Rugor den Einwand. »Die Gruppe war nur eine von mehreren und als wir gerade dabei waren, sie zurückzuwerfen, kamen noch andere hinzu. Sie haben uns dann von allen Seiten angegriffen. Wir kämpften auf verlorenem Posten.«

»Das hätte ich euch vorher sagen können«, sagte Esyia. »Satars Offiziere sind perfekte Strategen. Sie sammeln niemals die gesamte Armee an einer Stelle. Ihr habt euch überschätzt, Troll.«

Rugor setzte sich wieder und sah das Mädchen an. »Wir hätten auf O'Zin hören sollen. Als unsere Vorposten allerdings von nur einer Gruppe berichteten, dachten wir, wir könnten sie schlagen. Trolle laufen nicht weg, Magierin. Das habe ich dem Alten auch schon gesagt.«

»Wie viele haben überlebt?«, fragte Esyia.

»Niemand außer mir. Ich hatte das Bewusstsein verloren. Ich kann mich nur noch an einen blauen Blitz erinnern, dann wurde alles dunkel. Als ich wieder zu mir kam, waren sie fort. Sie müssen mich für tot gehalten haben.«

»Das glaube ich nicht. Sie haben dich absichtlich am Leben gelassen. Sie wissen, dass du zu den anderen Trollvölkern flüchten wirst und ihnen davon erzählst.«

»Was sollte das bringen«, fragte Rugor verständnislos.

»Satar geht davon aus, dass sie euch zu Hilfe kommen werden und damit denselben Fehler begehen wie ihr. Ihr Trolle haltet zusammen, das wissen die Untoten.«

Schuldbewusst schaute Rugor vor sich hin. Dann sagte er:

»Ich muss zurück zum Dorf. Vielleicht haben sie es ja verschont. Es waren keine Krieger mehr dort. Nur Mütter mit ihren Kindern und Alte.«

»Es lebt keiner mehr, Rugor. Tut mir wirklich Leid für dich, aber der Fürst lässt niemanden am Leben. Vor Müttern mit Kindern macht er keinen Halt. Wir haben vor einigen Wochen eine Gnomensiedlung entdeckt. Alle waren tot.«

Esyia wusste, dass das sehr schmerzhaft für den Troll war. Trolle konnten zwar genau wie Riesen einiges wegstecken, aber seinen Stamm zu verlieren und als einziger zu überleben, war hart. Das Mädchen erkannte bei Rugor aber plötzlich, was O'Zin mit der Harmonie der Gruppe meinte. Auch wenn es anders als bei ihr selbst noch Trolle gab, so war doch auch Rugor nun erst einmal allein. Er war das fehlende und damit letzte Element. Das war offensichtlich. Suriku, Bobb, Sybille, Alina und nun Rugor. Bevor Esyia noch etwas Tröstendes sagen konnte, fragte der Troll:

»Ihr seid die Magierin, die uns anführen wird?«

»Ja«, antwortete das Mädchen und war selbst überrascht, wie selbstverständlich das auf einmal für sie war. »Ich bin die Letzte der Valira und ich werde den Widerstand organisieren. Wir schlagen zurück, Rugor. Bei Yras, wir werden zurückschlagen.«

Als der Troll das hörte, bekam er plötzlich neue Hoffnung. Er kniete nieder und sagte feierlich:

»Zauberin von Yras, der Sohn des Torgan schließt sich Euch an. Wir zahlen es ihnen Heim. Für das Verbrechen an meinem Volk werden sie büßen.«

Esyia legte daraufhin die rechte Faust in die linke Hand vor ihrer Brust, so wie es die Soldaten von Rodusk getan hatten, und sagte laut:

»Für Utvalin!«

»Für Utvalin!«, wiederholte der Troll.

Am Abend desselben Tages, beim vollen Mond, verließen sie die Lichtung des Alten und gingen nordwärts. So erfüllte sich damit die Bestimmung der sechs. Die Gruppe war gebildet.

Rollenverteilung

Nach seinen Erfahrungen in der Schlacht mit den Untoten wusste Rugor, dass er und die restlichen Trolle Hilfe brauchten. Es war für ihn nicht ganz leicht, sich so etwas einzugestehen, aber er hatte die Macht des Feindes mit eigenen Augen gesehen. Niemals zuvor waren seine Krieger so gnadenlos vernichtet worden wie in dem zurückliegenden Kampf. Die Nordwaldtrolle waren geschlagen. Rugor wäre in der Tat zu den anderen Völkern seiner Art geflüchtet, um ihnen davon zu berichten. Anders als die Elfen lebten die verschiedenen Trollvölker alle in Freundschaft miteinander. Rugor hatte natürlich bei den anderen Stämmen keine Führungsposition, aber man kannte ihn als Sohn Torgans und er wurde dementsprechend respektiert. Der Troll wusste, dass es nur mit Hilfe der Kräfte aller lebender Völker möglich war, zu überleben. Er war schlau genug, sich Esyia anzuschließen. Sie als Valira war als Einzige berechtigt, die freie Welt anzuführen.

Da das Mädchen nicht wollte, dass er noch einmal zurück in sein Dorf ging und er nicht vorhatte, noch einen weiteren großen Fehler zu begehen, willigte er ein, mit ihr direkt zu den Freunden in der Höhle zu gehen. Es kostete ihn zwar große Überwindung, aber er hatte versprochen ihr zu folgen und daran wollte er sich halten.

Die Wälder, in denen sich die beiden befanden, gehörten zu Rugors Heimat. Deshalb kannte er die Gegend natürlich sehr gut. Alle verborgenen Pfade und geheimen Orte waren ihm bekannt. So wusste er auch, wo die Höhle war und führte Esyia dorthin. Der Einfachheit halber ließ er sie auf seiner Schulter sitzen. Telekinetische Fähigkeiten konnten leider nicht auf den Zaubernden selbst angewendet werden, anders als die Schild- und Heilsprüche. Deshalb konnte sich die Magierin auch nicht selbst hochheben und vorwärtsschweben. Bei der eigenen Fortbewegung musste sie nach wie vor ganz normal laufen oder halt auf einem Wesen reiten. Das Wesen, auf dem sie normalerweise ritt, hatte die beiden dann auch schon von weitem kommen gesehen und kam freudig springend auf sie zugelaufen. Wolli sah Esyia oben auf dem Troll und sprang direkt an ihm hoch, um zu ihr zu gelangen. Vor der riesigen Kreatur hatte er offenbar keine Angst. Anstelle zu warten, dass Rugor die Kleine nach unten setzte, versuchte er sofort, sich an dem Troll hochzuziehen. Rugor trug aufgrund der zurückliegenden Schlacht am Oberkörper nur noch einige herunterhängende Stofffetzen, doch das reichte der Katze, um sich daran festzuklammern. Der Troll ließ Wolli wohlwollend gewähren. Die Katze schaffte es auch fast bis zu Rugors Schulter, da wurde sie plötzlich von einer Kraft weggezogen und wieder zu Boden gesetzt. Wolli wusste erst nicht, wie ihm geschah, doch dann sah er, wie der Troll Esyia runtersetzte und fing glücklich an zu schnurren. Er kam zu dem Mädchen und schleckte ihr übers Gesicht. Esyia streichelte ihm liebevoll das Fell. Sie amüsierte sich darüber, dass Wolli offenbar der Meinung war, der Troll hätte ihn gegriffen. Ihre neuen Kräfte waren den Freunden noch unbekannt.

Die anderen kamen nun auch aus der Höhle und waren froh, das Mädchen gesund wiederzusehen. Der Troll sorgte bei ihnen allerdings für einige Aufregung, denn niemand von ihnen, ausgenommen Alina, hatte vorher schon einmal ein solches Wesen gesehen. Da die Elfe sofort bemerkte, dass Suriku, Sybille und Bobb nicht wussten, von welcher Art er war, sagte sie:

»Ein Troll.« Und dann so laut, das Rugor es hören konnte: »Rüpelhafte Trampel, die alles plattwalzen, was ihnen in die Quere kommt.«

Als der Troll die Sumpfelfe sah, lachte er. »Was machen diese Pflanzenfreunde hier. Wollt ihr Blümchen pflücken oder Krieg führen.«

Es war offensichtlich, dass sich die Elfe und der Troll nicht mochten. Scheinbar waren die beiden Arten nicht gut aufeinander zu sprechen. Noch überraschender aber war die Reaktion der Albin auf die Worte des Trolls. Sie rief:

»Du bist schon tot, Dummkopf, bevor du überhaupt bemerkt hast, dass du angegriffen wirst!«, und urplötzlich war sie verschwunden.

Verdutzt schauten sich die Freunde um. Wie war das möglich? Wo war Alina auf einmal. Rugor schien allerdings zu wissen, was das war und erklärte nicht ganz ohne Anspannung:

»Sinnestäuschung. Eine Fähigkeit der Sumpfelfen. Sie macht sich unsichtbar.« Er lachte erneut, drehte sich halb nach links und sagte laut:

»Komm kleines Albenpflänzchen, greif mich an. Ich werde dir die Blätter ausreißen.«

Noch bevor Esyia der Sache Einhalt gebieten konnte, sah man die Elfe kurz hinter Rugors Rücken auftauchen. Sie hatte zwei Klingen in der Hand, die auf die Schnelle aber nicht genauer zu erkennen waren. Eine der beiden führte sie blitzschnell über die Haut des Trolls und verschwand dann wieder. Blut trat aus einer aus einer kleinen Wunde hervor. Nicht besonders viel, aber Rugor war leicht verletzt.

»Pah!«, rief er. »Greif mich richtig an. Nicht wie ein kleines Gnomenkind.«

»Ich kann dich jederzeit töten, Tölpel«, hörte man eine Stimme sagen, die einige Meter entfernt hinter dem Troll erklang.

»Kanst du nicht«, lachte Rugor, aber man merkte ihm an, dass er es in Wahrheit so lustig nicht fand. »Wenn du kräftig zustößt, bist du länger sichtbar. Ich kenne diesen Elfenquatsch. Zeit genug dich zu zerquetschen, Baumschmuse.«

»Das werden wir ja sehen«, sagte Alina und hätte den Troll ernsthaft angegriffen, wenn Esyia nicht dazwischengegangen wäre. Blitzschnell gab sie Rugor einen Schild und rief verärgert:

»Schluss, ihr beiden! Das Dümmste, was wir machen können, ist uns gegenseitig zu bekämpfen. Was Besseres kann Satar ja gar nicht passieren.«

Alina wurde daraufhin wieder sichtbar. Sie stand jetzt zwei Meter vor Rugor und hatte nach wie vor die Messer in der Hand. Rugor machte keine Anstalten auf die Elfe zuzugehen, was allerdings ohnehin nicht geklappt hätte, denn Esyia hatte ihn nicht nur durch einen magischen Schild geschützt, sie hatte ihn auch festgesetzt, sodass er nicht angreifen konnte.

»Was ist das für eine Fähigkeit, Alina?«, wollte die Magierin wissen. Sie erkannte, dass die Elfe offenbar doch nicht ganz so friedlich war, wie sie angenommen hatte.

»Die Trampel … äh … also die Trolle nennen es Sinnestäuschung, wir nennen es Verstohlenheit. Ich kann mich teilweise unsichtbar machen. Wenn ich allerdings auf der Stelle stehen bleibe (*sie machte sich unsichtbar und bewegte sich nicht*) und ihr genau hinguckt, seht ihr, dass ich nur die Farben meiner Umgebung angenommen habe. Das geht alles sehr schnell. Wenn ich mich bewege, vor allem wenn ich laufe, kann man mich praktisch nicht mehr sehen. Die Oberflächen unserer Haut und der Haare passen sich unverzüglich an die Umgebung an. Lediglich wenn ihr Zeit habt, mich zu beobachten, entdeckt ihr den winzigen Unterschied.«

»Aha«, meinte Suriku, »deshalb trägst du auch keine Kleidung, richtig?«

»Ja, richtig«, bestätigte die Elfe, »mit Kleidung funktioniert das Ganze natürlich nicht.«

»Und die Klingen?« Esyia hakte noch einmal nach.

»Trage ich an einem Gürtel unter den Haaren«, erklärte Alina.

»Wow.« Suriku war beeindruckt. »Das könnte uns sehr von Nutzen sein.«

»Überschätz diese Fähigkeit nicht«, ermahnte Sybille die Elfe. »Die Zauberer Satars kannst du so leicht nicht hinters Licht führen. Eine anwesende Präsenz können sie unter Umständen wahrnehmen. Nicht jeder vielleicht, aber einige. Ich übrigens nicht«, fügte sie leicht enttäuscht, aber ehrlich hinzu.

»Ich auch nicht«, sagte Esyia. »Es wird wahrscheinlich auch nur wenige geben, die dich entdecken können, Alina, aber da sind welche. Verlass dich nicht zu sehr auf die Verstohlenheit.«

»Bis jetzt hat mich noch keiner entdeckt«, sagte die Elfe und grinste hämisch zu Rugor hinüber.

»Sie sind schwach«, behauptete der Troll ärgerlich. »Sie werden sichtbar, bevor sie zuschlagen. Genug Zeit sie zu töten.«

»Ja, eben konnte man dich kurz sehen, Alina, wie kam das?«, fragte der Ho'ki interessiert.

»Das hängt mit der Anstrengung zusammen. Bei starker Muskelanspannung löst sich die Tarnung auf. Für die meisten ist es dann aber schon zu spät.« Sie wendete sich zum Troll. »Wir haben hunderte von euch beseitigt. Ihr …«

»Wir haben mehr von euch getötet, als ihr von uns!« rief Rugor.

»Das ist nicht wahr!«, schrie Alina zurück.

Fast wären die zwei wieder aufeinander losgegangen, da trat Bobb plötzlich vor und stampfte so kräftig und wütend mit dem Fuß auf, dass alle erschreckt zu ihm guckten. Der Riese schaute von Alina zu Rugor man sah ihm an, dass er keine weiteren Streitereien mehr hören wollte. Die zwei schwiegen dann auch und Esyia sagte:

»Ihr müsst eure Feindschaft beenden. Alles, was in der Vergangenheit stattgefunden hat, gilt jetzt nicht mehr. Die Welt hat größere Probleme als den Kampf verschiedener Arten gegeneinander. Troll- und Elfenvölker wird es schon bald nicht mehr geben. Vertragt euch.«

Rugor und Alina nickten. Die beiden Arten lebten schon seit vielen Generationen in Feindschaft. Einzelne Trolle begannen vor langer Zeit ihre unterirdische Welt zu verlassen und die Oberfläche zu besiedeln. Sie hatten festgestellt, dass ihnen das Sonnenlicht nicht schadet und erkannten die großen Vorteile, die ein Leben im Wald mit sich bringt. Zu diesen Trollen zählten auch diejenigen, die später zum Nordwaldstamm wurden. So günstig diese Anpassung an die Oberfläche auch war, so schwierig wurde ihr Verhältnis zu den Arten, in deren Gebiet sie eindrangen. Für die Elfen kamen sie mehr oder weniger aus dem Nichts. Die Trolle machten sich in ihren Wäldern breit und wurden deshalb natürlich als Feinde gesehen. Mal ganz abgesehen davon, dass sie auch vom Wesen her sehr unterschiedlich waren. Was dann folgte, wird in den Geschichtsbüchern als »Trollkriege« bezeichnet. Im Endergebnis schafften es die Trolle, bestimmte Gebiete zu erobern und sich dort anzusiedeln. Die Elfen behielten aber ihrerseits auch Wälder unter ihrer Herrschaft, die von den Trollen nicht eingenommen werden konnten. Fortan blieben die beiden Arten in ihren Gebieten und mieden die Territorien der anderen. Sie begegneten sich selten und wenn, dann gab es meistens Ärger. Genauso wie jetzt zwischen Alina und Rugor.

Nachdem die Streitigkeiten der beiden vorerst beendet waren, ging die Gruppe zurück in die Höhle und man beschloss, erst einmal zu überlegen, wie es weitergehen sollte. Die

Freunde hatten in der Aufregung um die Elfe und den Troll Esyia gar nicht nach ihrer Erweckung gefragt. Da sie aber eben gesehen hatten, wie das Mädchen den Troll magisch festgesetzt hatte, war klar, dass es wohl erfolgreich gewesen sein musste. Sie wollten es von Esyia aber noch mal genauer hören und die Magierin bestätigte daraufhin glücklich, dass sie ihre Erinnerungen und wichtige Teile ihrer Fähigkeiten zurückhatte. Auch von O'Zins Tod und seiner Bestattung erzählte sie, was alle sehr bedauerten. Allerdings hatte er sein Ableben ja schon angekündigt und deshalb waren sie auf die Nachricht vorbereitet.

Suriku freute sich besonders für das Mädchen. So lange Zeit waren sie schon zusammen unterwegs. Er konnte sich noch daran erinnern, wie sie damals auf seine Schulter geklettert war und dann nicht wusste, welcher Art sie angehörte. Der ganze Zweck ihres Aufbruchs aus dem Dunkelwald bestand ja anfänglich nur darin, herauszufinden, wer Esyia war. Das war nun geschafft. Aber im Laufe der Zeit waren so viele neue Aufgaben und vor allem Gefahren hinzugekommen, dass sie gar keine Zeit hatten, Esyias wiedererlangte Identität gebührend zu feiern. Es gab nämlich jetzt schon wieder ein neues Problem: Der Unterschlupf, in dem sie sich befanden, diente wohl vor langer Zeit als Schutz gegen Unwetter. Eine richtige Wohnstätte konnte er aber nicht gewesen sein, dazu war er zu klein. Allerdings war der Eingang so eingerichtet, dass Trolle mühelos hindurchpassten. Damit leider wiederum auch so groß, dass er leicht auffindbar war und man darin früher oder später von den Untoten entdeckt werden würde. Zusätzlich konnte jederzeit ein Vrapi auf den Trollunterschlupf aufmerksam werden. Man brauchte also eine Art geheimen Stützpunkt, von dem aus operiert werden konnte.

»Es gibt eine Möglichkeit«, sagte Rugor. Es ist allerdings nicht ungefährlich.«

»Welche?«, fragte die Magierin.

»Unsere Vorfahren sind damals vor langer, langer Zeit aus der Erde heraufgekommen. Es muss mehrere tausend Jahre her sein. Es gibt ein kleines abgelegenes Tal weit westlich von hier. Dort ist noch ein alter Eingang in die Tiefe. Wir hatten ihn damals als Kinder beim Spielen entdeckt. Die Alten hatten uns aber strengstens verboten hineinzugehen.«

»Verständlich«, sagte Esyia, »da unten existieren Wesen, die uns hier oben völlig unbekannt sind.«

»Du müsstest doch Verwandte unter der Erde haben«, meinte Suriku zu Rugor. »Vielleicht nehmen die uns auf.«

Rugor machte eine abwehrende Handbewegung. »Das ist viel zu lange her. Selbst die ältesten der Alten können sich daran nicht mehr erinnern. Die Trolle unter der Erde sind lichtempfindlich. Es sind Dunkelwesen. Ganz anders wie wir.«

»Was meinst du, Sybille?«, fragte das Mädchen.

Die Untote konnte die Fähigkeiten Satars am besten einschätzen und deshalb auch gut beurteilen, ob ein Rückzug ins Unterirdische Sinn machte. Sybille überlegte einen Moment und meinte dann:

»Die Welt unter den Bergen interessiert den Fürsten nicht. Ich habe in meiner Zeit in seiner Armee darüber niemals etwas gehört. Ich glaube auch nicht, dass er das Unterirdische als Gefahr betrachtet. So wie ich es sehe, wäre das eine Möglichkeit.«

»Gut«, sagte Esyia kurz entschlossen. »Auch wenn es nicht ohne Risiko ist, sollten wir es versuchen. Ist jemand dagegen?«

Niemand meldete sich und erhob Einspruch. Damit war es beschlossene Sache. Bevor sie allerdings aufbrachen, wollte Esyia den anderen noch die Wichtigkeit der Gruppe verdeutlichen und was O'Zin mit »Harmonie« meinte. Sie stand auf und begann, langsam hin und her zu gehen. Dabei erklärte sie:

»Mit Rugor ist die Guppe als Kampfeinheit gebildet. Alle wichtigen Funktionen sind nun besetzt. Es wird in Zukunft wichtig sein, dass wir noch mehr Wesen finden, die ihrerseits auch feste Gruppen bilden. Um Satar besiegen zu können, brauchen wir möglichst viele davon. Anders als die Untoten kämpfen wir nämlich nicht in großen Bataillonen, sondern in kleinen Einheiten. Diese können sich aber zu großen Schlachtzügen zusammenschließen. Da ich in Kampftaktik ausgebildet wurde und dieses Wissen glücklicherweise wieder da ist, werde ich euch die Prinzipien kurz erklären. Natürlich müssen wir noch viel Erfahrung sammeln, aber das wird ganz von selbst kommen. Also, wir haben Fernkämpfer, Nahkämpfer, eine Assassine und einen Heiler…«

»Assassine?«, unterbrach die Elfe die Magierin.

»Ich erkläre gleich, was damit gemeint ist«, erwiderte Esyia und blieb kurz stehen. Dann schlenderte sie weiter. »Die einzelnen Kampfpositionen können nur dann wirkungsvoll sein, wenn die anderen es auch sind. Die Trolle haben das Gegenteil schmerzhaft erfahren müssen. Eine Armee, die fast nur aus Nahkämpfern besteht, ist leichte Beute für einen hoch entwickelten Gegner. Satars Magier konnten ungehindert aus zweiter Reihe feuern. Niemand konnte sie daran hindern. Schutzschilde und Heilung hatten die Trolle nicht. So war es doch oder, Rugor?«

Der Troll schaute nicht auf, nickte aber betrübt mit dem Kopf.

»Unsere Gruppen werden auch Nahkämpfer haben«, fuhr Esyia fort. »Diese werden aber durch Schilde und Heilung geschützt sein und begleitet durch Fernkampffeuer. Gleichzeitig werden wir wissen, wo sich der Feind befindet und können mit ein bisschen Glück Schlüsselfiguren schon vor dem Kampf eliminieren.«

Während das Mädchen ihren kleinen Vortrag hielt, ging sie langsam auf Wolli zu. Die Katze lag etwas seitlich von den anderen auf dem Bauch und ließ Esyia nicht aus den Augen. Die Magierin bemerkte, dass Wolli immer noch die Rüstung trug, die ihm Grobart damals gemacht hatte. Die war eigentlich überflüssig. Schaden konnte sie ohnehin kaum abwehren und die Katzen, auf denen die Valira in Yras geritten waren, hatten auch keine Rüstung gehabt. Das Mädchen entschloss sich deshalb, während sie den Freunden weiterhin den Gruppenkampf erläuterte, Wolli die Rüstung abzunehmen. Das wäre normalerweise nicht ganz einfach gewesen, denn die Katze sträubte sich immer, wenn man ihr irgendetwas anlegen oder abnehmen wollte, aber Esyias telekinetische Fähigkeiten kamen ihr hier zugute. Wolli wurde plötzlich von einer Kraft erfasst und hochgezogen, sodass er in der Luft mit dem Kopf nach unten hing. Er versuchte verzweifelt sich irgendwo festzukrallen und dagegen anzukämpfen, doch es half nichts. Als er erkannte, dass es das Mädchen war, welches ihn hochhob, gab er seinen Widerstand auf und ließ die Prozedur über sich ergehen.

»Das Wichtigste im Gefecht ist, dass wir die gefährlichsten Ziele zuerst beseitigen, wenn es geht«, erklärte Esyia und begann einen der Ledergurte von Wollis Hals zu lösen.

»Die den meisten Schaden machen«, sagte Suriku überzeugt, doch Sybille schüttelte den Kopf:

»Falsch.«

»Nein«, Esyia nickte der Untoten zu, »das wäre nicht so gut. Als Erstes müssen wir versuchen, ihnen den Schutz zu nehmen. Sonst sind unsere Angriffe nämlich mehr oder weniger nutzlos.«

Sibille schaute zum Ho'ki: »Die Heiler und die Schildzauberer. Wobei Satars Armee im Kampf nicht mit Heilern arbeitet. Damit würde das wegfallen. Unsere Magie, also die schwarze, hat aber starke Schilde.«

»So ist es«, sagte Esyia. »Als Nächstes werden die Zauberer in den Fokus genommen, die Kontrollsprüche wirken. Wenn Sybille beispielsweise am Zaubern gehindert wird, so wie bei Meister O'Zin, kann sie natürlich keinen Schaden mehr machen. Aber (*sie war nun an Wollis Kopf fertig und drehte die Katze in der Luft in die Waagerechte, allerdings mit den Beinen nach oben*) meistens sind die Schutzmagier auch die Kontrollwirker. Wir können uns nur daran orientieren, wer gerade was zaubert. Welche Fähigkeiten die einzelnen Kämpfer haben, können wir nicht wissen. Erst wenn sie zaubern, sehen wir es.«

»Aha«, sagte Suriku. »Aber was passiert denn, wenn ich von einem Untoten festgehalten werde, ich meine jetzt mit einem Zauber. Was soll ich dann machen.«

»Dann gibt es nur zwei Möglichkeiten: Erstens einer von uns greift den Untoten an oder zweitens ich löse den Griff durch einen Gegenzauber.«

»Ich selbst kann nichts machen?«

»Mit den Fähigkeiten, die du jetzt hast, nicht«, sagte Sybille. Sie warf einen Blick auf die RD-37c, die mit ihrem Schulterstück aus Surikus Waffentasche schaute. »Aber wer weiß, was dieser Machtkristall noch alles kann.«

Das Mädchen war nun an Wollis Rücken fertig und drehte ihn so, dass sie die Schnallen an den Beinen lösen konnte. Die Rückengurte und der kleine Sattel mit dem Koffer waren nach unten gefallen. Esyia trug nach wie vor die schwarze Lederkleidung, die die Schneiderin in Rodusk für sie angefertigt hatte. Sie hatte sich auch als nützlich erwiesen, denn trotz der starken Beanspruchung der letzten Wochen war sie fast unbeschädigt. An das Kleid im Koffer verschwendete Esyia keinen einzigen Gedanken mehr. Durch ihre Rückverwandlung bei O'Zin hatte sich ihre Einstellung zu solchen Sachen geändert. Für schicke Kleidung hatte sie jetzt keinen Sinn mehr.

»Wer nicht zaubern kann, ist ja so gut wie verloren«, meinte der Ho'ki resigniert.

»Pah!«, rief Bobb. »Zaubern ist für Mädchen! Ich brauche keinen Zauber.«

Alle fingen an zu lachen. Esyia sah zu Bobb und Rugor:

»Naja, ihr habt durch eure Körperkraft und eure Magieresistenz durchaus Macht. Nur sehr wenige Magier haben die Fähigkeiten von O'Zin. Bei den meisten könnt ihr die Zauberkraft durch eure Wut brechen. Allerdings müsst ihr dann aber auch an sie herankommen. Wenn ihr sie einfach feuern lasst, seid ihr ziemlich schnell am Ende.«

»Magier sind ohnehin eher selten«, fügter Rugor hinzu, »außer O'Zin und jetzt euch zwei (*er meinte Esyia und Sybille*) habe ich noch nie einen getroffen.«

»Es gab auch noch nie eine so ernste Bedrohung«, sagte Sybille. »Normalerweise bleiben Zauberer allein und leben im Verborgenen. Satar ist jedoch losgezogen und hat alle schwarzen Magier, die er finden konnte, entweder getötet oder in seine Armee aufgenommen.« Sie schaute nachdenklich in die Mitte des Kreises, in den sich die Freunde gesetzt hatten. »Da sie jetzt auch Schlösser haben, wo begabte Schüler zu Zauberern ausgebildet werden, muss man leider davon ausgehen, dass es immer mehr werden.«

»Wie dem auch sei«, sagte Esyia, »wir werden kämpfen. Und deshalb ist die Rangfolge der Ziele sehr wichtig: Zuerst greifen wir die Schild- und Kontrollzauberer an, dann die magischen Schadensverursacher. Erst dann kommen die Nahkämpfer an die Reihe. Im Kampf wird das Ganze allerdings niemals so geordnet ablaufen. Es bricht meistens auf die ein oder andere Art Chaos aus. Trotzdem ist es wichtig, dass man die Reihenfolge im Hinterkopf behält. Wenn du (*sie sprach Suriku an*) die Wahl hast, auf einen Zauberer oder einen Krieger zu feuern, dann nimm den Zauberer. Das gleiche gilt auch für Rugor und Bobb. Ihr zwei werdet aber wahrscheinlich alle Hände voll mit Nahkämpfern zu tun haben, die sich auf euch stürzen. Die Fernkämpfer können am besten von Fernkämpfern angegriffen werden. Das machen dann Sybille und Suriku.«

Das Mädchen war nun mit den Gurten an Wollis Bauch fertig und ließ die Katze wieder herunter. Sie hatte lediglich einen Riemen mit Schlaufen übrig gelassen. Er ging hinter den Forderbeinen zum Rücken der Katze. So konnte sich die Magierin immer noch mit den Händen und den Füßen auf Wollis Rücken einhaken. Die Katze wälzte sich nach der Prozedur sofort auf den Rücken und wollte gekrault werden. Esyia streichelte Wolli daraufhin über den Bauch und wendete sich dabei an die Elfe:

»Deine Aufgabe unterscheidet sich von denen der anderen, Alina, aber sie ist genauso wichtig. Du musst dich hinter die feindlichen Linien schleichen und so viele Informationen sammeln wie möglich. Je mehr wir über Satars Strategie wissen, desto besser. Außerdem wirst du bestimmte Schlüsselpersonen, also Feinde mit besonders wichtigen Aufgaben oder Zuständigkeiten, gezielt im Vorhinein ausschalten.«

»Heißt das, ich soll mich bei denen einschleichen und jemanden umbringen?« Die Elfe war einigermaßen geschockt.

»Ja.«

»Ich bin eine Sumpfalbin, Esyia, keine Killerin. Lass den Troll so was machen.«

»Trolle kämpfen nur ehrenhafte Kämpfe«, sagte Rugor verärgert. Er warf der Elfe einen bösen Blick zu. »Hinterrücks jemanden abmurksen ist was für euch Feiglinge.«

Beinahe wäre wieder Streit ausgebrochen, doch Sybille ging sofort dazwischen:

»Stopp, ihr zwei! Der Nächste von euch, der wieder mit dem Ärger anfängt, kriegt von mir eine Frostlanze verpasst, glaubt's mir.«

Suriku meinte beschwichtigend: »Du bist die Einzige, die sich unsichtbar machen kann, Alina. Rugor kann sich nirgendwo unbemerkt einschmuggeln.«

»Aber wenn ich einen von denen angreife, werde ich sichtbar. Was dann?«

»Du wirst schon einen Weg finden.« Esyia setzte sich zu den anderen in den Kreis. »Es geht natürlich nur, wenn du dich auch wieder zurückziehen kannst. Geduld ist dabei sehr wichtig.« Sie sah zu Rugor. »Im Krieg ist die Aufgabe einer Assassine nichts Unehrenhaftes.«

Man konnte an Alinas Gesichtsausdruck erkennen, dass ihr nicht wohl bei der Sache war. So etwas hatte sie noch nie getan. Die Sumpfelfen machten sich im Kampf zwar immer unsichtbar und griffen aus der Verstohlenheit an, allerdings gehörten Attentate nicht zu ihren Kriegspraktiken. Wie es der Troll schon gesagt hatte, der Sache haftete etwas Unehrenhaftes an. Irgendwo jemanden umbringen, vielleicht sogar im Schlaf, war extrem hinterlistig und bösartig. Zudem noch sehr gefährlich. Wenn man bei so einem Versuch erwischt würde, wäre es auf alle Fälle aus. Attentäter werden hingerichtet und niemals zu Kriegsgefangenen. Allerdings machte Satar sowieso keine Gefangenen, deshalb war Letzteres eigentlich auch egal.

Wie so oft bei den Freunden fügte sich aber auch die Elfe letztendlich in ihr Schicksal. Esyia hatte ihr diese Aufgabe übertragen und sie hatte keine Wahl. Sie war die Einzige, die für solche Sachen geeignet war und sie war entschlossen, ihren Beitrag im Kampf gegen die Untoten zu leisten. Mit Alinas Aufgaben waren somit alle Rollen verteilt und für die Gruppe als Kampfeinheit ergab sich folgendes Bild:

Esyia   – Heilung, Schutzschilde, Gegnerkontrolle,
Suriku   – Fernkampf (RD-37c),
Sybille – Fernkampf (Frostzauber),
Bobb   – Nahkampf (Keule, Waffenlos),
Rugor   – Nahkampf (Zweihand-Axt, Waffenlos),
Alina   – Spionin, Assassine, allgemeine Aufklärung,
(Wolli   – Reittier der Anführerin)

Natürlich galt Obiges nur im Grundsatz. Niemand hielt beispielsweise den Ho'ki davon ab, ein Schwert oder Messer zu benutzen. Bobb konnte etwas werfen, Esyia mit ihren telekinetischen Fähigkeiten angreifen, Sybille schilden und so weiter. Was im Kampf dann am Ende geschah, unterschied sich eventuell von der Rollenverteilung, aber es war notwendig, dass jeder zunächst einmal seine Aufgaben kannte.

Nachdem Esyia mit ihren Erklärungen fertig war, unterhielten sich die Freunde noch einige Zeit und legten sich dann schlafen. Am nächsten Tag, im Morgengrauen, wollten sie losziehen und den alten Eingang in die unterirdische Welt suchen, von der Rugor erzählt hatte. Das Feuer in der Höhle hatten sie gelöscht und eine tiefe Dunkelheit umgab die Gruppe. Der Unterschlupf hatte eine recht große Öffnung nach draußen, doch auch dort war alles schwarz. In dieser Nacht sollte kein Mond die Umgebung erhellen, dafür sorgten die großen, dunklen Wolken am Himmel.

Es war still, unnatürlich still.

Kortuls Einheit

Während Esyia mit ihren Freunden von Yras geflüchtet war und bei O'Zin ihre Erinnerungen wiedererlangt hatte, setzten sich in Utvalin überall die schrecklichen Ereignisse fort, die die Magierin und auch Sybille vorausgesehen hatten: Satars Truppen eroberten ein Gebiet nach dem anderen. Der dunkle Fürst vernichtete bei seinem Feldzug alle Wesen, die ihm gefährlich werden konnten. Das betraf natürlich nur vernunftbegabte Kreaturen. Einen Baum zu fällen oder ein Wildschwein zu töten machte keinen Sinn. Sollte ein Baum aber in Wahrheit ein Botanoid sein, wie Borki zum Beispiel, dann würde Satar ihn beseitigen. Botanoide konnten denken und waren damit potentiell gefährlich.

Der Fürst war bei seinem Feldzug ursprünglich von Osten her aufgebrochen. Seine Armee hatte sich so aufgeteilt, dass ein Teil Richtung Norden marschiert war und ein anderer Teil erst nach Süden und dann westlich. Seine Strategie sah vor, den gesamten Süden Utvalins unter Kontrolle zu bringen und sich südlich dann immer weiter Richtung Westen zu begeben. Im Westen angekommen sollten sich seine Truppen erneut aufteilen, nach Norden marschieren und dann einen Halbkreis bilden, der sich zur Mitte hin langsam schließt. Gemäß seines Plans würden die Gebiete nacheinander so erobert: Osten und Nord-Osten, Süden, Westen und Nord-Westen, die Mitte und zuletzt der Norden.

Satars Kämpfer hatten ihr Ziel schon fast erreicht. Der Nord-Westen war gefallen und die Mitte größtenteils auch. Eigentlich war mit dem Fall Yras, der Berg lag genau in der Mitte Utvalins, das Wichtigste schon längst geschafft. Der Feind war am Boden. Jetzt galt es lediglich noch das restliche Zentrum und den Norden zu schließen und damit die gesamte Welt endgültig zu kontrollieren.

Wenn Wesen von der »Welt« oder von »Utvalin« sprachen, meinten sie immer nur die bekannte Welt. Utvalin war so groß, dass kein Wesen bisher jemals an ein Ende gekommen war, in keiner Himmelsrichtung. Genau genommen wusste man auch nicht, ob Yras wirklich der Mittelpunkt der Welt war. Man ging lediglich davon aus, weil die Valira das erste bekannte Volk waren und sich die besiedelten Gebiete um Yras herum verteilten.

In östlicher Richtung befanden sich die meisten zivilisierten Länder. Das waren Königreiche, Städte, größere Siedlungen und andere Arten von Gemeinschaften. Reiste man weiter nach Osten hinaus, hörten diese aber irgendwann auf und es kamen nur noch naturbelassene, unbewohnte Gebiete, die noch nicht erforscht waren. Viele Abenteurer und Neugierige hatten versucht, in eine Himmelsrichtung immer weiter zu reisen, um irgendwann einmal an einen Punkt zu kommen, wo es nicht mehr weiterging. Alle Rückkehrer mussten jedoch zugeben, dass sie ihre Reise irgendwann abgebrochen hatten. Ein Ende hatte keiner erreicht. Einige von ihnen erzählten von fantastischen Monstern und ganz absonderlichen Gegenden, die sie gesehen haben wollten. Das Meiste davon war aber erfunden. Solche Geschichtenerzähler waren sehr beliebt und sie verdienten sich so manches Kupferstück, wenn sie von ihren Reisen berichteten.

Im südlichen Utvalin gab es einen Ozean, der die »Mürrische See« genannt wurde. Er erstreckte sich über viele Kilometer von Süd-Osten nach Süd-Westen. Wie weit das Meer in den Süden selbst reichte, war nicht bekannt. Satars Truppen waren nur deshalb in der Lage gewesen, den Süden einzunehmen, weil sie mithilfe von Portalen die Mürrische See überqueren konnten. Sie portierten sich vom östlichen

Ufer zum westlichen. Die See selbst war auch dem Fürsten unbekannt. Man wusste zwar, dass es Inseln gab und natürlich waren auch einige erforscht, aber auch hier hatte es bisher noch niemand geschafft, an ein Ende vorzudringen.

Eine riesige Anzahl an Wesen war gegenwärtig auf der Flucht vor Satars Kriegern. Sie zogen sich immer weiter zurück und strömten jetzt Richtung Norden. Vereinzelt flohen sie auch in die unbekannten Randgebiete Utvalins. Das war für den Fürsten allerdings unerheblich, denn eine so geringe Zahl an Wesen stellte für ihn keine Gefahr dar. Alle feindlichen Armeen und besiedelten Gebiete hatte er auf seinem Feldzug bisher vernichtet. Natürlich schafften es nur die Kräftigen und Gesunden zu entkommen. Die Alten, Schwachen und Kranken, die Langsamen, viele Familien mit Kindern und Ähnliche hatten keine Chance. Sie wurden von den Untoten eingeholt und getötet.

Den eigentlichen Kampftruppen Satars gingen in der Regel Aufklärungstrupps voraus, die die Gegenden erst einmal erkundeten. Die Zusammensetzung dieser Einheiten variierte, aber meistens bestanden sie aus mindestens einem Offizier, ein oder zwei Unteroffizieren, zwei Magiern, einem Vrapiführer und bis zu zwanzig Kriegern. Sie hatten nicht die Aufgabe, direkt anzugreifen, jedoch waren sie sehr schlagfertig und bei dem eigentlichen Vorstoß der Haupttruppen dann auch an vorderster Front mit dabei. Sollten die Spähtrupps bei ihren Missionen allerdings vom Feind entdeckt werden oder einzelne Gruppen aufspüren, so hatten sie den Befehl, diese sofort auszuschalten.

Die Sonne war gerade untergegangen und die Aufklärungseinheit unter Kommandant Kortul erreichte eine kleine Lichtung. Sie waren nordwestlich von Yras unterwegs und auf der Suche nach weiteren Trollen oder anderern Arten, die vernichtet werden sollten. Kortul ging nicht davon aus, noch auf nennenswerten Widerstand zu treffen, denn die Anzahl der getöteten Trolle ging mittlerweile in die Tausende. Irgendwann sollten sie auch den letzten erwischt haben und eine weitere Art wäre ausgerottet. Einzelne Flüchtlinge zählte er nicht mit. Die würde man früher oder später auch noch kriegen. Im Falle einer Überraschung aber hatte er den Auftrag, sofort einen Vrapi zu schicken und die Richtung anzugeben, damit die Kampftruppen des Fürsten in Bewegung gesetzt werden konnten und ihr tödliches Werk fortsetzten. Kortul war einer der wenigen Mutanten, die es geschafft hatten, in den Rang eines Offiziers aufzusteigen. Satar wusste zwar um die Fähigkeiten der Grünen, aber er selbst war untot und deshalb vertraute er auch eher anderen Untoten.

»Starke Energie«, sagte die Kreatur im schwarzen Umhang. Sie ging leicht in die Knie und legte ihre skelettartige Hand flach auf den Boden. Dann hob sie sie wieder an und schloss die Finger zu einer Faust. »Weiße Energie.« Das Gesicht des Untoten verzog sich zu einer Grimasse, die Ekel ausdrückte. »Ein Magier Yras', keine Frage.«

»Die Magier Yras' sind alle tot«, erwiderte Kortul.

Der knieende Zauberer schaute auf und seine weißen, leblosen Augen fixierten den Mutanten. Man konnte spüren, dass die Kreatur im schwarzen Umhang die Äußerung des Grünen missbilligte. In Sachen Magie duldete der Zauberer keinen Widerspruch, schon gar nicht von einem Mutanten. Er ließ sich deshalb einige Augenblicke Zeit, bevor er entgegnete:

»Dieser nicht … und wenn, dann noch nicht lange. Die Präsenz ist stark.«

Kortul hasste Magier. Nicht so sehr die feindlichen, die konnte er vernichten. Mehr die befreundeten. Denen konnte er nämlich nicht so einfach die Rübe runterhauen. Die Mutanten waren magisch unbegabt. Das galt für alle

Grünen in Satars Armee. Mitunter hatten sie zwar ganz außergewöhnliche Fähigkeiten, die es mit den magischen durchaus aufnehmen konnten, aber Magie selbst konnten sie nicht nutzen. Er musste deshalb auf den Rat des Magiers hören, was für ihn einen Verlust an Respekt in der Gruppe zur Folge hatte. Anstatt also sein Schwert zu nehmen und den verdammten Untoten einen Kopf kürzer zu machen, rief er:

»Vrapiführer!«

Ein Soldat aus dem Hintergrund kam schnellen Schrittes vor.

»Hauptmann Kortul?«

»Nachricht ans Basislager. Wir haben hier vielleicht einen lebenden Magier Yras'. Gebt die Koordinaten durch und meldet, wir bewegen uns weiter nord-westlich.«

»Jawohl, Hauptmann Kortul.«

Der Soldat schritt zurück und machte sich an einem kleinen Käfig zu schaffen, in dem sich zwei Vrapis befanden. Er nahm einen heraus und dieser klammerte sich mit dem Kopf nach unten an seinen Unterarm. Der Vrapi war etwa so groß wie ein ausgewachsener Rabe, allerdings fledermausähnlich. Der Tierführer flüsterte dem Vrapi etwas zu und streckte dann seinen Arm aus. Das Tier ließ los und fiel nach unten. Kurz bevor es den Boden berührte, öffneten sich seine Flügel und es schoss mit einem lauten, quiekenden Schrei in den nächtlichen Himmel hinauf. Schon nach ein paar Sekunden war der Vrapi verschwunden.

Sechs Entschlossene

Esyia schreckte hoch. Sie hatte etwas Übles geträumt und war davon aufgewacht. Wie immer lag sie an Wolli geschmiegt, der nun ebenfalls die Augen öffnete, den Kopf hob und zu ihr sah. Die Magierin tätschelte ihn und gab ihm zu verstehen, dass er weiterschlafen solle. Sie rieb sich die Augen. Da es stockdunkel war, konnte man so gut wie nichts sehen. Die anderen schliefen alle. Verwirrt dachte sie nach, was sie aufgeweckt hatte. Im Traum war ihr O'Zin erschienen, der sie freundlich angelächelt hatte. Plötzlich aber hatte sich sein Gesicht zu einer Fratze gewandelt, die sie aus gelben, bösartigen Augen ansah und dann verschwand. Es mochte in diesen Zeiten ja nicht ungewöhnlich sein, schlecht zu schlafen, dachte das Mädchen, aber Träume, in denen der alte Meister vorkam, hatten in der Regel eine Bedeutung. Außerdem hatte sie ein sehr ungutes Gefühl. Irgendetwas stimmte nicht. Sie stand auf und tastete sich vorsichtig zu der Elfe hinüber. Sie wollte nicht sofort alle aufwecken, denn die Freunde brauchten den Schlaf. Als sie vor Alina stand, flüsterte sie:

»Alina.«

Die Elfe öffnete die Augen und sah das Mädchen an. »Was ist los, Esyia?«

»Du must was machen, Alina.«

Die Elfe war zwar sehr müde, aber wenn die Magierin sie mitten in der Nacht aufweckte, hatte das vermutlich nichts Gutes zu bedeuten. Sie richtete sich auf und fragte leise:

»Was soll ich machen?«

»Irgendetwas ist komisch, Alina. Vielleicht sind wir in Gefahr. Schleich dich mal raus und sieh nach dem Rechten. Sei aber vorsichtig.«

»Gut«, erwiderte die Elfe. Sie stand auf, prüfte kurz den Sitz ihrer Dolche und ging in Verstohlenheit. Sie war auf Anhieb unsichtbar und vor allem wegen der Dunkelheit nicht mehr auszumachen. *Eine sehr starke Fähigkeit*, bemerkte Esyia erneut, während die Elfe mit einem leisen »Bis gleich« die Höhle verließ.

Das Mädchen ging zurück zu Wolli und setzte sich hin, mit dem Rücken an ihn gelehnt. Sie dachte nach. Gegenwärtig waren sie nur zu sechst. Damit konnten sie es mit etwas Glück schaffen, irgendwo fürs Erste unterzutauchen. Gegnerische Einheiten bis zu einer gewissen Größe waren besiegbar, eine vollständige Armee natürlich nicht. Es war absolut notwendig, noch mehr Lebende hinzuzubekommen, so viele wie möglich. Die mussten dann, wenn nötig, noch ausgebildet werden und sich ebenfalls zu Gruppen zusammenschließen. Den Freunden hatte sie so etwas ja schon angedeutet. Bei guter Ausbildung der eigenen Seite könnte man vielleicht, aber dann auch schon unter günstigsten Bedingungen, noch bei einem Verhältnis von eins zu drei siegreich sein. Das heißt, mit einem Schlachtzug ein Gefecht gewinnen, bei dem der Gegner drei mal mehr Kämpfer hatte. Das war allerdings für große Schlachten das Maximum. Momentan bestand Satars Armee aus tausenden von Kriegern. Auf ihrer Seite gab es nur unorganisierte Flüchtlinge und vielleicht einige Kleingruppen, die zusammen versuchten, sich durchzuschlagen. Wenn sie es bis ins Unterirdische schafften, mussten alle Überlebenden ebenfalls dorthin kommen. Sie brauchten Zeit. Die Welt an der Oberfläche war so oder so verloren. Die Idee von Rugor war prinzipiell gut. Da unten konnte man sich für eine gewisse Zeit verstecken. Sie würden eine eigene Armee aufbauen und dann zurückschlagen.

Mit diesen und ähnlichen Gedanken saß Esyia im Dunkeln und wartete. Von Zeit zu Zeit tätschelte sie die Katze, die natürlich nicht wieder eingeschlafen war, sondern mit dem Mädchen zusammen wach blieb. Es dauerte etwa eine Stunde, dann kam die Elfe zurück. Sie schien sehr aufgeregt zu sein, denn schon am Eingang flüsterte sie mit recht lauter Stimme:

»Esyia, Esyia!«

Beim Hineinkommen achtete sie nicht genau darauf, wo sie hintrat, und stieß mit dem Fuß gegen Bobbs Bauch. Der Riese wachte auf und protestierte:

»Was zur Hölle …«

»Pssst«, machte die Magierin. »Nicht so laut. Was ist los Alina?«

»Eine große Gruppe Monster … sie sehen fürchterlich aus … sie …«

»Beruhige dich erst mal. Wieviele und welche Arten?«

Die anderen wachten nun auch auf und hörten gespannt auf das, was Alina zu sagen hatte.

»Insgesamt etwa zwanzig Untote oder mehr. So grüne Kreaturen waren auch dabei.«

»Mutanten«, sagte Sybille.

»Zwei saßen etwas abseits mit schwarzen Kapuzen und schwarzen Umhängen. Dann eine Dreiergruppe mit komisch leuchtenden Schwertern und eine größere Gruppe.«

»Was machen sie?«, fragte die Magierin.

»Sie sitzen um zwei Feuer, manche von ihnen essen was.«

Die Magierin dachte kurz nach und sah zu Sybille. »Was sagst du dazu?«

»Ein Spähtrupp. Die zwei mit Kapuze sind die Magierbegleitung. Die mit den Waffenverzauberungen sind die Offiziere, der Rest einfache Krieger.«

»Haben sie dich bemerkt?«, fragte Suriku.

»Nein, ich glaube nicht.«

»Gab es noch andere Gruppen?« Rugor stellte diese Frage aus gutem Grund.

»Ich bin noch weiter umhergeschlichen, habe aber keine anderen gesehen. Da war allerdings noch was …«

»Was?«, fragte Esyia.

»In so einem kleinen Käfig waren irgendwelche Vögel oder so drin. Ich konnte nicht so nah ran und es nicht genau erkennen.«

»Vögel?«, wunderte sich Suriku.

»Vrapis, um genau zu sein.« Sybille strich sich eine Strähne aus dem Gesicht. »Sie haben also auch einen Vrapiführer dabei. Eine vollständige Aufklärungseinheit. Die Vrapis – so was wie Fledermäuse, nur intelligenter – schicken sie los, wenn sie auf größere Feindesgruppen stoßen. Dann setzt sich die eigentliche Armee in Bewegung.«

»Was machen wir jetzt?«, fragte Alina.

Suriku zog seine 37 aus der Waffentasche. »Wie weit sind sie entfernt?«

»Etwa dreihundert Schritt.«

»So nah? Dann können wir froh sein, dass sie uns nicht längst entdeckt haben.«

»Wir können nicht fliehen«, meinte Sybille. »Die Magier nehmen unsere Aura wahr und folgen uns dann.«

»Ja.« Esyia nickte. »Bis zu einer bestimmten Zeit bleibt die Umgebung energetisch aufgeladen, wenn sich Zauberer irgendwo aufhalten. Wenn wir jetzt fliehen, können sie unsere Spur verfolgen und finden dann vielleicht den Eingang in die Tiefe.«

Bobb richtete sich auf. »Wer will denn fliehen? Ich jedenfalls nicht.«

»Ich auch nicht«, sagte Suriku.

Esyia schnippte leicht mit den Fingern und gab Wolli damit ein Zeichen aufzustehen.

»Also gut.« Sie stieg auf seinen Rücken. »Wir greifen sie an. Es bleibt sowieso keine Wahl.«

»Ich habe keine Waffe«, sagte der Troll.

»Du musst jetzt ohne auskommen, Rugor, aber vielleicht schaffst du es, den Kriegern eine abzunehmen.«

»Jämmerliche Schwerter. Ich habe ihre Waffen gesehen. Ein Troll kämpft mit einer Axt. Geschmiedet und gehärtet in den heiligen Quellen Nordwalds.«

Suriku grinste. »Warte, bis du die Schmiedemeister der Zwerge kennen lernst. Die machen feines Zeugs.« Er zog die Schiene unter dem Lauf der 37 zurück und der Machtkristall meldete sich mit dem üblichen Summton an: Die Waffe war scharf.

Sybille strich sich kurz an beiden Händen über ihre Ringe. Bei der Berührung leuchteten sie leicht bläulich auf. Das war mehr eine Art Ritual. Anders als der Ho'ki musste sie natürlich keine Fähigkeiten aktivieren. Auch Alina und der Riese machten sich zum Kampf bereit. Bobb nahm seine Keule und hielt sie beidhändig vor den Körper.

»Wie gehen wir vor?«, fragte Suriku.

»Auf alle Fälle müssen die Magier als Erstes ausgeschaltet werden«, sagte Sybille. »Am besten setzt du sie fest, Esyia, und Suriku und ich greifen sie an.«

»Ja, das ist gut«, meinte das Mädchen.

»Wir müssen sie überraschen«, fuhr Sybille fort, »ansonsten wird es schwierig. Ich würde sagen, Bobb und Rugor stürmen direkt auf die Krieger zu.«

»Ihr zwei müsst aber kurz ohne Schutz auskommen«, sagte Esyia in Richtung des Trolls und des Riesen. »Ich kann mich leider nicht um die Magier und euch gleichzeitig kümmern. Ich gebe euch aber einen Heilzauber mit, der einige Minuten wirkt. Bis dahin müssten die Magier tot sein. Ist das möglich, Sybille?«

»Ich denke schon. Die Magier der Spähtrupps sind zwar nicht schlecht, aber seine stärksten Kräfte hält Satar gerne bei sich.«

»Wäre es nicht besser, wenn du die Magier kontrollierst und Suriku und Sybille direkt die Krieger und die Offiziere mit angreifen. Die Magier können doch sowieso nicht zaubern, wenn du sie festhältst«, schlug Rugor vor.

»Hmm…« Esyia überlegte. »Das Problem dabei ist, dass ich nicht genau weiß, was sie können. Ein festgesetzter Zauberer ist nicht völlig wehrlos. Für die meisten starken Sprüche müssen die Hände oder der Körper bewegt werden. Manchmal sind auch magische Gegenstände nötig. Stäbe, Artefakte, Edelsteine und so weiter. All das können sie nicht verwenden. Sie sind aber in der Lage rein durch die Konzentration ihrer Gedanken Magie zu wirken. Die wird zwar schwächer sein, aber es besteht ein Risiko. Wenn es die Magier irgendwie schaffen, freizukommen, nutzen sie ihre Überzahl aus. Das wäre schlecht.«

»Ja«, meinte die Untote. »Ich könnte auch ohne Bewegungen gewisse Zauber sprechen, so wird es bei ihnen auch sein.«

»Hättest du bei O'Zin was machen können?«, wollte die Elfe wissen.

»Ja, hätte ich. Allerdings nur schwache Schutzmagie. Angreifen konnte ich nicht mehr. Es ist aber trotzdem sicherer, die Magier zuerst auszuschalten.«

Esyia nickte.

»Was ist mit dem Anführer?«, wollte Bobb wissen. »Die einfachen Krieger werden auf seine Kommandos hören.«

»Richtig«, bemerkte Esyia. »Das musst du machen, Alina. Es reicht, wenn er vorübergehend außer Gefecht gesetzt ist. Wir brauchen nur Zeit um die Magier rauszunehmen.«

Alina nickte. »Das kriege ich hin. Einer der Grünen ist das.«

»Du musst dann selbstständig sehen, was du danach machst. Als Sumpfelfe hast du genug Möglichkeiten, dich aus dem Kampf zurückzuziehen, wenn es brenzlig wird. Mit meinen Zaubern muss ich in erster Linie Bobb und Rugor helfen, die werden es am nötigsten haben.«

»Ja, gut«, sagte Alina. Das leuchtete ihr ein. »Unter normalen Umständen kann ich immer zurück in die Verstohlenheit.«

»Können wir in der Dunkelheit den Gegner überhaupt erkennen?«, fragte der Ho'ki.

»Das wird kein Problem sein.« Die Untote zog die Kapuze ihres Umhangs über den Kopf und alle waren überrascht Sybille so zu sehen. Das hatte sie noch nie gemacht. Jetzt wurde es wirklich ernst. »Die Zauber werden genug Licht spenden. Es wird vermutlich das reinste Feuerwerk.«

Esyia saß auf Wolli und schaute noch einmal von einem zum anderen. Dann führte sie die Hände zum Soldatengruß zusammen, den sie schon bei Rugor gemacht hatte, und sagte:

»Für Utvalin.«

Die anderen taten es ihr nach und sagten ebenfalls:

»Für Utvalin.«

Die Gruppe im Kampf

Die Freunde schlichen langsam und so leise wie möglich aus der Höhle. Alina ging voraus. Nach ein paar Metern blieb Sybille jedoch plötzlich stehen und sagte:

»Warte kurz, Alina.«

Sie holte ein kleines silbernes Schmuckstück hervor. Es hatte die Form eines Totenkopfs, das übliche Symbol der untoten Magier. Sybille hielt ihn für einen Moment in der geschlossenen Hand, dann öffnete sie die Hand wieder und die Augen des kleinen Silberschädels leuchteten blau. Es sah aus, als wäre er zum Leben erwacht.

»Hier, nimm ihn und versteck ihn unter deinen Haaren. Du kannst uns damit im Dunkeln ein Zeichen geben. Er ist jetzt magisch aufgeladen und wird weiter leuchten.«

Alina wich etwas zurück. »Äh … ich weiß nicht«, sagte sie. »Ein Totenkopf?«

»Ja, ein Totenkopf.« Sybille schmunzelte. »Der hier ist allerdings auf deiner Seite. Ich bin sein Besitzer und du bist meine Verbündete.«

Leicht zögerlich nahm die Elfe das Schmuckstück und steckte es unter ihre Haare in den Gürtel, der auch ihre Dolche trug. Dann nahm sie es wieder hervor und hielt es in die Höhe, sodass die Handfläche es nach hinten abschirmte. Der Totenkopf konnte jetzt nur von der Gruppe gesehen werden und nicht von den Feinden in der anderen Richtung.

»Wenn ich ihn still halte, bleibt ihr stehen«, erklärte Alina. »Wenn ich ihn hin und her bewege, könnt ihr weitergehen. In Ordnung?«

Alle waren einverstanden. Alina konnte jetzt in größerer Entfernung vorauslaufen und sich auch unsichtbar machen, denn die kleinen, leuchtenden Augen des Schädels waren in der Nacht ziemlich weit zu sehen.

Die Freunde schlichen vorsichtig weiter und schauten nach vorne. Das Licht wies ihnen die Richtung. Immer wenn es auftauchte, bewegte es sich hin und her. Nach etwa zehn Minuten, in denen sie sich langsam Schritt für Schritt vorgearbeitet hatten, sahen sie plötzlich den blauen Punkt unbeweglich in der Luft. Sofort blieben alle stehen. Kurz darauf war die Elfe wieder bei der Gruppe.

»Da vorne sind sie. Die Feuer sind aus, aber die Glut glimmt noch leicht. Man kann ihre Umrisse noch erkennen.«

»Gut«, flüsterte Esyia leise. Sie drehte sich zu den Freunden. »Suriku, du gehst links von mir und Sybille geht rechts. Wo liegen die Krieger, Alina?«

»Weiter hinten«, antwortete die Elfe.

»Aha. Dann schleicht ihr zwei, Bobb und Rugor, euch ein paar Schritte vor auf die Krieger zu. Alina, du gehst zum Kommandanten. Keiner macht etwas, bis ich die Magier angreife. Ich setze sie fest und hebe sie leicht an. Sie werden in eine rötliche Aura eingehüllt sein. Sobald ihr das rote Licht bei Ihnen seht, greift ihr auch an. Zögert nicht. Alles muss sehr schnell gehen, sonst kriegen wir Schwierigkeiten. Suriku, du feuerst auf den linken Magier, Sybille nimmt den rechten.«

Esyia wartete kurz. »Noch Fragen?«

Keiner sagte etwas.

»Dann los.«

Das Mädchen ritt auf Wolli vorsichtig an den Rand der freien Fläche, auf dem die Kämpfer Satars schliefen. Glücklicherweise gab es einige niedrigwachsende Tannen, hinter denen die Freunde sich verstecken konnten. Der Wald bot ansonsten aufgrund seiner hohen Stämme wenig Deckung. Wolli bewegte sich völlig lautlos. Die Katze war das perfekte

Reittier, wenn es darum ging, sich irgendwo anzuschleichen. Langsam setzte er Pfote vor Pfote. Manchmal blieb er kurz regungslos und bewegte die Ohren hin und her. Dann schlich er weiter. Nachdem Esyia in ihrer Stellung angekommen war, wartete sie noch einige Sekunden. Auch die anderen mussten ihre Positionen einnehmen. Vor allem für Bobb und Rugor war es nicht so einfach, lautlos zu sein. Es dauerte auch dementsprechend lange, bis sie an ihren Plätzen waren.

Plötzlich sahen die Freunde das blaue Licht des Silberschädels. Es bewegte sich hin und her und kam leicht von der linken Seite des Platzes. Das war zwar nicht abgemacht, aber sehr hilfreich. Alina gab den anderen zu verstehen, dass alle schliefen und der Angriff beginnen konnte.

Esyia schaute noch einmal nach oben. Pechschwarz war die Nacht. Kein Mond, keine Sterne, nichts. Die Magierin dachte an O'Zin. Jetzt würde es sich zeigen. Das Schicksal hatte die sechs zusammengeführt, so unterschiedlich sie auch waren. Nun kam es darauf an, dass sie wirklich so harmonierten, wie der Alte es vorausgesagt hatte.

Esyia griff an. Sie streckte ihre Arme leicht aus und öffnete die Handflächen, sodass die Finger gespreizt nach oben zeigten. Daraufhin brach die Hölle los. Alles ging ungeheuer schnell. Die beiden Kreaturen im Umhang leuchteten auf einmal rötlich und wurden in die Luft gezogen. Bobb und Rugor schimmerten in der gleichen Farbe. Sie hatten von der Magierin den angekündigten Heilzauber erhalten. Sofort griffen auch die anderen an. Suriku hatte die 37 in den Schnellfeuermodus versetzt und schoss auf den linken Untoten. Wie gewohnt arbeitete der Machtkristall mit absoluter Präzision. Ein Lichtbündel nach dem anderen verließ den Lauf und traf den skelettierten Kopf des Unholds. Die Kapuze wurde ihm vom Kopf gerissen und man konnte seine gräßliche Fraze sehen. Auch Sybille hatte das Feuer eröffnet. Sie schoss in schneller Folge Frostlanzen auf den rechten Magier. Jede freigesetzte Lanze erzeugte ein fauchendes Geräusch, ähnlich einer Großkatze, wenn sie wütend ist. Die Untote wollte nach einige Salven von den Frostlanzen zu den stärkeren Frostblitzen überwechseln. Da diese Zauber allerdings bis zu zwei Sekunden Wirkungszeit hatten, war es sicherer, das Ziel erstmal zu betäuben und zu verwirren, bevor es dann vollständig vernichtet wurde.

Auch Alina griff in den Kampf ein. Als sie die rote Aura bei den Magiern sah, stieß sie mit ihren Dolchen zu. Die Elfe war schnell. Sie hatte zwar nur die Aufgabe, den Kommandanten vorübergehen außer Gefecht zu setzten, aber sie wollte auch die Unteroffiziere ausschalten. Sie wusste, wie gut sie mit ihren Messern war. Der Troll hatte sie vor den anderen verhöhnt. Das wollte sie nicht auf sich sitzen lassen.

Dieser veranstaltete allerdings gerade mit Bobb weiter vorne ein Schauspiel, das selbst für die Verbündeten Furcht einflößend war. Riese und Troll vereint, so etwas hatte Utvalin noch nie zuvor gesehen. Beide hatten schon vor dem Kampf Mühe gehabt sich zurückzuhalten. Beim Angriff gingen sie jetzt in eine Art Kampfrausch über, der sie extrem aggressiv und wütend machte. Als sie das rote Licht sahen, gab es kein Halten mehr. Mit lautem Gebrüll stürmten sie vor und warfen sich in die Gruppe der Krieger. Suriku hätte vor Schreck fast aufgehört auf den Magier zu feuern. Zwei vier Meter große Monster im Sturmangriff. Der Troll war schneller, doch Bobb setzte unmittelbar vor der Feindesgruppe zu einem hohen Sprung an, bei dem er seine Keule weit über den Kopf zurücknahm und sie gleichzeitig mit dem Aufkommen auf den Boden nach unten schlug. So tötete er sofort drei Krieger. Mit jedem Fuß einen und einen mit der Keule. Da Rugor unbewaffnet war, versuchte er als Allererstes an ein Schwert zu kommen. Er trat einem Kämpfer, der im Begriff war hochzukommen, mit voller Wucht gegen den Kopf. Durch den vorausgegangenen Ansturm war dahinter soviel Kraft, dass dem Untoten das Genick brach und er auf der Stelle tot umfiel. Rugor fasste nach unten und zog an dem Griff seines Schwertes. In der Tat war durch das Zauberspektakel von Esyia und den anderen genug Helligkeit vorhanden, um ausreichend sehen zu können. Zu seiner Erleichterung stellte der Troll fest, dass er ein Langschwert erwischt hatte. Einen Zweihänder. Die Waffe war für ihn aufgrund seiner Körpergröße zwar nur als Einhandschwert benutzbar, aber besser als gar nichts. Vier Krieger waren jetzt schon vernichtet, allerdings blieben immer noch dreizehn übrig. Diese hatten natürlich mitbekommen, dass sie angegriffen wurden und sprangen auf.

Auch die Offiziere auf der anderen Seite der Lagerstätte waren aufgewacht und im Begriff zurückzuschlagen. Alina hatte bisher nur den Kommandanten kampfunfähig gemacht. Als er erwacht war und aufspringen wollte, hatte sie blitzschnell mit beiden Dolchen zugestoßen. Rechts, links, rechts, genau in den Hals des Grünen. Dieser brachte nun anstatt seiner gewohnt lauten und herrischen Kommandos nur noch ein schwaches Gurgeln heraus, wobei er sich mit beiden Händen den Hals hielt und wieder zu Boden ging. Ob er damit endgültig vernichtet war, wusste die Elfe nicht, aber nach der komischen hellgrünen Flüssigkeit zu urteilen, die aus seinem Hals heraussprudelte, sah es nicht gut für ihn aus.

Rechts von Alina zog einer der beiden Unteroffiziere mit einem wütenden Schrei sein bläulich schimmerndes Schwert und holte damit aus. Geistesgegenwärtig sprang die Elfe hoch und drehte sich in der Luft um die eigene Achse. Sie hatte den rechten Arm ausgestreckt und als sie wieder herunterkam, erwischte sie das Monster mit dem Messer in voller Drehung. Der Dolch bohrte sich durch das linke Auge des

Untoten tief in seinen Kopf hinein. Er sackte auf der Stelle in sich zusammen und war erledigt.

Der zweite Unteroffizier, wie der Kommandant ein Grüner, erkannte sofort, dass es keinen Sinn hatte, gegen die Elfe zu kämpfen, denn die wahre Bedrohung ging von Sybille, Suriku und Esyia aus. Das Mädchen auf der Katze konnte er aufgrund einer kleinen Tanne nicht sehen, aber er sah die beiden anderen. Die Sumpfelfe war plötzlich verschwunden. Obwohl der Mutant wusste, dass sie noch in der Nähe war, entschied er sich, Suriku anzugreifen. Der Ho'ki stand auf seiner Seite, Sybille dahinter. Er war damit schneller zu erreichen. Wie ein Wahnsinniger raste er los. Anders als der Grüne im Achtarmigen Kraken waren die Krieger-Mutanten groß und massig. An Bobb und Rugor kamen sie zwar nicht heran, aber sie waren mindestens zwei, drei Köpfe größer als ein Mensch. Dazu bewegten sie sich äußerst schnell und geschmeidig. Das Monster hatte seine beiden Einhandschwerter gezogen und kam laut brüllend auf den Ho'ki zu.

Suriku sah den Mutanten näher kommen. Er wusste, dass der Magier auf seiner Seite fast erledigt war. Es würde nicht mehr lange dauern, bis er das Ziel wechseln konnte. Der Untote bekam schon Risse und Wunden am Kopf, was darauf hindeutete, dass sein Widerstand so gut wie gebrochen war. So wie es aussah, hatte Suriku diese paar Sekunden allerdings nicht mehr, denn der Grüne war nur noch wenige Schritte von ihm entfernt. Gerade als er von dem Untoten ablassen wollte, um auf den Mutanten zu feuern, tauchte plötzlich Alina wieder auf. Sie stand genau zwischen ihm und dem Grünen. Das Monster war in vollem Lauf und konnte nicht mehr rechtzeitig ausweichen. Er rannte der Elfe genau ins offene Messer. Sie stieß den rechten Dolch mit aller Kraft von unten unter sein Kinn, sodass das Messer fast bis zum Griff in seinen Kopf eindrang. Mit einem röchelnden, halb erstickten Schrei ging der Mutant zu Boden. Aufgrund der hohen Energie aber – der Grüne war schnell und die Elfe hatte ihn gegen den Lauf frontal attackiert – schaffte Alina es nicht mehr, den Dolch wieder herauszuziehen. Er steckte zu tief drin. Sie blieb deshalb einen Moment zu lange vor dem Monster stehen und wurde von ihm mit zu Boden gerissen. Beide kamen unmittelbar vor den Füßen des Ho'ki zum Stillstand. Die Elfe geriet in Panik, weil sie jetzt genau unter dem Grünen lag. Sie hatte es zwar geschafft, sich leicht wegzudrehen, sodass sie nicht von seinem Gewicht erdrückt wurde, aber der massige Körper klemmte ihr linkes Bein und ihren linken Arm ein und sein Kopf lag auf ihr. Glücklicherweise schien er tot zu sein, denn er bewegte sich nicht mehr. Lediglich die hellgrüne Brühe, die sie schon bei dem Kommandanten gesehen hatte, lief aus seiner Wunde und ihr auf die Brust.

»Ihhh«, schrie sie und wollte weg, doch es ging nicht. Das »Blut« des Monsters verteilte sich auf ihrem Körper.

Während die Elfe auf der linken Seite die Offiziere bekämpfte, war es auf der rechten Seite kurzzeitig wild durcheinandergegangen. Die Krieger Satars waren aufgesprungen und sahen die beiden monströsen Wesen vor sich stehen, die mit brachialer Gewalt auf alles einschlugen, was sich bewegte. Einige von ihnen versuchten erschreckt erst einmal Abstand zu gewinnen, andere griffen sofort an und wiederum andere versuchten sich in dem Chaos einen Überblick zu verschaffen. Diese kurze Unorganisiertheit nutzten der Troll und der Riese gnadenlos aus, was zwei weiteren Untoten das Leben kostete. Da die feindlichen Kämpfer allerdings nach wie vor in der Überzahl waren, drehte sich das Blatt sehr schnell. Plötzlich waren Bobb und Rugor von allen Seiten umstellt. Die Kämpfer des Aufklärungstrupps hatten überraschenderweise nicht nur Schwerter dabei, manche trugen auch Stangenwaffen und einige sogar Armbrüste. Die Stangenwaffen alleine stellten für Bobb und Rugor schon ein Problem dar, denn deren Reichweite war groß genug, um damit kurz zuzustoßen und dann schnell und unbehelligt wieder zurückzuweichen. Viel gefährlicher waren allerdings die Armbrüste. Die Unholde hatten damit auch ohne ihre Magier die Möglichkeit, auf Distanz anzugreifen. Der Troll und der Riese bemerkten die Gefahr sofort, die von ihnen ausging, denn zwei der Kämpfer waren weit zurückgesprungen und hatten ihre Bögen gezogen. Sie versuchten erst gar nicht am Kampf gegen Bobb und Rugor teilzunehmen, sondern luden ihre Waffen. Sie spannten in Windeseile starke Holzbolzen in die Armbrüste ein, legten an und zielten. Sie hielten ihre Waffen allerdings nicht in Richtung des Riesen und des Trolls, sondern in Richtung Esyia. Von ihrer Seite aus konnten sie die Magierin sehen. Noch bevor die beiden Freunde an die Unholde herankamen, zischten die Bolzen schon los. Esyia war damit beschäftigt die Zauberer zu halten und bemerkte es nicht. Das Ganze geschah etwa zum selben Zeitpunkt wie der Ansturm des Grünen auf Suriku. Die Geschosse der Armbrüste waren etwa so lang wie der Unterarm eines Menschen und mindestens vier Zentimeter dick. Vorne hatten sie metallische Spitzen. Wenn einer davon Esyia oder Wolli erwischen würde, wäre es aus. So einen Angriff konnte keiner der beiden überleben, es sei denn die Magierin wirkte Schutzschilde, was aber gegenwärtig nicht möglich war.

Als Bobb und Rugor erkannten, dass sie es bis zu den Schützen nicht mehr schaffen würden, warfen sie sich todesmutig in die Schussbahnen der Bolzen. Esyia musste auf alle Fälle überleben, sonst hatten sie keine Chance, Utvalin jemals wieder zu befreien. Das war allen aus der Gruppe klar. Die Geschosse trafen die beiden und drangen tief in ihre Körper ein. Bobb und Rugor gingen zu Boden. Der

Riese hatte etwas mehr Glück als der Troll, denn ihn traf das Geschoss in den Bauch. Da der Bauch eines Riesen sehr ausgeprägt war, konnte er dort einiges wegstecken. Rugor erwischte es schlimmer, denn der Bolzen trat in seine Brust ein und verletzte seinen rechten Lungenflügel. Mit schmerzverzerrtem Gesicht zog er den Holzstab wieder heraus. Im ersten Moment bekam er keine Luft mehr, was es ihm schwer machte, sich wieder aufzurichten. Die Kämpfer Satars hatten natürlich sofort nachgesetzt und attackierten die beiden weiterhin mit ihren Schwertern und Speeren. Die Situation wäre für den Riesen und den Troll trotz ihrer körperlichen Überlegenheit in diesem Moment aussichtslos gewesen, wenn Esyias Heilzauber nicht nach wie vor wirkte. Die Heilung über Zeit dauerte noch an. Das Ganze funktionierte von selbst, ohne dass die Magierin sich jetzt damit beschäftigen musste. In kurzen Abständen, etwa einmal pro Sekunde, setzte eine Heilung ein, die am ganzen Körper wirksam war. Bei dieser Zauberheilung war es egal, um welche Art Verletzung es sich handelte. Sie wurde geheilt. Nur tödliche und sehr schwere Wunden konnte dieser Zauber nicht schließen, was an früherer Stelle schon beschrieben wurde. Das reichte aber aus, um die beiden vorläufig vor dem Tod zu bewahren. Nachdem der Stab aus Rugors Körper heraus war, verheilte die Wunde wieder und auch der Lungenflügel wurde in den gesunden Zustand zurückversetzt.

Bobb machte sich gar nicht erst die Mühe das Ding aus seinem Bauch herauszuziehen. Er konnte auch so weiterkämpfen. Aber auch hier sorgte Esyias Zauber dafür, dass die inneren und äußeren Blutungen um den Bolzen herum zum Stillstand kamen.

Die beiden sprangen wieder auf. Sie waren mittlerweile etliche Male von den Kämpfern des Fürsten getroffen worden, jedoch noch innerhalb der Wiederherstellungskraft des

Spruches. Das würde sich jetzt aber ändern, denn die Monster um Bobb und Rugor herum gerieten außer sich vor Wut. Sie hatten bemerkt, dass ihre Angriffe von einem Zauber geheilt wurden. Voller Hass stürzten sich alle auf einmal auf die beiden. Sechs der siebzehn hatten der Riese und der Troll schon vernichtet. Blieben immer noch elf übrig. Zwei waren Distanzkämpfer. Da diese ihre Armbrüste aber schon wieder nachgeladen hatten, blieb den beiden Freunden nichts anderes übrig, als sich erneut in die Schussbahnen und in die Richtung der Schützen zu bewegen. Die Monster hatten sich natürlich zur Seite gestellt und wollten an Bobb und Rugor vorbeischießen. In der Vorwärtsbewegung auf die Armbruster konnten sich die zwei aber nicht wirksam verteidigen.

»Köpft sie! Köpft sie!«, schrie auf einmal einer der Untoten. Die Bestie wusste, dass kein Heilspruch der Welt ein abgeschlagenes Haupt wieder zurücksetzen konnte.

Plötzlich erschienen zwei große Blasen, die Bobb und Rugor umhüllten. Sie sahen aus wie Luftblasen und schimmerten leicht silbrig, ähnlich einer Wasseroberfläche: Esyias Schilde.

Damit war klar, dass die Magier vernichtet waren. Sie hatten verzweifelt versucht, Surikus und Sybilles Angriffen zu widerstehen. Doch ohne Bewegungen der Hände und Arme, rein durch Gedankenkraft, waren sie zu schwach. Esyias Zauber zu durchbrechen war ihnen ohnehin nicht möglich und damit war ihr Untergang nur eine Frage der Zeit gewesen. Sie hatten allerdings fast eine Minute dagegenhalten können, was trotz allem von starken Fähigkeiten zeugte. Am Ende hatte die 37 den linken Magier auf die übliche Weise zerfetzt, sodass nur noch kleine, brennende und verkohlte Körperteile übrig blieben und Sybille hatte den rechten mit ihren Frostblitzen getötet. Deren Kraft war so groß, dass sein Körper völlig zerquetscht und deformiert war. Er wäre zweifellos weit zurückgeschleudert worden, wenn Esyia ihn nicht gehalten hätte. Mit den Schilden auf Bobb und Rugor war der Kampf nun entschieden. Dieser Schutz konnte von den einfachen Kriegern nicht durchbrochen werden. Physische Gewalt war zwar dazu fähig, aber nicht die von diesen Wesen. Dafür war die Magierin zu stark.

Der Riese und der Troll schafften es erneut, die von den Armbrustern abgeschossenen Bolzen zu stoppen. Dieses Mal prallten sie aber einfach von den Schilden ab und fielen zu Boden. Die beiden wendeten sich daraufhin blitzschnell wieder den feindlichen Nahkämpfern zu. Allerdings stellten sie fest, dass das unnötig war. Suriku und Sybille hatten sofort angefangen, auf die Kämpfer Satars zu feuern, als sie sahen, dass die Magier tot waren. Alina lag zwar immer noch in der grünen Brühe des Mutanten, aber sie war unverletzt und von den Offizieren lebte auch keiner mehr. Die Freunde hatten damit leichtes Spiel. Die Untote schoss Frostlanzen auf die Krieger und der Ho'ki wie üblich seine Lichtblitze. Er hatte die Waffe vorsichtshalber auf Einzelfeuer gestellt, denn er war sich nicht sicher, ob der Kristall in der Geschwindigkeit wirklich in der Lage war, Freund von Feind zu unterscheiden. Den ein oder anderen erwischten die beiden Großen vorne noch, aber das meiste erledigten jetzt Suriku und Sybille. Es dauerte keine zwei Minuten mehr, da war der Gegner vernichtet.

Die Gruppe hatte gesiegt.

Der kleine Gefährte

Nachdem die Monster alle tot waren, ritt Esyia direkt vor und schaute sich nach den Freunden um. Von Alina wusste sie, dass sie unverletzt war, aber die beiden Großen hatten einiges abgekriegt. Bobb zog den ersten Bolzen, der auf ihn abgefeuert wurde, aus seinem Bauch heraus und warf ihn dahin, wo auch der andere lag. Die Wunde schloss sich jetzt aber nicht mehr von selbst und er blutete stark. Die Heilung über Zeit war ausgelaufen. Das Mädchen begann sofort einen Heilspruch zu wirken. Diesmal wählte sie sicherheitshalber eine starke Direktheilung. Sie sprach eine auf Bobb und danach eine auf Rugor. Dann ritt sie zu der Elfe hinüber und hob telekinetisch den Grünen an, sodass Alina unter ihm hervorkommen konnte. Das sonderbare Blut des Mutanten hatte sich überall auf ihrem Körper verteilt und war auch teilweise in ihrem Gesicht. Etwas hatte sie sogar in den Mund bekommen, weshalb sie angewidert ausspuckte.

»Ekelhaft!«, rief sie. Und dann leicht panisch: »Ist das giftig, Esyia?« Sie spuckte erneut. »Ich hab das überall … ihhh.«

Die Valira kam etwas näher an die Elfe heran und schaute auf die seltsame grüne Flüssigkeit.

»Magisch ist sie nicht. Sie könnte höchstens wie ein Tiergift wirken. Aber dann hättest du schon was spüren müssen.«

»Ich fühle mich auch irgendwie komisch«, sagte Alina beunruhigt. »Ich glaube, ich werde ohnmächtig.« Sie fasste sich an die Stirn und fing an zu schwanken.

Esyia lachte. »Das bildest du dir jetzt nur ein. Sollte wirklich was sein, kann ich dich heilen.«

»Kannst du das nicht jetzt schon machen?«

»Nein, das ist nicht gut. Wenn ich einen Heilspruch auf jemanden wirke, der völlig gesund ist, dann könnten die Energien auch Probleme verursachen. Sie haben ja keine Aufgabe und sind unnötigerweise im Körper.«

»Ach so«, erwiderte die Elfe enttäuscht. Sie musste wohl oder übel erst einmal abwarten, ob sich irgendwelche Symptome zeigten.

»Kommt mal her!«, rief Suriku plötzlich.

Hinter dem Bereich, wo zu Beginn des Kampfes die Krieger gesessen hatten, stand ein Käfig auf dem Boden. Es war der Vrapikäfig, den Alina schon bei ihrer Ausspähmission entdeckt hatte. Man konnte in das Behältnis von vorne hineinschauen durch einige senkrechte Stäbe. Da die metallene Kiste auf dem Boden stand, war der Ho'ki hinunter auf die Knie gegangen und hatte sich vornübergebeugt. Die anderen kamen auch hinzu und versuchten einen Blick hineinzuwerfen.

»Da ist noch einer drin«, sagte Suriku.

Esyia nickte. »Er scheint Angst zu haben.«

Die Untote ließ zwei ihrer Ringe aufleuchten, damit sie im Inneren des Käfigs etwas sehen konnten. Im hinteren Bereich der Kiste hing ein Vrapi. An der Decke waren kleine Ringe angebracht, an denen sich die Tiere festhalten konnten. Er hing mit dem Kopf nach unten und zitterte. So aus der Nähe hatte noch keiner der Freunde einen dieser Sauger gesehen, ausgenommen Sybille. Man konnte erkennen, dass das Tier vollkommen schwarz war. Sein Gesicht sah etwa so aus wie das einer Maus, das Maul war allerdings breiter und er hatte ziemlich große Augen. Die Ohren waren so wie die von Wolli, natürlich etwas kleiner gemäß der Kopfgröße. Seine Flügel hatte er schützend um den eigenen Körper gelegt und die großen Augen weit aufgerissen. Er sah zu Esyia und Suriku. Plötzlich rief er:

»Weggehen! Weggehen!«

»Der kann ja sprechen«, sagte der Ho'ki überrascht.

»Ja, sie können sprechen«, erklärte die Untote von hinten. »Aber nur einfache, kurze Sätze. Ihre Intelligenz ist beschränkt.«

»So wie bei Trollen«, meinte die Elfe belustigt, worauf Rugor ein ironisches »Ha-ha-ha« hervorbrachte und erwiderte: »Sehr witzig, Baumschmuse, wirklich, sehr witzig.«

Während Suriku und Esyia den Vrapi musterten und er sie, fing Wolli plötzlich an zu schnurren. Er hielt seine Schnauze zwischen die Stäbe und legte sich auf den Bauch. Offenbar mochte er den Sauger. Das Mädchen stieg von ihm hinunter.

»Der scheint noch sehr jung zu sein. Schau dir mal den Kopf an.«

»Die Haare sind leicht zerzaust«, bemerkte Suriku. »Alt ist er nicht.«

»Sie nehmen immer Jungtiere zur Ausbildung mit«, sagte Sybille. »Die sollen dann von einem alten lernen.«

»Hmm… wenn der zur Ausbildung mit ist, wo ist dann der Alte?« fragte der Troll.

Die Untote sah ihn erschreckt an. »Verdammt. Den Kleinen können sie nicht als einziges Tier mitgenommen haben. Der Alte wird zur Meldung an das Basislager geschickt worden sein.«

»Dann waren die auf der Suche nach uns. Die Magier werden unsere Aura gespürt haben«, vermutete Esyia.

»Wir sollten so schnell wie möglich weiterziehen«, sagte Sybille. »Spätestens morgen wimmelt es hier nur so von Kämpfern.«

Man sah der Untoten an, dass sie leicht nervös wurde. Die Freunde hatten das schon auf der Flucht vom Berg Yras bemerkt. Sybille wusste um die Fähigkeiten ihrer ehemaligen Kameraden.

Das Mädchen sagte: »Dann lasst uns aufbrechen. Rugor führt uns wieder.«

Alle machten sich abmarschbereit. Bevor sie aber aufbrachen, ging Bobb zum Käfig mit dem Sauger und hob ihn hoch. »Was machen wir mit dem Vrapi?«

»Wenn wir ihn im Käfig lassen, verhungert er«, sagte Alina mitfühlend.

Sie hatte wie die anderen bemerkt, dass Wolli das Tier anscheinend ins Herz geschlossen hatte. Die Katze sah zu Bobb hoch und miaute.

Bobb lugte in den Käfig. »Na Kleiner, wie heißt du denn?«

Der Vrapi antwortete nicht.

»Vielleicht hat er keinen Namen«, sagte der Riese.

»Sie haben Bezeichnungen«, erklärte Sybille. Sie stellte sich neben Bobb und fragte den Vrapi: »Nummer?«

»DG9«, antwortete der Sauger.

Man konnte seiner Stimme anmerken, dass er immer noch Angst hatte.

»Die Buchstaben stehen für Stallung und Führer, die Zahl für ihn«, erklärte die Untote.

»DG9«, wiederholte der Riese. »Das ist kein Name für einen Gefährten. Wie könnte man ihn nennen?«

»Willst du ihn etwa mitnehmen?«, fragte der Troll.

Bobb war tierlieb. Das war bekannt. Als sie ihn damals getroffen hatten, war er gerade auf der Suche nach einem neuen Begleiter gewesen. Er litt immer noch unter dem Verlust seines Wolfs.

Bevor er antworten konnte, meinte Suriku: »Entweder lassen wir ihn frei oder wir nehmen ihn mit. Wenn wir ihn freilassen, fliegt er wahrscheinlich zur Basis zurück.«

»Richtig«, sagte die Elfe. »Und dann wissen sie, dass was passiert ist. Der Kleine hat ja keine Botschaft dabei.«

»Wir sollten ihn mitnehmen.« Esyia schaute zum Riesen. »Bobb, willst du dich um ihn kümmern?«

»Ja«, antwortete er erfreut. »Das Tier ist noch jung. Ich

glaube, ich kann ihn an mich binden. Er bleibt erst einmal im Käfig. In ein paar Tagen hole ich ihn raus.«

Alle waren einverstanden. Bobb legte seine Keule über die rechte Schulter und nahm den Behälter mit dem Kleinen in die linke Hand. Zur Höhle zurück mussten sie jetzt nicht mehr. Der Troll schlug deshalb eine andere Richtung ein und die Freunde folgten ihm. Nach ein paar Minuten fragte die Elfe:

»Wie soll der denn jetzt heißen?«

»Tja … lass mal überlegen …«, grübelte Bobb.

»Ist es denn ein Junge oder ein Mädchen?«, fragte der Ho'ki.

Bobb sah noch einmal in den Käfig. Erkennen konnte er aber nicht viel, da es immer noch ziemlich dunkel war. »Keine Ahnung. Ich denke mal, ein Junge.«

Esyia grinste vor sich hin. Ihr war klar, dass Bobb lieber einen männlichen Gefährten haben wollte. Welches Geschlecht der Vrapi wirklich hatte, würden sie wahrscheinlich nie rauskriegen.

»Wie wärs mit Herbert?«, schlug die Untote vor.

»Das hört sich zu sehr nach Mensch an«, meinte Rugor. »Was haltet ihr von Grimmklaue?«

»Grimmklaue! So nennt man einen Nachtkraller, aber doch keine kleine Fledermaus.« Alina schüttelte den Kopf. »Schneeflocke.«

»Ja logisch«, meinte der Troll und fasste sich an die Stirn, »wir nennen ein schwarzes Tier jetzt Schneeflocke.«

»Nein, nein«, sagte der Riese. »Ich finde er sieht aus wie … wie … Lutz!«

Alle prusteten los vor lachen. In wie fern der Vrapi aussah wie Lutz, erschloss sich keinem der Freunde. Allerdings wollte man Bobb die Entscheidung überlassen, denn er würde sich in Zukunft um den Sauger kümmern. So galt es dann: Der Kleine hieß von nun an Lutz.

Das Ahnentor

Schienen sind klar!«, rief der Portalmeister. »Ich schließe auf drei, zwei, eins … los!«

Der Schriftzug des ersten Symbols fing an zu leuchten. Er glimmte auf in einem dunklen, weinroten Licht. Dabei zischte es und es stiegen leichte Dampfschwaden von ihm auf. Die Schienenläufe daneben verhielten sich genauso. Dann ging alles sehr schnell: Nacheinander las das Tor die Runen. Das Licht der Seitenläufe schoss die Schienen entlang und aktivierte ein Symbol nach dem anderen. Als es über den fünften Lauf zurück zu seinem Ursprung kam, aktivierten sich die Kreise und strahlten ein weißes Licht ab, das haushohe Säulen entstehen ließ. Agus und Grobart standen mittendrin. Es vergingen einige Sekunden, dann verschwanden die beiden plötzlich. Das Licht erlosch und auch die Schienen deaktivierten sich. Der Portalmeister zog den Hebel zurück und rief begeistert:

»Es hat geklappt! Jetzt lasst uns beten, dass sie auch heil wieder zurückkommen.«

Die großen Städte des Ostens waren alle vernichtet. Als die Freunde Oberst Agus damals nach dem Kampf gegen die Kraller gefunden hatten, war sie auf der Echse zurückgeflogen. Sie hatte mit ein paar anderen als Einzige überlebt. Die Heiler in der Stadt schafften es, sie wiederherzustellen und ihr wurde daraufhin erneut das Kommando über die Sturmreiter übertragen. Zwar war fast ein ganzes Geschwader verloren, aber Rodusk verfügte zu diesem Zeitpunkt über drei solcher Einheiten. Kurz nachdem sie genesen war, kam die Meldung, dass Satars Truppen im Anmarsch waren. Die

Luftaufklärer der Stadt flogen weit draußen und konnten die Untoten deshalb frühzeitig ausmachen. Rodusk wurde daraufhin evakuiert. Man hatte mit den anderen östlichen Städten beraten, wie man im Falle eines Angriffs vorgehen würde. Es wurden verschiedene Szenarien durchgespielt, aber man kam letztendlich zu dem Schluss, dass ein direkter Kampf nicht gewonnen werden konnte. Auch dann nicht, wenn sich die Städte alle zusammentaten.

Wie viele Flüchtlinge auch, versuchten die Bürger Rodusks nach Norden zu gelangen. Nach den Überlegungen der militärischen Führung war es das Wahrscheinlichste, dass Satar südlich weitermarschiert, um dann auf dem Wege nach Yras zu gelangen. Der Süden Utvalins war leichter zu durchqueren als der Norden. Es gab dort Portale und auch die geographischen Gegebenheiten machten den Marsch einer großen Armee einfacher. Wie mittlerweile bekannt ist, traf das ja auch zu. Der Fürst hatte den Norden zunächst ausgelassen.

Da Rodusk als Hafenstadt an dem süd-westlich angrenzenden Meer, der »Mürrischen See«, lag, versuchte man möglichst viele Wesen auf dem Seewege in Sicherheit zu bringen. Leider konnte nur ein Bruchteil der Bürger auf die Schiffe. Es wurden deshalb vor allem solche hinaufgelassen, die wichtig fürs Überleben in einer zukünftigen Kolonie waren. Die Jungen beispielsweise oder Wesen mit einer besonderen Ausbildung: Techniker, Wissenschaftler, Heiler, aber auch Soldaten und Politiker. Viele Bürger hätten die unbeliebten Politiker am liebsten gar nicht mitgenommen, aber sie waren für die Organisation eines zukünftigen Gemeinwesens wichtig. Dass sie Rodusk niemals wiedersehen würden, war allen Einwohnern klar. Zu dem Zeitpunkt wurde der Weg über Land noch als funktionierender Fluchtweg angesehen. Deshalb gab es bis auf Kleinigkeiten keinen besonderen Kampf um die freien Plätze auf den Schiffen. Dass manche Bürger privilegiert waren, kannten die Wesen in Rodusk schon. Die militärischen Berater sahen allerdings nicht voraus, dass Satar auf seinem Weg nach Yras nicht nur den Süden erobern wollte, sondern durch eine Teilung seiner Streitkräfte auch große Teile des Ostens. Die Landflüchtlinge mussten noch hunderte Kilometer durch östliches Gebiet, da westlich die Mürrische See den Weg versperrte. Sie wurden nie wieder gesehen.

Nachdem die Flotte der Seeflüchtlinge Rodusk verlassen hatte, nahm sie zunächst Kurs auf die Mitte des Meeres. Es musste unbedingt vermieden werden, dass Späher des Fürsten auf die Schiffe aufmerksam wurden. Dass sie in See gestochen waren, würden die Untoten nach der Einnahme der Stadt natürlich bemerken. Aber die Mürrische See war groß und der tiefe Süden noch völlig unbekannt. Seeleute waren die Untoten ohnehin nicht und die Kraller konnten höchstens einige Kilometer hinausfliegen, bevor sie umkehren mussten. Ab einer bestimmten Entfernung vom Ufer war man gegenwärtig sicher vor Satar.

Als die Schiffe einige Wochen auf hoher See waren, machte das Meer seinem Namen mal wieder alle Ehre. Von einem zum anderen Augenblick schlug das Wetter um und die Flotte geriet in einen heftigen Sturm. Die Segel mussten gerefft werden und die Seeleute hatten Mühe, die Kontrolle über ihre Schiffe zu behalten. Man kam vom Kurs ab und war tagelang Spielball der Elemente. Als sich die See wieder beruhigte, wussten die Steuermänner nicht mehr, wo sie waren. Bevor sie sich aber auf einen neuen Kurs einigen konnten, rief die Wache im Ausguck des vordersten Schiffes:

»Land! Steuerbord voraus! Land!«

Die Bürger waren überrascht. Sie gingen vor Anker und schickten Erkundungstrupps los, um festzustellen, auf was für einer Insel sie sich befanden. Dabei wurde festgestellt, dass es sich um ein Eiland handelte, welches etwa dreimal so groß war wie die Stadt Rodusk. Anzeichen für Zivilisation gab es keine und gefährliche Tiere oder Monster anscheinend auch nicht. Die Steuermänner kamen zu dem Schluss, dass es sich um eine noch unbekannte Landmasse handeln musste. Das war allerdings nicht ungewöhnlich, denn in der Mürrischen See waren viele Inseln noch nicht entdeckt. Die Anführer der Flüchtlinge, Bürgermeister Merego, Admiral Russ und General von Stein, entschieden daraufhin nach eingehender Beratung, die Flüchtlinge an Land gehen zu lassen und vorläufig dort zu bleiben.

Agus und die Sturmreiter hatten für die Flugechsen ein eigenes Schiff zur Verfügung gestellt bekommen. Da die Tiere jedoch viel Platz brauchten und keine Macht der Welt sie dazu brachte, unter Deck zu gehen, konnten nur sechzehn von ihnen mitgenommen werden. Die anderen begleiteten die Landflüchtlinge. Die Echsen fühlten sich auf hoher See in den beengten Schiffen natürlich sehr unwohl. Starten und landen war auf den Seglern nicht möglich. Zu leicht konnten sie sich in den Tauen verfangen oder sich an den Masten verletzen. Die Tiere mussten deshalb wie alle anderen auch mit Beibooten an Land gesetzt werden, bevor sie abheben konnten. Nach der Ankunft auf der Insel gab man den Echsen ein paar Tage Zeit, in denen sie die Flügel strecken und frei fliegen durften. Die Echsenführer blieben zunächst am Boden. Dann aber, und das war auch der Zeitpunkt, an dem alle Wesen und das ganze Material an Land war, begannen die Sturmreiter damit, die Insel aus der Luft genauer zu untersuchen.

Das Eiland hatte an seinen Rändern keine Strände, sondern steil abfallende Felswände. Sie gingen von oben mindestens fünfzig Meter in die Tiefe. Es gab lediglich an der Westseite einen kleinen Strandbereich, von wo aus man zu Fuß hinaufgelangen konnte. An allen anderen Stellen konnte man nur hochfliegen oder wie ein Bergsteiger hinaufklettern. Die Vegetation der Insel bestand vor allem aus Gräsern, Moosen und niedrigwachsenden Pflanzen. Nur im mittleren Bereich befanden sich vereinzelt Bäume. Die Pflanzen und Tiere hier mussten mit rauen klimatischen Bedingungen zurechtkommen. Das Wetter war teilweise stürmisch und wechselte oft. Die Insel war natürlich noch nicht vermessen, aber Agus, die die Lufterkundung leitete, ging von einem Durchmesser von etwa sechstausend Schritt aus. Die Maßeinheit »Schritt« in Utvalin bezog sich auf den Schritt eines mittelgroßen Wesens, also etwa einen Meter. Sie teilte damit die Einschätzung der Steuermänner, die von »ungefähr dreimal so groß wie Rodusk« gesprochen hatten.

Am dritten Tag ihrer Rundflüge entdeckten die Sturmreiter an der östlichen Inselküste eine sonderbare Figur am Boden, die sie näher untersuchten. Es handelte sich um ein Fünfeck, wobei die Ecken auf eine sonderbare Weise miteinander verbunden waren. Die mindestens zehn Meter langen Verbindungslinien stellten sich bei näherer Betrachtung als metallene Schienen heraus, in denen auf zwei Ebenen bewegliche Eisenplatten verschoben werden konnten. Auf jedem dieser Eisenschlitten befand sich ein unbekanntes Zeichen. Als Oberst Agus von einem ihrer Flieger benachrichtigt wurde und sie sich das komische Gebilde anschaute, erkannte sie sofort, dass es eine bestimmte magische Funktion haben musste. Da die Schienen stark verwittert und teilweise zerstört waren, ging sie davon aus, dass es schon lange nicht mehr benutzt worden war. Agus wies sofort einen Soldaten an, Grobart zu verständigen, und alle anderen, die Insel noch einmal genaustens zu untersuchen. Anscheinend war das Eiland vor langer Zeit einmal bewohnt gewesen oder zumindest besucht gewesen. Sie wollte kein Risiko eingehen.

Grobart und seine Zwerge waren ebenfalls auf den Schiffen befördert worden. Sie hatten den Status »überlebenswichtig« inne, der ihnen das Recht auf die Plätze an Bord gab. Der Schmied (derselbe, der damals Suriku die RD-37c übergeben hatte) war auch der leitende Wissenschaftler der Stadt Rodusk. In seinen Zuständigkeisbereich fiel nicht nur die Herstellung von technisch anspruchsvollen Waffen, sondern auch andere Disziplinen, wie zum Beispiel die Archäologie. Er wurde deshalb bei allen Sichtungen von unbekannten Artefakten um Rat gefragt.

Als Grobart an der Fundstelle ankam, traute er seinen Augen nicht. Was da vor ihm in den Boden eingearbeitet war, war ein Ahnentor. Er war sich zwar nicht zu hundert Prozent sicher – zur Bestätigung musste er noch in eines der alten Bücher schauen – aber es sah ganz so aus. Es gab sie also doch. Niemand zuvor hatte jemals so ein Tor gefunden. Agus bemerkte sofort, dass der Zwerg plötzlich sehr aufgeregt war. Er begann nämlich sofort auf die Fläche zu laufen und das Gebilde von allen Seiten zu betrachten. Hier und da ging er in die Hocke und berührte die Schienen oder versuchte einen der Eisenschlitten zu bewegen. Die Kommandantin schaute ihm einige Minuten lang zu und fragte dann ungeduldig:

»Was ist es, Grobart?«

Der Zwerg sah sie entgeistert an. »Das ist ein urzeitliches magisches Pentagramm. Auch bekannt unter dem Namen ›Ahnentor‹.«

»Ein Ahnentor!«, rief der Oberst überrascht. »Wirklich?«

»Ich werde es noch bestätigen. Aber ich bin mir ziemlich sicher.« Er wendete sich von Agus ab und zeigte auf den Boden. »Es hat fünf Ecken. Die sind aber nicht außen in der Reihe verbunden, als Pentagon, sondern jeweils diagonal: ein Pentagramm. Die Läufe haben zwei Ebenen, sodass man die

Eisenplatten aneinander vorbeischieben kann. Die Zeichen darauf sind Runen. Die Bedeutung müssen wir erst noch entschlüsseln, aber mit diesem Ahnentor, wenn es wirklich eines ist, kann man praktisch jeden bekannten Ort in Utvalin erreichen. Den Ankunftsort bestimmt man, indem man die entsprechenden Zielkoordinaten in die Schienen eingibt. Es sind fünf Verbindungslinien. Auf jeder Schiene müssen die richtigen Begriffe liegen.«

»Es ist aber teilweise zerstört«, gab die Kommandantin zu bedenken.

»Das kriegen wir hin.« Grobart grinste selbstbewusst.

Agus musterte ihn misstrauisch. »Grobart, wenn das ein Ahnentor ist und ihr Zwerge fummelt daran herum, kann großer Schaden angerichtet werden. Ich bin zwar kein Experte, aber heißt es nicht, dass so ein Tor die Macht hat, ganz Utvalin zu vernichten?«

»Öhm … (*Grobart kratzte sich leicht verlegen am Hinterkopf*) also wenn man Koordinaten eingibt, die zwar das Tor aktivieren, aber keinen gültigen Zielort in der Welt darstellen, könnte es in der Tat Probleme geben.«

»In wie fern?«

»Da man mit dem Tor extrem viele Orte erreichen kann, befinden sich seine möglichen Energiepunkte auch tausendfach in der ganzen Welt. Ein Irrläufer hätte wahrscheinlich katastrophale Auswirkungen.«

Der Oberst war besorgt. »Könnte sich das Tor auch von selbst aktivieren?«

»Nein. Die Schienen sind beschädigt und die Runen nicht alle an ihrem Platz.«

»Aber Ihr glaubt, Ihr könnt es in Gang setzten?«

»Ich denke ja. Das einzige Problem dabei ist die Runensprache. Die Wesen, die sie verwendet haben, sind schon vor tausenden von Jahren ausgestorben.«

»Wir wissen also wie es funktioniert, kennen aber die Wörter für die Koordinaten nicht.«

»So ist es, Kommandantin. Allerdings haben wir die alten Bücher dabei. Wir können die Bedeutung der Runen wahrscheinlich entschlüsseln.«

Agus dachte einen Moment nach. »In Ordnung, Grobart. Dann beginnt damit. Aber ich gebe euch Zwergen nur die Erlaubnis, die Runen zu entschlüsseln. Das Tor selbst wird nicht angefasst. Ist das klar?«

»Jawohl, Oberst Agus.«

»Über die Benutzung eines so mächtigen Instruments müssen der Bürgermeister und die Generäle entscheiden. So weit reichen meine Befugnisse nicht.«

Grobart und seine Männer schafften es in der Tat im Laufe zweier Wochen, die Symbole zu übersetzen. Sie konnten die Runen in den alten Aufzeichnungen identifizieren, die im Laufe der Jahrhunderte bei archäologischen Ausgrabungen angefertigt wurden. Als leidenschaftlicher Wissenschaftler hatte er die ganze Zeit kein Auge zugetan und Tag und Nacht gearbeitet. Jetzt stand er mit Oberst Agus vor dem Eingang zur Kapitänskabine der »Aurelia«, dem Flaggschiff der Flotte und vorläufiges Hauptquartier, um dem Rat Fragen zum Tor zu beantworten.

»Ihr redet nur, wenn Ihr gefragt werdet, Grobart. Stein hasst dummes Geschwätz und auch Merego ist momentan äußerst gereizt. Wir haben immerhin gerade unsere Heimat verloren. Vergesst das nicht.«

»Jawohl«, erwiderte Grobart nervös.

»Macht es nicht zu kompliziert. Die drei sind keine Techniker. Und sagt die Wahrheit. Wenn Stein merkt, dass er von Euch belogen wird, reißt er Euch den Kopf ab.«

»Jawohl«, sagte der Zwerg erneut.

Agus klopfte.

»Herein!«

Die beiden betraten die Kapitänskabine. Die drei Anführer saßen an einem massiven Eichenholztisch, Merego in der Mitte, General von Stein zu seiner Rechten, Admiral Russ zur Linken. Einige Meter vor dem Tisch befanden sich zwei Stühle. Agus trat dahinter, legte vor der Brust die rechte Faust in die linke Hand, sodass die Finger sie oben umschloss, senkte das Haupt, schaute dann wieder auf und sagte mit Blick auf von Stein:

»Herr General, Oberst Agus und Schmied Grobart melden sich an.«

»Danke Oberst. Setzt Euch«, sagte von Stein.

Der General war der direkte Vorgesetzte des Oberst. Die Sturmreiter waren Teil der Landstreitkräfte, die von ihm geführt wurden. Eine eigenständige Luftwaffe hatte Rodusk nicht.

Agus nickte den beiden anderen zu, sagte: »Herr Bürgermeister, Admiral Russ«, und setzte sich mit Grobart auf die Stühle. Da das Tor in den Aufgabenbereich des Militärs fiel und General von Stein in diesem Falle verantwortlich war, führte er das Gespräch. Anders als Merego war er genau wie Russ und Agus ein Vogelwesen.

»Wie ist der Status, Oberst Agus?«, fragte der General.

»Das Tor ist identifiziert, Herr General. Es ist ein Ahnentor. Die Funktionsweise ist bekannt und die Runen sind entschlüsselt. Grobart (*sie wendete sich kurz nach rechts zum Zwerg*) hat hervorragende Arbeit geleistet. Nach der Reparatur der Läufe kann das Portal benutzt werden.«

Agus fühlte sich zwar nicht wirklich wohl bei dem letzten Satz, aber sie wusste, dass von Stein nur klare Ansagen hören wollte. Entweder geht es oder es geht nicht. Ein Vielleicht würde der General nicht akzeptieren.

Von Stein nickte und schaute zu Grobart. »Wie funktioniert das Tor?«

Der Zwerg räusperte sich und sagte mit leicht belegter Stimme:

»Das Pentagramm ist in den Boden eingearbeitet. Jede Ecke ragt in einen Kreis von vier Schritt und fünf Fingern Durchmesser hinein. Die Reisenden müssen innerhalb der Kreise stehen. Um das Portal zu benutzen gibt man die Zielkoordinaten in Form von Wörtern in die Läufe ein. Der zweite Lauf teilt Utvalin in der Breite in tausend Teile, der dritte die Länge in ebenso viele. Es handelt sich um Quadrate. Die vierte Schiene teilt das Zielquadrat erneut in tausend Teile von links nach rechts und die fünfte von oben nach unten. Wir haben also tausend mal tausend Quadrate, die wiederum in tausend mal tausend Quadrate unterteilt sind. Das macht dann …«

»Unglaublich viele«, unterbrach ihn der Bürgermeister. »Wir haben das verstanden.«

»Jawohl.«

Der Zwerg hielt kurz inne und räusperte sich wieder. Dann sagte er:

»Die erste Schiene stellt eine Art Passwort dar. Das Portal wird nur aktiv, wenn es von autorisierten Wesen verwendet wird.«

»Haben wir denn eines?«, fragte Russ.

»Zufälligerweise ja«, antwortete Grobart. »Als wir das Tor vorgefunden haben, lag im ersten Lauf ein Wort: ›Sternenglanz‹. Wir sind uns sicher, dass das ein gültiger Code ist.«

Von Stein sah ihn ungläubig an: »Wieso liegt ein Passwort einfach so offen herum?«

»Das haben wir uns auch gefragt«, erwiderte Grobart. »Wir gehen davon aus, dass das Tor normalerweise nicht von einem allein benutzt wird. Nach der Ankunft auf der anderen Seite muss es wieder geschlossen werden. Das kann nur eine zweite Person machen. Nach dem Verschließen des Tores wurde das Passwort dann wahrscheinlich beseitigt oder geändert.«

»Nicht in unserem Fall.«

»Nein, nicht in unserem Fall. Wir glauben, dass ein Wesen als Letztes das Tor durchschritten hat. Das Portal konnte dann nicht mehr geschlossen werden und das Passwort blieb liegen.«

»Wie erkennt das Tor denn die Richtigkeit des Passworts?«, wollte Admiral Russ wissen.

»Das Ahnentor sieht zwar wie ein technisches Gerät aus, Admiral, es ist aber keins. Soweit wir wissen, waren die ausgestorbenen Wesen stark in der Zauberei. Das Tor liest die Wörter nur. Der Reihe nach. Sie wirken dann wie Zaubersprüche. Über den Code des ersten Laufs wird ein Magier entschieden haben. Bestimmte von ihm festgesetzte Spruchwörter öffnen den Lauf, andere halten ihn blockiert. Das Lesen eines anderen Wortes, als das vom Magier festgelegte, ist wirkungslos.«

Von Stein überlegte kurz. »Also das Tor liest die magischen Wörter der Reihe nach von Lauf eins bis Lauf fünf. Das Lesen der Runen in Schiene zwei findet nur nach Freigabe durch das Wort in Schiene eins statt. Ist das so richtig?«

»Korrekt, Herr General. Nachdem der Zauberer das Tor eingestellt hat, kann es von jedem benutzt werden, der die richtige Reihenfolge der Symbole eingibt. Das ist das Entscheidende daran. Und es kann von mehreren gleichzeitig benutzt werden. Mit Sicherheit ist das Tor in der Lage, viele Wesen auf einmal zu befördern. Wir glauben, dass das Ahnentor mächtig genug ist, alle Personen, die sich auf den Kreisen befinden, auch zu entsenden.«

»Bei den Göttern«, sagte Admiral Russ beeindruckt. »Wir könnten ganze Kampfeinheiten absetzten, wo immer wir wollten. Das kann ich nicht glauben, Grobart. Nicht bevor ich es nicht mit eigenen Augen gesehen habe.«

»Wir haben das Tor noch nicht instand gesetzt. Und getestet natürlich auch noch nicht. Mit Ihrer Erlaubnis würden wir gerne damit beginnen.«

»Immer mit der Ruhe«, sagte von Stein. »Wir sind noch nicht fertig. Wie wird das Tor denn geöffnet und geschlossen?«

»Die letzte Schiene führt wieder zur ersten zurück. Zwischen den beiden gibt es ein Verbindungsstück, das über einen Hebel nach oben oder unten geführt werden kann. Wenn man den Hebel umlegt, geht das Verbindungsstück hoch und der Kreislauf der fünf Schienen schließt sich. Dann beginnt das Tor den Lesevorgang. Zieht man den Hebel zurück, senkt sich das Verbindungsstück wieder ab und das Tor deaktiviert sich.«

»Verstehe«, sagte der General.

Er schaute den Zwerg einige Sekunden lang an und nickte dabei mit dem Kopf. Dann sah kurz nach links zu den beiden anderen und wieder zu ihm zurück.

»Also, Schmied, bis jetzt wart Ihr überzeugend. So wie ich das sehe, habt Ihr die Funktion und Bedienung des Ahnentores verstanden und es kann eingesetzt werden. Das ist eine außergewöhnliche Leistung. Ich danke Euch und Euren Assistenten dafür und denke hier auch im Namen des Admirals und des Bürgermeisters zu sprechen. Aber … (*der General lehnte sich etwas vor*) der eigentliche Grund für dieses Treffen ist ein anderer, nämlich die Frage: Wie gefährlich ist das Tor? Was könnte schiefgehen?«

Grobart senkte den Kopf und schaute an sich hinunter. Mit leicht zittrigen Fingern zupfte er an seiner Weste, so als ob er vor Beantwortung der Frage erst noch seine Kleidung säubern müsste. Daraufhin sagte er:

»Die Leute bringen mit dem Begriff ›Ahnentor‹ immer eine große Gefahr in Zusammenhang, weil damals bei der Entdeckung von Hinweisen auf solche Tore ein Unfall bekannt wurde, der sich vor langer Zeit abgespielt haben muss. Bekanntermaßen ist in den Funden von einer schrecklichen Katastrophe die Rede, bei der Hunderttausende umkamen. Wir wissen nicht genau, was sich wirklich ereignet hat. Auch nicht, ob das vielleicht die eigentliche Ursache für das Aussterben dieser Art war. Meine Kollegen und ich gehen aber davon aus, dass nur ein Irrläufer solch einen Schaden angerichtet haben kann. Das war eventuell ein Fehler desjenigen, der die Runen gelegt hat. Sollte sich das Portal öffnen und es stellt am Zielort fest, dass es nicht an der richtigen Stelle ist, sucht es wahrscheinlich sofort nach einem weiteren Ort. Wenn es den aufgrund des Fehlers aber gar nicht gibt, könnte es zu einer immer schneller werdenden Zielsuche gekommen sein, bei der dann tausendfach Ankunftsstellen energetisch aufgeladen wurden. Das wird, vielleicht aufgrund von Hitze oder magisch, große Teile Utvalins verwüstet haben. Wie gesagt, Herr General, Genaueres wissen wir leider nicht.«

Von Stein lehnte sich wieder etwas zurück und faltete die Hände. Er überlegte einen Moment und fragte dann:

»Wie kann verhindert werden, dass uns das auch passiert, Grobart?«

»Wir dürfen erst mit dem Portieren beginnen, wenn wir absolut sicher sind, dass die Begriffe korrekt gelegt worden sind«, antwortete der Zwerg. »Sie müssen immer mehrfach geprüft werden, am besten von verschiedenen Leuten. Ich würde sagen, zwei pro Schiene müssten reichen. Plus einer am Hebel, der dann die endgültige Entscheidung für die Aktivierung trifft. Also elf Wesen, Herr General.«

Von Stein nickte wieder und schaute Grobart an. Er ließ sich erneut etwas Zeit, um über die Sache nachzudenken. Dann sagte er:

»Also gut. Ich will, dass jeder an der Schiene sein Wort

genaustens überprüft. Alle zehn bestätigen dem … sagen wir Portalmeister am Hebel laut und deutlich die Richtigkeit seines Wortes. Sie werden eine Hand heben, wenn sie fertig sind und der Reihen nach melden: ›Korrekter Begriff!‹ Erst wenn der Portalmeister zehn Hände sieht und zehn Mal die Meldung gehört hat, legt er den Hebel um. Habt Ihr das verstanden, Grobart?«

»Jawohl, Herr General.«

»Unter den gerade genannten Sicherheitsvorkehrungen bin ich mit der Nutzung des Portals einverstanden. Wie seht Ihr die Sache, Bürgermeister, Admiral?«

»Ich bin einverstanden«, sagte Merego.

»Ich auch«, erklärte der Admiral.

Der Bürgermeister wendete sich an den General. »Legt noch die vorläufige Sicherung des Tores fest.«

»Ah ja, das sollten wir nicht vergessen.« Von Stein überlegte kurz. »Ich werde Oberst Kremberg mit der Sicherung beauftragen. Eine Kampfeinheit Jäger wird das Tor schützen. Über die Größe lasse ich Kremberg selbst entscheiden. Seid Ihr damit einverstanden, Oberst Agus.«

»Bin ich, Herr General.«

»Ohne ausdrücklichen Befehl von mir oder Russ benutzt keiner das Portal. Ich gehe davon aus, dass der Bürgermeister den Militärs die Entscheidungsgewalt darüber überlässt.«

Merego nickte. Er war Zivilist und Politiker. Die strategische Nutzung des Tores fiel in den Bereich der Armee.

»Wenn das Portal steht, geht ihr beide als erstes hindurch. Ich autorisiere euch hiermit und erwarte danach einen detaillierten Bericht.«

»Jawohl, Herr General«, erwiderte Agus.

»Dann beende ich hiermit die Sitzung«, erklärte von Stein. »Viel Glück, ihr beiden.«

»Danke, Herr General.«

Überraschung

Esyia und ihre Freunde waren auf dem Weg zum Eingang in die Unterwelt. Trotz der Dunkelheit wusste Rugor, wo er langgehen musste. Da sich die Öffnung auf der anderen Seite des Nordwalds befand, würde es etwa zwei Tage dauern, bis sie da waren.

Als es nach einiger Zeit hell wurde und man wieder normal sehen konnte, versuchte Bobb sich mit dem Vrapi im Käfig anzufreunden. Er reichte ihm Insekten und Früchte hinein, die dieser begierig auffraß. Wie schon erwähnt, saugten die Tiere nur an großen Lebewesen. Ansonsten fraßen sie, wie viele andere kleine Tiere auch, Insekten, Würmer und verschiedene Obst und Beerensorten. Die Freunde waren überrascht, wie sanft der Riese mit dem Kleinen umging.

»Du heißt jetzt Lutz«, sagte er zu dem Vrapi. »Sag mal ›Lutz‹.«

Darauf reagierte der Sauger nicht. Bobb hielt ihm ein Stück Apfel in den Käfig und als der Vrapi danach greifen wollte, fragte er:

»Nummer?«

»DG9«

Bobb zog das Apfelstück zurück. »Nein das war falsch. Sag: ›Lutz‹.«

»DG9«, wiederholte das Tier wieder und Bobb schüttelte mit dem Kopf. Da er den Vrapi aber nicht quälen wollte, gab er ihm erst einmal die Frucht und meinte:

»Das lernst du schon noch.«

Der Riese hatte Erfahrung mit dem Dressieren von Tieren. Er wusste deshalb, dass man Geduld haben musste. Lutz schien ziemlich verfressen zu sein, denn er aß auf der Stelle alles auf, was Bobb ihm anbot. Nach und nach schaffte es der Riese tatsächlich, dass der Vrapi bei der Frage nach seiner Nummer den Namen ›Lutz‹ sagte. Bobb wunderte sich, wie schnell der Sauger lernte, aber wie Sybille schon gesagt hatte, sie waren schlau.

Während die Freunde so vor sich hin marschierten und die Dressurversuche des Riesen verfolgten, benutzte Suriku in regelmäßigen Abständen das Weitsichtgerät der 37, um zu schauen, ob vor ihnen eventuell Gefahren lauerten. Als er wieder einmal seine Waffe angelegt hatte und die Gegend absuchte, rief er plötzlich:

»Stopp!«

Alle blieben stehen und sahen ihn an.

»Da vorne ist was. Wartet mal.« Er schaute weiter durch das Okular. »Da ist so ein komischer Nebel. Sieht unnatürlich aus. Er leuchtet irgendwie.«

»Welche Farbe?«, fragte die Untote.

»Weiß.«

»Dann ist es keine schwarze Magie.«

»Vielleicht Bodennebel«, meinte Alina. »Es ist noch ziemlich früh.«

»Nein, der würde nicht so glühen«, erwiderte Suriku.

Die Freunde warteten gespannt. Sie ließen dem Ho'ki Zeit, das Ziel genauer zu betrachten. Plötzlich sagte er aufgeregt:

»Moment, da sind Wesen! Sie treten aus dem Nebel.«

Esyia reagierte sofort: »Macht euch kampfbereit. Alle ducken sich und gehen in Deckung.«

Die Gruppe suchte sich hinter Büschen und Bäumen Deckung. Suriku stellte sich hinter eine dicke Kiefer und schaute seitlich daran vorbei weiter durch das Sichtgerät.

»Der Nebel verschwindet wieder. Die beiden sind aber noch da. Hmm … sie schauen sich um. Der eine ist kleiner, könnte vielleicht … ein Zwerg oder so sein. Sie kommen in unsere Richtung.«

Bobb stellte den Käfig mit dem Vrapi ab und nahm seine Keule beidhändig. Auch der Troll zog sein Schwert. Die Elfe ging in Verstohlenheit und schlich in Richtung der Fremden. Im Falle eines Angriffs würde sie hinter den Gegnern stehen, was ein großer Vorteil wäre. Da die zwei Unbekannten langsam näher auf die Gruppe zugingen, konnte Suriku sie zunehmend besser erkennen. Plötzlich rief er erfreut:

»Grobart! Das ist Grobart! Und Agus!«

»Sicher?«, wollte Esyia wissen.

»Ja, ganz sicher.«

Er nahm seine Waffe herunter und trat hinter dem Baum hervor. Auch Esyia kam aus der Deckung, gefolgt von den anderen. Als die beiden Wesen in der Ferne die Gruppe entdeckten, blieben sie kurz stehen. Man konnte sehen, wie sie erstarrten, dann gingen sie aber schnellen Schrittes weiter. Offenbar hatten auch sie erkannt, wer ihr Gegenüber war. Nachdem sie so nah beieinander waren, dass sie miteinander sprechen konnten, rief Oberst Agus aufgeregt:

»Hoheit Esyia! Ihr lebt! Welch ein Glück!«

Das Mädchen lächelte und sagte:

»Ja, ich lebe. Und die anderen auch.« Sie schaute kurz in die Richtung, aus der die beiden gekommen waren. »Wo kommt ihr her? Habt ihr uns gesucht?«

»Das ist eine lange Geschichte, Hoheit. Nein, dass wir Euch und Eure Leibwache hier antreffen würden, wussten wir nicht. Wir haben in Neu-Rodusk ein Ahnentor entdeckt. Das ist der erste Port nach der Restauration. Ein Test eigentlich nur. Was für ein Zufall.«

»Ein Ahnentor!«, rief das Mädchen. »Das ist ja unglaublich.«

»Der einzige Fund bisher«, erklärte Grobart. »Viele haben

nach den Toren gesucht. Eigentlich gingen wir davon aus, dass sie alle vernichtet sind. Glücklicherweise stimmte das nicht.«

»Und es ist voll funktionsbereit?«, fragte Esyia.

»Sieht so aus«, antwortete der Zwerg. »Bis jetzt verlief jedenfalls alles reibungslos. Wenn wir es auch zurück schaffen, war der Testport erfolgreich und das Ahnentor wird in Betrieb genommen.«

Während Grobart sprach, schaute Oberst Agus beeindruckt von einem Gruppenmitglied zum anderen. Sie machte große Augen, als sie bemerkte, dass eine Untote in der Gruppe war. Bevor sie aber etwas sagen konnte, stellte Esyia ihr kurz die Freunde vor:

»Das ist Sybille«, sagte sie. »Wie Ihr schon bemerkt habt, ist sie untot. Sie ist eine Freie und kämpft an unserer Seite. Ihr werdet schwerlich eine stärkere Kampfmagierin finden als sie. Das hier ist Rugor, Sohn Torgans, des Kriegshäuptlings der Nordwaldtrolle, und das ist Alina Mondlicht, eine Elfe der Sümpfe. Beide mit außergewöhnlichen Fähigkeiten. Bobb habt Ihr ja schon kennen gelernt.«

Agus salutierte den Freunden gegenüber mit dem üblichen Kriegergruß der Rodusk'schen Armee. Sie schaute kurz zu Grobart und sagte:

»Das ist Schmied Grobart. Eure Hoheit und Leibwächter Suriku kennen ihn noch (*nach wie vor galt Suriku als Esyias Leibwächter*), er ist der leitende Wissenschaftler und Chefingenieur des Tores.«

Da Sybille, Rugor und Alina nicht wussten, wer Oberst Agus war, erklärte Suriku:

»Oberst Agus ist die Anführerin der Sturmreiter. Sie fliegen auf Echsen und sind ungeheuer mutig.«

Agus grinste.

»Ihr habt immer noch die RD-37c«, stellte Grobart fest. »Das freut mich zu sehen.«

»Sie hat mit sehr gute Dienste geleistet. Vielen Dank nochmal, Grobart. Falls Ihr sie genauer untersuchen wollt …« Er zog die Waffe aus der Rückentasche.

»Äh … nein, Leibwächter, die kann ich nur in meinem Labor untersuchen.«

Grobart trat einen Schritt zurück und hielt die Hände ablehnend in die Höhe. Nach wie vor hatte er enormen Respekt vor dem Kristall und wollte die 37 lieber nicht in die Hand nehmen. Suriku steckte die Waffe wieder weg.

Der Zwerg hatte mit seinen Assistenten vereinbart, dass sie das Tor drei Stunden lang geschlossen halten sollten. Dann sollte der Hebel wieder zurückgeschoben werden und – so vermuteten es zumindest die Techniker – derselbe Durchgang erneut aktiv werden. Was jedoch genau passieren würde, wenn das Tor wieder eingeschaltet wurde, wussten sie nicht. Grobart ging aber davon aus, dass man an der gleichen Stelle, an der man angekommen war, auch wieder zurückkonnte. Nach allem, was sie über Ahnentore herausgefunden hatten, müsste es in beide Richtungen funktionieren. Eigentlich hatten Grobart und Agus nur vor, kurz die Gegend zu erkunden und sich wenn nötig zu verstecken. Die gewählten Koordinaten lagen sehr weit nördlich, weshalb die militärische Führung Rodusks nicht von der Anwesenheit von Untoten ausging. Der Zeitraum war bewusst großzügig gewählt worden, denn wenn die beiden wider Erwarten auf Feinde treffen sollten, konnten sie natürlich nicht an Ort und Stelle warten, bis sich das Tor erneut öffnet. Sie hätten in so einem Fall erst einmal fliehen müssen, um sich dann, wenn möglich, zum Tor zurückzuschleichen. Da die beiden von Esyia und ihren Freunden mitgeteilt bekamen, dass Satars Kämpfer zwar kurz davor waren, auch diese Gegend einzunehmen, sie aber trotzdem noch ein paar Stunden Zeit hatten, entschlossen sie sich, mit der Gruppe zusammen die

Zeit hier abzuwarten. Es war ohnehin sehr wichtig, dass die Freunde und die zwei aus Rodusk ihre Erfahrungen austauschten, denn die eine Seite wusste natürlich nichts von den Erlebnissen der anderen.

So setzten sich alle zusammen auf eine freie Fläche in der Nähe und erzählten, was sie erlebt hatten. Der Oberst wollte Hoheit Esyia den Vortritt lassen, deshalb begann das Mädchen. Agus hörte aufmerksam zu und nahm bei verschiedenen Ereignissen besonders Anteil. Vor allem an Sybille war sie interessiert. Sie verstand sofort, wie ungewöhnlich und wie wichtig eine Untote bei ihnen war. Als das Mädchen dann von Gurd erzählte, wie heldenhaft er sie geflogen hatte und wie er dann letztlich am Berg Yras abgestürzt war, war der Oberst sichtlich gerührt. Agus schaute zu Boden und meinte traurig:

»Der arme Gurd. Welch ein Verlust.«

»Ja«, sagte Esyia. »Ohne ihn wären wir niemals nach Yras gekommen, wir verdanken ihm viel.«

Alle schwiegen einige Minuten. Das Mädchen bemerkte, dass auch dem Schmied das Schicksal der Riesenechse nahe ging. Er sah betroffen zu ihr und schüttelte mit dem Kopf, so als könne er es kaum glauben.

Dann erzählte das Mädchen weiter. Der Untergang von Yras löste bei den Roduskern Entsetzen aus. Die letzte Bastion im Kampf gegen den Fürsten war vernichtet. Agus erklärte sofort:

»Ich muss das so schnell wie möglich Stein melden. Wir hatten zwar schon damit gerechnet, aber es jetzt von Euch zu hören, Hoheit, ist schrecklich.«

Zu ihrer Überraschung erwiderte Esyia:

»Ja, Oberst, es ist schrecklich, aber dafür wird er büßen. Es ist noch lange nicht vorbei. Satar hat eine große Schwäche: Er unterschätzt uns.«

Agus schaute das Mädchen verblüfft an. Die Valira hatte sich völlig verändert. Vor ihr saß nun eine entschlossene Kämpferin und nicht mehr die verängstigte Kleine, die sie in Rodusk kennen gelernt hatte. Vielleicht gab es ja doch noch Hoffnung.

Esyia berichtete weiter von den Begegnungen mit Rugor und Alina und schilderte O'Zins Erweckungsritual. Mit Freuden nahmen die beiden zur Kenntnis, dass Esyia viele ihrer Fähigkeiten zurückerlangt hatte und sich auch wieder an ihre Vergangenheit erinnern konnte. Abschließend erklärte das Mädchen noch, wo sie jetzt hinwollten.

Als sie fertig war, berichtete Agus ebenfalls, was sich ereignet hatte. Von ihrer Seereise, der Insel und vor allem von dem Ahnentor. Suriku hatte vorhin nicht nachfragen wollen, da es zu dem Zeitpunkt nicht wichtig war, aber jetzt erfuhr er auch, warum Agus von »Neu-Rodusk« gesprochen hatte. Sie hatten auf der Insel eine neue Siedlung gegründet und diese kurzerhand nach ihrer alten Heimat benannt, nur mit dem Zusatz »Neu«. Als Grobart danach die Funktionsweise des Ahnentors erläuterte, waren auch die Freunde davon überzeugt, eine mächtige Waffe im Kampf gegen Satar zu besitzen.

Letztendlich berichtete der Oberst noch von der Aufregung in Rodusk, als bekannt wurde, dass eine Valira aus Yras in der Stadt gewesen war.

»Wir hatten es ja so gut es ging geheim gehalten«, erklärte Agus, »aber irgendwie ist es dann doch durchgesickert. Die Leute sehen in Euch eine mächtige Zauberin, die sie vor den Untoten retten wird. Die alten Legenden von Euerm Volk sind allen bekannt.«

»Das freut mich«, meinte Esyia. »Meine Macht ist im Vergleich zu früher aber sehr viel geringer. Außerdem gibt es kein Heer von Magiern aus Yras mehr, das mich unterstützt. Die Leute werden das verstehen müssen.«

»Das ist nicht so wichtig, Hoheit«, sagte Agus bestimmt. »Ich habe gehört, wie die Bürger über Euch gesprochen haben. Sie brauchen jemanden, zu dem sie aufschauen können. Der Bürgermeister ist ein einfacher Zivilist. Und das Militär in Rodusk besitzt keine magischen Fähigkeiten. Die Leute lieben die Zauberei. Ihr vereint beides: Ihr seid Magierin und ihr seid Krieger.«

Agus sprang plötzlich auf und ging aufgeregt hin und her.

»Esyia, kommt mit nach Neu-Rodusk! Ihr werdet die Königin in einem neuen Reich. Die Bürger werden das sofort akzeptieren. Auch die jetzige Führung wird sich Euch anschließen.« Sie sah mit einem flehenden Blick zu der Valira hinunter. »Wir brauchen jemanden wie Euch, Hoheit!«

Der plötzliche Gefühlsausbruch des Oberst überraschte das Mädchen. Leicht verlegen fuhr sie mit der Hand über Wollis Fell. Ihr war klar, dass sie Utvalin im Kampf gegen Satar anführen musste. Dass sie jetzt aber ausgerechnet mit dem hochentwickelten Rodusk beginnen sollte, machte ihr doch etwas Angst.

»Mit dem Portal wäre die Insel ideal«, sagte Suriku zu Esyia, bevor diese etwas erwidern konnte. »In der Unterwelt wissen wir nicht, was uns erwartet.«

Auch der Troll fand die Idee gut. »Wie ich euch schon gesagt habe, es gibt unter der Erde keine Verwandten mehr, zu denen wir gehen können.«

Esyia überlegte. Dann fragte sie Sybille: »Was sagst du dazu?«

»Ich habe noch nie gehört, dass der Fürst die Inseln erkundet wollte. Genauso wenig wie die Unterwelt«, antwortete die Untote. »Im Moment könnte das ein sicherer Ort sein.«

Das Mädchen wendete sich zu Alina und Bobb. »Was denkt ihr?«

Auch die beiden gaben zu verstehen, dass sie zur Insel

wollten. Damit war die Sache entschieden. Esyia hätte die anderen überstimmen können, aber auch sie erkannte, dass die Insel mit dem Ahnentor die beste Möglichkeit war, sich fürs Erste vor Satar zu verbergen.

Sie musste plötzlich an die Chronistin in Ashar denken. Wieder einmal bekamen sie auf unerhoffte Weise Hilfe. Sie waren in ihrem Kampf gegen die dunkle Seite nicht allein. Das spürte die Magierin ganz genau.

Neuanfang

Auf dem Hauptdeck der Aurelia standen die Wesen dicht an dicht gedrängt. Auch die anderen Schiffe links und rechts waren voll besetzt mit Bürgern. Das Flaggschiff der Flotte lag, verbunden mit den anderen Seglern, mit dem Bug in Richtung Insel vor Anker. Die Wesen schauten jedoch alle zum Heck des Schiffes, denn da sollte auf dem Oberdeck über der Kapitänskabine das Ereignis stattfinden, weshalb die ganzen Bürger Neu-Rodusks zusammengekommen waren: Esyias Krönung zur Königin.

Nachdem die Freunde mit Grobart und Agus zusammen die Zeit abgewartet hatten, bis sich das Portal wieder öffnete, waren sie gemeinsam nach Neu-Rodusk befördert worden. Zum vereinbarten Zeitpunkt hatte sich an der Ankunftsstelle plötzlich erneut Nebel gebildet, in den die Gruppe dann hineingegangen war. Die darauffolgende Erfahrung war ähnlich wie bei den anderen Weltportalen. Erst ein starkes weißes Licht, dann eine kurze Ohnmacht und auf einmal befanden sie sich am Zielort. Als die Techniker des Ahnentors Esyia und ihre Freunde sahen, brach sofort Begeisterung aus. Einer der Zwerge hatte sie erkannt und seinen Kameraden zugerufen:

»Das ist Esyia! Die Zauberin ist hier!«

In Windeseile verbreitete sich daraufhin die Nachricht von der Ankunft der Valira. Von überall her kamen die Leute angerannt, um einen Blick auf das Mädchen zu werfen. Es gab vom Ahnentor hinunter zu den Schiffen nur einen Weg und da Agus der Magierin den Vortritt ließ, schritt das Mädchen auf der Katze voraus. Immer mehr Wesen versammelten sich um sie herum, sodass Bobb und Rugor seitlich neben Esyia gingen, um den Ansturm zurückzuhalten. Ohne dass es von der Magierin beabsichtigt worden war, machte es doch einen starken Eindruck auf die Bürger, dass die kleine Valira von diesen zwei mächtigen Monstern geschützt wurde. Der Troll und der Riese überragten fast alle Wesen um sie herum um ein bis zwei Meter und jeder hatte sofort Respekt vor ihnen. Hinter Esyia schritten Agus und die Freunde. Grobart war nicht dabei, denn er musste sich nach dem Testlauf direkt um das Tor kümmern.

Die Leute staunten, als sie sahen, wer da alles in der Gruppe war. Man könnte die Arten, zu denen die Freunde gehörten, auch als Exoten bezeichnen. Es war äußerst selten, dass eine Sumpfelfe, ein Riese, ein Troll oder gar eine Untote in den zivilisierten Gemeinwesen Utvalins anzutreffen waren. Vor allem Sybille sorgte für Aufregung.

»Oh Gott, eine Untote!«, rief einer.

»Sie kommt mit den Untoten!«, brüllte ein anderer, worauf wiederum andere erwiderten:

»Unsinn, sie kommt um uns zu retten!« oder:

»Seht! Selbst die Untoten gehorchen ihr.«

Es herrschte eine allgemeine Verwirrung. Die Leute waren sich im ersten Moment nicht sicher, ob diese sonderbaren Wesen wirklich auf ihrer Seite standen. Da Esyia aber freundlich lächelte und den Leuten zuwinkte, verflog diese Verunsicherung schnell. Die Bürger begannen dann die Magierin mit einem Gruß willkommen zu heißen, mit dem üblicherweise religiös-spirituelle Führer bedacht wurden. Sie falteten die Hände vor der Brust und senkten den Kopf. Manche schlossen dabei sogar die Augen und es sah so aus, als ob sie beten würden. Die Soldaten hingegen grüßten Esyia militärisch. Die rechte Faust wurde in die linke Hand gelegt, die Finger umschlossen sie oberhalb und der Kopf wurde kurz gesenkt und dann wieder angehoben. Dabei schauten sie geradeaus und der Magierin nicht direkt in die Augen, entsprechend den Vorschriften der Armee.

Nach und nach wurden es immer stiller. Die Wesen beobachteten Esyia und ihre Freunde ehrfurchtsvoll. Es trat eine fast schon unheimliche Stille ein, in der die Gruppe mit der Magierin vorneweg durch die Menge schritt. Aufgrund des Andrangs standen die Leute mittlerweile auch vor ihnen auf dem Weg. Sobald sich das Mädchen aber auf ein paar Meter näherte, wichen sie respektvoll zur Seite. Die Gruppe ging durch die Wesen wie durch eine flüssige Masse, die sich vor ihr öffnete und sich hinter ihr wieder schloss. Als sie dann zum Ufer kamen, vor dem die Schiffe lagen, stand plötzlich der Bürgermeister mit dem General und dem Admiral vor ihnen. Auch sie hatten sofort alles stehen und liegen gelassen, um das Mädchen zu sehen. Esyia gab Bobb ein Zeichen und er nahm sie hoch, sodass sie auf seiner Handfläche stehen konnte. Sie befand sich damit etwa auf Augenhöhe mit dem Bürgermeister und den Generälen. Diese grüßten Esyia und der Bürgermeister sagte erfreut:

»Gott sei Dank, Ihr lebt, Hoheit. Ich heiße Euch im Namen Neu-Rodusks herzlich willkommen.«

»Vielen Dank, Bürgermeister«, erwiderte die Magierin.

»Wir hoffen, Ihr bleibt dieses Mal länger bei uns, Hoheit. Es hat schreckliche Entwicklungen gegeben in den letzten Monaten. Rodusk wird mittlerweile völlig zerstört sein.«

»Ja, ich weiß«, antwortete Esyia. »Oberst Agus hat mir alles berichtet. Es tut mir wirklich leid für Euch. Ich fürchte jedoch, ich komme mit ebenso schlechten Nachrichten. Aber darüber sollte man sich in Ruhe unterhalten.«

»Aber natürlich, Hoheit.«

Merego drehte sich zur Seite und zeigte zu einem Ruderboot, das hinter ihnen am Strand lag.

»Lasst uns zur Aurelia fahren, dort haben wir unser vorläufiges Quartier. Die Kapitänskabine bietet genug Platz.«

»Gerne«, erwiderte das Mädchen.

Der Bürgermeister und die beiden Offiziere ließen den Riesen mit dem Mädchen vor und sie gingen zum Strand hinunter. Zusätzlich zu Bobb ging noch Suriku mit, die anderen blieben zunächst einmal zurück. Bevor Bobb in das Ruderboot stieg, drehte er sich noch einmal um und hielt Esyia auf der flachen Hand in die Höhe. Das war nicht abgesprochen und der Kleinen einigermaßen peinlich, aber sie ließ es geschehen. Die Menge starrte sie an. Als das Mädchen dann die Hand hob und den Leuten zuwinkte, brach mit einem Mal tosender Applaus aus. Die Wesen jubelten und klatschten vor Begeisterung. Es waren immerhin fast tausend Bürger, die die Schiffe mitgenommen hatten, und dementsprechend ohrenbetäubend war der Lärm. Als Esyia das sah, überkam sie plötzlich ein seltsames Gefühl. Sie erkannte, dass sich ein wichtiger Teil ihres Schicksals erfüllt hatte. Es war von Anfang an ihre Bestimmung gewesen, einst die übriggebliebenen, freien Wesen im Kampf gegen die Untoten anzuführen. Doch sie musste auch an Yras und ihr ausgelöschtes Volk denken. Eine Träne lief ihr die Wange herunter, was von den Leuten aber nicht bemerkt wurde.

Unter anhaltendem Applaus und »Esyia!-Esyia!«-Rufen wurden die drei mit dem Bürgermeister und den Generälen zur Aurelia gebracht. Dort begaben sie sich in die Kabine des Kapitäns. Bobb blieb draußen an Deck. Als Riese war er für den Raum dann doch zu groß und es machte Sinn, dass einer der Leibwächter die Tür bewachte.

Das Mädchen saß wie üblich auf dem Tisch vor Suriku. Sie wiederholte noch einmal kurz, was sie Oberst Agus schon erzählt hatte, und genau wie diese waren auch der Bürgermeister und die Offiziere geschockt vom Untergang Yras' und den Valira zu erfahren.

»Sieht schlecht aus«, sagte von Stein resigniert mit Blick

auf Russ und Esyia. »Damit hat Satar die gesamte bekannte Welt unter Kontrolle. Im Norden ist nichts mehr, was ihn aufhalten könnte.«

»Jetzt kann uns nur noch ein Wunder retten«, meinte Admiral Russ.

»Im Augenblick können wir nichts machen«, sagte Esyia. »Auch wenn es aussichtslos erscheint, sollten wir uns aber trotzdem vorbereiten, zurückzuschlagen. Das Ahnentor gibt uns gewisse Möglichkeiten. Wer weiß, was noch kommt. Bis jetzt ging es irgendwie immer weiter. Ich glaube nicht, dass uns die Energien im Stich lassen werden.«

Die beiden Offiziere nickten.

»Wenn wir schon sterben müssen, dann wenigstens im Kampf«, sagte von Stein leicht erregt. »Ich nehme auf jeden Fall noch einige von diesen Bastarden mit ins Grab, das schwöre ich.«

»General«, ermahnte ihn der Bürgermeister.

»Schon gut«, erwiderte von Stein.

In Gegenwart Esyias sollten solche Schimpfwörter eigentlich nicht fallen, aber jeder hatte Verständnis dafür. Stein war bekannt für seine direkte und unverblümte Ausdrucksweise. Dem Ho'ki war er aus diesem Grunde auch sofort sympathisch.

Der Bürgermeister schaute kurz zu den Offizieren und sagte:

»Die Einzelheiten der militärischen Operationen solltet ihr im Kriegsrat ausarbeiten. Jetzt gibt es eine wichtigere Frage zu klären. Wenn Hoheit Esyia hier ist, muss sie auch den entsprechenden Rang in der Gesellschaft erhalten.« Er wendete sich an die Magierin. »Als Valira steht Ihr über den anderen Wesen, Hüterin. Ich weiß, wie die Bürger darüber denken. Ihr habt es ja eben selbst gesehen. Wir müssen über eine Neuordnung unserer Gesellschaft nachdenken. Es ist das einzig Sinnvolle, Euch zur Königin zu krönen und das demokratische System aufzugeben. In Zeiten des Krieges kann die Allgemeinheit ohnehin nicht wirklich mitbestimmen. Niemand wird die Rechtmäßigkeit Eurer Herrschaft anzweifeln, da bin ich mir sicher.« Merego sah vor sich auf den Tisch und sagte nicht ohne eine gewisse Wehmut: »Seit der Flucht aus Rodusk ist die Führung der Stadt größtenteils in die Hände der Generäle übergegangen. Die Armee hat jetzt natürlich Vorrang. Ich habe meine Macht sowieso schon verloren. Da ist es für mich dann auch nicht weiter tragisch, wenn ich jetzt ganz zurücktrete.«

Esyia schüttelte mit dem Kopf. »Ich werde völlig mit dem Krieg gegen Satar beschäftigt sein, Herr Merego. Irgendjemand muss sich auch um das zivile Leben kümmern. Sollte ich wirklich Königin von Neu-Rodusk werden, dann brauche ich Euch. Ich werde Euch im Amt des Bürgermeisters belassen.«

»Danke, Hoheit«, erwiderte Merego erleichtert. Insgeheim hatte er sich aber schon gedacht, dass die Valira so reagieren würde. Er lehnte sich in seinem Sitz etwas zurück und sagte:

»Ich schlage Folgendes vor, Hoheit. Auch wenn ich jetzt schon weiß, wie eine Abstimmung ausgehen wird, so sollten wir doch das Volk befragen, ob es mit Eurer Krönung einverstanden ist. Eigentlich ist das Unsinn, denn wenn ein Valira aus Yras anwesend ist, ist er oder sie automatisch auch das Oberhaupt. Ich weiß aber, dass die Leute es gern haben, wenn sie mitbestimmen können. Deshalb sollten wir die Bürger abstimmen lassen. Da wird es natürlich keine Probleme geben. Ihr habt die Begeisterung gesehen eben. Ich bin mir sicher, dass es nicht eine einzige Gegenstimme geben wird.«

»Ja, gut«, erwiderte Esyia. »Wann wollt Ihr die Wahl stattfinden lassen?«

»Ich denke mal, dass eine Woche Vorlaufzeit reichen sollte.

Es gibt für die Bürger ja nicht groß was zu überlegen. Normalerweise wäre der Zeitraum zu kurz, aber angesichts Eures Geburtsrechts als Valira ist das in Ordnung.«

»Einverstanden«, sagte das Mädchen erfreut. Sie sah zu Suriku. »Dann haben wir noch eine Woche. Wir sollten die Zeit nutzen, um die Leute besser kennen zu lernen.

Der Ho'ki nickte. »Ich bin mal gespannt«, sagte er lachend, »was passiert, wenn die Leute Sybille die Hand schütteln sollen. Da werden sich ein paar in die Hose machen.«

Esyia grinste. »Das lassen wir am besten. Fürs Erste sollten sich Sybille und die Großen ein wenig zurückhalten. Wir wollen den Bürgern ja keine Angst machen.«

Der Bürgermeister lachte ebenfalls und schaute von einem zum anderen. »Gut. Da wir gegenwärtig ohnehin noch nicht soweit sind, würde ich sagen, Ihr beruft den Kriegsrat nach Eurer Krönung ein. Das wäre als erste Amtshandlung sicher sinnvoll.«

»Einverstanden.«

»Wenn die Generäle dem auch zustimmen«, fuhr Merego fort, »dann belassen wir es fürs Erste dabei und ich schließe die Sitzung.«

Es gab keine Einwände. Die Freunde hatten somit noch eine Woche. Nach Esyias Krönung war sie für Neu-Rodusk verantwortlich und es gab praktisch keine freie Zeit mehr. Wie der Bürgermeister schon gesagt hatte, war Neu-Rodusk noch nicht soweit. Es mussten noch Unterkünfte gebaut werden, Lagerhallen, Ställe, Schmieden und so weiter. Eine komplette Siedlung musste hochgezogen werden. Merego bot Esyia an, sofort die Kapitänskabine für sie freizumachen, aber das Mädchen lehnte ab. Sie bekam deshalb vorübergehend das Kapitänszimmer der Sulja zur Verfügung gestellt, einem weiteren großen Schiff der Flotte. Die anderen wurden ebenfalls dort einquartiert, allerdings bei den Mannschaften unter Deck.

Die folgende Woche verbrachten die Freunde damit, die Leute auf der Insel näher kennen zu lernen und sich ein Bild von der Umgebung zu machen. Esyia schritt mit Wolli und Suriku anfänglich immer ein paar Meter weiter vor, wenn sie umherspazierten, damit die Leute möglichst wenig Berührungsängste vor der Untoten und den Großen hatten. Interessanterweise verhielten sich die Bürger aber schon nach kürzester Zeit völlig anders als erwartet. Da Esyia als zukünftige Königin den höchsten Status innehatte, begegneten ihr die Leute mit großer Achtung und hielten immer etwas Abstand. Sie grüßten sie auf die oben schon beschriebene Art und sagten so Sachen wie: »Schön Euch zu sehen, Hoheit« oder: »Die Götter mögen Euch segnen.« Auch bei Suriku blieben die Bürger eher zurückhaltend. Er wurde als Esyias rechte Hand betrachtet und galt damit als entsprechend einflussreich.

Ganz anders verhielten sich die Leute bei Bobb, Rugor, Sybille und Alina. Als die Bürger erkannten, dass die vier ihnen freundlich gesinnt waren, kamen sie nah heran und stellten viele Fragen. Auch wollten alle mal einen Riesen berühren oder die Haare einer Sumpfelfe anfassen. Damit sie sich besser unter das Volk mischen konnten, trennte sich die Gruppe und Esyia ging mit Suriku alleine umher. Das Auftreten der vier anderen sorgte nach einiger Zeit zu teilweise volksfestartigen Zuständen. Vor allem die Kinder hatten ihren Spaß. Sie machten Mutproben, bei denen sie ganz nah an Sybille heran mussten, um sie an ihrer Robe zu zupfen. Das Ganze galt nur als bestanden, wenn die Untote ihnen daraufhin in die Augen schaute. Das führte dann regelmäßig dazu, dass die Kinder sich gruselten, laut aufschrien und wieder wegliefen. Sybille wusste natürlich, was da vor sich ging und spielte mit. Teilweise ließ sie ihre Ringe kleine Frostblitze entladen, die zischende Geräusche von sich gaben, was den Effekt bei den Kindern noch verstärkte.

Ähnlich erging es auch der Sumpfelfe. Mit Sicherheit musste sie sich einhundert Mal unsichtbar machen und wieder zurück. Die Leute wunderten sich immer wieder aufs Neue, wie so etwas möglich war. Immer wenn sie dachten, Alina wäre jetzt an einer bestimmten Stelle, tauchte sie ganz woanders wieder auf.

Das größte Spektakel veranstalteten allerdings die beiden Großen. Unter den männlichen Bürgern wurden Wetten abgeschlossen, wer es schafft, den Riesen oder den Troll im Ringkampf zu besiegen. Es stellte sich schnell heraus, dass das unmöglich war, doch keiner der Männer wollte sich eine Blöße geben. Der Reihe nach traten sie an und alle verloren. Vor allem Bobb hatte einen Heidenspaß dabei. Er brüllte immer so laut und grässlich wie er konnte, bevor er sich einen der Männer griff.

So verging die Woche dann ziemlich schnell und wie es zu erwarten war, stimmten alle Bürger am Ende für Esyias Ernennung. Da es außer der Kapitänskabine der Aurelia noch keinen anderen offiziellen Ort gab, der einer Krönung würdig war, entschied der Bürgermeister nach Absprache mit dem Mädchen, das Ereignis auf dem Oberdeck des Flaggschiffs abzuhalten. Die Schneider hatten für Esyia extra einen Wappenrock angefertigt, der über der normalen Kleidung getragen wurde. Er war weiß und auf der Brust befand sich in weinroter Farbe der Umriss einer Flugechse, das Zeichen der Stadt Rodusk. Es sollte von nun an auch das Erkennungsmerkmal von Neu-Rodusk und damit der ganzen freien Welt sein. Die Flugechse stand als Symbol des Guten direkt gegen Satars spitzes, schwarzes S.

Nachdem Esyia vom Bürgermeister und den Generälen feierlich der Wappenrock übergeben worden war und das Mädchen ihn angezogen hatte, stieg sie über eine kleine Treppe auf ein Podest des Oberdecks, von dem aus die Wesen sie gut sehen konnten. Merego stellte sich leicht seitwärts dahinter und rief so laut er konnte:

»Bürger Neu-Rodusks! Seht herauf! Hier steht eure neue Herrscherin: Hoheit Esyia von Yras und Neu-Rodusk, Königin unseres neuen Reiches!«

Die Leute wollten gerade in begeisterten Applaus ausbrechen, da wurden sie eines imposanten Schauspiels gewahr, das der Bürgermeister mit den Freunden heimlich geplant hatte. In dem Moment, als Merego den Namen des Mädchens ausrief, schoss die Untote nacheinander sechzehn Frostblitze in den Himmel. Sybille selbst war für die Bürger nicht zu sehen, da sie sich weiter hinter dem Podest befand. Jeder Blitz stand für eine der Flugechsen, die auf den Schiffen mitgenommen worden waren und das neue Königreich symbolisierten. Die Untote wählte extra große, starke Blitze, die zwei Sekunden Wirkungsdauer hatten. Mit einem lauten Donnern schossen sie hoch in den Himmel.

So etwas hatten die Bürger noch nie gesehen. Sie standen da mit offenem Mund und staunten. Nach dem sechzehnten Blitz aber erreichten wie vereinbart die Sturmreiter auf ihren Echsen die Aurelia und flogen einmal im Tiefflug über die Köpfe der Wesen hinweg. Nun gab es kein Halten mehr. Die Bürger waren außer sich vor Begeisterung. Sie jubelten, schrien, sangen, manche weinten sogar. Am Ende aber riefen sie alle im Chor:

»Esyia! Esyia! Esyia …«

Mit den Ereignissen auf der Aurelia endet das erste Buch der Welt von Utvalin.
Die Geschichte von Esyia und ihren Freunden geht aber bald schon weiter.

Danksagung

Ich danke den Entwicklern des großen Spiels
mit den drei Buchstaben, ohne die ich niemals
in die Welt der Fantasy eingetaucht wäre.

Außerdem danke ich

dem Stephan mit seinen dreizehn Hasen im Garten,
dem Heinz aus Sindorf,
der Elisabeth,
der Corinna und dem Constantin aus Hallstadt,
dem Johannes,
dem Robert,
der Jennifer
und allen anderen, die mich auf die ein oder
andere Art bei meiner Geschichte unterstützt
haben.

Zusätzlich möchte ich dem Team von
Books on Demand danken für die äußere
Gestaltung des Buches und Daniela Henninger
für das schöne Cover.

Im April 2017,

Stephan Strauch